KB097488

레드 플래그

레드
플래그

주의가 필요한 사람들

박한솔 장편소설

Meta

등장인물

키리에
(AI 로봇)

"망가진 게 아닙니다. 회복하는 중일 뿐입니다. 오늘을 시작으로, 레드 플래그 치유 모임을 통해 다 같이 극복해 나갈 수 있습니다."

귀여운 고양이 눈을 가진 '레드 플래그' 모임의 치유 로봇이자 마스코트. '레드 플래그' 회원들의 심리 치유를 위해 다방면으로 힘쓴다.

"사실 전… 연구보다 친구가 필요했거든요."

어린 시절의 기억으로 오랜 기간 우울증을 앓고 있는 고등학생. 사이언스 페어 우승 상금 3천만 원을 포기하고, 모종의 이유로 '레드 플래그' 모임에 참가하게 됐다.

윤레나
(17세, 여)

김덕구
(70세, 남)

"네 주변에 있는 사람들이 너 때문에 힘들다는 둥, 다쳤다는 둥 자신을 갉아먹는 생각 하지 말란 소리여."

세상과 소통하지 못하는 고집불통 노인. 공원 지킴이 로봇을 부순 대가로 '레드 플래그' 모임에 참가하게 됐다.

"친구들이 절 싫어해요. 왜냐면, 왜냐면요. 전 인공 자궁에서 태어나서 로봇한테 길러진 괴짜니까요."

인공 자궁에서 태어나 학교생활에 적응하지 못하는 남아. 자신을 놀리는 친구에게 폭력을 휘둘러 학교를 정학당하고 학교 교장의 권유로 '레드 플래그' 모임에 참가하게 됐다.

최토비
(9세, 남)

1

2040년 10월 12일

  세레네 로펌에서 막 빠져나온 비키는 택시 승강장을 향해 빠른 걸음으로 걸어갔다. 승강장까지 사 분, 제닉스 로보틱스까지는 차가 밀리지 않는다면 십오 분이 걸릴 것이다. 띠링, 때마침 호출한 택시가 도착했다는 알람이 스마트 워치에 울리자 비키는 택시 번호를 확인한 뒤 서둘러 차에 몸을 실었다.

  "안녕하세요, 태블릿 화면 위에 호출 넘버를 입력해주세요."

  운전석에 앉은 기사는 뒷좌석의 디스플레이를 가리키며 말했다. 비키는 무거운 가방을 내던지다시피 옆에 두고 모니터에 보이는 '자율주행하기'를 터치했다. 매끄럽게 출발하는 택시에서 곧 안내 음성이 흘러나왔다.

  "안녕하세요, 비키 님! 저는 코카예요! 자율주행 면허를 딴 지는 열네 달밖에 되지 않았지만 제닉스 로보틱스까지 안전하게 모실게요!"

쾌활하고 낭랑한 목소리에 비키는 저도 모르게 피식 웃음이 비어져 나왔지만, 뒤이어 라디오에서 들려오는 뉴스에 다시금 입꼬리가 무겁게 내려앉았다.

……끔찍한 소식입니다. 어제 서울의 한 아파트 옥상에서 휴머노이드 치유 로봇이 의뢰인을 밀쳐 살해한 혐의로 구속되는 사건이 발생했습니다. 의뢰인은 정신질환 치료를 위해 올해 초 치유 로봇을 사용한 것으로 알려졌으며, 해당 로봇은 즉시 현행범으로 체포되었습니다. 현재 로봇 제조 회사인 제닉스 로보틱스의 책임 문제가 함께 거론되고 있는데요, 제닉스 로보틱스는 대형 법무법인 세레네 로펌을 변호인으로 선임해 법정 공방을 준비 중인 것으로 확인되고 있습니다. 우리 사회의 구성원으로 자리한 AI 로봇이 감정과 지능이라는 자유 의지를 갖게 됨으로써 기술뿐만 아니라 윤리관에 대한 필요도 대두되고 있습니다.

비키는 흘러나오는 뉴스를 들으며 굳은 얼굴로 손에 쥔 서류를 내려다봤다.

"세상이 어찌 될라고. 로봇이 사람 죽이고……. 쯧쯧. 아니, 사람 죽인 로봇을 변호해 준다는 회사는 제정신인가. 돈이면 다인가. 안 그래요?"

기사가 백미러에 비친 비키를 쳐다보며 물었다.

"예? 아······."

비키가 뭔가 말을 꺼내려던 순간 휴대폰에서 불이 번쩍였다. 제닉스 로보틱스에서 걸려온 전화였다.

"네, 세레네 로펌 변호사 비키입니다. 저 지금 거의 다 와서 오 분 뒤에 뵐 수 있을 것 같습니다."

상대방이 전화를 끊을 때까지 공손히 두 손으로 휴대폰을 들고 있던 비키는 백미러 너머로 자신을 매섭게 노려보는 기사의 두 눈과 마주쳤다.

"기사님, 저 여기서 내릴게요. 감사합니다."

비키는 애써 시선을 피하며 미끄러지듯 택시에서 몸을 빼냈다. 서늘했던 기사의 눈빛이 자꾸 머릿속에 떠올랐지만, 힘껏 도리질 했다. 어차피 다 돈 받고 하는 일인데 뭘. 그렇게 혼잣말로 구시렁 거리며 앞에 놓인 거대한 건물 안으로 들어갔다.

회전문을 통과하고 내부로 들어선 비키는 고개를 들어 하늘을 담은 듯한 천장을 올려다봤다. 유리창 안으로 쏟아지는 햇볕이 반질반질한 회색빛의 금속 구조재에 반사되자 건물은 한층 더 인 위적인 냄새를 풍겼다.

'역시 로봇 만드는 회사답네.'

속마음이 입 밖으로 튀어나올까 재빨리 마른침을 꿀꺽 삼켜봤 지만 입 안에도 비릿한 쇠 맛이 감도는 듯했다. 비키의 걸음이 멈 춘 곳은 미래 전략실 앞이었다. 얼굴 스캐닝이 끝나자 자동으로 문이 열리고 길을 안내하는 홀로그램이 바닥에 비쳤다.

"비키 변호사님, 처음 뵙네요. 제닉스 로보틱스 대표 제임스라고 합니다."

홀로그램을 따라 넓은 사무실로 들어서자 중저음의 낮은 목소리가 비키의 귀를 파고들었다. 제임스는 경직된 얼굴로 입꼬리만 광대뼈 쪽으로 올리며 인사를 건넸다.

"안녕하세요, 세레네 로펌 소속 변호사 비키입니다."

"자리에 앉으실까요."

제임스가 가리키는 소파로 걸음을 옮기며 비키는 잠시 내부를 훑어봤다. 크게 뚫린 아치형 유리창 너머로 흩어진 먹색 구름이 그림처럼 걸려 있었고 오른쪽 옆면에는 그동안 개발해왔던 휴머노이드들이 밀랍 인형처럼 주르륵 전시돼 있었다. 온통 회색과 푸른빛을 띠는 돌출형 선반 위에는 대표가 받은 상장과 상패가 일정한 간격으로 기념비처럼 세워져 있었다.

"저희 제닉스 로보틱스는 올 초부터 정부 허가 아래 돌봄 휴머노이드를 상용화했습니다. 특히 제1호로 보급된 키리에는 강인공지능(Strong AI)을 탑재해 저희가 야심 차게 보급한 로봇이고요. 지금은 안타깝게 살해 혐의를 받아 현행범으로 체포돼 조사 중인데……. 이해가 안 가는 건 키리에가 사건 발생 당시 녹화된 영상을 삭제했다는 겁니다. 뭐, 시스템 오류인 건지 휴머노이드라 자체 판단하에 삭제한 건지는 확인 중입니다만……."

여기까지 말한 제임스는 미간을 구기며 거친 숨을 내쉬었다. 비키는 침을 꼴깍 삼켰다. 주변이 온통 어두운 회색으로 도배된 것도 숨이 막히는데, 위에서부터 곧게 내리찍는 푸른빛 LED 조명 때문에 방은 한층 더 취조실 같은 분위기를 자아냈다.

"자세한 사건 경위는 저희 법무팀 직원 통해 들으시고요, 그전에 제가 뵙자고 요청한 건 이 일이 제닉스 로보틱스의 명성이 달린 중요한 일이란 걸 상기시켜 드리기 위함입니다. 휴머노이드 로봇 살해 사건은 전례도 없고 사회 민감도가 높은 만큼 복잡하고 까다로운 케이스겠지만, 저희 회사와 키리에를 위한 법률적 조언을 아끼지 말아주시길 바랍니다. 물론 그에 상응하는 선임 비용은 지불할 용의가 있습니다."

두 손을 깍지 낀 제임스가 비키를 가늠하듯 위아래로 쳐다보며 말했다.

"네, 물론입니다. 아시다시피 세레네 로펌은 명실상부 국내 톱 로펌회사로서……."

"세레네 로펌의 순위는 제가 알 바가 아닙니다. 변호사님께 바라는 건 제닉스 로보틱스의 명성을 사수하고, 이 사건이 비즈니스에 미칠 영향을 최소화해주시는 겁니다."

제임스는 답답한 듯 짙은 한숨을 내쉬며 비키 앞에 서류를 들이밀었다.

"작년 말 진행했던 사이언스 페어 후기 보고서입니다. 네펜테 의료센터와 손잡고 주최했었고, 고객들에게 처음으로 치료용 로봇 키리에를 선보이며 제품 설명회를 가졌습니다. 워낙 관심도가 높아서 치료를 원하는 대기자들이 많았고 그만큼 의뢰인 선출에 심혈을 기울였는데 일이 이렇게 돼서 저도 참 유감입니다."

제임스가 의자 뒤로 등을 깊게 묻으며 말했다.

"네펜테와 공동 주최 했던 이유를 여쭤봐도 될까요?"

"정신질환자는 나날이 늘어가는데 의료 지원은 따라가질 못하고, 정신질환으로 인한 사회 범죄율이 높아지니 정부에서 치유 로봇 개발을 압박하던 상황이었습니다. 의료비가 비싸도 로봇에 대한 수요가 높다 보니 자연스럽게 네펜테 병원과 제닉스 로보틱스가 협업하게 된 거죠. 시대적 수요와 흐름에 따른 판단 아래 진행됐던 건입니다."

거기까지 말을 하던 제임스는 곁눈질로 비키를 흘깃 보더니 더 알 것 없다는 듯 손을 내저었다.

"어쨌든 사이언스 페어 관련 자료하고 돌봄 의뢰인 명단도 함께 명시되어 있으니까 참고하시고. 다시 말하지만 비키 변호사님, 패소는 없습니다."

제임스가 목소리를 낮게 깔고 힘주어 말했다.

"네, 그럼요."

비키는 서류에 적힌 제닉스 사이언스 페어라는 단어를 반복하며 작게 읊조렸다.

2

2039년 12월

춥고 어두운 한겨울의 바깥과 달리 축제장 내부는 열기와 빛으로 후끈후끈했다.

"자! 이제 제9회 제닉스 사이언스 페어의 하이라이트, 수상식만을 남겨두고 있습니다. 작년에는 자연물을 활용한 독창적인 구조물 제작을 주제로 누에고치가 만든 건축물이 수상했었는데요. 올해는 어떤 작품이 우승할지 궁금하네요!"

사회자의 보라색 머리 위로 출품작들이 홀로그램으로 나타났다.

"이번 페어에는 제닉스 로보틱스 사뿐만 아니라 네펜테 의료센터가 공동으로 주최한 덕분에 혜택이 더욱 풍성해졌죠! 올해 우승자는 개인 상금 3천만 원의 특혜와 더불어 네펜테 의료센터와 함께하는 연구 기회, 그리고 지원금 3억 원까지 받게 됩니다!"

예상치 못한 어마어마한 금액에 관중석에서 탄성이 터져 나왔다. 사회자는 점점 열기를 더해가는 반응을 살피며 다시 입을 열었다.

"자, 그럼 우승자를 발표하도록 하겠습니다!"

사회자의 손가락이 돔 안에서 팽이처럼 돌아가는 출품작들을 가리키자 관중석에서 또다시 환호성이 터져 나왔다.

'휴우……'

시상식 뒤편에 서서 결과를 기다리는 레나는 심장이 목울대부터 배꼽까지 오르락내리락하는 기분이었다.

"윤레나."

그때, 누군가 레나의 어깨 위로 손을 올렸다. 레나가 흠칫 놀라 뒤를 쳐다보자 머리칼을 동그랗게 틀어 올린 혜주가 서 있었다.

"웃어야지."

혜주가 건조한 어투로 타이르듯 말했다.

"엄마."

레나가 놀란 가슴을 진정시키는 사이, 웅장하게 울리던 배경음악이 잠잠해지더니 사회자가 목청을 높여 우승자를 발표했다.

"축하합니다! '이모칩(Emo-Chip)', 윤레나!"

아까 전보다 훨씬 더 큰 음량으로 제닉스 사이언스 페어의 주제곡이 흘러나오고, 후보자들을 비추던 카메라 드론들이 일제히 레나를 향해 다가왔다. 자신의 이름이 호명되자 그대로 얼음이 돼버린 레나의 모습이 관중들에게 생생히 전달됐다.

"자, 윤레나 학생. 무대 위로 나와주세요!"

다시 한번 자신을 찾는 사회자의 외침에 레나는 그제야 걸음을 뗐다. 하이 포니테일로 올린 머리칼이 걸어갈 때마다 볼을 찰싹찰싹 때렸지만, 레나는 그런 사실조차 깨닫지 못했다.

"올해 수상의 영광은 이모칩을 출품한 윤레나 학생에게 돌아갔습니다. 감정을 주관하는 대뇌변연계의 뇌 회로에 칩을 이식하고, 칩을 AI 모니터링 시스템과 연동시켜 자동으로 감정을 조절한다는 연구 주제를 발표했는데요, 전 세계에 정신질환으로 고통받는 15억 명의 사람들이 행복하기를 바란다는 윤레나 학생의 프레젠테이션이 높은 투표를 받았습니다! 자, 소감을 들어볼까요?"

사회자는 레나에게 마이크를 넘기며 관중들의 박수를 유도했다. 쏟아지는 박수 세례 덕에 레나는 잠시 숨을 돌리고 마른 입술을 축일 수 있었다.

"저……, 감사합니다. 먼저, 네펜테 의료센터와 함께 이모칩을 연구할 수 있는 기회가 주어져 정말 기쁩니다. 꼭 임상시험까지 성공적으로 마쳐 정신질환으로 고통받는 많은 이들이 자유롭고 행복하셨으면 좋겠습니다."

마이크를 쥔 손은 핏기 하나 없이 질려 있었지만 레나는 다행히 준비된 소감을 실수 없이 마쳤다.

"이 연구를 위해 몇 년 동안이나 준비했다고 들었습니다. 우승이라는 꿈을 이룬 기분이 어떤가요?"

"기분이……요?"

순간 레나는 울컥 치솟는 감정에 잠시 말문이 막혔다. 사실 레나가 제닉스 사이언스 페어에 이모칩을 제출할 수 있었던 건 다 엄마 혜주 덕분이었다. 네펜테 신경외과 교수인 혜주는 감정을 조절할 수 있는 두뇌 칩에 대한 연구를 진행 중이었고, 그 연구 결과는 국내 도입까지 얼마 남지 않은 시점이었다.

레나가 한 거라고는 혜주의 도움으로 두뇌 칩의 작동 원리와 실용 가능성을 연결시킨 연구 주제를 발표한 게 전부였다. 엄마의 도움이 없었다면 자신은 그저 평범한 우울증 환자일 뿐이라고, 레나는 생각했다. 레나가 우울증을 진단받은 건 7살 때였다. 그 이후부터 지금까지 레나는 백여 차례의 심리 상담과 스물한 가지의 약 처방을 받았지만 증상은 나아지지 않았다.

레나는 고개를 들어 저 멀리 선 혜주를 쳐다봤다. 제닉스 사이언스 페어에서 우승을 했으니 2040년 졸업 예정자 중에서 제일 먼저 유명한 켈릭스 특목고의 입학 승인을 받을 수 있을 것이다. 엄마가 원했던 꿈에 다가갔고, 엄마의 자부심을 높여줬다. 레나는 먼 거리에서도 혜주의 올라간 입꼬리가 선명하게 보였다.

'응……?'

그 미소에 안심한 레나가 눈길을 돌리는데 관중석 앞자리에서 금방이라도 눈물을 터뜨릴 듯 울상을 짓고 있는 꼬마가 보였다. 한 7살쯤 되었을까.

"크흠! 저, 윤레나 학생?"

질문에 대답을 듣지 못한 사회자가 관객들의 눈치를 살피며 답을 재촉했다. 하지만 레나는 꼬마에게서 눈을 뗄 수 없었다. 저 얼굴이 너무나 익숙했다. 저런 비슷한 표정을 본 적이 있었다. 언제더라……. 한참을 곰곰이 생각하던 레나는 곧 기억을 떠올렸다.

꼬마의 표정은 자신의 어렸을 적과 비슷했다. 맨날 희끄무레하게 얼굴을 구겼던 옛날의 자신과 닮아 있었다.

"이 상을 받게 돼 영광이고, 정말 감사드립니다."

꼬마에게 시선을 고정한 채로 레나가 말했다. 이제 몇 초 뒤면 꼬마는 눈을 질끈 감고 눈물을 떨어뜨릴 듯했다. 눈꼬리가 계속 아래로 처지고 있었고, 콧구멍이 쉴 새 없이 벌름거렸다. 부모는, 보호자는 어디에 있는 걸까. 이렇게 큰 행사장에 애를 혼자 남겨 두다니. 레나는 꼬마의 주위를 둘러봤지만 누구도 아이에게 관심이 없었다. 레나는 점점 손바닥이 축축해졌다.

"개인 상금이 3천만 원입니다. 주최사인 제닉스 로보틱스가 돈이 어마어마하게 많나 봐요. 제 행사비는 적게 주면서!"

사회자의 농담에 관중들이 킬킬거리며 웃음을 터뜨렸다.

"레나 학생은 상금으로 뭘 하고 싶나요?"

바로 그때, 멜빵바지 차림을 한 로봇이 고양이 같은 눈을 껌뻑 거리며 꼬마 곁으로 다가갔다. 그 로봇은 아이의 작은 손을 잡고 손가락을 펴게 하더니 통통한 두 뺨에 가져가 입꼬리를 올렸다. 그리고 자신도 따라 웃었다. 영문을 몰라 어리둥절해하던 꼬마는 로봇을 따라 배시시 웃음을 터뜨렸다. 그 모습을 보는 레나의 입가에도 어느새 미소가 번졌다.

"생각만 해도 흐뭇한가 보네요!"

로봇은 꼬마가 웃음을 터뜨리자 두 손을 내려놨다. 꼬마의 손에는 어느새 사탕이 쥐여져 있었다.

"전, 상금 대신에 받고 싶은 게 있어요."

레나는 그제야 꼬마를 향했던 시선을 돌려 사회자를 바라봤다.

"네?"

"개인 상금 3천만 원 대신, 제닉스 로보틱스의 치유 로봇 키리에가 맡기로 예정된 레드 플래그 모임에 참여하고 싶습니다."

레나의 거침없는 말에 사회자의 턱이 반쯤 벌어졌다.

"어……, 저……."

눈에 띄게 당황한 사회자는 정신없이 눈알을 굴렸다. 레나는 혜주를 흘깃 쳐다봤다. 혜주는 잘하고 있다는 듯 고개를 끄덕이고 있었다.

"현재 전 세계 많은 사람이 정신질환으로 고통받고 있습니다. 최근 치유 로봇의 대중화를 위해 키리에를 활용한 소규모 치유 프로그램을 진행한다고 들었습니다. 저는 아픈 이들의 어려움을 현장에서 직접 청취하고 이를 바탕으로 이모칩의 개발에 기여하고 싶습니다."

"우리 윤레나 학생이 치유 로봇에 관심이 많은가 봅니다! 음…… 워낙 갑작스러운 제안이라서 주최 측 관계자분들과 협의해봐야 할 문제이지만, 관계자분들은 기분이 좋으시겠어요? 윤레나 학생이 내년에 도입될 차세대 치유 로봇 키리에를 이렇게 뜻깊은 자리에서 홍보해주니까요!"

번들거리는 광대를 치켜올린 사회자가 이제는 레나에게서 완전히 등을 돌린 채 관객과 주최 측을 살피며 반응을 유도하고 있었다.

"저는 상금보다 친구가 필요해요."

레나는 꼬마와 놀아주는 데 여념이 없는 키리에를 뚫어져라 쳐다보며 작게 읊조렸다.

***

시상식을 마치고 집으로 돌아가는 차 안은 조용했다. 들리는 소리라고는 기역 자 소파 끝에 앉은 혜주가 스마트 패드를 손톱 끝으로 톡톡 건드리는 소리가 전부였다. 고요한 침묵이 지겨워질 무렵 레나는 창밖을 보던 눈길을 혜주에게로 돌렸다.

"……오늘 상 받을지 몰랐는데 좀 많이 놀랐어요."

희끄무레하게 웃으며 레나가 말했다. 우쭐거리는 마음이 치켜솟은 어깨로 드러날까 숨기려 애썼지만, 혜주는 별다른 반응이 없었다.

"엄마가 받을 거라고 했잖아."

무미건조한 혜주의 목소리는 자율주행 중인 차의 알람보다 더 기계적으로 느껴졌다.

"그거야 그냥 힘내라고 하는 말이잖아요."

엉덩이를 소파 끝까지 밀어내고 눕다시피 앉으며 레나가 말했다. 늘어지는 레나의 팔다리를 보는 혜주의 눈매가 가늘어졌다. 무기력하게 앉은 꼴이 기괴했다.

혜주가 레나의 저런 모습을 처음 봤던 건 유치원에 레나를 데려다주던 어느 날이었다.

"네 유치원 원비가 대학 등록금의 3배야. 무슨 말인지 알지?"

혜주는 그날도 특유의 나긋나긋하면서도 신경질적인 목소리로 보조석에 앉은 레나에게 말했다. 잠시 뒤 신호에 걸려 차가 멈추자 혜주는 서둘러 유리를 거울 모드로 변경했다. 혜주는 손가락을 바삐 움직여가며 매무새를 만지다가, 거울에 비친 레나의 모습에 멈칫했다.

"……?"

레나의 정수리부터 발끝까지 혜주의 손이 닿지 않은 곳이라고는 없었다. 양 갈래로 정갈하게 묶은 긴 머리, 다림질된 흰색 셔츠 위에 단정하게 입힌 캐시미어 소재의 아가일 패턴 니트, 베이지색 플리츠스커트, 샤틴 메리제인 플랫슈즈까지. 자신이 꾸미긴 했지만 인형이 따로 없다고 생각했다.

하지만 단 한 가지가 마음에 걸렸다. 바로 늘어져 있는 레나의 자세였다. 딱히 무어라 묘사하기는 어려웠지만 뭐랄까, 자신을 닮아 얇고 길게 뻗은 팔다리가 그저 몸통에 겨우 붙은 듯 흐느적거리고 있었고 도통 힘이라고는 없어 보였다. 거기다 체형에 맞춘 비싼 명품 책가방은 아이 몸통 때문에 볼품없이 짓눌려 있었고, 왼쪽 가방끈은 흘러내려 팔꿈치에 걸쳐 있었다.

"윤레나, 똑바로 좀 앉지?"

신호가 바뀌고, 거울 모드였던 디스플레이를 다시 변경하며 혜주가 말했다. 하지만 레나는 별다른 움직임이 없었다.

"윤레나!"

다소 앙칼진 목소리가 차 안에 울리고 나서야 레나는 의자 위에 손바닥을 대고 엉덩이를 뒤로 빼는 듯했지만, 몸은 이내 다시 미끄러져 내려갔다. 거슬리는 모양새에 제대로 잔소리를 할까 하는 찰나, 유치원이 눈앞에 보여 혜주는 입을 다물었다.

"안녕하세요, 레나 어머니!"

차에서 내리자 처진 눈꼬리에 푸근한 인상을 가진 레나의 담임이 목청을 높여 인사했다.

"네, 안녕하세요. 선생님."

아이 손을 잡고 보기 좋은 모녀의 모습을 보여 주고 싶었건만, 레나는 초점 없는 눈으로 터벅터벅 앞서 걸어갔다.

"저 어머니, 혹시 잠깐 시간 괜찮으실까요?"

혜주가 그런 레나의 모습에 이마를 찌푸린 채 서 있는데 어느새 다가온 담임이 말을 걸어왔다. 담임은 속을 알기 어려운 어정쩡한 웃음을 짓고 있었다.

"그럼요."

급작스러운 상담 요청에 혜주는 보란 듯이 왼손에 찬 손목시계를 흘깃 쳐다봤다. 시간을 많이 빼앗지 않길 바란다는 제스처를 담임이 알아채길 바랐다.

담임을 따라 유치원 내부로 들어서자 여기저기서 재잘거리며 뛰어다니는 아이들이 보였다. 유치원이라면 지극히 자연스러운 광경인데, 혜주는 그 모습에 왠지 모를 이질감을 느꼈다.

"갑자기 상담을 요청드려 놀라셨죠? 차라도 드시겠어요?"

"아뇨, 괜찮습니다. 제가 바로 출근을 해야 해서 길게는 못 있을 거 같아요. 요점만 빠르게 말씀해주시면 제가……."

"레나가 우울감이 있는 것 같습니다."

"네?"

아직 가방도 내려놓지 못한 혜주가 그대로 동작을 멈춘 채 담임을 빤히 쳐다봤다. 그저 생활 태도 지적이나 하려나 보다 생각했던 혜주는 귀를 의심했다.

"정확한 건 진단을 받아봐야겠지만 제 판단으로는 우울증을 앓는 것 같아요. 아이는 성인처럼 자신의 감정을 제대로 표현하지 못합니다. 그래서 저희가 더 신경을 써서 행동과 태도를 살피는데, 레나는 유치원 커리큘럼에 집중하지 못하고 대부분 멍하니 앉아 있어요."

"하아, 아니, 선생님…… 멍하니 앉아 있는 걸 우울증이라고 말하는 건 좀……."

혜주가 비뚤어진 미소를 지으며 어이없다는 듯 대꾸했다.

"레나가 밤에 잠은 잘 자던가요? 유치원에서는 점심과 간식도 먹지 않고 울거나 슬픈 표정으로 웅크리고 있어서요. 물론 정확한 건 소아 정신과 진료를 통해 알아보시는 게 좋겠지만……."

"네…… 저…… 혹시 말씀 끝나셨을까요."

혜주가 당황한 기색을 숨기지 못하며 겨우 입만 벙긋거렸다.

"네? 아, 네. 드릴 말씀은 다 드렸어요. 확실한 건 아니에요. 정확한 건 병원에서 진료를 받아봐야 아는 거니까 미리 걱정하진……."

"그럼 전 이만 출근을 해봐야 할 것 같네요."

담임이 말을 채 맺기도 전에 혜주는 토트백을 꾹 움켜쥐고 서둘러 자리에서 일어섰다. 딸에 대해서 우울증이니 뭐니 말 같지도 않은 말을 지껄이는 여자의 얼굴을 더 이상 마주하고 싶지 않았다.

상담실 문을 닫고 밖으로 나온 혜주는 그대로 레나가 있는 7세 반으로 향했다. 우리 딸이 우울증일 리가 없었다. 우울증일 리가……. 7세 반 앞에 선 혜주는 유리창을 통해 안을 쳐다봤다. 옹기종기 모여 가상현실 수업을 듣고 있는 아이들의 모습이 보였다. 스마트 기기를 만지며 연신 키득거리는 아이들, 그리고……. 저쪽 구석에 아이들과 멀리 떨어져 정신 나간 사람처럼 앉은 익숙한 등이 보였다. 딸 레나였다.

며칠 뒤에 혜주는 남편과 함께 레나를 데리고 소아 정신과를 방문했다. 의사는 담임의 말대로 레나가 경미한 우울감을 갖고 있다고 진단했다. 혜주는 믿어지지 않았다. 내 딸이 왜? 모든 걸 남부럽지 않게 먹이고, 입히고, 교육했다. 더군다나 겨우 7살이었다. 무슨 7살짜리 애가 우울감을 느끼는 건지 혜주로서는 당최 이해할 수가 없었다.

'빌어먹을 친가 쪽 유전자 때문에…….'

아무리 생각해봐도 자신에게선 문제를 찾을 수 없었기에, 혜주의 모든 원망의 화살은 남편 서윤에게로 향했다. 그것 말고는 다른 이유를 찾기 어려웠다. 아니, 유전자 때문이어야만 했다. 왜냐하면 혜주 자신과 그 양육에는 단 하나의 오점도 없었으니까. 남편이라고 한 일은 정자 기증밖에 없는데, 그나마도 빌어먹을 우울 유전자를 숨겨놨을 줄이야. 어쩌다 저런 남자를 만나서 내 딸까지 고통받아야 하는 건지, 혜주는 화딱지가 나서 견딜 수가 없었다.

그날 병원에서 돌아오는 차 안에서 남편과 심하게 싸웠던 기억이 난다. 잊을 수가 없다. 그날은 남편의 기일이었으니까.

끼익.

"아야!"

타고 있던 차가 급정거를 한 탓에 늘어져 있던 레나의 발이 혜주의 구두코를 짓눌렀다. 혜주는 신경질적으로 구두를 빼내며 레나를 째려봤다.

"엇, 엄마 미안 내가……."

"똑바로 앉지 못해?"

혜주의 날 선 목소리에 레나가 볼을 부풀리며 자세를 고쳐 앉았다. 금세 시무룩해진 레나의 모습에 혜주는 억지로 말투를 누그러뜨렸다.

"기업에서 투자하는 이유는 하나야. 돈이 되니까. 우승도 돈 될만한 주제를 발표했으니까 우승한 거고. 네가 발표한 칩 삽입 수술은 이미 해외에서도 상용화되고 있고, 네펜테에서도 초기 임상을 마친 상태야."

말을 하며 입이 마르는지 혜주가 옆에 있는 생수병에 손을 뻗었다. 그 모습을 보던 레나는 엄마의 잔소리가 길게 이어지리라는 걸 본능적으로 느낄 수 있었다.

"시상식 때 무대 위에서 키리에를 봤는데……."

레나는 혜주의 잔소리를 조금이라도 줄여보고자 말머리를 돌렸다.

"그래, 말 잘 꺼냈어. 투자자들이 후기 임상시험자 좀 빨리 찾으라고 난리였는데, 때마침 제닉스에서 키리에가 돌보게 될 정신질환자 집단을 예쁘게 리스트업 해줘서 얼마나 다행이었는지. 언론이며 대중들의 주목을 한 눈에 받는 키리에 옆에서 이모칩까지 홍보 덕을 보게 될 테니 얼마나 좋니."

말을 쏟아 내며 혜주는 생수를 쭉 들이켰다.

"키리에가 울고 있는 꼬마를 돌봐주고 있었어요."

창밖에 시선을 고정한 레나가 생각에 잠긴 듯 말했다.

"의사들이 여럿 달라붙어도 완치가 어려운 게 정신질환이야. 무슨 로봇한테 정신 돌봄을 받겠다는 건지 쯧쯧."

혜주는 한심해 죽겠다는 얼굴로 혀를 찼다.

"주변에 어른들도 많았는데 꼬마를 쳐다보지도 않더라고요. 오직 키리에만 그 아이를 봤어요."

띠링, 그때 혜주의 스마트 패드에서 알람이 울렸다. 패드에 뜬 메시지를 읽어나가던 혜주는 만족스러운 듯 고개를 끄덕였다.

"손이 크고 두툼한 게 꼭……, 아빠 같았어요. 아빠도 그렇게 손잡아줬었는데."

레나는 이제 들리지도 않는 혼잣말로 웅얼거렸다.

"그 이야기는 나중에 하자. 방금 제닉스 로보틱스에서 메일이 왔어. 오케이래. 돌봄 프로그램에 너도 참여하게 될 거야. 잘 됐어, 정말."

레나는 말을 멈추고 혜주를 쳐다봤다.

"거기 사람들도 로봇한테 상담받다 보면 알게 되겠지, 그딴 게 아무 소용없다는 걸. 그럼 우리는 적당한 때에 임상시험자가 돼 달라고 꼬드기면 되는 거야."

"칩을 이식하기만 하면 그 사람들도 정말 다 나을 수 있는 거죠?"

레나가 걱정스러운 듯 눈을 껌뻑거리며 물었다.

"그럼. 초기 임상 결과 수치도 좋고, 이제 후기 임상 거쳐서 시판 승인만 받으면 끝이야. 그리고……."

혜주는 입술에 침을 묻히며 잠시 숨을 고르고는 레나의 눈을 마주 보며 덧붙였다.

"수백 번의 심리 상담과 약물 치료를 받은 네가 제일 잘 알잖아. 그딴 거 다 쓸모없다는 거, 안 그래?"

"……알죠, 근데 왠지 속이는 것 같기도 하고……."

자신도 모르게 마음속 말을 입 밖으로 뱉어낸 레나가 황급히 입을 막고 혜주의 눈치를 살폈다.

"뭘 속인다는 거야."

들떴던 혜주의 목소리가 냉랭하게 변했다.

"……그냥, 처음부터 이모칩 임상시험을 권유하러 모임에 참가했다고 하면 안 돼요?"

"너는……!"

혜주가 짜증스레 목소리를 높였다가 이내 입술을 오므리며 깊은 숨을 몰아쉬었다.

"뭐든지 적절한 타이밍이란 게 있는 거야. 처음부터 말하면 괜히 긁어 부스럼밖에 더 되니? 레나야, 넌 누구를 속이는 게 아니라 그냥 아픈 사람들을 첨단 수술로 치료해주고 인간답게 살 수 있게 도와주는 거야."

여전히 레나의 눈망울에 죄책감이 어른거리자 혜주는 꼬고 있던 다리를 풀고 두 손을 레나의 무릎 위에 올려놓았다.

"누구보다 레나, 네가 잘 알잖아. 아프면 그 사람만 힘든 게 아니야. 네 아빠처럼 주변 사람들도 다치기 마련이야."

혜주의 뾰족한 손톱보다 더 날카로운 말들이 갈고리가 돼 마음을 헤집는 듯했지만, 레나는 아무런 말도 할 수 없었다.

그 말은 사실이었으니까.

3

2040년 10월 12일

정지 신호를 따라 차를 멈춘 비키는 창문 밖으로 보이는 경찰서를 언짢은 얼굴로 올려다봤다. 도심 한가운데 위치한 경찰서는 총면적 2만5천 제곱미터를 차지하는 최신식 건물로, 공정성을 드러낸다는 취지로 양옆의 뾰족한 모서리를 대칭시켜 설계해놓았지만 비키가 보기에는 오히려 압도적 위압감만 부추기는 듯했다. 고객들을 만나려 숱하게 드나드는 곳임에도 비키는 어쩐지 이 경찰서가 낯설고 불편했다.

경찰서 뒤편으로 차를 돌린 비키가 주차장 입구에 들어서자 인간처럼 안전모를 쓴 소형 로봇들이 쪼르르 다가왔다. 비키가 검색대 앞에서 유리창을 내리자 옆에 선 로봇이 네모난 안면 인식 스캐너로 홍채와 얼굴을 스캔하며 빠르게 데이터를 확인했다.

"세레네 로펌 변호사 비키입니다. 면회 신청합니다."

1층 한편에 자리 잡은 유치관리팀으로 들어간 비키는 준비한 면회 신청서를 접수창구에 밀어 넣었다.

"비키!"

그때 익숙한 목소리가 1층 복도에 쩌렁쩌렁 울렸다. 비키가 뒤를 돌아보니 차승현 형사가 한 손을 주머니에 끼워 넣은 채 손을 흔들고 있었다. 시원스럽게 뻗은 기다란 눈매와 미간부터 떨어지는 콧날을 보면 분명 설렐 만한 면상임에도 비키는 볼 때마다 그가 재수 없다고 생각했다. 아마 오만하게 웃는 저 입과 사람을 못 잡아먹어서 안달 난 듯한 서늘한 눈빛 탓이리라.

"로봇 살인 사건 때문에 오셨나, 변호사님?"

"피의자 면회하러 왔어요."

"로봇까지 변호하느라 바쁘시겠어, 세상 참 무서워. 이제는 주체성을 가진 휴머노이드가 사람까지 죽이는 세상이야. 안 그래?"

승현이 기가 막힌다는 듯 툴툴댔다. 비키는 날이 서 있는 승현을 향해 눈을 치켜뜨고 물었다.

"형사님, 이번 사건에 꽤 공격적이시네요."

승현은 재킷 주머니에서 USB를 꺼내더니 가져가라는 듯 팔을 뻗었다.

"사건 조사 파일."

"확인해볼게요."

비키는 빈정 상한 얼굴로 USB에 손을 뻗었지만, 승현의 손에 들린 USB는 좀처럼 빠지지 않았다.

"잘 생각해. 이 변호가 맞는 일인지. 로봇이 사람을 옥상에서 밀쳐 죽였어."

승현의 눈동자가 마치 깨진 유리 조각처럼 빛났다. 늘 껄렁껄렁한 모습만 보였던 평상시의 그와는 다른 모습이었다.

"전 유죄가 입증되기 전까진 모두가 무죄라고 믿고 변호해요. 그게 직업윤리기도 하고요. 저 안에 홀로 있는 키리에가 믿을 만한 사람이 누가 있겠어요, 안 그래요?"

"이 사건, 수임료가 어마어마하다며? 크, 능력 좋아. 형사 전문 변호사들이 줄을 섰을 텐데, 우리 비키 변호사님이 맡으셨네?"

승현은 비키의 말이 가당치도 않다는 듯 이기죽거렸다. 비아냥거림이 한껏 묻은 말투였다.

"하! 소문이 그렇게나 빨리 돌았나요? 그렇다면야 뭐, 더 숨길 것도 없네요. 이제 그만 돈 벌러 가보겠습니다."

방긋 웃어 보이며 승현을 지나친 비키가 곧바로 면회실로 향했다. 복도 끝에 들어서자 보안카드를 쥔 남자가 유치장 앞에서 등을 기댄 채 기다리고 있었다.

"녹화, 녹음 다 꺼진 거 확실하죠?"

비키는 면회실로 들어가기 전 확인 차 조용히 남자에게 물었다.

"물론입니다."

간결한 대꾸가 돌아오자 비키는 작게 고개를 끄덕이고는 안으로 들어섰다. 면회실 안은 경찰서 외관에 비해 초라하기 그지없었다. 작은 책상을 사이로 의자 두 개가 덩그러니 놓여 있었고, 반대편 의자에 고개를 떨구고 앉은 키리에가 보였다.

비키는 먼저 도청 장치 감지기를 책상 위에 올리고 작동시켰다. 시간이 흐르고, 아무런 소리가 나지 않는 걸 확인한 비키는 작게 안도의 한숨을 내쉬며 입술을 뗐다.

"안녕하세요, 처음 뵙네요. 저는 세레네 로펌 소속 변호사 비키라고 합니다. 제닉스 로보틱스에서 변호사로 선임하여 이렇게 면회를 요청했습니다."

"……."

비키의 인사에도 키리에는 별다른 미동도 없이 고개만 숙이고 있었다. 비키는 키리에를 빤히 쳐다봤다. 정말 살해했을까. 고객을 관찰하며 쌓아온 자신의 직감을 믿는 비키였지만, 지금 앞에 놓인 건 로봇이었다. 키는 어림잡아 162센티미터, 인간에게 친숙함을 주기 위해 만든 듯 동그란 고양이 눈매를 하고 있었다. 또 흰색과 회색으로 칠해진 플라스틱 위로 청색 멜빵바지를 입고 있었는데, 왠지 조금 전에 만난 차승현 형사보다도 더 인간적으로 느껴졌다.

"저는 당신을 살인 혐의로부터 변호하기 위해 왔어요. 그날 무슨 일이 있었는지 말해줄 수 있나요? 듣기로는 당일 기억 데이터가 전부 삭제됐다던데요?"

"……저는 강인공지능으로써 기입된 프로토콜과 인간으로부터 학습된 데이터를 기반으로 정보를 이해하고 결정을 내립니다."

면회실에 들어온 후 쭉 침묵으로 일관하던 키리에의 입이 마침내 열렸다.

"키리에. 당신, 아니, 그쪽은 정신질환 가진 사람들을 안전하게 돕도록 설계됐을 텐데 어떻게……. 살해 혐의를 받게 된 거죠?"

비키는 피의자인 로봇을 어떻게 불러야 할지 몰라 잠깐 말을 버벅거렸다.

"제가 지켜야 할 레드 플래그 회원이 위험에 처했고, 저는 그 사람을 살리지 못했습니다. 따라서 저는 직무상 책임이 있습니다."

"살해한 게 아니라는 말인가요?"

갑작스러운 중요 발언에 비키는 눈을 반짝이며 스마트 패드를 꺼냈다.

"살해하지 않았습니다. 하지만 지키지도 못했습니다."

"하지만 현장 목격자가 증언했어요. 키리에가 난간 위에 매달려 있던 사람을 밀쳐서 살해했다고요."

키리에는 그 말에 다시금 입을 꾹 닫았다. 실리콘과 플라스틱으로 만들어진 로봇임에도 양끝으로 처진 눈매와 입꼬리는 누가 봐도 상처받은 인간의 표정이었다.

"……키리에?"

"형법에 따라 사람을 살해한 자는 사형, 무기 또는 오 년 이상의 징역에 처합니다. 아직 강인공지능 치유 로봇의 살인 혐의에 관한 법률은 제정된 바 없으며 전례 또한 없습니다. 그렇다면 저는 앞으로 어떻게 되는 건가요?"

잠시 뒤 깍지 낀 두 손을 다소곳이 무릎 위에 올려놓은 키리에가 덤덤하게 눈을 껌뻑이며 물었다. 비키는 예상치 못한 질문에 입이 바짝 말랐다.

"흐음……. 키리에 말대로 상황이 좀 복잡해요. 그저 입력된 데이터를 따르는 일반적인 로봇의 경우라면 형사법 책임을 물을 수 없죠. 하지만 문제는 키리에가 자의식을 지니고 자율적 판단을 내릴 수 있는 지능형 로봇이라는 점에 있어요."

마른 입술에 침을 묻히며 비키가 조심스레 설명했다.

"형법적 책임을 물을 수 있는 존재인지 아닌지에 대한 여부에 달려 있다는 말씀이군요."

말을 마친 키리에는 생각에 잠긴 듯 입술을 굳게 앙다물고 고개를 숙였다. 축 처진 어깨는 죄를 자백하는 듯한 체념 어린 모습이었다.

"하……. 내 말 잘 들어요. 키리에는 지금 모든 정황이 불리한 입장이에요. 구속 영장 발부되면 곧 구치소로 이송될 거고 거기는 여기보다……."

비키는 말을 하다 말고 입을 다물었다. 자신이 왜 키리에를 인간 대하듯 하는 건지 스스로 어이가 없었다.

"그러니까……, 그날 있었던 일을 구체적으로 자세히 말해줄 수 없을까요?"

숨을 고른 비키가 재차 질문을 하자 곧이어 키리에의 답변이 돌아왔다.

"개인 돌봄 서비스는 온라인 사전 예약으로 진행되며, 레드 플래그 회원들은 개별적으로 필요한 시간에 의뢰를 요청했습니다. 그날도 그런 평범한 날들 중 하나였습니다. 약속 시간에 맞춰 집에 도착한 저는 장 봐 온 재료들로 요리를 하고 있었고, 이후 의뢰인은 바람을 쐬고 오겠다며 밖으로 나갔습니다."

"의뢰인이 나간 시간이 몇 시죠?"

"11시 32분."

"의뢰인이 옥상에 있는지 어떻게 알았죠?"

"외출 전 옥상에서 잠시 바람을 쐬고 오겠다며 나갔습니다. 또한, 위급한 상황 시에 의뢰인이 착용한 웨어러블 기기를 통해 위치 추적이 가능합니다."

"옥상에 도착했을 당시 상황을 설명해줘요."

"제 의뢰인이 난간에 매달려 있어 위험해 보였습니다. 의뢰자를 1순위로 보호하기로 프로그래밍 된 저는 제 의뢰인을 구하기 위해 달려갔고……."

"그런데 왜 옆에 있던 목격자를 밀친 거죠?"

띠익, 그때 보안문이 열리고 한 팔로 문을 짚은 채 비스듬히 선 승현이 보였다.

"면회 시간 다 됐어."

이제 막 제대로 이야기가 나오려던 순간이었다. 비키는 아랫입술을 잘끈 깨물며 책상 앞으로 몸을 숙였다.

"제 말 잘 들어요. 절대로 나 외에 다른 사람과 말 섞지 말아요. 저기 서 있는 차승현 형사는 특히! 저는 키리에가 맡았던 레드 플래그 회원들을 한 명 한 명을 만나 볼 거예요. 어쩌면 도움을 줄 증인으로 세울 수도 있고……."

"레드 플래그."

휘몰아치듯 말하는 비키의 말 중에서 유일하게 들리는 단어가 레드 플래그인 듯 키리에가 입가에 미소를 띈 채 작게 읊조렸다.

4

2040년 2월

"안녕하세요. 제 이름은 키리에입니다. 저는 5길 26구역에 배치된 AI 치유 로봇으로서 의뢰인들을 대상으로 맞춤형 서비스를 제공합니다. 만나서 반갑습니다."

"……."

문을 열고 선 덕구는 아무 말 없이 키리에와 눈싸움했다. 그 어색한 정적을 먼저 깬 건 키리에였다.

"실례가 되지 않는다면, 저를 집 안으로 초대해주시겠습니까?"

키리에는 나름 사람들이 귀여워한다는 '장화 신은 고양이' 푸스의 눈을 따라 하기까지 했지만, 덕구의 반응은 키리에의 기대와 달랐다.

쾅.

따리리. 덕구는 잠금장치까지 꼼꼼히 확인한 뒤 한숨을 내쉬며 성큼성큼 주방으로 걸어갔다. 어쩌다가 저 꺼림칙한 로봇을 들여야 하는 상황에 놓였는지, 기가 찰 노릇이었다. 이게 다 공원에서 만난 그 플라스틱 덩어리 때문이다.

석 달 전, 덕구는 떨어진 나뭇가지를 툭툭 차며 아파트 공원 벤치에 앉아 있었다.

"에휴……."

차가운 겨울바람이 덕구의 뺨을 쓸고 지나갔다. 아니, 어쩌면 덕구가 내뱉은 한숨일지도 모른다.

덕구가 이렇게까지 심란한 이유는 몇 주 전 걸려온 아들 준혁과의 통화 때문이었다. 관계가 소원했던 아들로부터 연락이 왔을 때, 덕구는 순간 눈을 의심했다. 무슨 일이 생긴 건가 싶어 놀라기도 했지만, 한편으로는 반가운 마음에 서둘러 통화 버튼을 눌렀다. 그러나 잔뜩 기대한 통화는 얼마 지나지 않아 심한 말다툼으로 번졌다.

사실 덕구는 아직까지도 아들 준혁을 이해할 수 없었다. 준혁은 인공 자궁으로 아이를 출산하기로 결정했다고, 통보하듯 말했다. 건강한 며느리가 멀쩡히 살아 있는데 웬 인공 자궁이냐며 호통을 치자 준혁은 도리어 아내가 엄마처럼 되는 걸 원하지 않는다며 역정을 냈다.

준혁의 말처럼 아내 아현이 준혁을 출산하는 과정은 순탄치 못했다. 아현은 임신 기간 내내 갑상선 이상증으로 평생 약을 달고 살아야 했고, 분만 중에는 아이가 골반에 끼는 바람에 하마터면 유명을 달리할 뻔했다.

자신의 아내에게만큼은 그런 고통을 안겨주기 싫다니, 그럼 자신은 그걸 원했다는 말인가. 그 말이 덕구의 마음을 자꾸만 비수처럼 후벼팠다.

서로 화를 내다 통화를 끊은 뒤, 준혁에게서는 더 이상 연락이 오지 않았다. 물론 덕구가 먼저 하는 일도 없었다. 덕구는 또다시 길게 한숨을 내쉬며 벌어진 패딩 지퍼를 여몄다. 그리고 몸을 더 동그랗게 안으로 말아 넣으며 구시렁거렸다.

"인공 자궁은 무슨!"

그때 무언가가 지잉, 소리를 내며 다가오더니 덕구 옆에서 멈춰 섰다.

"안녕하세요?"

"뭐야?"

내리꽂는 태양에 반사된 은빛 금속체를 보며 덕구가 눈을 찡그렸다.

"김덕구 님, 1969년 70세. 처진 눈꼬리와 입매. 굳어버린 근육. 감정 감지 완료. 당신은 고독함과 쓸쓸함을 느끼고 있군요?"

로봇은 얼굴의 반이나 차지하는 큰 눈을 연신 감았다 뜨며 미소 지었다. 그 모습이 여간 꼴 보기 싫었던 덕구는 고개를 홱 돌렸다. 지잉, 다시 한번 모터 돌아가는 듯한 소리가 들리더니 로봇이 덕구의 발치로 다가왔다.

"앗, 제 인사가 늦었네요! 저는 공원 지킴이 파커예요. 만나서 반가워요!"

"참 나!"

"제가 옆에서 들어보니 인공 자궁에 대해서 걱정이 많으신 것 같더군요! 최근 뉴스 검색. 완료. 〈인공 자궁 제조사 판타스틱 아웃, '베이비 디자이너'라는 말 거슬려〉〈인공 자궁에서 태어난 아이들, 사회성 부족〉〈"인공 자궁에서 태어난 아이들의 사회성 부족 이모칩으로 해결", 네펜테, 감정 조절 시스템 '이모칩' 막바지 임상〉."

"아휴, 됐어. 머리 아프게."

"기분이 울적할 땐 트로트 어때요? 프리스타일로 들려드릴게요! Yeah, 마주한 그대 덕구의 두 눈에 내 가슴은 두근거리네~ 날 찌릿하고 째려봐도 이미 우린 이곳에 함께 있지!"

"꺼져, 시끄럽게 굴지 말고. 별 시끄러운 로봇을 다 보겠네."

"웅크리고 있는 그댈 향한 마음 난 자신이 없어 말을 못 해 Yo, 감정 그대로 실어 보내주고 싶지만 용기 내기도 쉽지 않지. 이것만은 기억해줘, 난 늘 네 마음과 함께하고 싶었단걸."

점점 더 흥에 취해 노래를 부르는 파커를 등진 채 덕구는 무릎을 움켜쥐고 일어섰다. 차가운 날씨에 무릎이 시큰거리자 끙끙 앓는 소리가 절로 나왔다.

"어휴, 추워."

굽어진 손가락으로 패딩을 여미는 덕구를 본 파커가 몸을 부르르 떨며 거들려 했다.

"김덕구 님 패딩 검색. 완료. 2025년 제조된 프레셔 덕다운 패딩. 다운 함유 60퍼센트. 현재 날씨에 입기에 추움. 그러고 보니

십사 년 전 패딩을 입은 덕구 씨 당신! 진정한 절약가군요? 하
하."

"어휴, 이놈의 자크가 왜 올라가질 않아."

덕구는 파커의 말은 무시한 채 패딩 속에 파묻힌 지퍼를 올리
려 애썼지만, 지퍼가 헐거운지 좀처럼 올라가지 않았다.

"제가 도와드릴게요!"

그때 파커가 자신 있다는 듯 가슴을 통통 치더니 뱅그르르 몸
을 돌려 덕구의 지퍼를 잡았다.

"아휴, 됐어, 내가 하면……."

그렇게 둘 사이에 실랑이가 벌어졌다. 덕구는 옷에 손대지 못
하게 하려 했지만, 70세 덕구의 몸은 잽싸게 치고 들어오는 파커
를 뿌리치기에는 역부족이었다. 파커는 엄지와 검지로 집게 모양
을 만들며 지퍼를 집어 올리려 했다. 하지만 너무 힘줘 올린 탓에
그만 지퍼가 패딩 안쪽에 끼어버리고 말았다.

"어이구 씨! 염병!"

덕구가 호통을 치며 매섭게 파커를 노려봤다. 이제 지퍼는 위
로도 아래로도 내려가지 않고 단단히 고정돼버리고 말았다.

"잠시만요! 이럴 경우 걸린 천을 잡고 가볍게 잡아당겨 보세요.
천을 손에 쥐고 지퍼가 움직이는 반대 방향으로!"

파커가 다시 패딩을 쥐며 만회하려 했지만, 덕구는 결코 옷을
내주지 않으려 손아귀에 힘을 줬다.

"아휴, 됐대도!"

두툼한 손으로 패딩을 쥔 덕구가 눈을 홉뜨며 파커를 밀어냈

다. 그러나 파커 역시 호락호락 물러서지 않았고, 씨름하듯 몸을 비틀던 덕구는 그만 다리가 꼬여버리고 말았다. 순간적으로 중심을 잃은 덕구가 그대로 파커를 껴안고 의자 쪽으로 쓰러졌다.

"아이, 구우……. 머리야, 내 머리……."

지지직거리는 소리와 함께 파커가 앓는 소리를 냈다. 파커의 얼굴은 의자 모서리에 부딪혀 찌부러져 있었다. 70세 노인답지 않게 크고 우람한 몸에 눌린 탓인지 파손 정도가 심각했다. 덕구는 예상치 못한 상황에 어쩔 줄 몰라 안절부절못했다. 그때 저 멀리서 지킴이 로봇의 이상을 감지한 응급 구조봇들이 빨간 불빛을 반짝이며 달려왔다.

"어이구 씨……."

덕구는 오도 가도 못한 채 자신을 덮칠 듯 다가오는 빨간 불빛을 쳐다봤다.

***

그날 이후 덕구는 '공원 지킴이 파커를 부순 노친네'로 아파트에 소문이 퍼졌다. 사실 그건 덕구에게 그렇게까지 큰 문제는 아니었다. 진짜 문제는 이 일이 나비효과와 같은 파급력으로 신문에 기재되는 '사건'이 돼버렸다는 것이다. 덕구는 아직도 기사 내용을 또렷하게 기억하고 있다.

〈RED FLAG! 70세 김 모 씨가 공원 지킴이 로봇을 부숴버리다. 노인과 로봇은 아직도 함께 할 수 없는 것인가?〉

기사는 노인 인구가 전체 인구의 30퍼센트를 넘고 있는 이 시점에서 노인들이 휴머노이드 로봇에 적응하지 못하고 있다는 우려 섞인 내용을 담고 있었다.

덕구는 'RED FLAG'라는 단어 뜻이 뭔지 몰라 검색해봤다.

RED FLAG: 위험, 주의, 경계해야 하는 사건이나 사람을 지칭하는 말.

"머저리들 같으니라고."

덕구는 그때를 떠올리며 쳇, 하고 혀를 찼다. 기사가 나가자 제일 먼저 덕구에게 연락 온 곳은 제닉스 로보틱스라는 로봇 제조 회사였다. 정부 지침에 따라 내년 초 5길 26구역에 치유 로봇을 배정해 시범적으로 치유 프로그램을 진행할 예정인데, 신문에까지 실릴 정도로 사회적 물의를 일으킨 덕구를 인플루언서로 선정하고 싶다는 거였다.

덕구는 전화를 받자마자 단칼에 거절 의사를 밝혔다. 온갖 금속과 플라스틱으로 인간 흉내를 낸 것들을 보면 속이 메스꺼워지는 덕구였다.

하지만 회사는 포기하지 않고 계속 연락을 해왔다. 대중에게 치유 로봇에 대한 긍정적인 시각을 심어주고 싶었는데, 폭력으로 로봇을 부순 덕구만큼 적임자는 없다고 했다. 소외감이 폭력성으로 변질돼버린 노인이 치유 로봇과 친구가 되는 모습을 바이럴 마케팅에 활용하고 싶다는 둥 되지도 않는 말들을 귀에 딱지가 앉게 말하는 통에 덕구는 화가 잔뜩 났다.

한 번만 더 전화하면 고소하겠다고 으름장을 놓았지만, 덕구에게 돌아온 건 사과가 아닌 고소장이었다. 제닉스 로보틱스가 공원 지킴이 파커에 대한 기물 파손죄로 덕구에게 전액 배상을 요구한 것이다. 어마어마한 배상 금액에 놀란 덕구가 전화해서 따지자 회사는 친절의 탈을 쓰고 거절할 수 없는 거래를 제안했다.

"키리에가 이끄는 소그룹 모임에 참여해서 활동해주신다면 고소를 취하해드리겠습니다. 참고로 모임명은 덕구 님에게 영감을 받아 '레드 플래그'로 결정되었습니다."

덕구는 그렇게 빌어먹게도 키리에의 인플루언서로 활동하게 됐다. 그리고 오늘이 바로 첫 모임날이었다.

이 상황이 아니꼬웠던 덕구는 호락호락하게 틈을 보이고 싶지 않았다. 덕구는 치료 따위가 필요하지 않았기 때문이다.

'내가 왜 로봇한테 치료를 받아야 해? 난 혼자서도 잘 먹고 잘 사는데. 빌어먹을 플라스틱 같으니라고.'

식탁에 앉은 덕구는 신문을 읽기 위해 돋보기를 끄집어냈다. 그러다 자신이 방금 나갔던 이유가 문 앞에 놓인 신문을 가져오기 위해서였음을 깨달았다.

"젠장."

덕구는 다시 몸을 일으켜 현관으로 향했다. 손잡이를 내리고 문을 열자 탕, 하는 소리와 함께 둔탁한 게 걸렸다. 순간 플라스틱 덩어리가 아직도 없어지지 않고 버티는 줄 알았던 덕구는 문을 활짝 열며 소리쳤다.

"썩 가지 못…… 뭐야?"

하지만 마주친 건 이삿짐센터 직원의 엉덩이였다.

"아, 안녕하세요! 오늘 옆집에 이사 온 최태린이라고 해요."

태린이 발등으로 박스를 밀어 넣으며 덕구에게 인사를 건넸다. 덕구는 현관 옆 벽에 붙은 전자시계를 흘긋 쳐다봤다. 아침 8시였다.

"여기는 사다리차 이용료보다 엘리베이터 사용료가 더 싸더라고요."

덕구는 그녀의 말에 한층 더 미간을 찌푸리며 뭐라 말하려다가 엘리베이터 안에서 나는 쿵 하는 소리에 고개를 돌렸다.

"아니! 엘리베이터 안에 플라스틱 골판지라도 붙여야지!"

"네? 저를 부르셨나요?"

플라스틱이라는 말에 계단 밑에 서 있던 키리에가 용수철처럼 튀어 올라왔다.

"뭐야, 아직도 안 갔어?"

"덕구 님이 나오시길 기다리고 있었습니다."

키리에가 입꼬리를 반원 모양으로 올리며 싱긋 웃었다.

"어머! 할아버지도 치유 로봇 의뢰하셨어요? 앗, 잠시만. 덕구 님이라……. '그' 김덕구 할아버지?"

"그 김덕구라니. 나를 어떻게 알고?"

덕구가 으르렁거리며 물었다.

"신문에 나왔잖아요! 키리에 인플루언서 김덕구 할아버지! 어머, 무슨 이런 인연이! 제 아들 토비도 이번에 선정됐어요!"

태린의 새된 목소리에 덕구는 끙 소리를 냈다. 그 망할 로봇 회사에서 자신의 이름 석 자를 신문에 떡하니 박아놓고 광고한 탓에 얼굴 내놓고 다닐 수도 없을 지경이었다.

"아니, 치유 로봇이고 뭐고 골판지 먼저 붙이라니까, 이거 지금 다 까져서……!"

덕구가 마저 호통치려는데 키리에가 불쑥 끼어들었다.

"안녕하세요. 제 이름은 키리에입니다. 저는 5길 26구역에 배치된 AI 치유 로봇으로서 의뢰인들을 대상으로 맞춤형 서비스를 제공합니다. 만나서 반갑습니다. 의뢰인 보호자 최태린 님."

키리에가 태린에게 한 발 가까이 다가가며 인사를 건넸다. 고개를 살짝 기울여 고양이 눈을 따라 하는 것도 잊지 않았다. 다행히 덕구에게는 먹히지 않던 고양이 눈이 태린에게는 호의적으로 비치는 듯했다. 그때, 이삿짐들이 오가는 집 안에서 꼬마 남자아이가 튀어나왔다.

"엇, 엄마! 이 로봇은 뭐예요?"

말할 때마다 쏙 들어가는 보조개가 귀여운 꼬마가 키리에를 올려다보며 물었다.

"안녕하세요, 키리에라고 합니다."

"난 토비. 2학년 2반이야."

"오늘 오전 10시에 레드 플래그 첫 모임 갖는 거 맞죠?"

태린이 탐색하는 눈으로 키리에를 이리저리 내려다보며 물었다.

"네, 맞습니다! 첫 모임은 페레스 아파트 옥상 커뮤니티 룸에서 오전 10시부터 진행될 예정입니다. 꼭 참석 부탁드립니다."

키리에가 방긋 웃으며 말했다.

"아니 애가 친구들하고 놀아야지 무슨 로봇한테 치료를 받아."

덕구는 구시렁거렸다.

"친구들이 절 싫어해요, 왜냐면, 왜냐면요. 전 인공 자궁에서 태어나서 로봇한테 길러진 괴짜니까요."

토비가 손에 쥔 장난감을 꼼지락거리며 무감한 얼굴로 말했다. 덕구의 눈동자에 딱딱하게 굳어지는 태린의 얼굴이 보였다.

***

아직 정리하지 못한 이삿짐들이 한가득 널려 있었지만, 태린은 거실 소파에 멍하니 앉아 토비를 바라봤다. 좀 전에 토비가 했던 말이 머릿속에서 떠나지 않았다. 토비는 인공 자궁을 통해 태어났다. 프리미엄 코스를 통해 머리카락 상태, 눈동자색, 피부색, 지능까지 원하는 대로 디자인됐고, 출산하기 전까지 발생 가능한 모든 문제의 확률이 0에 수렴하도록 AI 보모가 24시간 토비를 돌봤다. 출산 이후에는 엘리트 로봇 양육 기관에서 육 년 동안 보살펴졌다.

그 모든 일이 순조로이 이루어지는 동안 태린이 기여한 건 때마다 막대한 비용을 지불하는 것뿐이었다. 태린은 그동안 자신이 원하는 삶을 영위했다. 좋아하는 일을 하며 커리어를 쌓았고, 사랑하는 사람과 열렬하게 연애하며 자신이 꿈꿔왔던 일상을 누리며 살았다. 그리고 그 모든 게 자신뿐만 아니라 토비를 위한 것이라고 믿었다.

하지만 그 결과는 예상과는 달랐다. 토비는 모든 게 완벽했지만 딱 하나, 도통 학교에 적응하지 못했다. 늘 혼자 다녔고, 친구들과 자주 다투었다. 혹시 로봇 보모한테 키워져서 그런 것일까 싶어 태린은 최근 고민이 깊어졌다. 철두철미하게 계획해서 출산시켰고, 부족함 없이 가르치기 위해 로봇 시설에 보냈던 건데. 혹시나 자신의 선택이 틀렸던 걸까.

최근 동급생 이준과의 다툼으로 정학까지 당한 일이 떠오르자 태린은 머리가 지끈거려 소파에 얼굴을 묻었다. 이준은 토비를 괴롭히는 동급생 중에서도 가장 질 나쁜 아이였다. 평소에도 둘 사이에는 늘 일촉즉발의 긴장감이 맴돌았다.

토비가 정학을 당한 그날도 이준은 다짜고짜 토비에게 시비를 걸었다고 했다. 친구들을 끌고 우르르 몰려 토비를 프릭(Freak)이라고 부르는 것도 모자라 플라스틱 자궁에서 태어난 별종, 심지어는 엄마가 없는 거나 마찬가지라는 심한 말까지 뱉었다고. 자신을 향한 이유 없는 놀림을 참다못한 토비는 결국 옆에 있던 의자를 집어던졌고, 그 아이 위에 올라타 주먹다짐을 해버렸다.

"죄송합니다."

태린이 교장의 전화를 받고 한달음에 학교로 달려갔을 때, 토비는 복도 의자에 앉아 풀이 죽은 채 웅크리고 있었다. 태린은 그런 토비를 다독이지도 못하고 곧장 교장실로 들어갔다. 교장실에는 이미 이준의 엄마인 세정이 화가 잔뜩 난 채 씩씩거리고 있었다.

"토비 어머님, 저희는 교내에서 발생하는 폭력 사건에는 아주 엄격히 징계를 내리고 있습니다."

머리가 반쯤 벗겨진 교장이 안경테를 밀어 올리며 낮게 말했다.

"이건 단순히 아이들끼리 다툰 거라고 볼 수가 없네요. 토비는 분명 문제가 있어요."

세정은 눈꼬리를 위로 치켜뜨며 입술을 뾰족 세웠다.

"하……. 물론 저희도 심각하게 보고 있습니다."

교장이 세정을 진정시키며 힐끗 테린을 쳐다봤다.

"도대체 어디서 그런 행동을 보고 배웠나 모르겠네요. 아! 로봇한테 배웠나."

세정의 얼굴은 테린을 향하지 않았지만, 그 날카로운 말끝은 분명 테린을 향해 있었다.

"제 불찰이에요."

"네! 말씀 한번 아주 잘하셨어요. 애를 낳지는 않았다고 하더라도 돌보기는 해야 하는 거 아니에요? 교장 선생님, 저는 이런 아이를 우리 준이의 학급 친구로 두고 볼 수가 없습니다!"

세정은 골치가 아프다는 듯 관자놀이를 꾹꾹 눌렀다.

"토비가 이준이를 때린 건 변명의 여지가 없지만, 인신공격이 심하시네요."

분명 잘못한 부분이 있기에 참고 넘기려던 테린이었지만, 정도가 지나친 비난에 결국 고개를 들고 세정에게 따지듯 쏘아붙였다.

"토비가 인공 자궁에서 태어난 건 엄연히 합법이고, 학교에서 누구보다 성적이나 지능이 우수한 건 사실이잖아요? 왜 자꾸 폭력 행위가 아닌 다른 이야기를 끌고 들어오는지 모르겠네요."

"뭐라고요? 아니, 토비 엄마!"

세정 역시 못 참고 자리에서 일어나 삿대질했다.

"아, 어머님들 그만 진정 하세요! 거참! 자, 자리에 앉으시고 좀 차분하게⋯⋯."

과열된 분위기에 결국 교장이 언성을 높였다.

"지금 차분하게 생겼어요? 애가 쥐어 터졌는데?"

"제가 듣기로는 이준이가 학기 시작부터 계속 토비를 괴롭혔다고 들었어요. 인공 자궁에서 태어난 걸 가지고 놀렸다고 하던데요."

두 주먹을 불끈 쥔 태린이 교장을 쳐다보며 말했다.

"인공 자궁에서 태어난 건 사실이잖아요?"

이에 질세라 세정도 교장의 얼굴을 뚫을 기세로 대꾸했다.

"토비가 그간 정신적 괴롭힘을 받았다는 것도 감안해주셨으면 합니다."

"얻어터진 건 준이인데 뭘 감안해 달라는 건지. 참."

"토비가 폭력을 행사한 건 문제가 있습니다. 하지만 그렇게 만든 이준이의 책임도 있습니다. 저는 사과를 받아야겠어요. 다신, 토비한테 인신공격하지 않도록 학교 차원에서 조치해주셨으면 합니다."

"하! 그 엄마에 그 아들이네. 볼만하네요, 아주."

비뚤하게 웃으며 세정이 이기죽거렸다.

"⋯⋯대화가 통하질 않네요."

태린이 어금니를 꽉 깨물며 응수했다.

"일단, 토비의 이런 폭력적인 행동은 처음이니 정학 처분이면 될 듯합니다."

계속된 말싸움을 듣다 못한 교장이 눈에 힘을 잔뜩 주며 말했다.

"아뇨, 정학으로는 부족해요. 교장 선생님! 솔직히 토비 문제 있는 거 아시잖아요? 인공 시스템에서 출산 돼 바로 로봇 시설에서 큰 거잖아요! 아이가 무슨 상품도 아니고. 막말로 토비를 사람이라고 할 수 있는 거예요?"

"지금 무슨 말씀하시는 거예요? 토비가 길러진 방법은 의학계에서도 인정한 안정적이고 효율적인 방법이에요."

"미치겠네, 진짜. 더 들을 것도 없어요!"

세정이 진절머리 난다는 듯 손을 내저었다.

"아이고, 어머님들. 학교에서 무슨 막말들을 그렇게 하십니까?"

보다 못한 교장은 결국 자리에서 일어나 둘을 진정시켰다.

"교장 선생님도 행동 똑바로 해주세요. 인신공격하며 쌍스러운 말을 뱉는 건 저쪽인데 왜 토비에게만 죄를 무세요?"

그러나 태린의 눈동자에는 한 치의 물러설 기색도 없었다.

"하아……. 토비 어머니. 토비가 학교생활에 어려움이 있단 건 어머니도 아시잖습니까. 이대로 정상적인 다른 아이들과 함께 교육받는 건 무리일 듯합니다."

"토비가 비정상이라는 말인가요?"

"휴우……. 토비가 겪고 있는 문제는 생각보다 단순하지가 않습니다. 혹시 인공 자궁 출산과 양육 과정에 대해 토비와 진지하게 대화를 나눠보신 적이 있으실까요? 정체성 혼란으로 지금처럼 타인과 교류하지 않으면, 고립으로 이어지고 자폐적 사고를 갖게 될 경향이 큽니다."

교장의 말에 태린은 입이 떡하니 벌어졌다.

"일단 일주일간 정학 기간을 갖는 게 좋겠습니다. 그리고 토비 어머님, 제가 알기로는 요즘 AI 보모로부터 길러진 아이들을 대상으로 하는 감정 커뮤니케이션 사교육이나 로봇 치유 프로그램이 있다고 들었습니다. 토비에게도 강권하는 바입니다."

태린은 그때 교장에게 아무런 말도 하지 못했다. 하고 싶은 말은 너무나도 많았지만, 오히려 그래서 아무 말도 할 수 없었다. 그저 땀으로 축축해진 주먹을 꽉 쥐고 입술을 깨문 채 그곳을 벗어나는 게 전부였다.

"엄마아……."

바깥에서 자신을 찾는 소리에 태린의 정신이 다시 현실로 돌아왔다. 교장과 세정과의 대화를 복기하던 태린의 손은 그때처럼 땀에 젖어 축축했다.

"어, 어……. 왜 토비야?"

"저 앞집 사람이랑 같이 모임해야 돼요?"

걱정스러운 듯 볼을 부풀리는 토비였다.

"응, 그래. 아무래도 토비는 로봇이 더 친근하겠지만, 이제부터 다른 사람들하고 같이 어울리는 방법도 배울 거야."

"피이……. 그치만 절 별로 안 좋아하는 것 같던데, 저 사람도 나 싫다고 하면 어떡해요?"

"걱정하지 마, 키리에가 잘 돌봐줄 거야. 아! 그리고 다른 사람도 있어! 그……. 누구더라, 이름이……. 아! 윤레나! 레나 누나랑도 같이 잘 어울려봐. 가만, 이제 슬슬 준비하자. 모임 시간 다 돼가네."

태린은 자신의 걱정을 들키지 않기 위해 억지로 미소지으며 토비의 등을 쓰다듬었다.

*　*　*

이삿짐 옮기는 소리에 잠에서 깬 레나는 눈을 감은 채 멍하니 누워 있었다. 레나는 마치 자신의 몸이 밧줄로 꽁꽁 싸매어 침대에 묶인 듯했다. 얼굴 위의 공기는 물 먹은 솜베개처럼 무겁게 레나를 짓누르고 있었다.

그렇게 삼십 분, 또 한 시간을 뒤척인 레나는 겨우 허리에 힘을 주고 몸을 일으켰다. 반긴 적도 없는 하루가 또 그렇게 시작됐다.

"렉시, 따뜻한 라테 만들어줘."

방을 나오자 걸음을 감지한 센서가 식탁 등을 켰다. 무미건조한 레나의 목소리와 달리, 주방은 갑자기 활기가 돌았다.

"좋은 아침이에요, 레나! 오늘 온도는 영하 4도로 어제보다 다소 쌀쌀한 편이네요. 따뜻한 라테로 활기찬 하루를 시작해 보아요!"

스마트 키친답게 본인의 역할을 똑똑하게 해내는 인공지능 렉시의 목소리를 들으며 레나는 한층 더 울적해졌다. 저런 기계도 자기 역할을 잘 해내는데 자신은 어디가 고장 나서 이렇게 감정 조절이 힘든 건지 답답한 마음이 일었다.

"평상시처럼 시럽은 20그램 넣을까요, 레나?"

"……응."

"네, 알겠습니다! 오늘은 1303호에 새 이웃이 이사 오느라 소음이 많이 발생했어요. 재즈로 마음을 편안하게 해드릴게요! 렛 데어 비 러브(Let There Be Love)!"

말이 끝나자마자 밝고 싱그러운 재즈 선율이 주방을 가득 채웠다. 레나는 멍하니 앉아 한 방울씩 내려지는 커피를 바라봤다.

"아침 식사는 평상시처럼 스크램블 에그가 들어간 브런치로 준비할까요?"

"……응."

"설정된 프로그램 온. 오일과 계란을 준비해주세요!"

활기찬 렉시의 요청에도 레나는 멍하니 의자에 앉아 있었다.

"레나?"

"응? 아, 응."

레나는 렉시의 채근에 그제야 자리에서 일어나 냉장고 문을 열었다.

"현재 네 개의 달걀이 있습니다. 내일 식사를 위해선 장을 보는 걸 추천합니다."

"……."

"온라인으로 주문할까요?"

대답을 듣지 못한 렉시의 목소리가 공허하게 부엌에 울렸다. 경쾌한 재즈가 자신의 기분과 대비되자 레나는 기분이 더 비참해졌다. 갑자기 눈앞이 부예졌다. 눈자위가 뜨거워지고 모든 피가 눈으로 쏠린 것처럼 압박이 가해지더니 이내 눈에서 눈물이 떨어졌다. 툭, 툭. 말간 눈물이 뺨을 따라 눈물길을 만들었다. 레나가 다급히 몸을 돌려 방으로 향했다.

"레나, 커피가 완성됐습니다."

렉시의 밝은 목소리가 등 뒤에서 울렸지만, 레나는 침대로 다시 파고들었다. 그리고 눈을 감았다. 현실보다 차라리 꿈속이 나았다. 레나는 이불을 머리까지 뒤집어쓰며 잠들려 애썼다.

다시 눈을 떴을 때, 레나는 차 뒷좌석에 앉아 있었다. 떨리는 손은 필사적으로 귀를 막고 시선은 앞을 보지 않으려 창밖에 고정한 채였다. 레나는 이게 꿈이라는 걸 알고 있었다. 그리고 곧 무슨 일이 일어날지도.

아빠인 서윤을 잃었던 그 끔찍한 사고는 레나에게 벌을 주듯 자주 악몽으로 찾아왔다. 그리고 악몽은 늘 마지막 비명까지 듣고 나서야 레나를 놓아줬다.

"애가 저렇게 된 게 내 탓이란 거야?"

앞좌석에 앉은 혜주와 서윤의 고함이 손바닥으로 막은 레나의 귀를 찌를 듯 파고들었다.

"그럼 내 탓이야? 7살짜리 애가 우울증이 말이 돼?"

서윤이 굳은 얼굴로 대꾸했다.

"하! 아주 대단하셔. 애를 나 혼자 낳았니? 나 혼자 키워?"

혜주가 쏘아붙였다.

"말 돌리지 마. 애가 저렇게 된 건 당신 책임이야. 그렇게까지 애를 잡는데 애가 숨이 막혀 살겠어?"

"아니! 우리 집안에는 정신병자가 없어."

"……무슨 뜻이야."

"당신네 유전자 문제라고."

상대에 대한 일말의 배려조차 없는 말에 차의 핸들이 휙 돌아갔다. 레나는 창문에 크게 부딪혔지만, 필사적으로 입을 막고 찔끔 나온 눈물을 삼켰다.

"지금 여기서 우리 집안 탓을 하는 거야?"

서윤이 아랫입술을 깨물며 잇새로 말을 꺼냈다.

"내 말이 틀려? 아버님은 우울증이시고, 당신 형님도 불안장애잖아. 당신네 집안이 문제라고."

자신을 노려보는 서윤의 눈빛에 질세라 혜주도 날카롭게 눈을 치켜떴다.

"······흐앙."

창문에 부딪힌 아픔과 부모님의 살벌한 분위기를 견디지 못한 레나가 결국 울음을 터뜨렸다. 레나는 몹시도 서러운지 귀를 막던 손으로 눈을 가린 채 펑펑 울어댔다.

"어, 어. 레나야, 울지 마. 괜찮아."

울음소리를 들은 혜주가 뒷좌석으로 몸을 돌려 레나를 달랬다. 그 모습에 서윤이 피식 헛웃음을 터뜨렸다.

"가증스럽네."

"뭐라고?"

혜주의 험악한 얼굴이 다시 운전석으로 돌아갔고, 서윤도 지지 않겠다는 듯 눈을 부라리며 조수석에 앉은 혜주를 노려봤다.

빠아아앙!

그때 맞은편에 다가오던 트럭이 중앙선을 넘은 서윤의 차를 보고 크게 경적을 울렸다. 뒤늦게 트럭을 본 서윤이 급하게 핸들을 꺾었지만, 이미 늦은 상황이었다.

"아아악!"

누구의 것인지 모를 고통스러운 비명이 귓가를 찢었다.

"일어나, 윤레나."

촤악, 어둠을 감싸고 돌던 커튼이 걷히는 소리와 함께 머리까지 덮었던 이불도 걷혔다. 낮지만 앙칼진 목소리가 적막을 꿰뚫었다. 레나는 무의식적으로 다시금 이불을 들어 올려 눈을 덮었다.

"……."

혜주는 짜증 난다는 듯 미간을 찌푸리고 레나를 노려봤다. 그러다 답답했는지 아무 말 없이 휙 하니 거실로 나가버렸다.

"엄마?"

뒤늦게 정신이 든 레나가 다급히 침대에서 일어나 방을 나섰다. 발코니에 서서 생각에 잠긴 혜주의 등을 보자 레나는 죄책감에 마음이 무거워졌다.

"엄마, 언제 왔어요?"

레나는 우울한 티를 내지 않으려 애쓰며 일부러 목소리를 높였다. 상황에 어울리지 않게 튀는 레나의 목소리에 혜주는 기가 막힌지 혀를 찼다.

"방학이라고 계속 퍼져 있으면 어떡하니? 겨우 켈릭스 고등학교 입학해놓고. 다음 시험에서 꼴등 하고 싶니?"

"그게……."

"이렇게 퍼질러 자라고 이 아파트 구해준 줄 알아? 레드 플래그 모임이며 통학 거리 고려해서 기껏 독립시켜 줬더니. 도대체 뭐가 문제니, 넌."

혜주가 팔짱을 낀 채 몸만 반쯤 돌리며 되물었다.

"……."

레나는 뭐라 대답을 해야 할지 몰라 머리가 멍했다. 7살, 소아정신과에서 우울증 진단을 받은 그 순간부터 지금까지, 레나는 늘 혜주에게 말해왔다. 자신의 우울감은 어떤 '문제' 때문이 아니라 이 상태 자체가 자신이라는 걸 말이다. 자신의 속에는 우울이 있었다. 그건 마치 사람을 구성하는 것에 내장, 근육, 뼈, 혈액, 신경계가 있는 것과 같았다. 자신을 구성하는 것 중에 우울이 있을 뿐이었다. 그렇게밖에 설명할 방도가 없었다. 하지만 혜주는 레나를 이해하지 못했다. 어떻게든 레나 속에 있는 우울이라는 바이러스를 도려내는 것만이 혜주의 목표였다. 때로는 그 제거 대상이 레나 자신이 아닐까 하는 착각이 들 정도로 말이다. 그럴 때면 레나는 그저 이 지구에서 없어져버리고 싶었다. 엄마를 위해서 말이다.

혜주는 또다시 멍하게 선 레나를 보고 길게 한숨을 내쉬었다. 지이잉, 그때 혜주의 휴대폰이 울렸다.

"응, 나 잠깐 레나 보러왔어. 응……, 뭐? 그럼 하윤이 칩하고 연동된 시스템 민감도를 높여 봐. 자극에 얼마나 빨리 반응하는지 데이터 체크하고……. 뭐라고?"

신경질적으로 전화를 받던 혜주는 뭔가 문제가 생겼는지 레나 눈치를 살피며 등을 돌렸다.

"아니! 애가 11살인 게 뭐가 중요해 지금? 인체에 해가 되든 말든 연구만 생각해. 언제까지 피질 자극만 할 거냐고. 아, 아니다. 내가 지금 갈게."

"무슨 일이에요?"

"별일 아냐. 그건 그렇고, 조만간 투자자들 모아서 임상 결과 보고하고 후기 임상 계획 발표할 거야. 슬기한테 세미나 날짜는 전달받았어?"

소파 위에 놓인 토트백을 집어 들며 혜주가 물었다.

"아뇨, 아직……."

레나는 마치 자신이 잘못한 것처럼 움츠러들었다.

"휴우……. 걔도 수련의라 바쁘니까 네가 필요한 건 알아서 챙겨. 슬기한테 중요 세미나 일정 받아 놓고, 연구 진행 프로토콜도 보면서 틈틈이 스크랩해 놔. 임상이 성공만 하면 학술지에 실려서 원하는 대학 특별전형으로 골라 갈 수도 있어. 알겠지?"

쉴 새 없이 쏘아붙이며 짐을 챙기던 혜주는 나가기 전 레나를 채근하며 노려봤다.

"……알겠어요."

"그리고 너, 이제 곧 개학인데 강의 시간표는 잘 짠 거야?"

"주 4일로 기초과학은 다 넣었고……, 특수 과목으로 신경과학을 추가했어요."

레나는 숨이 잘 쉬어지지 않는 듯 말 사이사이 크게 숨을 들이켰다.

"마지막으로, 레드 플래그 모임에서 네가 할 일은 하나야. 정신질환자들이 절대 본인 스스로 정신병 못 고친다는 걸 깨닫게 하는 거. 그것만 일깨워주면 돼."

혜주는 레나가 탐탁지 않은지 구두를 신고 매무새를 확인하는 동안에도 잔소리를 멈출 줄 몰랐다.

"……."

혜주가 집을 나선 뒤, 레나는 그제야 가쁜 숨을 몰아쉬었다. 잠깐 사이 온몸에 힘이 빠져 다리가 후들거렸다. 마음 같아서는 침대에 누워 쉬고 싶었지만, 지금은 그럴 수 없었다. 오늘은 모집한 의뢰자들과 첫 모임을 하는 날이었으니까.

5

약속 시간보다 한 시간이나 먼저 옥상에 도착한 덕구는 텃밭과 대온실 그리고 드론 택배함을 둘러보며 문제가 없나 점검했다. 스마트 기능이 탑재된 대온실은 태양광을 흡수하며 식물에 24시간 내내 적절 환경을 제공해주고 있었고, 택배함은 가끔 오작동을 일으키는 드론 탓에 소포 몇 개가 나뒹구는 것 말고는 문제가 없었다.

"……."

사실 옥상에는 덕구만 있는 게 아니었다. 덕구보다 더 일찍 온 키리에도 함께였다. 덕구는 키리에 따위는 개의치 않는 듯 눈길 한 번 주지 않고 텃밭에만 눈을 고정했다. 하지만 아무리 신경 쓰지 않으려 해도 덕구의 눈썹은 10시와 2시 방향으로 치켜 올라가 있었고, 코 평수는 평소보다 1.5배 벌어져 있었다.

"저리 비켜. 일하는 데 방해하지 말고."

결국 덕구가 삽을 쥔 손에 힘을 주며 쏘아붙였다.

"기분이 좋지 않아 보이네요. 제가 도울 일이 있을까요?"

"참 나, 네가 도울 게 뭐가 있어? 옆으로 가."

덕구는 신경질적으로 화분의 흙을 파내 텃밭에다가 쏟아붓고
는 퇴비와 함께 섞기 시작했다.

"대온실 안에서 재배된 식물보다 덕구 님이 텃밭에서 키우는
식물이 더 크고 튼튼해 보입니다."

옥상 한가운데 으리으리하게 자리한 대온실을 쳐다보며 키리
에가 말했다.

"당연한 소릴! 저런 데다가 인위적으로 키워댄다고 식물이 잘
자라나? 자연에서 나오는 바람 맞고 비 맞고 커야 튼튼하고 건강
하게 자라는 거지, 암."

"겨울철 영양분이 빠진 토양에 영양분 공급을 위해 퇴비를 넣
어주는 건가요?"

키리에가 흥미로운 얼굴로 화분 작업 중인 덕구를 향해 허리를
숙였다.

"생각보다 훨씬 할 게 많군요."

"텃밭 가꾸는 게 얼마나 손이 많이 가는데. 이 퇴비도 내가 일
년 전부터 미리 사놓고 완숙시켜 놓은 거야."

"그렇군요!"

"멍청하고 얼빠진 것들이나 봄이나 가을에만 빤짝 가꾸면 제
입에 채소가 들어갈 줄 알지!"

"덕구 님 텃밭에는 다양한 품종의 식물이 있어 신경 쓸 일이 더 많겠네요!"

키리에가 맞장구쳤다.

"그렇지! 이게 같은 작물이더라도 품종별로 재배기간이……."

맞장구에 신이 나 떠들어대던 덕구는 문득 말을 멈추고 어이없 다는 듯이 피식 웃었다. 자신이 플라스틱 덩어리랑 이렇게 말을 많이 섞고 있다는 사실이 황당했다.

덕구는 천천히 굽혔던 허리를 펴며 올해는 무슨 작물을 심을지 곰곰이 생각해봤다. 봄에는 상추, 강낭콩 좀 심고, 여름 되면 토마 토, 당근을 좀 키우고, 가을이 오면 부추랑 갓 그리고 겨울에는 대 파……. 그러다가 잠시 덕구의 눈꺼풀이 아래로 떨어졌다.

올해도 수국을 키워야지, 그런 생각을 했다가 문득 떠오른 그 리운 얼굴 때문이었다. 사별한 지 올해로 다섯 해가 되어가지만, 여전히 아내 얼굴이 선연했다. 아내는 나비수국을 특히나 좋아했 다. 자잘한 꽃잎들이 한데 모인 게 앙증맞고 귀엽다나. 수국은 손 이 많이 가는 꽃이다. 조금만 물이 부족해도 바로 시들해져버리 곤 하지만, 또 물을 뿌려주면 얌체처럼 살아난다. 그 모습이 변덕 스럽기 그지없었다. 그러고 보면 아내는 수국과 닮았다. 항상 관 심과 사랑을 줘야 하는 존재.

안타깝게도 덕구는 그러지 못했다.

쨍그랑.

그때, 요란하게 깨지는 소리가 덕구의 귀에 닿았다. 굉장한 머 저리 플라스틱이 화분을 깨트리지 않고서는 도저히 날 수 없는 소음이었다.

"어엇!"

당황한 키리에가 전형적인 기계음 소리로 딱딱 끊어지듯 말했다.

"뭐야!"

"아이쿠……. 제가 실수로 화분을 깨뜨렸습니다."

키리에가 깨뜨린 화분은 하필이면 수국을 담았던 화분이었다. 덕구는 씩씩거리며 키리에를 향해 다가갔다. 키리에는 그 모습에 눈을 질끈 감았다. 공원 지킴이 파커를 부순 전력이 있는 덕구였다. 그 기록대로라면 이번 일로 키리에가 부서지더라도 이상하지 않았다.

그러나 쌩하고 카리에를 지나친 덕구는 망연자실한 표정으로 화분을 어루만졌다. 몇 초가 흘러도 아무 일이 없자 키리에는 오른쪽 눈을 슬그머니 떴다. 그리고 조심스레 덕구를 살폈다.

"죄송합니다, 제가 그만 실수로……."

"이거 아내가 제일 좋아하던 화분인데. 수국이 담긴……."

덕구가 깨진 화분 조각을 두 손에 쥔 채 읊조렸다.

"이런……."

키리에가 안절부절못하며 덕구에게 다가갔다.

"아니! 그러니까 왜 거기 서서 얼쩡거려, 왜?"

덕구의 눈썹이 무섭게 위로 치켜 올라갔다. 키리에는 오류가 난 것처럼 할 말을 찾지 못하고 어정쩡하게 서 있기만 했다. 그 모습에 덕구는 한숨을 쉬며 깨진 화분을 하나하나 포개어 정리하기 시작했다.

"내가 이래서 관리소장한테 CCTV 설치하라는 거야. 그 잘난 로봇 회사에 전화해서 댁네 플라스틱 덩어리가 기물파손 했다고 신고할 수 있게 말이야."

덜컥, 그때 뒷문이 열리는 소리와 함께 옥상에 누군가 들어왔다.

"여기 계셨네요!"

태린이 겸연쩍게 웃으며 토비 손을 잡은 채 텃밭으로 들어왔다. 처음 올라온 옥상 정원이 신기한지 태린은 텃밭과 대온실을 둘러보며 덕구에게 다가왔다.

"거기 조심!"

그때 덕구가 큰 소리를 쳤다.

"네?"

갑작스러운 고함에 태린이 들어 올린 발을 내리지도 못하고 어정쩡하게 멈춰 서서 덕구를 쳐다봤다.

"당신이 밭갈이한 텃밭을 밟고 있잖소, 지금!"

"제가요?"

"……."

덕구는 힘껏 찡그린 미간으로 대답을 대신했다.

"아, 아! 그러네요, 여기가 텃밭……."

"똥 냄새나."

뒤따르던 토비가 코를 막으며 땅을 흘겨봤다.

"토비, 이게 똥거름이라고 동물들 배설물 같은 거를 썩힌……."

그 와중에도 태린은 손가락으로 거름을 가리키며 설명하려 들었다.

"엇, 키리에다!"

토비는 침울하게 서 있는 키리에를 발견하고는 종종걸음으로 달려갔다. 태린은 멋쩍게 손가락을 내리며 조심히 텃밭에서 내려 왔다.

"뭐, 나한테 볼일 있소?"

흙을 쓸어 담던 덕구는 조금 전의 키리에처럼 자신의 곁에 어 정쩡하게 서 있는 태린을 보며 말했다.

"저, 그게……."

태린은 손톱을 깨물며 눈을 이리저리 굴렸다. 누가 봐도 할 말 은 있는데 꺼내기가 어렵다는 제스처였다. 한참을 뜸 들이던 태 린은 결국 주저하며 입을 열었다.

"아까 들으셨겠지만 토비가 다른 아이들과는 달리 인공 자궁에 서 태어났고, 또 바로 로보아이 시설에서 자라서요……."

"……."

덕구는 태린의 말을 한 귀로 흘려들으며 비닐포대에 깨진 화분 을 담고 노끈으로 감았다.

"아, 로보아이가 어딘지 모르실 수도 있겠네요. 그러니까 로보 아이는 최첨단 AI 보모가 생모를 대신해서……."

"하고 싶은 말이 뭐요?"

주절주절 길어지는 말에 덕구는 슬슬 짜증이 올라오는지 구부 렸던 큰 몸을 일으켰다. 그렇지 않아도 아들 준혁이 인공 자궁이 니 뭐니 헛소리를 했던 탓에 신경이 곤두서 있었는데 이제는 인 공 자궁에서 태어난 아이와 함께 모임을 해야 한다니. 덕구는 자신의 인생에 갑자기 들이닥치는 인공 자궁 때문에 넌더리가 날 지경이었다.

"잘 부탁드린다고요."

이 여자가 제정신인가? 덕구는 입술 끝을 한껏 아래로 내려뜨린 채 태린을 빤히 쳐다봤다. 이삿짐을 들이는데 엘리베이터에 골판지도 붙이지 않을 때부터 알아봤다. 이 여자는 별종이다.

"아니, 그런 애면 본인이 돌보든가 친구들과 놀게 해야지 무슨 로봇에다가……."

마지못해 덕구가 한마디 하자 때마침 다가온 토비가 불쑥 끼어들었다.

"친구들이 절 싫어하니까요!"

"뭐? 맙소사! 애가 학교에서 왕따를 당해서 로봇한테 돌봐 달라는 거요?"

덕구가 새침하게 태린의 다리에 매달린 토비를 보며 얼빠진 얼굴로 물었다.

"그게 말하자면 좀 복잡한데 제가 키리에한테 의뢰한 건 정서적 감응력 상승으로 사회적 소통 능력을 함양하고 또 외로움이나 고립감으로 인한 폐쇄적 사고……."

"하! 됐어, 설명 안 해도 돼요. 하긴 뭐. 남이 자기 자식 키우는 일에 감 놔라 배 놔라 할 건 아니지."

이야기를 듣다 몹시 피곤해진 덕구는 손을 휘휘 내저으며 단단히 매듭지은 비닐포대를 들었다.

"아니, 근데 어르신! 왜 그렇게 화가 나 있는 거예요? 엄마인 제가 어련히 알아서 잘 돌볼까 봐…….”

태린은 자신을 벼랑 끝으로 몰아세우고 혼내려는 듯한 덕구를 쳐다보며 쏘아붙이듯 말했다.

“보호자 최태린 님! 너무 걱정하지 마세요. 토비가 덕구 님과 잘 지낼 수 있도록 제가 돕겠습니다.”

또랑또랑한 키리에의 말에 포대를 든 덕구의 표정이 일순간에 구겨졌다. 플라스틱 덩어리를 상대하는 것도 성가셔서 죽겠는데 9살 꼬마까지 혹으로 붙은 셈이었다. 덕구는 콧방울을 있는 힘껏 늘리며 호통치듯 소리쳤다.

“누구 맘대로? 이 플라스틱…….”

“어? 저기 사람 있다, 엄마!”

그 순간 토비가 난간에 위태롭게 기대고 서 있는 사람을 가리키며 소리쳤다.

“저건 또 뭐야?”

“그러네, 바람 쐬러 나온……. 잠깐만 저 학생 지금……!”

대수롭지 않게 말하던 태린이 눈을 크게 뜨며 새된 소리를 냈다. 학생의 몸이 난간 밖으로 위험할 정도로 미끄러지고 있었다.

“염병, 뭐야!”

그 모습을 본 덕구가 쏜살같이 내달렸다. 큰 덩치가 어찌나 빠르게 달려가던지 태린의 입이 더 크게 벌어졌다.

“너 뭐 하는 거야, 지금?”

으르렁거리는 고함에 학생이 깜짝 놀라 밟고 있던 스테인리스에서 미끄러졌다.

"악!"

난간 밖으로 떨어질 뻔한 학생의 팔을 다행히 덕구가 잡아챘다. 덕구는 우악스럽게 팔을 잡아당겼고, 학생의 몸은 허공을 반 바퀴 돌아 무사히 땅바닥에 내려앉았다.

"괜찮아요?"

뒤늦게 달려온 태린이 걱정스럽게 학생을 살폈다.

"어? 레나! 벌써 도착해 있었군요!"

키리에는 학생의 정체를 알아채고는 특유의 고양이 눈을 깜빡거리며 레나에게 다가갔다.

"뭐야, 아는 사람이야? 대체 뭐 하는……."

키리에가 아는 체하자 덕구가 거친 숨을 몰아쉬며 물었다.

"1404호에 거주하는 레나입니다. 이제 제 의뢰인들이 다 모였네요! 덕구, 토비, 레나! 만나서 반갑습니다! 이제 모임을 시작해볼까요?"

키리에는 잔뜩 기대된다는 듯 두 손을 맞잡고 한 바퀴 뱅그르르 돌았다. 그리고 종종걸음으로 옥상 한 편에 자리한 커뮤니티 룸으로 걸어갔다. 태린은 처음 보는 레나에게 토비를 잘 부탁한다고 말한 뒤 내려갔고, 레나와 토비는 멀뚱하게 서로를 쳐다보다가 얼쯤얼쯤 키리에를 뒤따랐다.

"덕구 님! 여기 커뮤니티 룸으로 오시면 됩니다!"

키리에가 팔을 크게 휘적거리며 소리쳤다. 덕구는 그러거나 말거나 다시 텃밭 정리를 시작했다. 던져뒀던 포대를 구석에 잘 세워두고 퇴비와 석회를 밭 전체에 골고루 뿌렸다.

"덕구 님!"

키리에가 이제는 두 손을 확성기처럼 모아 덕구를 불렀다.

"어이구 씨! 무슨 모임을 한다고 그려?"

"덕구 님! 많이 바쁘신가요?"

키리에가 계속 재촉하자, 결국 덕구가 길게 한숨을 내쉬며 몸을 돌렸다.

"먼저 시작해, 정리만 하고 갈 테니까."

덕구가 마지못해 웅얼대자 키리에가 두 팔로 크게 원을 그리며 알겠다고 소리쳤다.

"저놈의 로봇은 기차 화통을 삶아 먹었나."

덕구는 귀를 후비며 투덜거렸다. 키리에는 덕구에게 말할 때마다 음량을 일정 데시벨 이상으로 유지했는데, 노인이라 귀가 어두울 걸 염두에 둔 모양이었다. 하지만 덕구는 그 누구보다 청력이 좋았다. 특히나 누군가가 자신에 대해 욕하는 건 귀신같이 알아채고 으르렁댔다. 하지만 키리에는 그 사실을 아직 모르는 듯했다.

"여기서 이제 뭐 해?"

가만히 앉아 있는 게 지겨운지 자리에서 일어난 토비가 수공간에 놓인 경관석으로 다가가며 물었다.

"자, 토비. 이제 자리에 앉을까요? 덕구 님은 텃밭을 가꾸느라 바빠서 저희끼리 먼저 모임을 시작하겠습니다. 우선, 제 소개를 드리자면 저는 강인공지능 돌봄 로봇 키리에입니다. 저는 여러분의 정신 건강을 돌보는 치료용 로봇으로서 개인 및 소그룹 모임인 레드 플래그 활동을 통해 치료 서비스를 제공해드릴 예정입니다. 건강과 행복이 가득 찬 앞으로의 여정을 위해 최선을 다해 여러분을 돕겠습니다!"

키리에는 잠시 말을 멈추고 반응을 기다렸지만, 커뮤니티 룸에는 정적만 흘렀다.

"크흠, 누군가가 자기소개를 마쳤을 때는 박수로 환영해주는 게 어떨까요?"

무안해진 키리에는 나오지도 않는 헛기침을 하며 부탁했다.

"환영해, 키리에."

토비가 그 요청에 즉각 박수를 치며 대답했다. 키리에의 고양이 눈이 토비를 향했다.

"고마워요, 토비. 그럼 다음으로 토비가 자기소개를 해줄 수 있을까요?"

"나는 최토비예요. 켈릭스 초등학교 2학년 2반이고 1303호에 오늘 이사 왔어요. 엄마는 최태린이고 또⋯⋯."

손가락을 꼼지락거리며 자신을 소개하던 토비는 할 말이 떠오르지 않는지 허공을 바라보며 눈살을 찌푸렸다.

"떠오르는 것만 말해주면 돼요. 나머지는 천천히 알아가면 되니까요!"

키리에가 윙크하듯 오른쪽 눈을 찡긋거렸다. 그때 마침 덕구가 양손 가득 나물을 담은 바구니를 들고 커뮤니티 룸으로 들어왔다.

"엇, 저기 오시네요! 덕구 님! 어서 오세요, 지금 돌아가면서 자기소개 중이었어요. 그럼 이번에는 덕구 님의 자기소개를 들어볼까요?"

"참 나, 도대체 이게 뭐라고 다들……."

덕구는 그런 상황이 어색한지 빈자리에 앉는 내내 투덜거렸다.

"김덕구!"

바구니를 테이블 위에 턱 하고 올려놓으며 덕구가 짧은 자기소개를 했다.

"환영해, 덕구."

토비가 이번에도 박수를 치며 환영했다.

"마지막으로 레나. 사실 저와 레나는 작년 제9회 제닉스 사이언스 페어에서 먼저 만난 적이 있습니다. 레나가 우승 소감을 말하던 중 저와 눈이 마주쳤죠. 그때 레나는 우승작 이모칩의 보완을 위해 직접 치유 프로그램에 참여하고 싶다 의사를 밝혔고, 이렇게 저희와 함께하게 됐습니다. 많은 치유 모임 중에 제 모임을 택하다니, 레나는 아마 저한테 첫눈에 반했나 봅니다? 하하!"

야심 차게 농담을 꺼냈던 키리에는 아무도 따라 웃지 않자 서둘러 말을 돌렸다.

"그럼 레나, 마지막으로 자기소개를 해주시겠어요?"

"저는……. 크흠!"

오래 기다린 탓인지 목소리가 갈라지자 레나는 서둘러 앞에 놓인 주스를 한 모금 들이켰다.

"저는 17살이고 켈릭스 고등학교에서 신경과학을 전공할 예정이에요. 1404호에 살고 있고, 그리고……."

뭔가 말을 꺼내려던 레나는 잠시 말을 멈췄다가 나직이 덧붙였다.

"우리가 분명 통하는 게 있을 거라고 생각해요."

"참 나."

덕구는 혀를 찼지만, 그리 기분 나쁘지 않은 듯했다.

"어쩌면……, 제가 여러분께 도움을 주게 될 수도 있고요."

"덕구, 이 식물은 뭐예요?"

레나가 작게 웅얼거렸지만 테이블 위 바구니에 관심을 보이는 토비 때문에 아무도 그 말을 듣지 못한 듯했다.

"덕구가 뭐야, 이놈아! 취나물 그렇게 세게 쥐면 안 돼, 내려놔!"

덕구가 말릴 새도 없이 나물을 움켜쥔 토비의 손을 들어 올리며 말했다.

"그러면 뭐라고 불러야 하는데요?"

토비가 볼을 빵빵하게 부풀리며 물었다.

"덕구 할아버지라고 부르면 됩니다, 토비. 1969년에 태어난 덕구 님은 올해 70세로 연세가 많으신 노인입니다."

키리에가 차분하게 설명해줬다.

"참 나, 노인이라 말해줘서 고맙네. 그래 요즘 사람들이 싫어하는 노인이지, 내가."

덕구가 키리에를 매섭게 노려보며 으르렁거렸다.

"덕구 님 말씀이 맞습니다. 사람들이 노인에 대해 생각하는 연관 검색어로는 할배, 느림, 꼰대, 고집, 무기력 등이 있습니다."

키리에는 그 와중에 또 눈치 없이 검색까지 해가며 설명했다.

그러는 동안 레나는 토비를 따라 바구니의 취나물을 뚫어지게 쳐다봤다. 키리에에게 역정을 내리던 덕구는 그 시선을 느끼고 목을 가다듬으며 혼잣말 물었다.

"아까 난간에 붙어서 뭐 한 겨?"

갑작스러운 덕구의 질문에 레나가 눈을 크게 떴다.

"그냥 잠깐 바람을……. 제가 옥상에서 혼자 바람 쐬는 걸 좋아해서……요."

말이 길어질수록 레나의 목소리는 점점 작아졌다. 혜주가 집을 나서고 난 뒤, 레나는 엘리베이터에 올라 옥상으로 향했다. 어차피 모임 장소기도 했고, 모임 전 잠깐 바람을 쐬고 싶었다.

옥상에 도착한 레나는 사람이 떨어지지 않도록 안전을 위해 만든 난간을 잡고 올라섰다. 그러자 레고 모형처럼 작은 세상이 눈에 담겼다. 한결 숨통이 트이는 듯했다. 레나는 크게 숨을 들이쉬고, 다시 천천히 입으로 호흡을 흘려보냈다. 몸을 조금 더 난간 바깥쪽으로 기울이면 땅이 조금 더 가까워진 듯 보였다. 조금만……. 조금만 더……. 그렇게 되뇌며 몸을 숙이다 보니 어느새 몸이 기역 자처럼 구부러진 채 위태롭게 매달려 있던 거였다. 그때 레나의 머릿속에 떠오른 생각은 하나뿐이었다. '만약 이대로 미끄러져 추락하면 어떤 느낌일까. 아플까, 아님 후련할까.'

억센 손이 자신을 붙잡지 않았더라면, 레나는 그 의문을 해결하려 했을지도 몰랐다. 머쓱한 마음에 레나의 고개가 더 아래로 떨어졌다.

"위험하니까 함부로 난간 위에 발 짚고 올라가지 말어. 빌어먹을 놈들이 난간 높이를 낮게 해놔서 떨어져 죽기 딱 좋게 만들어 놨어. 쯧쯧."

덕구는 침울해진 레나의 태도에 머쓱해져 괜히 바닥에 내려놓은 농기구들을 정리했다.

"소개는 이쯤이면 됐고. 오늘은 첫 모임이니까 레드 플래그를 참여하게 된 사유와 각자 바라는 점을 얘기해보는 게 어떨까요?"

분위기가 가라앉는 걸 느꼈는지 키리에가 쾌활한 말투로 화제를 전환했다.

"전 찬성이에요."

고개를 숙이고 있던 레나는 반색하며 고개를 들었다. 모임 참여자가 앓고 있는 정신질환들을 파악해두라는 혜주의 말이 귓바퀴에 아른거렸기 때문이다.

"좋아요! 그럼 덕구 님부터 얘기해볼까요?"

키리에가 눈을 반짝이며 물었다.

"뭐, 나? 난 할 말 없어. 난 억지로 여기 들어오게 된 거라고. 플라스틱 덩어리 로봇 따윈 필요 없었어."

앙다문 그의 입술만큼이나 단호하게 덕구가 대답했다.

"제닉스 로보틱스에서 진행한 사전 인터뷰를 분석하면 덕구 님은 현재 사랑하는 사람과의 사별로 인한 복합비애를 갖고 계신 것으로 보입니다. 사별 후 독거생활에서 오는 고립감까지 더해져 회복을 위한 지원이 필요한 상태입니다."

두 손바닥을 책상 위에 나란히 얹은 키리에가 진지한 눈빛으로 덕구를 바라보며 말했다.

"그래서 억지로 잡혀 온 거예요?"

토비가 불쑥 끼어들며 딱하다는 눈으로 쳐다봤다. 그 말에 기가 막힌 덕구가 항변하려 입을 떼는데 키리에가 먼저 말을 꺼냈다.

"덕구 님은 잡혀 온 게 아닙니다. 덕구 님이 실린 기사를 보고, 제닉스 로보틱스에서 먼저 참여 요청을 드렸습니다."

"무슨 일로 실렸는데요?"

"하, 참! 질문도 많다."

덕구는 끊임없이 이어지는 토비의 질문이 질린다는 듯이 고개를 저었다.

"〈RED FLAG! 70세 김 모 씨가 공원 지킴이 로봇을 부숴버리다. 노인과 로봇은 아직도 함께 할 수 없는 것인가?〉, 이게 기사 제목이었습니다."

쓸데없이 내용까지 친절하게 설명해주는 키리에였다.

"근데 레드 플래그가 무슨 뜻이야? 우리 모임 이름도 그거랬지?"

"주의가 필요한, '문제 있는' 사람을 가리키는 말이야."

레나가 '문제 있는'이라는 말을 또박또박 강조하며 말했다.

"아하, 범죄자란 뜻이구나."

토비가 이해했다는 듯 고개를 끄덕였다.

"뭐야? 이놈이!"

토비의 천진난만한 말에 덕구는 명치 끝부터 말을 끌어 올려 소리쳤다.

"자자, 아무튼 결론적으로 그 일로 덕구 님은 제닉스 로보틱스

의 노인 홍보대사로 선정돼서 저희와 함께 활동하게 됐어요. 자,
다음으로 레나?"

분위기가 점점 어수선해지자 키리에가 서둘러 상황을 정리했다.

"저……는, 저도 뭐 문제가 있어서라기보다는 아까 말했……."

띠디디디. 그때 레나의 스마트 워치에서 알람 소리가 울렸다.
우울증 약 복용 시간을 알리는 알람이었다. 레나는 다급히 스마
트 워치를 숨기며 알람을 끄려 애썼다.

"약 먹을 시간이군요, 레나."

레나의 상태를 알고 있는 키리에가 담담히 말했다.

"약? 어디 아파요?"

토비가 레나를 물끄러미 바라보며 물었다.

"아니, 아픈 건 아니고……, 전전두피질과 변연계 작용을 좀 도와
주는……."

당황한 레나의 손끝이 떨렸다. 키리에는 그런 레나의 앞으로
자연스럽게 움직여 주변의 집중된 시선으로부터 가려줬다.

"자, 그러면 레나가 편하게 약을 복용할 수 있게 토비 차례로
넘어가도 될까요?"

레나는 키리에의 등 뒤에서 조금이나마 마음을 놓으며 주섬주
섬 약을 꺼냈다. 토비는 자기 이름이 불리자마자 기다렸다는 듯
손을 들었다.

"엄마가 그러는데 저는 인공 자궁에서 태어나서 남들과는 다른
훈련이 필요하댔어요."

"허, 참! 이래서 인공 자궁이 문제야, 문제."

아들 준혁이 생각난 덕구는 코를 훔치며 씩씩거렸다.

"인공 자궁이 뭐가 어때서요!"

덕구가 자신을 놀리던 친구들처럼 말하자 토비는 허리 위에 손을 얹고 소리쳤다.

"엇, 잠시만요. 릴렉스! 화를 내면 코티솔 호르몬 분비가 증가하고 이는 혈관 수축과……."

"흥, 인공 자궁이니 뭐니 다 개똥 같은 소리야. 어디서 생명 갖고 장난질이야."

"내가 개똥이라는 거예요?"

덕구의 말에 이번에는 토비가 씩씩거리며 금방이라도 달려들 듯 몸을 부풀렸다. 그 순간 테이블에 있던 유리잔이 토비의 팔에 부딪혀 바닥으로 떨어졌다. 쨍그랑, 유리잔은 그대로 조각조각 부서졌다. 예기치 못한 상황에 당황한 토비는 허리를 숙이고 깨진 조각에 손을 뻗었다.

"냅 둬!"

"아야!"

덕구가 소리쳤지만 토비의 동작이 한발 빨랐다. 날카로운 유리에 베인 토비의 손이 금세 피로 범벅이 됐다.

"헉, 피가 많이 나는데……."

약을 먹고 숨을 고르던 레나가 갑작스러운 상황에 놀라 토비에게 다가갔다.

"날카로운 물체에 베었을 때 대처법. 첫째, 맨손으로 다친 부위를 만지지 않습니다. 둘째, 지혈을……."

키리에는 이런 상황이 처음인 듯 키리에가 데이터를 검색하며 지혈 방법을 읊었지만, 어떻게 할지 몰라 갈팡질팡했다.

"만지지 마!"

"흐, 흑……."

덕구가 품에서 손수건을 꺼내며 외쳤다. 손가락을 타고 흐르는 찌릿한 통증과 흥건한 피에 덕구의 고함까지 더해지자 토비는 금방이라도 눈물을 쏟을 듯 울먹거렸다.

"어이구 씨, 울지도 말고!"

베인 손가락을 손수건으로 꾹 누르며 덕구가 주변을 두리번거렸다.

"셋째, 상처를 세척해야 합니다."

키리에가 걱정스럽게 토비를 내려다보며 마저 말을 마쳤다.

"넌 시끄러! 가만있어 봐, 휴……. 집에 엄마 있지? 일단 집으로 가자."

"태린 님께서는 아까 토비를 맡기고 잠시 외출했습니다."

"맙소사! 당연히 그랬겠지! 그러고도 남고 말고."

덕구는 혼란스러운 상황에 머리를 쥐어뜯으며 어떻게 할지 빠르게 생각했다. 그 와중에도 피는 쉴 새 없이 흘러내렸다. 이 작은 몸에 어떻게 이 많은 피가 들어 있었는지, 덕구는 점차 창백해지는 토비를 흘끗 보고는 결심한 듯 몸을 일으켰다.

"일단. 우리 집으로 가, 거기서 응급처치부터 하자."

덕구는 두툼한 손으로 토비 손목을 단단히 붙들고는 커뮤니티 룸을 걸어 나갔다. 키리에와 레나도 서둘러 그 뒤를 따랐다.

"잠깐 여기 있어!"

집에 들어가자마자 덕구는 구급상자를 찾으려 방으로 뛰어 들어갔다. 레나는 처음 방문하는 낯선 공간을 어색해하며 조심스레 집을 둘러봤다.

덕구의 집은 할아버지 혼자 사는 집이라고는 느껴지지 않을 만큼 여성스럽고 세련된 곳이었다. 전체적으로 화이트와 우드 톤으로 꾸며져 편안하고 따스한 분위기를 풍겼다. 이건 분명 아내 분의 안목일 거라고, 레나는 생각했다.

"이리 와."

덕구가 한층 더 파리해진 토비를 데리고 화장실로 향했다.

"제가 도와드릴 일은 없을까요?"

키리에도 토비가 걱정됐는지 그 뒤를 따라갔다. 레나는 자신도 따라갈까 잠시 생각했지만, 방해만 될 거 같아 멀뚱히 선 채 이리저리 두리번 거렸다.

시간이 조금 흐르고, 거실을 둘러보던 레나의 눈에 은은한 조명이 스며나오는 방 하나가 보였다. 레나는 홀린 듯 발걸음을 옮겨 열린 문을 밀었다.

"이게, 무슨······."

방 안을 본 레나는 말문이 막혔다. 덕구와는 어울리지 않는 우아한 고리형 조명이 방을 비추고 있었다. 벽면에는 노년의 여자가 입을 만한 옷들이 편집숍처럼 옷걸이에 단정히 걸려 있었다. 아까 덕구 할아버지 사별했다고 하지 않았었나, 좀 전에 키리에가 했던 말을 생각하며 레나가 방 안으로 발을 디뎠다. 그리고 곧

매끈한 유리 표면의 아름다운 화장대를 발견했다.

움직임을 감지한 듯 유리는 곧 디스플레이로 바뀌며 그 위로 노년의 여자 사진을 띄웠다. 덕구의 아내인 듯했다. 화장대 위에는 그녀가 썼을 법한 화장품, 향수 등이 크기별로 깔끔하게 정돈돼 있었고, 그 옆에는 열린 반지 케이스가 있었다. 결혼반지를 보관한 건가 싶어 가까이 다가간 레나는 그대로 몸이 석고처럼 굳어버렸다.

사랑하는 아현, 이곳에 잠들다.

케이스에는 이런 문장과 함께 유골 반지 제작으로 유명한 회사의 로고가 찍혀 있었다. 레나는 떨리는 눈으로 케이스 위에 놓인 반지와 사진을 번갈아 봤다.

"거기서 뭐 하는 거야!"

레나는 순간 하늘에서 천둥이 친 줄 알았다. 사람 목소리가 이렇게까지 크고 쩌렁쩌렁 울릴 수 있다니. 레나는 놀란 가슴을 움켜잡고 자신을 노려보는 덕구에게 변명했다.

"아니……. 저는 방문이 열려 있어서……."

"나가!"

레나를 노려보는 덕구의 눈이 분노로 이글거렸다. 뒤따라온 토비와 키리에도 꽤 놀란 얼굴이었다.

"레나, 타인의 방에 함부로 들어가서는 안 됩니다."

교과서를 읽어주는 선생님처럼 키리에가 조곤조곤 말했다.

"당장 나가라고! 너희들도, 전부 나가!"

덕구가 레나의 팔을 잡고 밖으로 밀어내며 으르렁거렸다. 그렇게 레나, 토비 그리고 키리에는 어찌할 새도 없이 복도로 쫓겨났다.

"……."

레나는 벽에 기대 후들거리는 다리를 진정시키려 애썼다. 사과하고 싶었지만, 너무 놀란 탓에 아무것도 할 수 없었다. 복도에는 잠시 무거운 정적이 내려앉았다.

"모임 이름이 딱 맞는 것 같아요."

그때 불쑥 토비가 침묵을 뚫고 웅얼거렸다.

"뭐?"

완전히 얼이 빠진 레나가 힘없이 되물었다.

"레드 플래그. 문제 있는 사람들이 다 모인 것 같아요."

토비의 말에 키리에가 조용히 고개를 끄덕거렸다.

6

2040년 3월

토비는 담임 선생님인 지수의 손이 움직이는 화이트보드를 뚫어져라 쳐다봤다.

"오늘은 18세기 철학자였던 루소라는 사람을 공부해 볼 거예요."

인터렉티브 화이트보드는 지수가 적은 루소라는 글자에 반응하며 인물 사진과 그가 살았던 동네의 이미지를 보여줬다. 철학을 교양 수업으로 신청한 여섯 명의 아이들이 눈을 반짝이며 칠판과 연동된 자신의 태블릿 기기를 이리저리 두드렸다.

"장 자크 루소는 원래 사람은 엄마 배 속에서부터 착한 마음을 가지고 태어난다고 말했어요. 하지만 제대로 교육을 받지 않을 경우 나쁜 마음으로 변할 수 있다고 주장했죠."

"선생님, 질문 있어요!"

이준이 장난기 가득한 눈으로 손을 번쩍 들어 올렸다. 선생님은 이준에게 말해보라는 듯 고개를 끄덕였다.

"엄마 배 속이 아니라 인공 자궁에서 태어난 것들은요?"

그 말에 선생님과 토비를 제외한 나머지 아이들이 키득거리며 웃었다. 토비는 입술을 꾹 다물고 화이트보드에서 시선을 떼지 않았다. 정학을 끝내고 다시 등교한 학교는 여전했다. 이준의 놀림도 전과 달라지지 않았다. 그러나 토비는 예전처럼 화를 낼 수 없었다. 그랬다간 또 엄마를 난처하게 할 테니까.

"멍청아, 인공 자궁에서 태어나면 마음이 없지!"

그때 껄렁하게 한쪽 다리를 빼내 앉은 이준의 짝꿍 시아가 끼어들었다. 아이들이 이번엔 더 큰 소리로 웃었다. 지수는 미간을 찡그리며 조용히 하라는 듯 손가락을 입 위에 가져다댔다. 그래도 시끄러운 소란이 줄어들지 않아 그녀는 모듈식 책상을 손바닥으로 통통 두들겼다.

"다들 조용! 먼저, 이준. 인공 자궁에서 태어난 아이 또한 인간으로서 기본권이 있다는 점에서 '것'이라고 표현하는 건 옳지 않아. 또 통계상 우리 주변에 열 명 중 한 명은 인공 자궁에서 태어났다는 거 아니? 네 말이 당사자에겐 상처가 될 수 있다는 걸 알아야 돼."

이준이 조그마한 입술을 앞으로 삐죽 내밀며 투덜거렸다.

"그리고 시아, '멍청아'는 수업 중 적절치 않은 언행이야. 다리 책상 안에 집어넣고. 둘 다 한 번만 더 그러면 벌점을 줄 거야. 그리고 질문에 대답을 해주자면……. 물론, 인공 자궁에서 태어난 아이들도 마음이 있단다.”

지수의 따끔한 말에 토비를 비웃던 아이들이 조용해졌다.

“다시 수업으로 돌아와서, 루소는 인간이 끊임없이 다른 사람과 경험을 공유하며 살아가는 사회적인 존재라고 말을 했어. 조금 더 쉽게 설명하자면……. 우리는 섬처럼 떨어져서 홀로 살아가는 존재가 아니라 각자가 타고난 성향에 따라 능력을 개발하고, 또 주변 친구들과 잘 소통하고 함께 살아가는 게 중요하다는 의미야.”

길게 이어지는 설명에 아이들은 하나둘씩 집중력이 흐트러졌다. 태블릿 위에 떠오른 루소의 머리를 브로콜리처럼 낙서하거나 옆에 앉은 짝꿍과 장난을 치며 딴청을 피우기 시작했다. 오직 토비만이 경직된 얼굴로 지수를 응시할 뿐이었다.

수업이 끝나고, 아이들은 모두 소리를 지르며 다음 수업을 들으려 반을 이동했다. 하지만 토비는 혼자 남아 얼쯤얼쯤 지수에게 다가갔다.

“선생님, 궁금한 게 있어요.”

“뭔데? 편하게 질문해도 돼.”

화이트보드에 쓴 필기를 지우던 지수가 돌아보며 말했다.

“루소가 틀린 것 같아요.”

지수는 대철학자의 말에 반박하려는 토비가 귀여워 피식 웃음을 터뜨렸다.

“그래 토비, 물론 루소를 다 이해하기 힘들지. 철학자의 생각을 9살인…….”

"사람은 다 착하게 태어나지 않아요."

그러나 토비의 하려던 말은 생각과 달랐다. 지수는 그제야 칠판지우개를 내려놓고 몸을 숙였다.

"이준이하고 시아는 착하지 않잖아요. 엄마 배 속에서 태어났어도 나빠요. 왜냐면, 왜냐하면 자꾸 날 괴롭히니까요."

토비가 지수의 눈을 피하며 손가락을 꼼지락거렸다.

"아……. 그건……."

"또 있어요. 친구들하고 잘 지내라는 거……. 이해해주지도 못하는 친구들하고 어떻게 잘 지내라는 건지 모르겠어요. 그냥 그럴 바엔 혼자 섬처럼 사는 게 더 쉽고 편해요!"

지수는 입을 반쯤 벌리고 토비를 바라봤다. 나름 잘 수습했다고 생각했는데, 그 짧은 순간도 토비의 가슴에 또 하나의 상처를 아로새긴 듯했다. 지수는 무언가 말을 하려 했지만, 어떤 말이 토비를 위로해줄지 몰라 쉽게 입을 열 수 없었다.

**

"……."

토비는 시무룩한 얼굴로 발치에 놓인 돌멩이를 툭툭 찼다. 오늘 학교에서 있었던 일들을 돌멩이에 담아 걷어차버리고 싶은 심정이었다. 이준과 수업이 겹치는 날이면 아침부터 기분이 배꼽까지 내려앉았다. 엄마 배 속에서 태어난 게 뭐 그리 대단하다고 유세를 떠는 건지, 밉고 화가 났다.

집 앞에 도착한 토비가 도어록 카메라에 얼굴을 가져대자 스르륵 하고 현관문이 열렸다. 그때 평소처럼 조용할 줄 알았던 집 안에서 태린의 목소리가 들렸다. 토비는 엄마의 목소리를 듣자 기분이 사르르 풀렸다. 반가운 마음에 신발을 아무렇게나 벗어 던지고 방으로 뛰어 들어갔다.

"엄마!"

"쉿!"

그러나 태린은 반가워하며 달려오는 토비에게 얼굴을 찌푸리며 조용히 하라고 손짓했다.

"네, 네. 지역적 특성을 생각하면 너무 외딴곳에 드론이 배치돼서 오작동이 일어났을 수도 있어요. 그럼요…….."

심각한 이야기 중인 모양이었다. 토비는 더 하려던 말을 삼키고 몸을 배배 꼬며 뻘쭘하게 서 있었다. 태린의 통화는 침울한 토비의 어깨가 가슴까지 내려앉을 무렵에야 끝났다.

"엄마!"

"어, 미안 미안."

전화를 끊자마자 노트북 화면에 구불거리는 글자를 적어 내려가던 태린은 토비의 칭얼거림에 그제야 고개를 들었다.

"오늘 수업 잘 받았어?"

의자에서 엉덩이를 뗀 태린이 토비의 몸만 한 가방을 벗겨주며 물었다.

"오늘 루소에 관해 배웠어요. 예전에 로보아이에서 배웠던 거."

엄마의 다리를 부둥킨 채 토비가 재잘거렸다.

"사람은 착하게 태어났고, 또 주변 사람들하고 잘 지내야 된다고 루소가 말했대요. 근데 난 인공 자궁에서 태어났으니까 그 말엔……."

"뭐?"

토비를 데리고 거실로 나가려던 태린의 몸이 딱딱하게 굳었다.

"이준이랑 시아가 인공 자궁에서 태어난 것에 대해서 질문했어요. 보통 사람처럼 태어난 게 아닌 인공 자궁에서 태어난 사람도 그 말에 포함되는 거냐고."

토비는 학교에서의 기억이 떠올리며 또 시무룩해졌다. 태린은 머리를 짚으며 소파에 허물어지듯 앉았다. 현기증이 난 듯 잠시 숨을 고르던 태린은 이내 토비와 눈을 맞추고 조심스레 입을 열었다.

"하……. 잘 들어 토비. 인공 자궁 통해 태어나도 당연히 다른 사람들과 똑같아. 당연히 착한 마음도 가지고 있고 다른 사람들과도 잘 지낼 수 있어. 아니, 다른 애들보다 훨씬 더 잘할 수 있어. 네가 얼마나 좋은 교육을 받았는데!"

태린의 위로에도 토비는 여전히 침울해했다. 태린은 조금이라도 기운을 북돋아 줄 만한 게 없을까 고민했고, 곧 좋은 방법이 떠올라 손뼉을 쳤다.

"그래, 우리 로보아이에서 찍은 영상을 같이 볼까?"

"응!"

그 말에 토비가 언제 그랬냐는 듯 힘차게 고개를 끄덕였다. 토비는 로보아이에서 지내던 시절의 영상을 보는 걸 좋아했다. 그

영상에는 갓난아이 때부터 6살 때까지 로보아이에서 커온 토비의 일상이 모두 담겨 있었다.

토비는 자신의 체형에 맞는 모듈식 소파를 TV 가까이로 질질 끌고 가 앉았다. TV에는 곧 지금보다 더 앳된 토비의 모습이 비쳤다. 토비는 마치 어제처럼 그 시절이 선명했다.

7시 정각, 스마트 베드와 연결된 스피커에서 잔잔한 음악이 흐르면 그 진동이 토비의 몸에 고스란히 전달됐다. 이어 피톤치드 향이 분사되면, 토비는 조금씩 잠을 몰아내고 무겁게 내려앉은 눈꺼풀을 비볐다. 지이잉, 불투명이던 스마트 글라스 문이 투명하게 바뀌고 나면 전용 보모 로봇인 몰리가 들어왔다.

"안녕, 우리 토비 친구! 화요일인 오늘은 꽃샘추위로 쌀쌀해요. 아침 최저 기온 영하 3도이고 낮 최고 기온은 20도까지 올라갈 거 거든. 일교차에 주의하는 게 좋겠어요."

잠이 많은 토비는 곧잘 몰리가 들어와 날씨 얘기를 할 때까지도 잠투정을 하곤 했다. 그러면 몰리는 늘 이불을 김밥처럼 돌돌 말고 있는 토비에게 다가가 간지럼을 태웠다.

"꺄아악, 알겠어, 알았다고. 나 일어났어어."

토비의 아침은 늘 그랬다.

띠딕띠딕띠딕.

귀를 찌르는 불쾌한 알람 소리에 토비가 TV에서 시선을 거두고 뒤를 돌아봤다. 소파에 누운 듯이 앉아 함께 영상을 보던 태린이 알람을 끄며 허겁지겁 머리를 매만지고 있었다.

"토비야 미안해. 엄마가 회의가 있단 걸 깜빡했네……."

"회의하러 가야 돼요?"

토비는 이런 상황이 익숙하다는 듯 물었다.

"응. 방금 가상회의가 잡혔거든. 요즘 드론 오작동이 많이 일어나서……."

토비는 입술을 삐죽였다. 누구보다 좋아하는 엄마였지만, 늘 함께 할 수 없어 아쉬웠다. 태린은 토비의 곁에 있을 때보다 없을 때가 더 많았다.

"몰리가 보고 싶어요……."

토비는 문득 몰리가 생각났다. 항상 곁에 머무르며 자신을 돌봐주던 품이 그리웠다.

"보러 가면 되지."

태린은 회의 준비에 정신이 팔려 자신이 무슨 말을 하는지도 모른 채 토비의 말에 대꾸했다.

"보러 가도 돼요?"

예상외의 허락에 토비가 눈을 반짝이며 물었다. 태린은 토비의 마지막 말을 듣지 못한 채 대충 '어어, 그래'하고 대답하며 드레스 룸으로 들어갔다. 토비는 다시 TV를 쳐다봤다. 그 안에는 언제나 자신의 편이던 몰리와 환히 웃는 자신이 있었다. 토비는 이내 뭔가 결심한 듯 자신의 몸통 크기만 한 캐리어를 꺼내 그 안에 몰리와 함께 갖고 놀았던 애착 인형과 장난감 그리고 자신이 직접 정성스럽게 썼던 편지를 차곡차곡 넣었다. 이제 친구에게 떠날 시간이었다.

***

"아니, 당신! 제대로 씻고 버리는 거야?"

분리수거장에 플라스틱을 던지려던 아주머니는 몸을 움찔하며 소리가 난 쪽을 돌아봤다.

"저 영감탱이가 또……."

고함의 정체는 다름 아닌 덕구였다. 덕구는 뭘 먹었는지도 알 수 있을 만큼 더러운 플라스틱 용기를 냅다 분리수거함에 집어 던지려는 아주머니를 보자 혈압이 치솟았다. 세상 사람들이 일부러 자신을 화나게 하려 작당 모의라도 하는 듯했다.

"내가 저번에도 경고했을 텐데?"

덕구가 씩씩거리며 다가와 두 손을 허리께에 올리고 호통쳤다.

"어이구, 아주 환경 운동가 납셨네."

"도대체 몇 번을 얘기해야……."

"알았어요! 씻으면 되잖아요! 영감탱이가 쓸데없는 참견은. 에 휴 남편이 저 모양이니 아내가 못 견디고 먼저 떴지."

"허, 뭐라고?"

아주머니는 버리려던 플라스틱을 챙기며 작게 구시렁거렸지만, 덕구는 다 듣고 말았다. 덕구의 얼굴이 험악하게 일그러졌다.

"덕구 님! 여기서 뭐 하세요?"

"어이구 씨, 뭐야!"

본격적으로 큰 소리를 치려 소매를 걷어붙이던 덕구는 갑작스 러운 소리에 깜짝 놀라 뒤를 돌아봤다. 키리에가 고개를 45도 각도로 기울이고 한 팔을 들어 올려 인사하고 있었다. 그 모습이 꼭 자동차 와이퍼가 왔다 갔다 하는 것처럼 보였다.

"안녕하세요. 키리에입니다. 오늘 토비를 만나기로 해서요."

"어머나! 이건 또 뭐야."

덕구에게 짜증을 내며 실랑이하던 아주머니도 별안간 나타난 키리에를 보며 깜짝 놀랐다. 덕구는 다시 아주머니를 노려봤다. 방금까지는 이 여자에게 본때를 보여줘야겠다고 생각했는데, 키리에의 얼빠진 모습을 보자 김이 팍 새버렸다. 덕구는 한숨을 내쉬며 손을 휘휘 내저었다.

"됐고, 그거나 헹궈서 가져오쇼."

"망할 영감탱이······."

"뭐? 이 여편네가 진짜!"

아주머니는 재빨리 플라스틱을 챙겨 들고 총총거리며 달아났다.

"덕구 님?"

"뭐, 왜!"

"방금 지나간 입주민의 언행이 바르지 못합니다."

"뭐?"

"덕구 님은 나이 든 남자라는 점에서 영감은 맞지만 영감탱이라고 낮잡아 불려서는 안 됩니다. 또한, 병으로 돌아가신 아내 분의 죽음을 덕구 님 탓으로 돌리면서 사별한 사람에게 상처되는 말을 하는 것도 윤리적으로 옳지 못합니다."

덕구는 입을 꾹 다문 채 별말이 없었다. 이놈이 몇 번 봤다고 내 편을 들어주는 건가, 기분이 묘했다. 덕구는 괜스레 툴툴거리며 엉망으로 분리수거된 쓰레기를 정리했다.

"참 나, 그런 빈말은 필요 없어. 가서 토비나……. 엥, 뭐야, 저거 토비 아냐? 옆에 도둑놈도 있네."

손을 휘휘 내저으며 키리에를 쫓아내려던 덕구의 눈에 경비실 앞에서 캐리어를 사이에 두고 옥신각신하는 중인 토비와 레나가 보였다.

"헉, 도둑이요? 오……, 저건 도둑이 아니라 레나인데요?"

"주인 허락도 없이 방 훔쳐보면 도둑놈이지, 암만!"

그날을 떠올리자 또 화가 치미는지 덕구가 침까지 튀겨가며 호통을 쳤다.

"상황이 심상치 않아 보이네요. 무슨 일인지 확인해보겠습니다."

키리에가 생각보다 심각한 둘의 모습에 다급히 몸통을 돌려 헐레벌떡 뛰어갔다.

"안녕하세요! 토비, 레나! 무슨 일이 있나요?"

키리에가 레나의 어깨에 손을 올리며 물었다. 아노락 트레이닝복을 입은 레나는 운동을 다녀왔는지 땀범벅인 채로 캐리어를 붙들고 있었다. 캐리어에 달린 귀여운 네임택에는 삐뚤빼뚤한 글씨로 '최토비'라고 적혀 있었다.

"토비, 오늘은 약속한 대로 일대일 맞춤 돌봄을 하는 날입니다."

"오늘은 바빠. 몰리 보러 갈 거야."

토비가 레나에게서 캐리어를 가져가려 낑낑거리며 말했다.

"몰라가 뭐야?"

어느새 분리수거 정리를 마친 덕구가 다가와서는 무심하게 툭

물었다.

"몰라가 아니라……."

설명해주려던 레나는 덕구와 정면으로 눈이 마주치자 말끝을 얼버무렸다. 그날 호통과 함께 내쫓긴 뒤 처음 마주한 거라 저도 모르게 주눅이 드는 레나였다.

"몰라가 뭔가요, 토비?"

키리에가 고개를 갸웃하며 물었다.

"내 친구 몰리! 로보아이에 있어. 지금 보러 갈 거야. 엄마한텐 허락받았어."

"아하! 토비를 6살 때까지 돌봐준 보모 로봇 몰리 말이군요! 엇, 그런데 토비, 오늘 예약된 '인간관계 개발을 위한 타인의 감정 공감' 치료 수업은 어쩌고요?"

"지금은 싫어. 난 몰리가 보고 싶다고!"

토비는 누가 뭐라고 하든 자꾸만 고집을 부렸다.

"말도 안 돼! 거기가 얼마나 먼데 혼자 간다는 거야?"

"어딘데?"

옆에서 잠자코 듣고 있던 덕구가 퉁명스레 물었다.

"보세요! 여기서 31킬로미터나 떨어져 있어요."

레나는 휴대폰 지도 어플로 검색한 내용을 보여줬다. 노안인 덕구는 목을 뒤로 길게 빼고서는 화면 속 로보아이의 위치를 살폈다. 레나의 말대로 로보아이는 여기서 상당히 먼 곳에 있었다.

"31킬로미터? 아니 그런 델 애가 혼자 가게 허락했단 말야?"

덕구는 기가 차다는 듯 소리쳤다.

"갈 수 있어요, 갈 거예요!"

"멀다니까. 왜 그렇게 가려는 거야."

토비를 말리느라 얼굴이 발개진 레나가 땀에 전 머리카락을 쓸어 올리며 물었다.

"왜냐면, 왜냐하면 몰리는 제 하나뿐인 친구니까요! 오늘도 이준이 때문에 엉망진창이었고, 엄마도…….'

레나는 그 말에 캐리어를 쥔 손에 힘이 빠졌다. 무슨 일인지는 정확히 몰랐지만, 오늘 무언가 힘든 하루를 보낸 모양이었다. 하지만 아무리 그래도 어린아이 혼자 가기엔 너무 먼 길이었다.

"아무리 그래도 안 돼!"

"몰리가 죽은 것도 아니고 왜 안 돼요? 보고 싶단 말이에요!"

그 말에 덕구의 가슴이 철렁 내려앉았다. 사랑하지만 이젠 더는 볼 수 없는 얼굴이 눈앞에 아른거렸다.

"허 참…… 그래, 맘대로 해라."

덕구는 결국 못 이기겠다는 듯 끙 소리를 내며 몸을 돌렸다.

"그냥 가시는 거예요?"

내심 함께 말려주길 바랐던 레나가 불쑥 소리쳤다.

"그럼 우리가 어떡해? 쟤네 엄마가 허락까지 했다는데."

"로보아이까지 토비가 혼자 가는 건 위험합니다. 하지만 토비에겐 꼭 필요한 일처럼 보이니 치유 로봇인 제가 따라가겠습니다. 아, 그러지 말고 우리 모두 함께하는 건 어떨까요?"

그때 옆에서 곰곰이 상황을 살펴보던 키리에가 활기찬 목소리로 방법을 제시했다. 그 말에 세 사람 모두 놀라 키리에를 쳐다봤다.

"난 바빠서."

덕구는 상황이 골치 아파지는 걸 느끼고 재빨리 발을 뺐다.

"이렇게 그냥 가신다고요? 어른이 그렇게 무책임하시면 안 되죠!"

"무책임? 그렇게 책임감이 투철해서 남의 집을 함부로 뒤지고 그랬나?"

덕구의 말에 순식간에 분위기가 냉랭해졌다. 덕구는 괜히 턱을 긁적였고, 레나는 입술을 깨물며 옆으로 시선을 돌렸다.

"그럼 이렇게 하면 어떨까요? 같이 로보아이에 가는 걸로 이번 주에 예정된 레드 플래그 모임을 대신하겠습니다."

"이번 주 모임 대신?"

덕구가 되묻자 키리에가 고개를 끄덕거렸다. 덕구는 잠시 어느게 나은 상황일지 계산해봤다. 시간이 할애되는 건 똑같았지만 마침 오늘 시간이 남기도 했고, 무엇보다 말은 그렇게 했어도 어린아이를 그냥 두고 가자니 조금 찝찝했다.

"그래, 뭐 그렇다면야."

덕구가 코 밑을 슥, 비비며 마지못해 간다는 듯 말했다.

"레나도 같이 가주실 수 있나요?"

키리에가 큰 눈을 껌뻑이며 물었다.

"……."

갑작스러운 제안에 레나는 머뭇거리며 눈치를 살폈다. 이미 결정을 내린 덕구는 두 손을 바지 주머니에 찔러 넣은 채 서 있었고, 토비는 눈물을 글썽이며 올려다보고 있었다. 레나는 순간 엄마의 얼굴이 떠올랐다. 그럴 시간에 공부 한 자라도 더 할 것이지 쓸데없는 일에 시간을 낭비한다며 나무랄 터였다. 하지만 레드 플래그 모임에 들어온 게 이모칩 권유 때문이라면 먼저 이들의 상황을 이해하는 것도 중요하지 않을까.

무엇보다 저번 첫 모임이 매끄럽지 않았던 만큼 이번 기회를 통해 조금 더 친해질 필요가 있었다. 이내 레나도 판단이 선 듯 고개를 끄덕이며 대답했다.

"나도 같이 갈게."

***

로보아이로 향하는 자율주행 택시 안, 뒷좌석에 앉은 토비가 캐리어에서 주섬주섬 편지를 꺼냈다. 몰리에게 주려고 직접 쓴 편지는 글씨가 삐뚤빼뚤했지만, 마음만은 전달되기를 바랐다.

그리운 내 친구 몰리야 잘 지내?

나는 슬프게 잘 못 지내. 왜냐면, 왜냐하면

친구들이 날 별로 안 좋아하거든.

몰리는 늘 있는 그대로 날 좋아해줬는데!

날 좋아해줘서 고마워.

몰리 너도 늘 여기 내 마음속에 담겨 있어.

많이 보고 싶어.

늘 맞춤법을 강조하곤 했던 몰리인지라 틀린 글자가 있나 재차 확인하던 토비는 배시시 웃음을 터뜨리며 편지를 주머니에 넣었다. 곧 몰리를 볼 생각에 잔뜩 신이 난 토비였다.

"……."

레나는 그런 토비를 물끄러미 바라봤다. 신나서 동동거리는 토비의 다리를 보며 레나는 조금 울적해졌다.

'넌 좋겠다, 보고 싶으면 볼 수 있어서.'

아무리 보고 싶어도 볼 수 없는 이들이 있다. 레나의 눈에 돌아가신 아빠의 얼굴이 스쳐지나갔다. 찰나였지만 가슴이 저릿했다. 레나는 좀 전에 토비가 했던 말을 떠올리며 토비에게 자신을 대입해보았다.

만약 그리운 아빠를 지금 만나러 갈 수 있는데 누군가가 못 가게 막는 상황이라면? 그런 생각을 하니 토비를 온전히 막아설 수 없었다.

"목적지에 다 왔습니다."

택시는 사십여 분 정도를 달려 키리에가 설정한 목적지에 도착했다. 넷은 택시에서 내려 로보아이를 바라봤다. 임산부의 배 모양을 본 뜬 것처럼 반구형의 돔 형식으로 지어진 로보아이는 하늘에서 쏟아지는 자연광과 어우러져 인상적인 모습이었다.

"우아."

토비는 예전 그대로인 로보아이를 보고 눈을 반짝이며 소리 질렀다. 그리고 흥분을 주체할 수 없는지 신난 걸음으로 뛰어갔다.

"어서 오세요, 로보아이에 오신 걸 환영합니다! 로보아이가 개발한 인공 자궁은 여성들을 출산과 양육의 짐에서 해방시켰습니다. 최첨단 기술을 동원해 태아에게 알맞은 산소와 영양분을 공급하고 끊임없는 24시간 주7일 모니터링을 통해 안정적인 호르몬……."

입구에 다가가자 커다란 홀로그램이 로보아이에 대해서 열심히 떠들어댔다.

"어디로 가야 하지?"

"이쪽! 이쪽이에요!"

레나의 말이 채 끝나기도 전에 토비가 방방 뛰어갔다. 이곳에서 오랫동안 지낸 토비에게 로보아이는 또 다른 집이나 다름없는 듯했다. 레나와 덕구 그리고 키리에는 그런 토비의 뒤를 따라갔다.

"여기에요, 맨날 몰리랑 놀던 곳."

안내한 곳은 홀로그램 엔터테인먼트 룸으로, 토비가 로보아이에서 가장 좋아하는 공간이었다. 토비가 입구에 달린 생체인식 도어락에 손을 뻗자 문이 열리며 커다란 공터가 드러났다.

탁.

"뭐야?"

일행들이 엔터테인먼트 룸에 들어서는 순간, 딱 맞춰 방이 암전됐다. 그리고 몇 초 뒤 천장에서 형형색색의 불빛들이 뿜어져 나왔다. 불빛은 모였다가 또 흩어지면서 캄캄한 방 안에 수많은 그림을 그렸다. 커다란 바닷속을 헤엄치는 아름다운 열대어들과 그 사이를 지나가는 커다란 고래를 보여주기도 했고, 광활한 사

파리를 뛰어가는 물소 떼들과 암벽에 서서 입을 쫙 벌리며 울부
짖는 사자를 그리기도 했다.

"와······."

그 환상적인 모습에 레나의 입에서 작은 탄성이 흘러나왔다.
넋을 잃은 채 안을 구경하며 천천히 걸어가니 곧 토비보다도 훨
씬 어려 보이는 아이들이 무리 지어 노는 게 보였다.

"몰리!"

토비는 아이들 쪽으로 뛰어갔다. 아니, 정확하게는 아이들을 돌
보는 보모 로봇에게로 향했다. 겉으로 봐서는 모두 비슷하게 생
기기는 했지만, 자세히 보면 분명 달랐다. 로보아이에서 구분을
위해 로봇을 조금씩 다르게 변형해서 제조하기 때문이다. 체형,
목소리, 얼굴 등 미묘하게 다른 점이 존재했다. 예를 들어, 토비가
기억하는 몰리는 오른쪽 뺨에 스크래치가 있었고, 양쪽 귀는 파
란색 빛이 나오는 원형 형태로 만들어졌다. 바로 앞에 있는 저 로
봇처럼 말이다.

"몰리!"

토비가 익숙한 로봇을 발견하고는 힘껏 달려가 목을 감싸 안
았다. 아이들의 안전을 생각해 부드럽게 만들어진 로봇은 토비를
폭신하게 받치며 간신히 균형을 잡았다. 그리고 품 안에 안긴 토
비에게 반갑게 말했다.

"안녕, 우리 친구! 이름이 어떻게 되나요?"

"나야, 토비! 보고 싶었어. 내가 떠나서 서운했지? 다시 보려고
왔어! 이것 봐, 내가 몰리 주려고 편지도 써왔어!"

토비는 눈물이 그렁그렁한 채로 몰리의 품에 얼굴을 비볐다. 그리고 몰리에게 주려던 편지를 주머니에서 꺼내 들었다.

"토비? 그런 친구는 여기 없어요."

그러나 몰리는 고개를 갸웃하며 눈알을 좌우로 굴렸다.

"……몰리?"

토비는 자신을 알아보지 못하는 몰리에 놀라 로봇을 위아래로 찬찬히 살폈다. 하지만 분명히 몰리였다. 오른뺨에 긁힌 스크래치, 파란색 귀, 그리고 하루도 빠짐없이 자신을 돌봐주던 목소리까지, 분명 몰리였다.

"몰리, 나야 나. 토비라고! 내가 그새 커서 못 알아보는 거야?"

토비는 놀라 몰리에게 다가갔지만, 몰리는 천천히 뒤로 물러서며 어딘가에 연락을 취했다.

"신원을 알 수 없는 외부인 침입. 로보아이 홀로그램 엔터테인먼트 룸 A4 구역에 지원 바람. 지원 바람."

"안녕하세요. 토비 치유 로봇 키리에입니다. 토비가 2032년부터 2036년까지 로보아이 시설에서 몰리로부터 양육됐다고 알고 있습니다. 당신이 몰리입니까?"

한발 물러서 있던 키리에가 뭔가 잘못돼가고 있음을 감지했는지 토비를 등 뒤로 세우고 물었다.

"키리에. 제가 누구인지 말해줄 의무가 없습니다."

몰리는 처음의 부드러운 말투와 달리 딱딱한 어조로 응대했다.

"아니, 저게 몰리는 맞는 거여?"

어느새 엔터테인먼트 룸을 아름답게 비추던 불빛도 무서운 빛을 띠었다. 덕구는 토비를 감싼 채 불안한 낯으로 상황을 살폈다.

"몰리야……."

토비는 몰리에게 다가가려 발버둥치며 울먹거렸다. 삐이익, 그때 엔터테인먼트 룸의 문이 열리더니 덩치 큰 가드 셋이 달려와 일행을 붙잡았다.

"아니, 당신들 뭐야! 손 안 놔?"

덕구는 그들의 거친 행동에 버럭 소리 질렀다.

"나가주시죠. 이곳은 외부인이 함부로 출입할 수 없습니다."

가드는 험악한 표정을 지으며 위협했다. 레나와 토비 그리고 키리에는 이미 다른 가드에 의해 끌려나가는 중이었다.

"몰리, 나야! 몰리!"

두 발이 들리다시피 양팔을 잡힌 토비가 애타게 외쳤지만, 몰리는 뒤도 돌아보지 않고 어딘가로 사라져버렸다.

7

"그러니까 지금 토비가 로보아이에 있다는 말씀이신가요?"

태린이 로보아이에서 연락받은 건 토비가 집을 나간 지 한 시간 삼십 분이나 지난 뒤였다. 처음에 태린은 보이스 피싱인 줄 알았다. 거실에 있는 토비가 갑자기 로보아이에 갈 리가 없었으니까. 회의 중 방에서 뛰쳐나온 태린은 토비를 찾으려 거실이며 화장실이며 구석구석 둘러보았다. 잠시 뒤, 현관에 놓여 있어야 할 토비 신발이 사라졌다는 걸 확인한 순간 수화기 너머에서 기계음이 이어졌다.

"맞습니다. 최태린 님이 맞으시다면 개인정보 확인을 위해 인공 자궁 아동의 등록번호를 입력해주세요."

태린은 떨리는 손으로 토비의 등록번호를 눌렀다. 잠시 뒤 삐익 소리와 함께 AI 음성이 들려왔다.

"2032년 6월 23일생. 최토비. 확인했습니다. 현재 태린 님의 아들 토비 님이 로보아이 홀로그램 엔터테인먼트 룸에서 발견돼 연락드립니다."

"지금 갈게요. 근데 토비가 대체 어떻게 거기에……."

초조하게 거실을 왔다 갔다 하던 태린이 걸음을 멈추고는 손가락으로 눈자위를 지그시 눌렀다. 토비가 어쩌다 거기까지 가게 된 건지 이해할 수가 없었다.

"네, 알겠습니다."

태린이 말을 맺기도 전에 통화 종료를 알리는 알림음이 건조하게 들려왔다. 뚜, 뚜. 귓바퀴를 파고드는 소리에 태린은 아랫입술을 잘근 깨물었다. 옷걸이에 걸린 코트 하나를 신경질적으로 빼낸 그녀가 쿵쿵거리며 집 밖을 나섰다.

***

"최토비!"

로보아이에 도착한 태린은 상담실 밖 의자에 앉은 토비를 보자 기시감이 밀려왔다. 정학 사건을 겪은 지 얼마 되지도 않았는데 또 사고를 저지른 토비를 보자 태린은 속이 부글부글 끓었다.

"……."

단순히 몰리를 만나러 온 거였는데. 일이 이렇게 커질 줄 몰랐던 토비는 한편으로는 억울한 마음도 들었지만, 지금 상황이 얼마나 심각한 줄 알았기에 말없이 고개를 푹 숙였다. 나란히 앉은 덕구, 키리에, 레나도 마찬가지였다.

"애를 막지는 못할망정 같이 따라오면 어쩌자는 거예요? 특히 할아버지! 애 돌볼 줄 모른다고 호통이나 치시더니 참 잘도 돌보시네요!"

태린이 토비의 곁에 앉은 셋을 차례로 노려봤다. 이 모임이 정말 토비에게 도움이 될 수 있을지 뱃속부터 의구심이 밀려왔다.

"나중에 따로 얘기하시죠!"

마지막으로 쏘아붙인 태린은 애써 표정을 정돈하며 상담실로 향했다.

"어서 오세요. 많이 놀라셨죠?"

태린이 상담실로 들어가자 로보아이 담당 실장이 인위적인 미소를 지으며 그녀를 맞이했다. 큰 눈 위로 떨어져서 자리 잡은 쌍꺼풀, 막대기를 쑤셔 넣은 듯 일자로 뻗은 콧날, 과하게 필러를 맞아 부어오른 입술. 그 무엇 하나 자연스러운 구석이라고는 없어 태린은 순간 어딜 보고 말을 해야 할지 몰라 잠시 눈알을 굴렸다.

"토비 어머니?"

"네? 아, 먼저 토비가 이렇게 불쑥 찾아와 말썽을 일으켜서 죄송합니다."

"예. 로보아이 창립 이래 이런 적은 처음이라 당혹스럽긴 합니다만, 건강하게 자란 토비를 보니 좋네요. 더불어 보안상 허점이 있다는 것도 알게 됐고요. 퇴소한 아이들이 다시 이곳을 찾아온 적이 없어 로보아이에 그런 허점이 있는 줄도 몰랐네요. 덕분에 보안에 조금 더 힘쓸 수 있을 것 같습니다. 어머님께서 토비를 참

독립적으로 키우셨네요."

칭찬인지 비아냥인지 모를 듯한 어투로 실장은 말을 이어갔다.

"저희 로보아이에서는 개인정보 처리법에 따라 퇴소 처리된 아이들은 보모 로봇 메모리에서도 즉시 삭제됩니다. 몰리가 자신을 못 알아봐서 토비가 좀 놀란 모양입니다."

"아, 네……."

이제 태린의 입은 마르다 못해 쓴맛이 올라왔지만 이내 억지로 웃어 보이며 다시 입술을 뗐다.

"아시다시피 저희 토비가 6살 때까지 로보아이에서 양육을 받다가 7살 되는 무렵 제가 홈스쿨링을 하겠다고 퇴소를 했거든요. 뭐, 결과적으로 제 일이 너무 바빠져서 다시 공교육으로 돌리게 됐지만요."

"네, 그러셨군요."

전혀 관심 없는 일을 구구절절 말한다는 듯이 실장이 붕어 같은 입술을 뻥긋거리며 말했다.

"홈스쿨링이라는 게 쉽지가 않더라고요. 7살짜리 아이를 갑자기 떠맡다 보니까 모든 게 혼돈이었어요."

"그러실 수도 있었겠네요. 저희 로보아이 같은 경우에는 최첨단 커리큘럼을 통해 토비가 6살이 될 때까지 최고 수준의 엘리트 코스를 밟아……."

"그런데 아이가 학교에 적응을 못 해요."

"네?"

기계적으로 로보아이를 홍보하던 실장의 입이 드디어 멈췄다.

"인공 자궁에서 태어났다고 놀림을 당했더라고요."

"인공 자궁은 엄연히 합법이고, 토비가 학교에서 따돌림을 당했다면 차별 금지법 등 법적…….."

"토비가 폭력을 썼어요."

"네?"

실장은 연거푸 상식 밖의 말을 한다는 듯 태린을 쏘아봤다.

"그래서 이 경우 어떻게 하면 좋을지 상담을 좀 받고 싶어서요."

"잠시만요! 토비가 로보아이에서 어떤 커리큘럼으로 교육 받았는지 검색해 볼게요. 잠시만 기다려주세요."

실장은 손질된 긴 손톱으로 신경질적으로 빠르게 타자를 두드렸다. 그 소리가 태린의 초조함을 더 부추겼다.

"기다려주셔서 감사합니다. 토비가 이수한 커리큘럼은 큰 카테고리로 전통적 학업능력, 개인화된 프로그램, 스마트 기기 학습, 문화 교양 수업, 외국어 학습이 있네요. 보호자 태린 님께서는 '사회적 활동' 영역에 속하는 감정 학습, 표정 학습, 비언어적 소통 등과 같은 부분을 아예 선택하지 않으셨고, 이 부분이 토비가 학교에서 주변 친구들과 지내는 데 문제가 된 듯합니다."

"그거는……. 아니, 그래서 그게 제 문제란 말인가요? 애가 이렇게 될 줄 알았어요, 내가?"

태린은 자신도 모르게 언성을 높였다가 이내 다시 침을 삼켰다.

"애프터서비스 같은 게 있나요? 뭔가가 잘못됐다고요, 지금. 폭력을 써서 일주일 정학을 당했어요."

"죄송합니다만, 추가적으로 제공해드릴 애프터서비스 혜택은 없습니다. 다만, 인공 자궁에서 태어난 아이가 사회적 소통에 문제가 있는 경우에 따로 사교육을 받으시는 것으로 알고 있습니다. 보니까 밖에 치유 로봇이 있는 것 같던데요?"

"네, 학교에서도 사교육을 권유해주시더라고요. 그래서 얼마 전에 키리에라는 치유 로봇을 들이게 됐는데 이렇게 사고를 칠 줄은 몰랐네요."

태린이 고개를 푹 숙이며 나직이 말했다.

"어머님. 너무 걱정마시고 시간을 좀 가지시면서 지켜보는 게 좋겠네요. 제가 보기에는 키리에가 살뜰하게 토비를 챙겨주는 것 같던데요. 같이 따라오신 할아버지와 학생도 마찬가지고요. 보호자가 불안해하면 아이들은 귀신같이 안답니다. 확신을 가지세요. 지금까지 그래왔던 것처럼요."

두 손가락을 산처럼 세운 실장이 뾰족한 시선으로 태린을 쳐다보며 말했다.

실장의 말에 태린은 고개를 떨어트렸다.

한편, 태린이 실장과 실랑이를 벌이고 있는 동안 상담실 밖은 침통한 분위기였다.

"엄마가 많이 화났나 봐요."

잔뜩 시무룩해진 토비가 입술을 뾰로통하게 모으며 말했다.

"말 안 해도 알겠다."

덕구의 말에 한숨이 섞여 나왔다. 이번만큼은 그도 할 말이 없었다. 상황을 잘 몰랐다고는 하나 자칫 잘못했으면 경찰까지 왔을 수도 있는 상황이었다. 덕구는 새삼 아이를 보호하고 책임지는 어른 역할을 하는 게 얼마나 피곤하고 힘든 일인지 다시금 깨달았다. 그러고 보면 아내는 어떻게 홀로 준혁이를 그렇게 잘 키워냈던 것인지 새삼 대단하게 느껴졌다.

"걱정하지 마십시오, 덕구 님. 제가 상황을 잘 설명하겠습니다!"

키리에는 자신만 믿으라는 듯 손으로 가슴 부분을 쿵쿵 두드렸다. 덕구는 그 모습을 흘깃 보고는 더 큰 한숨을 내쉬었다.

"토비……, 괜찮니?"

그때 맨 끝에 앉은 레나가 토비를 건너다보며 물었다. 그 말에 토비의 어깨가 한층 더 쳐졌다.

"몰리가 날 기억하지 못해."

"조금 전 실장님이 말했지만, 개인정보 보호법에 따라 토비 기억을 지운 것뿐입니다."

키리에가 토비의 말을 정정했지만, 토비에게는 전혀 위로가 되지 않았다.

"기억을 지웠으니까 잊힌 거지. 내가 제일 사랑했던 친구를 잃었어. 내가 알던 몰리는 죽은 거나 마찬가지라고."

토비가 코를 훌쩍이며 말했다.

"에혀……."

덕구가 착잡한 얼굴로 또다시 한숨을 내쉬었다. 대충 상황을 보니 토비가 몰리라는 로봇한테 정이 많이 들었던 거 같은데, 그런 존재가 한순간에 토비를 기억하지 못할 뿐만 아니라 내쫓기까지 했으니, 뭐라 위로해줄 말이 없었다.

"토비……."

레나가 우울해하는 토비를 걱정스럽게 바라봤다. 이럴 줄 알았다면 차라리 고집을 부려서라도 토비를 막을 걸 그랬다고, 레나는 생각했다. 당장은 몰리를 보지 못해 우울해 했겠지만, 적어도 토비를 사랑하고 아끼던 몰리는 여전히 토비 안에 살아 있었을 테니까. 슬픈 감정에 휩쓸리는 게 얼마나 넌덜머리 나는 일인지 레나는 그 누구보다도 잘 알고 있었다.

레나는 자신을 휘감는 우울감에 입술을 깨물었다. 그리고 하루라도 빨리 이모칩이 상용화됐으면 좋겠다고 생각했다. 인위적이더라도 두뇌에 칩을 박아 시스템이 감정을 컨트롤해 준다면 자신뿐만 아니라 많은 이들이 이 빌어먹을 세상이 주는 충격적인 자극으로부터 스스로를 보호할 수 있을 테니 말이다.

"그냥 오지 말걸."

"토비, 힘들겠지만 사실을 받아들여야 합니다."

울먹이며 웅얼거리는 토비의 말에 키리에가 나지막이 말했다.

"사실을 받아들여? 넌 로봇이니까 그따위 말을 쉽게 하겠지! 애가 그걸 어떻게 받아들여?"

잔인하게까지 느껴지는 키리에의 말에 덕구가 역정을 냈다. 이래서 덕구는 로봇이 싫었다. 차가운 말투에서 풍기는 듯한 금속 냄새에 멀미가 날 것 같았다.

덕구는 울렁이는 속을 진정시키려 눈을 감았다. 불현듯 눈앞에 아내의 모습이 비쳤다. 암으로 오래 투병했던 아내도 덕구에게 곧잘 저렇게 말하곤 했다. 자신이 먼저 가더라도 너무 오래 슬퍼지는 말라고. 받아들이라고. 그럴 때마다 덕구는 또 쓸데없는 소리를 한다며 나무랐다. 그리고 결국 지금까지도 슬픔 속에서 허우적거리고 있었다.

덕구는 여전히 아내가 썼던 방을 그대로 남겨두고 있었고, 화장대 위에 유골로 만든 보석 반지 케이스를 올려놓고 자주 들여다보곤 했다. 반지를 만지작거리다 보면 가끔 아내의 목소리가 들리는 것 같았다. 그냥 아무 일도 없었던 것처럼 시장 다녀온 아내가 방에 들어와 옷을 걸어두고, 덕구에게 뭐 하고 있었냐고 물어볼 것만 같았다.

아내가 없는 세상은 몇 년이 흘러도 도무지 실감이 나지 않았다. 그런데 뭐? 사실을 받아들이라고? 덕구의 속이 부글부글 끓었다.

"지금 세상에서 제일 불행한 사람은 저예요."

토비가 가슴 앞으로 무릎을 끌어모으고 얼굴을 처박았다. 몇 초의 정적은 이내 흐느낌으로 바뀌었다.

"아니야, 토비. 네 마음은 알지만 너무 우울해하지 마……."

레나가 점점 우울에 빠져드는 토비의 등을 쓸어주며 위로했다. 그러나 토비는 그런 레나의 손을 거칠게 뿌리치며 소리쳤다.

"뭘 안다고 그래요! 전 방금 세상에서 저를 가장 사랑해주던 몰리를 잃었다고요."

짙은 절망이 드리운 토비의 눈동자에는 눈물이 한가득 고여 있었다. 그 모습을 보자 레나는 속에서 욱하는 감정이 치솟았다. 사랑하는 존재를 잃는 아픔은 누구 못지않게 잘 알았다.

"내가 모른다고? 그럼 나랑 배틀해볼래? 누가 더 불행한지?"

통통하고 발간 뺨을 따라 흘러내리는 토비의 눈물을 닦아주며 레나가 말했다.

"그래요, 해요. 저는 가장 친했던 친구가 저를 잊어버렸어요. 제가 알던 몰리는 이제 죽은 거나 마찬가지라고요!"

악에 받친 토비가 레나를 향해 고래고래 소리를 질렀다.

"좋아, 내 차례지? 이별에 대해 말하고 싶은가 본데, 난 7살 때 아빠를 교통사고로 잃었어. 내가 우울증이 있어서 같이 병원에 갔다 오는 차 안에서 엄마랑 아빠가 크게 다투셨거든. 그러다 건너편에서 오는 트럭을 못 보고……. 난 그날 이후로 계속 악몽을 꿔. 난 언제나 차 안에 갇힌 7살이고, 차가 뒤집히고 비명이 울리면 그제야 꿈에서 깨어나. 엄마는……, 늘 나한테 말해. 그만 좀 슬퍼하라고, 나보고 유별나게 우울해하는 별종이라면서 말이야."

레나의 목소리가 서러움에 복받친 듯 뒤집어졌다.

"염병!"

애들 장난 같은 상황에 골치 아프다는 듯 관자놀이를 누르고 있던 덕구도 어느새 둘의 대화에 빠져들었다.

"아니, 사랑하는 사람을 잃었는데 슬픈 게 한 번으로 끝나나? 죽을 때까지 평생 사무치게 슬픈 거지!"

덕구가 그르렁거리며 소리쳤다.

"암으로 죽어가던 아내와 결혼한 C.S 루이스는 '헤아려 본 슬픔'이라는 책에서 다음과 같이 말했습니다. '매일매일을 슬픔 속에 살아야 할 뿐 아니라 날마다 슬픔 속에 살아야 한다는 사실을 생각하며 매일을 살아야 하는 것이다.' 사랑하는 이의 상실은 지속성을 갖고 있습니다. 그 누구도 여기서 자유로울 수는 없겠죠."

옆에서 가만히 이야기를 듣던 키리에가 한마디 거들었다. 꽤 진지한 모습에 모두가 놀라 키리에를 쳐다봤다. 키리에가 덕구를 향해 몸을 돌리며 말했다.

"자, 다음 덕구 님."

"엉? 뭐가."

"지금은 돌아가면서 누가 제일 불쌍한지 배틀하는 중입니다. 이제 덕구 님 차례입니다."

키리에가 아이에게 말하듯 친절히 설명해줬다. 당연히 이 불행 배틀에 참가할 생각이 없었던 덕구는 황당하다는 듯 눈을 동그랗게 떴다.

"할아버지는 기권이에요?"

어느새 울음을 멈춘 토비가 덕구를 보며 물었다.

"토비, 잠시만. 노인들은 시간이 필요합니다. 게임의 룰을 이제 막 이해시켜드렸으니 생각할 시간을 드리죠."

자신을 뒷방 늙은이처럼 대하는 키리에의 말에 덕구는 어이가 없어 콧방귀를 뀌었다.

"그게 아니라, 나는 그딴 거 없어! 나는⋯⋯."

"아! 할아버지! 할아버지는 할머니랑 이별한 거 얘기하면 되겠네요!"

토비가 도와주고 싶었는지 주먹을 불끈 쥐며 말했다.

"뭐야?"

"아현⋯⋯이었죠, 사모님 성함이⋯⋯."

레나는 덕구의 기분을 상하지 않게 하려 애쓰며 조심스레 말했다. 유골 반지에 새겨진 이름은 짧은 순간이었지만 레나의 머릿속에 깊이 박혀 있었다. 죽은 아내의 이름이 나오자 덕구는 입을 굳게 다물었다. 화가 나기도 하고, 슬프기도 하고, 기분이 묘했다.

"덕구 님. 말씀하기 힘들겠지만, 이건 덕구 님의 치료에도 꼭 필요한 일입니다. 아내 분과 관련된 어떤 이야기라도 좋습니다."

키리에가 응원하듯 덕구를 바라봤다.

"허! 참!"

덕구는 기가 막히다는 듯 혀를 찼다. 쓸데없는 소리 하지 말라고 소리치고 싶었지만, 왠지 목 끝이 간질간질했다. 덕구는 말할까 말까 몇 번이나 입술을 달싹거리다가 이내 긴 한숨과 함께 말을 시작했다.

"……아내를 25살 때 만났으니까 37년을 같이 살았네, 참……, 고왔던 사람이었는데 암 투병으로 뭐가 그리 급한지 먼저 떠나버리고. 나더러는 너무 슬퍼하지 말고 살아가라고 하더라고. 근데 그게 참……. 어디 말처럼 되나. 허! 그저 남겨진 사람들이 다 끌어안고 사는 거지. 여기저기 망가져서는……."

덕구가 더듬더듬 뱉어내던 아내에 대한 미련은 끝에 가서는 푸념이 됐다.

"덕구 님은 망가지지 않았습니다."

"아니, 할아버지 말이 맞아, 소중한 사람의 죽음은 나를 망가지게 만들어. 노력으로 극복되는 게 아니야."

레나가 공감한다는 듯 낮게 읊조렸다. 무너진 마음은, 그로 인해 몰아치는 감정은 아무리 어찌해 보려 해도 어찌할 수 없다는 걸 레나는 잘 알고 있었다. 지난 10년간 싸웠던 우울감에서 레나는 단 한 번도 이겨본 적이 없었으니까. 늘 '애가 망가졌다'고 말하는 엄마의 말처럼, 자신은 망가진 채로 살아가고 있었다.

"망가진 게 아닙니다. 회복하는 중일 뿐입니다. 오늘을 시작으로, 레드 플래그 치유 모임을 통해 다 같이 극복해 나갈 수 있습니다."

키리에가 확신에 찬 말투로 거듭 말했다.

"그럼 난 십 년째 회복 중인 거네. 키리에 넌 로봇이라 몰라."

레나가 자조적인 웃음을 터뜨렸다.

"그건 레나의 말이 맞습니다. 인간과 로봇은 다르죠. 인간인 레나가 느끼는 감정은 제가 파쇄되고 다시 만들어진다 해도 알 수 없는 종류의 것입니다."

덤덤하게 전하는 직설적인 말에 레나가 흘깃 키리에 눈치를 살폈다. 혹시 자신의 말이 상처가 된 건 아닐까. 기계가 상처를 받는지는 알 수 없었지만, 괜스레 신경이 쓰이는 레나였다.

"아니, 그러니까 내 말은……."

레나가 황급히 얼버무리자 키리에가 다시 말을 꺼냈다.

"유별나고 틀린 감정이라는 건 없습니다. 모든 감정과 경험은 소중해요. 심지어 힘들었던 경험이더라도 여러 가지 감정으로 색을 더하게 되면, 타인과 구별되는 고유함과 독특함을 갖게 만듭니다. 또 상처입은 인간만이 다른 아픈 인간을 진정으로 위로해주고 공감해줄 수 있습니다. 망가졌다고, 잘못됐다고 생각하지 말아요."

키리에는 잠시 말을 멈추더니 앉은자리에서 일어나 나란히 웅크리고 앉은 셋 앞에 섰다.

"토비가 사랑했던 친구 몰리를 잃은 건 유감입니다. 사랑하는 존재를 잃은 마음은 말로 표현하기 힘들 정도로 아프고 속상하겠죠. 하지만 토비. 지금 토비가 느끼는 슬픈 감정을 그대로 받아들이고 인정해줘야 합니다. 혼란, 슬픔, 분노와 같은 감정들은 지극히 정상적인 겁니다. 많이 힘들 땐, 여기 모인 레드 플래그를 생각하는 것도 좋습니다. 우리는 언제든 토비에게 어깨를 내어줄 수 있고, 들어줄 마음이 있으니까요. 상실은 여기 있는 모두가 겪은 아픔이니까요! 무엇보다 우리는 토비를 알고 있고, 앞으로도 기억할 겁니다. 몰리처럼 기억을 삭제하지 않아요. 혹여나 누군가의 기억이 흐려지더라도 괜찮습니다. 우리가 서로의 기억을 되새길 테니까요."

키리에의 말에 셋은 한동안 말이 없었다. 서로 다른 사람을 생각하는 듯했지만, 이내 다들 약속이라도 한 것처럼 고개를 들어 옆 사람을 바라봤다.

***

레나는 로보아이에서 돌아오자마자 소파 위로 몸을 내던졌다. 아무도 없는 집 안에 들리는 소음이라고는 자신의 들숨과 날숨에 바스락거리는 아노락 트레이닝복 소리뿐이었다. 생각이 많았던 머리에도 잠시 정적이 흘렀다.

"……풉."

들쑥날쑥하던 숨소리가 고르게 퍼질 때쯤 집에서 어울리지 않는 낯선 실소가 터져 나왔다. 어쩌다가 레드 플래그 사람들끼리 로보아이까지 가서 그 난리를 피운 건지 스스로 생각해도 어이가 없었다. 모험을 하고 돌아온 기분이었다. 아파트 입구에서 우연히 만나 토비와 캐리어를 들고 실랑이하던 순간, 로보아이를 찾아가 마침내 몰리와 토비가 상봉한 순간, 예상치 못한 상황에 당황해하며 잡혀갔던 것과 다 같이 상실에 대해서 공감했던 순간까지, 모든 순간이 사진으로 찍은 듯 선연했다. 이렇게 정신없이 생생한 하루를 보낸 게 얼마 만인지 모르겠다.

꼬르륵.

오랜만에 찾아온 기분 좋은 느낌을 낯설게 만끽하던 레나는 꼬르륵 거리는 소리에 움찔 놀라 배를 움켜쥐었다.

"배가 고프다고?"

혼잣말까지 내뱉으며 레나는 또 피식 실소를 터뜨렸다.

"렉시, 나 배고파."

소파에서 부스스 일어난 레나는 주방으로 들어가며 목소리를 높였다.

"안녕하세요, 레나! 배가 고프다니 의외로군요?"

인공지능 렉시의 목소리에서마저도 당황스러움이 느껴지는 듯했다.

"스크램블 에그는 어떨까요? 평소처럼……."

"아냐."

레나가 말을 끊고 냉장고 문을 활짝 열었다. 눈동자를 이리저리 움직이던 레나는 이내 마음을 정한 듯 유통기한이 다해가는 고추장과 따지도 않은 참기름을 꺼내 들었다. 저번 주에 온라인으로 주문한 애호박볶음과 달걀 하나도 손에 쥐었다.

"비빔밥 해 먹을 거야."

"비빔밥, 검색하겠습니다."

검색하느라 잠시 멈칫했던 렉시가 이내 다시 소리를 냈다.

"비빔밥이란 한국 전통 요리로 밥에 각종 나물과 장을 섞어 비벼 먹는 음식입니다. 냉장고 재고를 모니터링한 결과……."

"됐어. 어떻게 만드는지 알아. 아빠가 자주 만들어 주셨거든."

분주하게 몸을 움직이며 레나가 말했다. 아빠가 제일 좋아하는 음식은 비빔밥이었다. 레나는 자신의 기억 속 아빠가 비빔밥을 해주던 모습을 떠올렸다.

"비빔밥을 만들 때는 첫째! 냉장고 문을 열고 비빌 재료를 찾는 거야. 둘째! 큰 양푼을 꺼내서 밥을 담고 재료를 가지런히 올려. 셋째! 고추장 한 술과 참기름을 넣는 거지. 여기서 포인트! 레나는 달걀 프라이를 좋아하니까 아빠가 또 특별히 두 개 올려준다. 하하!"

아빠의 따스한 목소리, 웃음소리, 양푼 가득 밥을 휘젓던 커다란 손이 생생히 떠올랐다. 마치 지금 곁에 있는 듯 말이다.

"잘 먹겠습니다."

레나는 맛있게 비벼진 비빔밥을 큰 숟갈 하나 가득 떠 입에 넣고 꼭꼭 씹었다. 정말 간만에 음식의 '맛'을 느껴보는 것 같았다. 아빠가 만들어줬던 것만큼 맛있진 않았지만, 나름 먹을 만했다. 이렇게 빨리 아빠를 떠나보낼 줄 알았다면 제대로 배워둘걸. 못내 아쉬운 마음이 들었다.

어느새 한 그릇을 싹 다 비운 레나는 의자에 몸을 기대며 배를 두드렸다. 든든해진 배 위에 손을 얹자 조금씩 편안함과 행복감이 밀려들었다.

"식사를 마치셨나요, 레나. 오늘도 옥상에서 바람을 쐬고 올 예정인가요?"

렉시의 음성에 레나가 고개를 돌려 밖을 내다봤다. 어느새 짙은 어둠이 내려앉고 있었다. 레나는 종종 늦저녁에 옥상에 올라가 바람을 쐬고는 했다. 밤만 되면 자신을 집어삼킬 듯 찾아오는 불안이라는 괴물을 떨쳐 보내고 싶어서.

하지만 적어도 오늘 밤만큼은 옥상에 다녀오지 않고도 편하게 잘 수 있을 것만 같았다. 부풀어 오르는 따뜻한 편안함이 오늘만큼은 괜찮다고 말해주는 듯했다.

8

2040년 10월 13일

옥상에 다다른 비키는 길게 늘어뜨린 머리카락을 그러모은 뒤 손목에 있는 고무줄로 단단히 묶었다. 승현이 준 경찰 기록과 증거들을 머릿속에 그려가며 옥상을 살피던 비키의 눈에 곧 대온실이 들어왔다.

"참 빈부격차 느껴지네."

텃밭 맞은편에 떡하니 세워져 있는 대온실은 돈 많은 입주민들이 프리미엄으로 분양받아 식물을 키우는 공간이었다. 하늘 높이 뻗은 채광창이 특히나 인상적인 그곳은 물이며 공기며 모든 게 철저하게 모니터링되며 돌아가고 있었다.

지이이잉, 그때 위에서 이상한 소리가 들려왔다.

'위에는 하늘인데?'

비키가 고개를 들자 하늘에서 새 떼처럼 줄지어 이동하는 드론들이 보였다. 드론은 공중에서 정해진 곳에 맞춰 택배를 떨어뜨렸다. 그 모습이 꼭 새똥 같다고 생각한 찰나…….

"오우 씨! 뭐야."

비키는 욕지거리를 뱉으며 몸을 피했다. 새똥처럼 떨어지던 택배 중 하나가 비키의 머리 바로 위로 떨어진 것이다. 비키는 사과 한마디 없이 볼일 다 봤다는 듯 유유히 사라지는 드론들을 노려보다가 한숨을 내쉬며 다시 주위를 살폈다.

"어이, 비키."

그때 반갑지 않은 목소리가 비키의 등 뒤에서 들려왔다.

"정원이 참 인상적이지? 살인 사건이 일어난 장소로는 어울리지 않는단 말이야."

뒤를 돌아보니 승현이 팔짱을 낀 채 짝다리를 짚고 서 있었다.

"하……. 그러네요."

"내가 준 조사 파일은 이미 봤을 테고."

"네, 다 확인했죠."

"그래도 여전히 변호는 해야겠고?"

"경찰 보고서야 뭐, '누군가'가 사실일 거라고 믿는 걸 구구절절 써놓은 거니까요."

비키는 심드렁하게 말하며 제 할 일을 계속했다. 승현은 그런 비키를 보며 못 말리겠다는 듯 고개를 젓더니 그 뒤를 천천히 따라갔다.

"사건 당일인 10월 11일 13시 3분, 경찰이 임혜주 씨로부터 걸려온 긴급전화를 받았고…….."

텃밭을 따라 걸으며 비키가 말했다.

"응. 치유 로봇이 옥상에서 피해자를 밀쳤다고 연락받았지."

"경찰이 지시를 받고 현장에 도착한 시각이 13시 18분."

"맞아. 후……. 듣기로는, 옥상에서 내려온 키리에가 피해자 앞에 서서 떨어지지 않는 통에 관리소장이 떼 내느라 애를 먹었다고 하더라고. 젠장. 자기가 죽인 사람을 물끄러미 보고 있는 로봇이라니……."

승현이 다시 생각해도 소름 끼친다는 듯 입술을 지그시 깨물었다. 비키는 그 말에 대꾸하지 않고 난간 앞에 다다랐다. 그리고 훌쩍 뛰어올라 밑을 내려다봤다.

"이봐, 위험해!"

"바로 여기서 떨어진 거죠. CCTV도 없는 옥상에서, 유일한 목격자라고는 임혜주 씨뿐인 상황에……."

"……무슨 의미야?"

승현이 눈썹을 추켜세우며 물었다. 비키 곁으로 다가온 그는 형형하게 눈을 빛내며 쏘아붙이듯 말을 이었다.

"이건 누가 봐도 명백한 살인 사건이야. 로봇이 당시 영상 데이터를 다 삭제했잖아. 증거 인멸이라고! 그게 아니라면 왜 그랬겠어."

그 말에 비키의 시선이 다시 저 아래로 떨어졌다. 바로 그 지점이 비키가 가장 이해가 되지 않는 부분이었다. 치유 로봇은 의뢰인과 함께 시간을 보내는 동안 실시간으로 데이터를 저장하도록 프로그래밍돼 있는데, 정확히 사건이 일어난 그 시간의 기록만 지워져 있었다.

왜. 정말 범인이라서?

"······피해자 가족이 부검을 거부했다고 들었어요."

비키가 자신을 뚫어지게 바라보는 승현의 눈빛을 외면하며 말했다. 승현도 한숨을 쉬며 날카로운 시선을 거뒀다.

"응."

"피해자가 제닉스 로보틱스에 제출한 로봇 치료 의뢰서를 봤는데, 피해자가 오랜 시간 우울증을 앓고 있었더라고요."

"그래서 자살이라도 했다는 거야?"

"······자살 가능성도 염두하고 있어요."

"하, 정신질환으로 변호하겠다?"

승현은 기가 찬다는 듯 헛웃음을 터뜨렸다. 비키는 그 웃음에 스민, '변호사들은 다 똑같구나'라는 말을 어렵지 않게 들을 수 있었다.

"일단은 임혜주 씨를 만나봐야겠네요, 지금으로선 유일한 목격자고 또······. 피해자인 친딸 윤레나 양을 잃은 모친이기도 하니까요."

***

비키가 네펜테 의료센터에 방문한 건 그로부터 나흘 뒤였다. 비키는 딸을 잃은 지 얼마 되지도 않았을 텐데 업무에 복귀한 혜주가 의아했지만, 한편으로는 그럴 수도 있겠다는 생각이 들었다. 큰일을 겪은 뒤 다른 일에 몰두해서라도 그 일을 잊으려 하는 유족들을 종종 보곤했다.

네펜테 의료센터 본관은 아르데코 양식을 본뜬 클래식한 건물로 태양광 전지판과 첨단 설비가 외부로부터 발생하는 유해 물질을 자체적으로 세척해주고 있었다. 의료센터를 찾는 고객들이라면 꽤 만족할 만할 듯했다.

"어서 오세요! 네펜테 의료센터에 오신 걸 환영합니다."

반질반질한 레반토 대리석이 깔린 로비로 들어오자 홀로그램 안내원이 비키를 맞겼다.

"무슨 일로 방문해주셨나요? 제가 안내해 드리겠습니다!"

"세레네 로펌 소속 변호사 비키라고 합니다. 신경외과 교수 임혜주 씨를 뵈러 왔습니다."

"비키. 오후 14시 30분. 임혜주 씨와 N2룸에서 미팅 예정. 예약 확인 완료. 오른쪽에 위치한 엘리베이터를 이용해 2층으로 올라가주세요. 담당자가 안내할 겁니다."

안내를 마친 홀로그램은 안개처럼 스르르 사라졌다. 홀로그램의 안내에 따라 2층에 올라가자 기다리고 있었다는 듯 가운을 입은 한 젊은 여자가 마중 나와 있었다.

"안녕하세요, 인턴 신슬기라고 합니다. N2룸으로 안내해 드리겠습니다."

여자는 차분하게 인사를 건넸지만 비키는 왠지 모르게 여자의 얼굴에 긴장감이 서린 것처럼 보였다.

"교수님은 곧 오실 거예요. 조금만 기다려주세요."

N2룸 의자에 앉은 비키는 자신의 앞에서 김이 피어오르는 커피를 내려다보며 다시 한번 오늘 할 질문들을 일목요연하게 떠올렸다. 필요한 정보를 최대한 얻되 트라우마가 심할 테니 최대한 심기를 건드리는 일은 피해야 했다. 깨진 유리 조각 사이를 지나가듯 천천히…….

"안녕하세요. 조금 늦었습니다."

그때 문이 열리며 얼굴이 창백한 여자가 안으로 들어왔다. 혜주였다. 이미 사건 파일로 얼굴을 알고 있던 비키는 자리에서 일어나 인사를 건넸다.

"이번에 키리에 변호를 맡게 된 세레네 로펌 소속 변호사 비키라고 합니다."

그 말에 혜주가 짧게 고개를 끄덕이며 맞은편 의자에 앉았다. 비키는 조심스레 아까 머릿속으로 생각했던 말들을 꺼냈다.

"먼저……, 누구보다 힘드시고 또 큰 충격을 받으셨을……."

"변호사님, 본론만 말씀하시죠."

그러나 그 말들은 꺼내기도 전에 막혀버리고 말았다. 혜주가 말을 끊고 무감한 눈으로 비키를 쳐다봤다. 그 모습이 꽤 기괴했던 비키는 앞에 놓인 커피를 마시는 척 시선을 돌린 뒤 다시 입술을 뗐다.

"그럼 몇 가지 질문을 드릴게요. 사건 발생 당일이 따님 생일이었고, 함께 식사하기 위해 따님의 집에 방문하셨다고 진술하셨죠. 평소 두 분의 관계가 어떠셨나요?"

"보통의 모녀 관계 이상이었죠. 제가 할 수 있는 모든 걸 다해 레나를 키웠습니다. 가장 좋은 양육 환경과 교육을 제공해줬다고 자부하고……."

"관계가 친밀했나요?"

비키가 되물었다.

"……친밀함은 주관적인 감정이라 어떤 척도를 두고 말해야 할지 애매하지만, 저는 늘 레나를 걱정했고, 집에는 한 달에 네 번 정도 방문해서 레나가 잘 지내는지 살폈습니다."

"따님이 17살인데 따로 거주하는 이유가 있었나요? 그리고 어떤 식으로 안부를 살피셨는지 여쭤봐도 될까요?"

"이런 질문은 왜 하시는 거죠?"

혜주가 순식간에 치켜 올라간 눈으로 물었다.

"따님이 우울증을 오래 앓았던데요."

그 말에 찻잔을 쥐고 있던 혜주의 손가락에 힘이 들어갔다.

"그래서요?"

"키리에가 옥상에 올라갔을 때 따님이 난간에 위태롭게 매달려 있었다고 하더군요. 왜 따님이 난간에 매달려 있었던 건지, 어머님은 아시죠?"

"레나는……!"

갑자기 커진 목소리에 비키가 놀라 움찔했다. 그 모습에 퍼뜩 정신을 차린 혜주는 앞에 놓인 찻잔을 입에 가져다대며 진정하려 애썼다.

"우리 레나는 종종 기분 전환할 겸 옥상에 올라가서 바람을 쐬고는 했어요. 그날도 마찬가지였고요."

잠시 뒤, 아까의 격양된 모습과 달리 꽤 진정한 혜주가 목소리를 가다듬으며 말했다. 비키는 이 이상 혜주를 자극해서는 안 될 것 같다는 생각에 질문의 주제를 바꾸기로 했다.

"키리에와 따님의 관계는 어땠나요?"

"글쎄요, 둘의 관계는 저도 잘 모르겠네요. 다만 치유 로봇을 고용하기 전과 후로 레나를 비교해 본다면, 레나가 좀 더 제 말을 듣지 않고 공격적으로 변한 것 같기도 하네요."

"만일 정말 키리에가 레나를 살해했다면, 그럴 만한 이유가 있었다고 생각하시나요? 그날도 키리에는 레나의 생일 식사를 준비하고 있었는데 말이죠."

"저야말로 그 이유를 알고 싶네요! 제닉스 로보틱스에 꼭 물어봐 주세요! 그걸 만든 회사니, 그 고철 덩어리 속마음도 그 회사가 알지 않겠어요? 살해 의도가 있었든 오작동 문제였든, 전 이번 일로 제닉스 로보틱스에 소송을 걸 예정입니다. 철저한 진상규명과 보상을 받아야겠어요."

화를 말속에 짓이기듯 토해내는 혜주를 보며 비키는 입을 작게 벌렸다. 비키가 보기에 혜주는 딸을 잃은 슬픔보다 큰 분노에 휩싸인 사람처럼 보였다.

"저……."

"변호사님?"

"네?"

비키가 다시 입을 떼려는 순간, 혜주가 말을 잘랐다.

"오늘은 그만하시죠, 제가 매우 피곤하네요."

혜주가 관자놀이를 지그시 누르며 말했다.

"아, 아직 몇 가지 질문이……."

"휴……, 그만하자고."

비키는 그런 혜주를 붙잡았지만, 혜주는 자리에서 일어나며 비키를 차갑게 내려다봤다.

"로봇이 당시 기록된 영상을 삭제했다던데, 지도 뭔가 켕기는 게 있으니까 지웠을 거 아냐. 폭력적인 살인 로봇을 치유 로봇인 줄 알고 애를 맡겨놨다니……."

더 이상 할 말이 없다는 듯 홱 몸을 돌린 혜주가 이내 바닥을 걷어차듯 구두 소리를 내며 멀어져갔다.

9

2040년 3월

"뭐, 어쩌려고 이딴 영상을 보여줘? 흥, 내가 또 폭력적인 노인 이란 거야, 뭐야?"

로보아이 사건 이후 다시 모인 레드 플래그 모임. 덕구는 키리 에가 재생 중인 영상을 보고 씨근거리며 말했다.

"덕구 님, 진정하세요. 얼마 전 엘더리 가든 카페에서 찍힌 덕 구 님의 영상을 보여드리는 이유는 객관적으로 덕구 님 본인의 모습을 바라보고 문제를 인지하도록 하기 위함입니다."

키리에가 한창 고성이 흘러나오는 동영상을 일시 정지하며 말 했다.

"문제는 무슨 문제! 나는 아무 잘못 없어!"

"SNS에서 확인했습니다. 해당 영상에 악성댓글이 13만5천

239개가 달렸더군요."

"흥! 할 짓도 없는 머저리들 같으니라고. 나보고 쥐새끼라고 하는 것들을 가만둬, 그럼?"

덕구의 역정에도 키리에는 단조로운 어투로 말했다.

"그런 실례되는 말을 들으셨으니 속상하셨을 거 같습니다. 누군가 저에게 깡통새끼라고 불렀다면 저도 크게 상처받았을 테니까요."

"······흥."

"하지만 그럼에도 지금까지 덕구 님이 사용하는 언어와 행동 패턴을 분석해 보면 공격성이 지나치게 높게 감지됩니다. 앞으로 제가 이 점을 보완할 수 있도록 도와드리겠습니다."

"왜, 내가 로봇 홍보대사인데 이런 일 생기니까 제닉스 로보틱스에서 걱정이 많은가 보구만?"

"······할아버지, 도대체 그때 무슨 일이 있었던 거예요?"

덕구의 화가 좀처럼 가라앉지 않자, 옆에서 상황을 지켜보던 레나가 조심스레 입을 열었다. 함께 영상을 보던 레나와 토비는 당시에 도대체 어떤 상황이었던 건지 못내 궁금한 듯했다.

"암 것도 아녀."

그제야 주변을 돌아본 덕구는 머쓱한 듯 자리에 앉으며 코를 문질렀다. 하지만 엘더리 가든에서 있었던 일이 다시금 떠오른 그의 입꼬리는 음울한 곡선을 그리며 땅으로 축 처졌다.

***

"······."

엘더리 가든에 방문하기 네 시간 전, 덕구는 여느 때처럼 가만히 앉아 아내의 유골로 만들어진 반지를 내려다봤다. 투명한 옥색 반지를 손끝으로 쓸어도 보고, 두툼한 손안에 쥐어도 보며 덕구는 한없이 그리움에 잠겼다.

아내 몸에서 처음 이상을 발견한 건 팔 년 전이었다. 아내는 유방암이었고, 담당 의사는 최소 침습으로 환자의 고통과 합병증을 줄일 수 있는 로봇 수술을 적극 권장했다. 이런 상황에서 의학 지식이 없는 환자와 보호자가 할 수 있는 일은 고개를 끄덕이는 일뿐이다.

아픈 가족이 있다거나 아파서 병원에 입원해 본 사람이라면 누구나 이 말에 공감할 것이다. 각종 인터넷 사이트를 뒤지고 주변에 물어본들 결국 주치의가 하는 말에 수긍하며 제발 무사히 건강을 회복하게 해달라고 비는 것밖에는 빌어먹게도 할 수 있는 일이 없다는 걸 말이다. 보험도 적용되지 않아 일반 수술비보다 일곱 배나 비싼 로봇 수술비를 기꺼이 감수하면서도 덕구는 그저 아내가 덜 아프기만을 기도했다.

그러나 살려달라는 기도를 할 수 있는 날도 오래가지 못했다. 로봇 수술로 최소 절개와 적은 고통을 얻을 수는 있었지만, 아내는 결국 합병증을 이기지 못하고 세상을 떠났다.

덕구는 지금까지도 때때로 자신의 선택이 잘못된 건 아니었을까 하는 죄책감에 사로잡혔다. 전통적인 방식으로 의사가 완전 절개하는 수술을 선택했더라면 어땠을까. 효율과 미용을 따진다면서 같잖은 로봇 치료를 받지 않고 다른 선택을 했더라면 아내가 살 수도 있지 않았을까. 그런 생각이 들 때면 머리가 깨질 듯이 아파왔다. 헤어 나오고 싶어도 헤어 나올 수 없는 상실의 고통은 당해본 사람만이 안다.

장례를 치르고 난 후 일 년은 극심한 불면증에 시달렸다. 사랑하는 무언가를 갖게 되는 결말이 이런 것이라면 다신 누구도 사랑할 수 없을 것만 같다고, 덕구는 생각했다. 사랑을 이유로 감당해야 하는 감정의 짐이 너무나도 깊고 아팠던 것이다.

덕구는 도저히 사랑하는 아내를 이렇게 떠나보낼 수 없었다. 그래서 덕구는 아내 유골을 반지로 만들어 케이스 위에 꽂아놓았다. 아내 방도 여전히 그대로 뒀다. 누군가는 유골을 보석으로 만들어 집 안에 둔다는 게 소름 끼친다고 말할지라도 상관없었다. 별게 다 그리워지는 순간에 껴안고 울 수 있는 무언가가 필요했다.

한참 동안 반지를 만지작거리던 덕구는 이내 알람 소리가 울리자 몸을 일으켰다. 아내를 떠올리며 슬퍼하다 보니 어느덧 약속 시간이 다 된 것이다. 덕구는 오늘 엘더리 가든에서 춘식과 만날 예정이었다.

외출 준비를 마치고 아파트 앞을 나온 덕구는 숨을 크게 들이마셨다. 그러자 아직 떠나지 못한 차갑고 건조한 겨울 공기가 폐속에 담겼다. 나이 든 노인에게 차가운 공기가 좋을 리 없다는 건 잘 알고 있지만, 때로는 마음이 더 추워서 견딜 수 없는 때도 있는 법이다. 그리고 지금이 바로 그때였다.

한 걸음 두 걸음 터덜터덜 걸어가던 덕구의 두 발이 멈춘 곳은 자율주행 버스 정류장이었다. 이윽고 타야 할 버스가 도착하자 덕구는 몸을 부르르 떨며 버스에 탔다. 엘더리 가든으로 향하는 버스 안에는 자신과 비슷한 또래의 노인들이 가득 앉아 있었다. 빈자리에 서둘러 엉덩이부터 들이민 덕구는 의자에 몸을 안착시키며 넓은 창밖으로 고개를 돌렸다. 저 멀리 택배를 싣고 하늘을 비행하는 드론 무리가 보였다. 그 모습이 꼭 한 떼의 철새 가족들이 이동하는 것만 같았다.

그러고 보면 덕구의 인생에도 누군가와 함께했던 시절이 분명히 있었다. 장남이었던 덕구는 2살, 5살 터울의 여동생들이 있었다. 태어난 곳은 충남 서산시 골목시장 어귀에서 좀 더 들어가면 있는 곳, 바로 그곳이 덕구네 집이었다.

덕구는 달리는 버스 안에서 잠시 추억 여행을 떠났다. 굽이진 집 앞 골목길을 돌아서자 순자, 만석, 재식이 집이 나왔다. 친구 이름들이 머릿속에 불쑥 떠오르자 덕구는 저도 모르게 피식 웃음이 새어 나왔다. 해가 뜰 때부터 저녁 어스름이 질 때까지 친구들과 땅따먹기, 술래잡기, 구슬치기, 축구를 했던 추억이 하나하나 폴라로이드처럼 덕구의 머릿속을 지나갔다.

요즘 젊은 사람들은 머리에 기억하고 싶은 장면을 칩으로 이식해서 보고 싶을 때마다 꺼내 보고는 한다던데, 덕구는 왜 그런 짓을 하는지 이해가 되지 않았다. 덕구 기억 속에는 늘 친구들과 고향 집이 너무나도 선명했다. 골목의 풍경, 냄새, 소리는 70여 년을 살아도 또렷하게 떠올랐다.

"이번 정류장은 엘더리 가든입니다."

이런저런 생각을 하는 사이 버스는 어느새 엘더리 가든에 도착했다. 시에서 노인 친화적인 공원을 만든다고 부랴부랴 지어낸 공원답게 곳곳에 벤치와 미끄럼 방지 표면이 보였다.

"어이, 덕구!"

그때 저만치서 자신을 부르는 소리에 덕구는 고개를 돌렸다. 벤치에 앉아 손을 흔드는 춘식이 보였다. 올해로 76살이 된 춘식이 함박웃음을 짓자 눈가 주름이 한층 더 깊게 패어 들어갔다.

"아직 살아 계셨고만, 춘식 형님."

덕구는 벤치에 다가가 옆에 털썩 앉았다.

"허허, 죽지 않고 살아 있다! 꼽냐?"

춘식이 밉지 않은 눈으로 덕구를 흘겨보며 말했다. 잠시 둘 사이에 정적이 흘렀다. 춘식과 덕구는 몇 년 전 엘더리 가든에서 처음 만나 바둑을 두면서 친해진 사이였다. 딱히 많은 말들을 하진 않아도 같은 외로움을 가진 누군가가 옆에 있다는 건 서로에게 의지가 되는 법이었다. 그냥, 저이도 그래서 왔겠구나, 하는 것이었다.

툭, 툭. 그때 빗방울이 떨어지기 시작했다.

"어잇, 비 오네. 그……. 뭐, 카페나 갈까요?"

덕구가 바지를 탈탈 털며 먼저 일어서자 춘식도 말없이 따라나섰다.

둘은 정류장에서 가까이 보이는 한 카페로 향했다. 아무 곳이

나 찾아 들어간 카페는 갑작스럽게 쏟아진 비 때문인지 노인들로 이미 만석이었다. 덕구가 어떡해야 하나 고민하는 사이, 때마침 문 앞쪽에 앉은 할머니 한 분이 몸을 일으켜 나갈 준비를 했다.

"형님, 저기 앉으쇼. 커피 주문하고 올 테니까. 따뜻한 아메리카노지?"

"으응…….'

덕구는 춘식을 앉혀두고 주문대로 향했다. 그러나 주문대에 사람은 없었다. 주위를 둘러보니 카페 한편에 덩그러니 놓인 키오스크 앞에서 나이가 들어 보이는 노인이 진땀을 빼고 있는 게 보였다. 덕구는 그 뒤에 가 줄을 섰다.

"아이고, 이게 아닌데……."

앞에 선 노인이 굵은 손가락으로 화면에 보이는 글자를 턱턱 누르는 소리가 매장에 울렸다. 그러나 무언가 잘되지 않는지 연신 식은땀을 흘려댔다. 뒤에 줄을 선 덕구도 덩달아 긴장했다.

"아이씨, 뭔 꾸렁내가 나."

그때, 언제 들어왔는지 덕구의 뒤에 줄 서 있던 젊은 사람들이 신경질적으로 우산을 탁탁 털며 들으라는 듯 큰 소리로 말했다.

"틀딱들 때문에 그렇지 뭐. 테이크아웃해서 빨리 나가자."

"아, 또 주문하는 데 왜 이렇게 오래 걸려."

주문하던 노인은 그 소리에 눈치가 보이는지 등을 돌려 흘끗 줄을 쳐다봤다. 그러자 바로 뒤에 멀뚱히 서 있는 덕구와 그 뒤에 줄 선 젊은 커플이 눈에 들어왔다.

"뭘 봐요, 주문이나 해요."

커플 중 남자가 눈에 힘을 주고 노인을 노려봤다. 그 말에 몸을 돌린 덕구가 싹수 없어 보이는 커플을 쳐다보며 을러댔다.

"지금 하고 있잖아!"

"뭐래, 이건 또. 소리나 지르고 있으면서."

젊은 여자가 비아냥거리며 입술을 삐죽거렸다. 그 소리에 노인이 허겁지겁 키오스크 화면을 두드렸다. 노인의 절박한 표정을 따라 굴곡진 얼굴 주름이 온통 땀으로 번들거렸다. 보다 못한 덕구가 앞으로 걸어 나가 노인 옆에 섰다.

"뭘 주문하시려고?"

"나, 따뜻한 우유 한 잔⋯⋯."

누군가가 자기 옆에 있다는 게 안심이 되는 듯 노인은 한결 편해진 얼굴로 말했다.

"이거를⋯⋯, 잠시만."

그러나 당당히 앞에 선 것도 잠시, 덕구도 이내 노인처럼 어쩔 줄 몰라 버벅거렸다. 처음 보는 화면에서 팝콘처럼 튀어나오는 홀로그램 영상이 뭐가 뭔지 알 수 없었다. 만질수록 더 혼란스러웠다. 취향과 선호에 따라 선택할 수 있는 옵션들이 즐비했다. 지방의 함유량, 견과류 종류, 설탕 추가 탭까지 무사히 건너갔지만 이내 염소, 양, 낙타 등을 선택해야 하는 페이지로 건너가자 당황한 덕구는 뒤로 가기, 앞으로 가기를 반복해 눌러댔다.

"큭. 머리털 봐. 꼭 뉴욕에 돌아다니는 생쥐새끼 두 마리 같네."

그때 뒤에서 여자가 남자를 툭 치더니 웃으며 소곤거렸다.

"그러게, 토 쏠리네. 뉴욕 쥐는 알아서 숨기라도 하지. 이건 뭐,

병 옮겠다. 그냥 나가자."

그 말을 들은 덕구 눈에서 불이 번쩍였다.

덕구가 몸을 홱 돌리며 고함을 치자 커플은 뭐가 그리 신나는지 덕구를 흉내 내며 시시덕거렸다.

화가 한껏 치밀어 오른 덕구는 성큼성큼 걸어가 남자의 멱살을 잡고 욕을 퍼부었다. 그러자 옆에 있던 여자가 휴대폰으로 촬영하기 시작했다.

"빌어먹을, 뭘 찍는⋯⋯."

덕구가 큰 손을 뻗어 휴대폰을 뺏으려는데 연이어 찰칵거리는 소리가 주변에서 들려왔다. 그리고 그 순간, 누군가가 덕구의 팔을 톡톡 건드렸다.

"SNS에 신고가 접수돼서요."

관리인이 이것 보라며 들이민 휴대폰에는 험상궂게 찍힌 덕구의 영상과 대충 봐도 상스러운 욕설들이 즐비하게 도배돼 있었다.

#엘더리_가든 #노인 #또_김덕구 #행패 #제닉스_로보틱스_홍보대사

"허! 그게⋯⋯."

덕구가 상황을 설명하려 다가가자 관리인은 합장한 두 손을 눈앞에 갖다 대며 말했다.

"죄송하지만 나가주시겠어요? 저희 카페는 '할머니네 집에 놀러 온 듯한 아늑한 분위기'를 지향하고 있어서요."

그렇게 70세 덕구는 할머니네 집 분위기를 따라가지 못했다는 이유로 카페에서 쫓겨났다. 끝내 따뜻한 우유 한 잔을 주문하지 못한 노인과 함께.

"머저리 같은 놈들."

그때를 떠올리며 덕구가 작게 읊조렸다.

"할아버지는 머저리라는 말을 좋아하나 봐요."

토비가 탁자에 턱을 올린 채 멈춘 영상을 다시 재생하며 말했다.

"뭐야?"

"영상에서도 머저리라고 열세 번이나 말하던데요, 아니, 열다섯 번인가…….."

토비가 짧은 손가락을 접어가며 중얼거렸다.

"언어 분석 결과 '머저리' 사용 건수 열네 건, '등신' 사용 건수 일곱 건, '젠장' 사용 건수 세 건, '빌어먹을' 사용 건수 두 건으로 주변 사람들에게 폭력적이고 위협적으로 보일 수 있는 말들을 남발한 것으로 집계됐습니다."

"누나가 보기에는 어때요?"

토비가 옆에 앉은 레나를 향해 물었다.

"말도 말이지만 표정이 조금…….."

레나가 곁눈질로 덕구의 눈치를 보며 말을 얼버무렸다. 흥분한 덕구는 길게 콧김을 내뿜고 있었다. 마음 같아서는 젊은 커플의 무례함을 낱낱이 알려주고 싶었지만, 애들한테 말해봤자 꼴이 우스워질 것 같아 말없이 화만 삭혔다.

"할아버지도 다른 사람이랑 말하는 데 서투른가 봐요."

"허! 그놈들이 말귀를 알아먹는 데 서투른 거겠지!"

토비의 말에 덕구가 코를 벌렁거리며 되받아쳤다.

"저도 말이 안 통해서 의자를 집어던진 적 있는데."

벌떡 일어난 토비가 그때 모습을 재현해 보이며 말했다.

"말 잘했어요, 토비. 사실 덕구 님뿐만 아니라 여기 모인 레드 플래그 회원들이 가진 공통 문제로 '화'와 '폭력성'이 분석됐습니다. 오늘 치료 모임은 이 부분을 중점으로 이야기 나눠보고자 합니다."

키리에가 준비한 종이를 덕구와 토비 그리고 레나에게 전달하며 말했다.

"나도?"

레나의 눈에 잠시 당혹감이 비쳤다. 레나는 다른 사람한테 욕을 하거나 폭력을 행사한 적이 없었기 때문이다.

"폭력은 타인을 향한 것과 자기 자신을 향한 것, 크게 두 가지로 구분해서 살펴볼 필요가 있습니다. 타인을 향한 폭력은 신체적, 정신적, 경제적으로 피해를 가하는 걸 말하며 자신을 향한 폭력은 우울, 자해, 자살 등으로 본인에게 피해를 가하는 걸 뜻합니다."

자해라는 말에 레나의 어깨가 움찔했다.

"폭력적인 말과 행동 기저에는 스트레스 누적, 의사소통의 어려움, 자아 존중감 부족, 과거의 트라우마 등이 원인이 됐을 수 있습니다."

"허!"

덕구가 툴툴거리며 한쪽 발을 무릎 위에 올려놓았다. 벌써 하품 난다는 얼굴이었다.

"어려워."

토비도 손바닥을 이마에 가져다 대며 볼멘소리로 말했다.

"좋아요, 그럼 바로 활동을 시작해보죠. 마음에 불만, 분노, 화가 쌓이게 만드는 사람을 떠올려 볼까요? 친구가 될 수도 있고, 이웃이 될 수도 있고, 가족이 될 수도 있겠죠! 그리고 내가 왜 그 사람에게 안 좋은 감정을 갖게 되고 공격적으로 표현하게 된 건지 이유를 말해봅시다."

"학교 친구들. 내가 남들과 다르게 태어났다고 괴롭히고 무시하고 놀리니까."

토비가 볼을 한껏 부풀리고 눈을 구기며 말했다.

"아, 전부 다지! 늙었다고 무시해 대면서 내 말은 귓등으로도 안 듣고 말이야."

생각만 해도 화가 난다는 듯 덕구가 큰 소리로 말했다.

"……."

레나는 생각에 잠긴 듯 머리를 어깨 밑으로 푹 숙이고는 종이 위에 무언가를 끄적거리기 시작했다.

"상대방에게 화가 날 경우 어떤 반응을 보였나요?"

"의자를 던지고 달려가서 주먹으로 때렸어!"

"끝까지 싸웠지, 아무리 말해도 머저리라 못 알아들었지만."

토비와 덕구가 한목소리로 두 주먹을 불끈 쥔 채 말했다.

"레나는 어떻게 반응했나요?"

키리에는 둘과 달리 조용히 앉아 있던 레나에게 물었다.

"나는……, 그냥, 뭐. 참았던 것 같은데……. 내가 제일 답이 없는 사람이니까."

레나가 종이를 물끄러미 내려다보며 대답했다. 아까부터 끄적거리던 종이 위에는 '엄마'라는 단어가 덧칠돼 있었다.

"그렇군요! 다들 진심으로 말씀해주셔서 감사합니다. 지금 각자가 말한 걸 정확히 인지하는 게 중요합니다. 폭력과 화는 이해받지 못한 감정들이 비명을 지르고 난동을 부리는 것으로 볼 수 있습니다. 따라서 내가 어떤 감정을 보살핌받고 싶었던 건지 깨닫는 게 치료의 첫걸음입니다."

키리에가 덕구를 쳐다보며 말했다. 덕구는 애써 그 눈빛을 무시하려고 짜증을 내며 성마르게 말했다.

"아 그래서 뭐? 어쩌라는 거여, 난 원래 이런 사람이고 세상은 여전히 등신인데……."

"덕구 님, 좋은 지적입니다! 이제부터 제가 여러분에게 맞는 액션플랜을 나눠 드릴 겁니다. 다음 모임 때는 각자 적용하고 실천한 내용을 토대로 얘기를 나눠보도록 할게요."

"흐음……."

레나가 종이에 적힌 내용을 보고는 긴 한숨을 내쉬었다.

"참 나, 별걸 다 시키네. 뭐 달라질 게 있다고."

덕구는 종이를 들여다보지도 않고 툴툴거렸다.

"용기를 내서 행동으로 실천하는 건 어떨까요? 앞으로 나아질 거라는 믿음을 갖고요. 실천하지 않으면 아무것도 바뀌지 않아요."

키리에가 단호한 목소리로 말했다. 그 말에 두어 번 턱을 긁적이던 덕구는 이내 종이 위에 적힌 액션플랜을 찬찬히 읽어 내려 갔다.

***

"으헉, 뭐야!"

며칠 뒤, 분리수거 시찰이나 돌 겸 문을 열고 나오던 덕구는 때마침 엘리베이터에서 내린 키리에를 맞닥뜨리고 화들짝 놀랐다.

"안녕하세요, 덕구 님. 마침 나오시네요! 15시 30분부터 17시까지 개인 돌봄이 예약돼 있어 방문했습니다."

키리에가 해맑은 미소를 띤 채 인사했다.

"예약? 내가 언제……."

덕구가 눈썹을 치켜올리며 물었다.

"3월 25일, 15시 30분부터 17시까지 아들 김준혁 님이 개인 돌봄을 예약하셨습니다."

"아……."

덕구는 그제야 작게 탄식을 터트렸다. 그러고 보니 제닉스 로보틱스에서 일정 관련 문자를 보냈던 게 생각났다. 보내준 어플을 사용할 줄 몰라 스케줄 예약을 하지 않았더니 보호자인 아들놈한테까지 연락을 해서 일정을 잡은 모양이었다.

아무리 그래도 문자 정도는 줄 것이지, 덕구는 준혁이 자신한테 연락조차 하지 않은 게 못내 서운했다. 몇 달 전, 인공 자궁 문제로 싸웠던 일이 아직도 체기처럼 마음에 가라앉아 있는 덕구였다.

"잠깐만 있어봐, 제리! 아들놈한테 전화해 줘."

몇 번의 발신음이 이어지고 곧이어 아들 준혁의 신경질적인 목소리가 덕구 귀에 울렸다.

"무슨 일이세요."

"돌봄 예약, 네가 한 거여?"

"아……. 그게 오늘이었나……. 아니, 아버지가 거기서 걸려온 전화를 피하니까 저한테까지 예약하라고 연락이 온 거잖아요!"

화를 낼 사람은 자신인데, 오히려 준혁이 짜증을 있는 대로 냈다.

"뭐? 아니, 예약을 해놨으면 미리 나한테……!"

"어차피 하루 종일 집에만 있으시잖아요."

"뭐야? 난 뭐 일정도 없냐?"

"하……. 지금 그거 따지려고 전화하신 거예요? 하루 종일 집에 계시면서 그냥 로봇 몇 시간 옆에 두는 게 뭐가 그렇게 힘들다고……."

"이놈이! 너, 그리고……. 그…….."

"말씀 다하셨으면 끊을게요. 앞으로는 아버지가 알아서 예약하세요."

"아니, 그……. 저번에 내가 인공 자궁 반대해서 너 이렇게……."

"덕구 님, 통화가 종료되었습니다."

상대방 통화가 종료됐다는 걸 감지한 키리에가 나직하게 알려줬다. 덕구는 얼이 빠진 얼굴로 잠시 휴대폰을 쳐다보고는 이내 입을 꾹 닫았다.

"덕구 님. 특별한 계획이 없다면 오늘은 미용실을 가보는 게 어떨까요? 현재 덕구 님 머리카락이 마치 엉켜버린 흰색 실타래처럼 생겼습니다. 이번 기회에 키오스크 작동법과 이웃 간의 소통 방법을 익혀서 엉켜버린 인간관계를 풀어보도록 해요! 덕구 님 액션플랜도 실천해볼 겸 말이에요, 하하.”

키리에는 심란한 덕구의 마음을 아는지 모르는지 눈치 없이 말을 걸었다. 덕구는 키리에를 말없이 째려봤다. 그러나 애꿎은 화풀이일 뿐이었다. 몇 번이고 땅바닥을 발로 툭툭 차며 생각하던 덕구는 이내 키리에와 함께 밖으로 나가기로 결정했다.

“오늘 날씨가 참 좋군요! 머리 자르기 참 좋은 날씨입니다!”

키리에가 연신 재잘거리며 거리를 걸었지만, 덕구는 그 말에 대답도 하지 않고 땅만 보며 그 뒤를 따랐다. 준혁과의 통화가 계속 머릿속에 어른거렸다. 그때였다.

“염병!”

덕구가 불쑥 소리쳤다. 별안간 앞에 거울을 가져다 놓은 듯 또 다른 덕구가 인도에서 튀어나와 인사하고 있었기 때문이다. 덕구는 귀신이라도 본 사람처럼 놀라서 두 눈을 질끈 감았다.

“홀로그램입니다. 안심하세요!”

“뭐, 뭐야?”

키리에의 말소리에 덕구는 그제야 슬쩍 한쪽 눈을 떴다.

“어머나! 머리할 때가 다 되었군요? 픽셀헤어로 오세요! 새로 오픈했어요.”

“아 마침 잘됐네요! 여기로 들어가 볼까요?”

키리에가 우주선처럼 생긴 미용실을 손으로 가리키며 말했다.

미용실은 우주선처럼 온통 글로시한 회색 유리로 마감돼 있었다. 머저리 같은 홀로그램 탓에 심장이 내려앉을 뻔해 콧방울이 부풀어 오르긴 했지만, 덕구는 따로 아는 미용실도 없었기에 경계하며 느릿하게 문으로 향했다.

"이거 어떻게 하는 거야?"

들어서기도 전에 문 앞에 덩그러니 놓인 키오스크를 보자 덕구가 툴툴대며 물었다.

"다이브 인투 헤어 살롱(Dive into hair salon)!"

어떻게 하다 보니 소리가 나왔지만, 뭔가 잘못 눌렀는지 영어가 나왔다. 덕구가 눈썹을 치켜올렸다. 옆에 있던 키리에는 주저하는 덕구 대신 키오스크 화면에서 Korean이라는 단어를 찾아 클릭했다.

"한국어로 전환합니다. 어서 오세요, 픽셀헤어에 오신 것을 환영합니다. 체크인 도와드리겠습니다."

간드러진 기계음이 끝나자 화면이 전환되고 온라인 예약자와 현장 예약자를 선택하는 옵션이 떴다.

"예약? 예약 안 했는데……."

턱을 긁적이며 덕구가 화면을 응시했다.

"그럼 오른쪽 끝에 있는 '현장 예약'을 누르면 될 것 같습니다."

키리에가 손으로 가리키며 말했다. 덕구는 희미한 글씨로 쓰인 '현장 예약' 버튼을 주먹 쥔 중지로 퉁, 하고 내리쳤다.

"원활한 진행을 위해 다음에는 먼저 온라인 예약을 하고 오시는 걸 추천드립니다. 현장 예약으로 넘어갑니다."

자신을 꾸짖는 듯한 목소리에 덕구의 입술이 삐죽하고 튀어나왔다. 겨우 날짜와 시간을 입력하자 다음 화면으로 원하는 헤어 스타일을 고르라며 카테고리가 나열됐다. 갑자기 많아진 글자와 옵션에 덕구는 눈알을 이리저리 굴리며 화면을 응시했다.

"뭐가 이렇게 많아⋯⋯."

덕구는 긴 한숨을 내쉬었다. 뭐가 이렇게 복잡한지, 덕구는 그저 실타래처럼 얽혀버린 긴 머리를 자르고 싶었을 뿐이었다. 그게 다였다.

"커트는 여기에 있네요!"

키리에의 말에 덕구가 서둘러 주먹 쥔 손으로 버튼을 두드렸다. 그러자 얼핏 보아도 스무 개가 넘는 헤어 스타일 종류가 화면을 도배했다. 무슨 의미인지 알 리가 없는 덕구는 맨 처음 걸 되는대로 클릭했다. 들어가서 미용사랑 얘기하면 되겠지라고 생각하면서 말이다.

여기까지 오는 데에도 덕구는 꽤 많은 인내심을 할애해야만 했다. 욕지거리하지 않고 중간에 포기하지 않은 게 스스로 얼마나 자랑스럽고 대견한지, 슬며시 입꼬리가 올라가기까지 했다. 그러나 키오스크 선택 화면은 좀처럼 끝나는 법이 없었다. '어떤 서비스를 원하시나요?'라는 말과 함께 또다시 다양한 목록들이 즐비하게 늘어섰다.

"조용히 받고 싶어요, 샴푸 할 때 마사지를 받고 싶어요⋯⋯."

혼잣말로 구시렁거리며 화면을 읽어나가던 덕구는 바람 빠지듯 픽, 하니 웃어버렸다. 뭐 이런 것까지 고르라고 하는 건지 덕구는 요즘 사람들 정신을 도통 알 수가 없다고 생각하며 도리질을 했다.

그때 뒤에서 작게 욕지거리하는 소리가 들렸다. 슬쩍 돌아보니 팔짱을 끼고 세모눈을 치켜뜬 여자가 서 있었다. 자신의 시간을 낭비하지 말라는 듯한 제스처를 온몸으로 풍기고 있는 여자를 보자 덕구는 엘더리 가든에서 싸운 커플이 떠올랐다.

"뭐?"

저도 모르게 눈썹이 치켜 올라간 덕구가 여자를 향해 소리쳤다.

"덕구 님? 액션플랜에 따라 상대방을 노려보며 큰소리치는 건 자제하는 게 좋겠습니다. 그저 빨리 예약해달라고 부탁하는 거구나 생각하면 어떨까요? 자, 그럼 마저 예약을 진행하실까요?"

키리에가 키오스크를 향해 손짓하며 말했다.

'부탁한다라……'

덕구는 비록 자신을 향해 눈을 치켜뜬 여자지만 왠지 부탁받았다고 생각하자 마음이 좀 풀리는 듯도 했다. 그 이후부터 탭을 누르는 덕구의 손이 조금 더 빨라졌다. 곧 띵, 하는 소리와 함께 예약이 완료됐다는 메시지가 도착했고, 뒤에 선 여자가 공격적으로 자신에게 다가오는 게 보였다. 빨리 옆으로 사라지라는 듯 흘겨보는 눈초리가 느껴지자 덕구는 옆으로 몸을 비켜줬다.

그 뒤, 30분가량을 대기존에서 어정거리던 덕구와 키리에는 입장하라는 안내 문자를 받고 나서야 드디어 미용실에 들어갈 수 있었다. 우주선 문이 열리고 내부로 들어간 덕구는 환한 조명이 불편한 듯 몇 번이고 눈을 껌뻑거렸다.

"저는 저쪽에 앉아서 기다리고 있겠습니다."

키리에는 덕구에게 두 주먹을 불끈 쥐고 응원의 제스처를 보낸 뒤 소파로 향했다. 때마침 앞머리를 코까지 길게 늘어뜨린 미용사가 다가와 덕구를 자리로 안내했다.

"저기⋯⋯."

의자에 궁둥이를 붙인 덕구는 소리 없이 붕어처럼 뻐끔거리는 미용사를 향해 귀를 쫑긋 세웠다.

"⋯⋯요청주신 히피 리프 커트는 결을 따라 흐르는 소프트한 무드를 자아냅니다. 그럼 시작하겠습니다."

하지만 아무리 집중해봐도 덕구는 도대체 이 여자가 무슨 말을 하는 건지 도통 알아들을 수가 없었다. 먼 허공을 응시한 채 웅얼거리는 모습이 정신 나간 사람처럼 보이기도 했다. 순간 답답함이 훅 올라온 덕구는 목구멍까지 호통이 올라왔지만, 자신을 쳐다보는 키리에가 보이자 이내 말을 꿀꺽 삼켰다.

"크흠. 그냥 단정하게 잘라주쇼."

덕구는 툴툴거리며 눈을 질근 감았다. 얼른 끝날 수 있게 차라리 잠이나 자자. 그렇게 생각한 덕구였다.

얼마나 시간이 흐른 걸까. 누군가가 귓가에 대고 귀신 들린 사람처럼 바람을 넣는 통에 덕구는 확 눈을 떴다.

"이게 무슨⋯⋯!"

"아무리 말씀드려도 안 깨어나시길래⋯⋯."

바람의 정체는 다름 아닌 미용사의 목소리였다. 얼마나 작게 웅얼거렸으면 바람이라고 착각할까, 놀란 가슴을 진정시키며 미용사를 보던 덕구는 이내 거울에 비친 자신의 모습을 발견하고는 경악해 그만 소리를 질러버렸다.

"뭐야! 삽살개 머리를 해놨어!"

덕구가 화난 눈빛으로 고개를 돌려 미용사를 째려봤다. 큰 소리에 당황한 미용사는 어쩔 줄 몰라 하며 이리저리 두리번거렸다.

"무슨 문제가 있나요?"

미용실에 울린 때아닌 고함에 소파에 앉아 있던 키리에가 일어나 다가왔다.

"손님, 손님이 원하신 히피 리프 커트예요."

미용사가 울먹거리며 말했다.

"뭐라는 거야?"

"덕구 님이 키오스크에서 예약한 히피 리프 커트라고 합니다."

키리에가 미용사의 말을 대신 전했다. 미용사는 키리에를 지원군이라도 되는 듯 보며 연신 고개를 끄덕거렸다.

"히삐리피고 뭐고 웬 더벅머리 삽살개를 만들어놓고선! 숭하게……."

덕구는 말을 잇지도 못하고 머리카락을 털털 털어댔다.

"덕구 님께서 원하는 헤어 스타일이 아니라고 하시네요?"

키리에가 좀 더 다정한 어투로 미용사에게 말했다. 미용사는 그런 키리에를 향해 억울하다는 어깨를 으쓱했다. 그녀는 이제 덕구에게 등을 진 채 키리에만 보고 서 있었다.

"아니, 그리고 왜 말을 자꾸 안 들리게 웅얼웅얼하는 거요?"

"예? 아, 그건 손님께서 키오스크에서 15데시벨의 목소리 크기로 말 없는 조용한 헤어 시술 서비스를 받고 싶다고 하셔서 그랬어요."

미용사는 억울하단 듯 여전히 들리지 않는 목소리로 항변했다. 그제야 상황을 파악한 덕구는 골치 아프다는 듯 관자놀이를 문질렀다.

"됐고! 그냥 단정하게 다시 잘라줘요!"

"저 죄송하지만 그럼 다시 키오스크에서 예약을 해주시겠어요? 요청하신 헤어 시술은 완료됐고 다음 예약 손님을 받아야 해서요."

이게 지금 할 소린가? 덕구는 자꾸만 엇나가는 대화에 사람이 아닌 그저 '입'하고 대화하는 듯한 기괴한 기분마저 들었다. 결국 덕구는 의도치 않은 히피 리프 스타일을 하고 미용실에서 쫓겨나듯 내뱉어졌다.

"젠장, 머리가 이게……."

덕구는 아파트로 돌아오는 내내 머리를 쥐어뜯으며 투덜거렸다.

"머리가 마음에 들지 않아 감정이 상하셨군요? 특히 직원분과 원활한 소통이 되지 않아 답답하셨을 것 같습니다. 다음에는 일반적인 헤어 스타일로 사전 예약을 한 뒤 가시면 좋을 듯합니다. 또한, 헤어 시술 전 꼭 담당 미용사와 대화하는 걸 추천드립니다!"

"아, 그러니까! 왜 미용실을 오자고 해서는! 그깟 액션플랜 실천하는 게 뭐라고 사람을 이 꼴이 되게 만들어?"

"첫술에 배부르랴?"

욱해서 쏘아붙인 덕구의 말에 키리에가 배를 쓰다듬으며 대구했다. 덕구는 어이없는 대답에 입을 떡 벌렸다.

"뭐야?"

"처음부터 만족할 수는 없지만 차차 나아질 거라 믿습니다. 참고로 오늘 덕구 님의 비속어 사용 건수는 한 건, 공격적 언행은 세 건입니다. 나쁘지 않은 시작이죠?"

키리에가 싱긋 웃으며 말했다. 덕구는 언짢은 듯 이마를 짚으며 눈을 꾹 감았다. 삽살개 머리카락이 바람에 살랑거렸다.

"할아버지?"

그때 뒤에서 셔츠를 잡아당기는 감촉에 덕구가 홱 몸을 돌렸다. 토비가 시푸르뎅뎅한 볼을 움찔거리며 서 있었다.

"얼굴이 왜 그 모양이냐?"

"토비! 다친 건가요?"

키리에가 얼굴을 들이밀며 상처를 살폈다.

"뭘 물어, 딱 봐도 얻어터졌고만."

거친 말투와 달리 덕구는 조심스럽게 토비 얼굴을 이리저리 살폈다.

"무슨 일이 있었나요?"

"놀이터에서 이준이랑 싸웠어."

"아, 왜 싸워? 싸우려면 지지나 말던가."

수양버들처럼 내려오는 앞머리를 신경질적으로 넘기며 덕구가 말했다.

"이준이가 자꾸 건드리잖아요!"

토비가 분통을 터트렸다. 키리에는 토비의 등을 부드럽게 쓰다듬었다.

"친구와 싸워서 많이 화가 난 상태군요. 무슨 일로 다투게 된 건가요?"

"……."

토비는 볼을 씰룩거릴 뿐 대답하지 않았다.

"뭐 별것도 아닌 걸로 치고받고 했겠지!"

덕구가 관심 없다는 듯 이내 뒷짐을 지고 걸어가기 시작했다. 그러자 덕구의 등 뒤로 카랑카랑한 토비의 목소리가 흘러나왔다.

"아녜요, 이준이 나보고 친구도 없어서 시소 못 탄다고 놀렸단 말이에요!"

"저번에 레드 플래그 모임에서 나눴던 것처럼 제가 전달드린 액션플랜을 실천해봤나요?"

"그놈의 액션플랜……."

덕구가 구시렁댔다.

"저번에 알려준 대로 한 건데……."

토비가 울먹거리며 가방에서 주섬주섬 종이를 꺼내 들었다. 구깃구깃한 종이는 저번 모임 때 키리에가 준 액션플랜 제안서였다.

"그러니까 여기! 화가 날 땐 하나부터 열까지 세면서 왜 화가 났는지 생각하고 마음을 진정시킨다."

토비가 굵은 글씨를 손가락으로 가리켰다.

"이미 화가 났는데 뭘 진정시켜."

덕구가 추임새 넣듯 중얼거렸다.

"그다음, 친구의 표정과 감정을 살펴본다!"

토비가 다음 문장을 손으로 가리키자 키리에가 신중하게 고개를 끄덕거리며 말했다.

"갈등 상황을 해결하기 위해서는 상대방의 표정을 살피는 게 중요합니다."

"그래서 이준이 앞에 서서 계속 쳐다봤는데……."

"쳐다봤는데?"

덕구가 성마르게 물었다.

"뭘 야리냐고 먼저 쳤어요."

토비가 키리에에게 억울하다는 눈길을 보냈다.

"허! 고놈 참 버릇하곤."

덕구가 바지 주머니에 손을 찔러 넣으며 고개를 돌렸다.

"정면으로 상대방을 응시할 경우 노려보거나 시비를 건다고 판단할 수 있습니다. 오해가 생긴 것 같군요?"

키리에가 분석해내려 애쓰는 듯 턱을 매만지며 말했다. 토비는 할 말이 많은 듯 키리에 앞으로 한발 다가왔다. 그때 키리에가 손을 들며 잠시만 기다려 달라는 제스처를 취했다.

"엇, 잠시만요. 임혜주 보호자님께서 연락을 주셨습니다."

키리에가 오른쪽 귀를 톡톡 건드리며 통화를 연결했다. 그러자 토비는 덕구로 방향을 바꿔 아직 하지 못한 말들을 쏟아내기 시작했다.

"안녕하세요, 키리에입니다."

그때 키리에의 귀 밖으로 새된 여자 음성이 쩍쩍거리듯 울려댔다. 통화가 길어질수록 키리에의 어깨가 시무룩하게 점점 더 아래로 쳐져갔다. 사태의 심각성을 느낀 덕구와 토비는 어느새 말을 멈추고 키리에를 건너다봤다.

"무슨 일이야?"

통화가 끝나고 이젠 어깨가 바닥에 닿을 듯 내려앉은 키리에게 덕구가 물었다.

"레나 어머니께서 저한테 화가 많이 나셨습니다. 제닉스 로보틱스에 항의 접수를 하겠다고 하시네요."

키리에는 토비의 손에 쥐어진 액션플랜 종이를 내려다보며 작게 읊조렸다.

10

2040년 4월

혜주는 시험대에 놓인 3D 뇌를 내려다보고 있었다. 뇌의 특정 부위에 심긴 칩이 연동된 컴퓨터 시스템에 의해서 전기 신호를 감지하고 있었다. 깜빡깜빡하는 영롱한 붉은빛을 보고 있자니 혜주의 심장이 쿵쿵 뛰어올랐다.

"드디어……."

혜주가 읊조렸다. 기존의 경두개 자기 자극법은 빠르게 변하는 자기장을 활용하여 전자기를 유도해 낸 뒤 뇌의 뉴런들이 분극 상태를 깨트리거나 과하게 만들어주면서 치료하는 방법이지만 여전히 치료제로써는 논란이 많았다.

지금 진행하고 있는 임상시험이 성공적으로 시판까지 가게 된다면 우울과 불안으로 고통받는 환자뿐만 아니라 노인들의 기억

력과 학생들의 학습 인지도 높일 수 있을 것이다. 기억과 문제 해결력을 조금이라도 높이는 데 일조한다는 걸 입증한다면 뻗어나갈 시장성은 무궁무진했다. 레나의 우울을 치료하기 위해 시작했던 연구가 이제 정신질환 치료를 넘어 인간이 가진 뇌의 한계를 극복하게 만들어줄 참이었다.

"이 중요한 시기에, 참……."

혜주는 레나 생각에 숙이고 있던 허리를 펴며 깊게 숨을 몰아쉬었다. 며칠 전 함께한 저녁 식사가 화근이었다.

그날도 처음에는 별다를 것 없이 레나의 학업 성적과 이모칩 연구에 대해서 말했다. 그러다가 화제가 레드 플래그로 뛰었고, 레나는 전과 다르게 생기를 띤 채 그간 했던 활동에 대해서 자세히도 설명해줬다. 그들의 첫 만남부터 로봇 유치원까지 갔다 왔다는 이야기를 들은 혜주는 앉은자리에서 버럭 화를 냈다. 임상 시험 권유하러 들어간 곳에서 쓸데없는 짓만 하고 돌아다니는 레나가 한심스러웠기 때문이다.

그러자 레나는 레드 플래그에 들어오게 된 이유를 솔직하게 밝히고 싶다고 말을 꺼냈다. 혜주의 눈치를 많이 보는 레나였는데, 어느새 레드 플래그에 정이라도 든 것인지 평소와 다르게 고집부리는 레나를 보며 혜주는 기가 찼다.

단칼에 말 같지도 않은 말이라며 레나에게 타이르고 윽박지르기를 한 시간 넘게 했던 것 같다. 혜주는 이참에 쐐기를 박기 위해 키리에와 제닉스 로보틱스에 레드 플래그 모임의 부적합성을 따지며 항의 전화까지 했다. 결국 레나는 상처받은 얼굴로 먼저 식사 자리에서 뒤돌아섰다. 언제나 그랬듯이.

하지만 레나도 분명히 알아야 할 게 있었다. 이 넌덜머리 나는 모녀 관계에서 상처받은 건 레나뿐만이 아니라는 것이다.

혜주는 처음에는 소아 정신과를 다니면서 레나를 금방 치료할 수 있을 거라고 믿었다. 분명 남편과 함께 레나를 데리고 병원을 찾았을 때만 하더라도 경미한 우울감이라고 진단을 받았기 때문이다. 그 '경미함'이 지금까지 지속적이고 악랄하게 하강나선을 돌며 심각해질 줄 누가 알았을까. 우울함을 너무 하찮게 본 게 탓이었을까. 자기 배 속에서 길러 낳은 자식이지만 좀처럼 레나를 이해하기가 어려웠다.

물론 사고로 서윤을 잃은 건 레나뿐만 아니라 혜주 자신에게도 큰 절망이었다. 날마다 남편이 썼던 베개를 얼굴에 묻고 숨죽여 울었고, 사고 후유증으로 반년 동안 편두통을 앓아야만 했다.

하지만 흘러가는 시간은 기어이 찢겨 벌어진 살들을 한데 모으고 봉합해줬다. 이따금 흉터를 볼 때마다 날카로운 기억의 편린들이 또다시 살을 찢어낼 듯 불거졌지만, 결국 자신은 지금 이 자리까지 왔다. 레나처럼 사고 당일에 시간이 멈춰 있지 않고 말이다. 한 남편의 아내로서, 한 아이의 엄마로서 그리고 자기 자신에게 떳떳할 수 있게 꾸역꾸역 버티고 걸어와야만 했다.

지켜야 할 무언가가 있어본 사람은 알 것이다. 오직 혼자만 생각했다면 하지 못했을 일들이 책임감이라는 무게로 초월적인 힘을 낸다는 걸 말이다.

'그런데 왜 레나는…….'

레나는 혜주의 인생에서 정말 유일하게 통제가 되지 않는 단 하나였다. 함께 식사를 하다가도 갑자기 눈물을 뚝뚝 떨어트리며 밥알을 쳐다보고 있는 모습을 보였고, 힘없이 축 처져서는 며칠 동안 침대 밖을 나오지 않는다거나, 냉장고에 음식을 늘 가득 채워주는 데도 귀찮다며 입 안으로 넣지 못했다. 그 모습을 곁에서 보는 건 정말이지 고역이었다.

그래서일까, 혜주는 레나 곁에서 잔소리를 멈춘 적이 없었다. 붉은 육류와 튀김은 멀리해라, 통곡물과 견과류를 먹어보렴, 산책과 조깅이 정신 건강에 좋다더라, 갖가지 제안을 연구 자료와 함께 전달해주고는 했다.

레나는 혜주가 스크랩해서 들이미는 자료들이 효과가 있을 거라고 믿는 눈치는 아니었지만, 그럼에도 시도하는 모습은 보여줬다. 그마저도 번번이 좌절되고는 했지만. 항우울제와 항불안제는 끊임없이 레나의 목구멍으로 넘어갔다. 누군가는 아직 덜 자란 아이에게 부작용이 일어날 수 있다며 우려했지만, 약을 먹이지 않았다가는 우울이 레나를 곧장 잡아먹을 것만 같았다.

그러나 그렇게 감행했던 모든 잔소리와 약물처방도 온전히 레나를 치료할 수는 없었다. 괜찮아지는 것 같다가도 비웃듯이 다가와 염장을 지르는 일이 부지기수였다.

똑똑.

그때 노크 소리가 들리더니 열린 문틈으로 슬기의 머리가 빼꼼 튀어나왔다.

"교수님, 이모칩 투자 설명회 곧 시작입니다."

"레나는?"

혜주가 흘깃 손목시계를 내려다보며 물었다.

"지금 도착했어요."

슬기는 마저 문을 열며 뒤에 서 있는 레나를 가리켰다.

"넌 좀 미리 오라니까. 얼른 가자."

병원 복도를 걷는 와중에도 혜주는 뒤따라오는 레나에게 이모 칩의 시장성을 끊임없이 설명했다.

곧 도착한 세미나실 입구는 사람들로 북적였다. 인포데스크 앞에는 사전등록 해놓은 이름표가 즐비하게 나열돼 있었다.

"안녕하십니까. 성함 말씀해주시겠습니까?"

긴 머리를 단정히 모아 올린 안내원이 허리를 굽히며 물었다.

"이분은 네펜테 신경외과 임혜주 교수님이고요, 저는 인턴 신슬기입니다. 그리고 여기는 제닉스 사이언스 페어 우승자로 초청받은 윤레나 학생입니다."

슬기가 안내원과 얘기하는 동안 혜주는 늘어선 이름표를 빠르게 훑었다. 지금까지 투자받아왔던 익숙한 벤처 투자사들과 칩 개발사를 지나자 낯선 기업들과 의료기기 회사 그리고 정부 관계자들이 눈에 들어왔다.

"네, 여기 있습니다."

안내원이 곧 명단 체크를 마치고 이름표 세 개를 건네줬다.

"아이고, 임 교수님!"

혜주가 세미나실로 들어서자마자 머리가 희끗희끗한 중년 남자가 냅다 손을 마중 보내며 환하게 웃었다. 혜주가 그와 악수를 나누며 등 뒤에 멀뚱히 선 레나에게 눈짓했다.

"인사드려. 이번 투자 설명회 주최사인 인투바이오칩 최일영 대표님. 여기는 제 딸 윤레나라고 합니다."

"아, 따님이구만. 이번에 제닉스 로보틱스에서 지원금 3억을 받아냈다던!"

일영이 아는 체하며 손을 흔들었다.

"안녕하세요."

레나가 어색하게 머리를 숙이며 인사했다. 그 순간, 때마침 자리에 착석해달라는 안내 방송이 세미나실 안에 울렸다. 일영은 혜주를 향해 눈을 찡긋하더니 재킷을 매만지고 성큼성큼 앞으로 나가 마이크를 들었다.

"에, 안녕하십니까. 인투바이오칩 최일영 대표입니다. 먼저 바쁘신 와중에 이렇게 자리에 참석해주셔서 감사합니다. 지금 이 자리에 정부 관계자분들, 여러 벤처 투자사 대표님들, 하드웨어와 소프트웨어 개발자와 의료진들이 함께하고 계십니다. 본 설명회는 이모칩에 대한 개론과 시판 일정, 투자 현황과 시장성에 대해 소개해드리고자 마련한 자리입니다. 모쪼록 귀한 정보 얻어가는 시간 되시길 바랍니다. 그럼."

일영이 말을 마치고 반걸음 뒤로 물러나며 인사하자 박수 소리가 쏟아져 나왔다. 이어 정해진 차례에 맞춰 각 세션의 발표자들이 나와 준비한 내용을 설명하기 시작했다. 레나는 그동안 머릿속으로만 상상해 왔던 이모칩에 이렇게나 많은 어른들이 관심을 갖고 있다는 것이 신기했다.

발표가 마무리되고 이어지는 질의응답 시간이 되자 여기저기서 손들이 올라가고 질문이 쏟아졌다. 먼저, 자신을 엔터테인먼트 업계 이사장이라 소개한 사람이 마이크를 쥐고 일어섰다.

"해외 콘서트나 전시 때 관객들에게 이모칩을 이식시켜 놓으면 감각 극대화를 노릴 수 있을 것 같은데, 이런 문화 산업 활용에 대해 어떻게 생각하시는지 궁금합니다."

레나는 그 질문을 듣자 고개를 갸웃했다. 정신질환으로 고통받는 환자들을 위한 목적과 부합하지 않는 용도였기 때문이다.

그다음으로 마이크를 손에 쥔 사람은 에듀테크 업계 강사라고 자신을 소개하며 이모칩의 집중력 강화와 인지능력 개선 여부에 대해 질문했다. 레나는 점점 마음이 불편해져갔다. 인투바이오칩 관계자는 그런 질문이 나올 줄 알았다는 듯 미리 준비된 학업성취 자료를 화면에 띄우고 답변을 이어갔다.

그 이후에도 이어지는 질문들은 '트라우마 기억 삭제' '원하는 기억 삽입' '마약성 각성제' 따위였다. 레나의 얼굴이 시간이 지날수록 점점 오래된 찰흙같이 딱딱하게 굳어졌다. 그에 반해 참석한 어른들의 얼굴에는 탐욕스러운 웃음기가 번들거리고 있었다.

"저도 한마디 해도 될까요?"

그때 무리의 중간쯤 앉은 여자가 고상하게 손을 들어 올렸다. 붕어 같은 입술을 보자 익숙한 얼굴이다 싶었는데 이어지는 여자의 말에 레나는 심장이 쿵 내려앉았다.

"안녕하세요, 로보아이 관계자입니다. 요즘 인공 자궁에서 태어난 아이들이 사회적 감응 수치가 떨어져서 주변 또래와 소통하는 데 문제가 많은데요. 혹시 이런 어린아이들에게도 칩을 이식시킬 수 있을까요? 소통이 안 되더라도 정서적으로 상처를 받지 않도록 만들 수 있을 것 같아서요."

순간 레나의 머릿속에 해맑게 웃는 토비가 떠올랐다. 인공 자궁에서 태어났다는 이유로 일괄적으로 칩을 이식받아야 하는 상황을 생각하자 레나는 손끝이 떨려왔다. 이건 엄마와 함께 꿈꾼 이모칩의 용도와는 분명 달랐다. 뭔가가 잘못 돌아가고 있는 게 분명했다.

"네펜테 신경외과 임혜주 교수입니다."

그때 스마트 패드로 무언가를 검색하고 있던 혜주가 손을 들어 올렸다.

"이모칩 책임 연구자로서 말씀드리겠습니다. 초기 임상시험자에는 11세 아동도 포함돼 있습니다. 물론, 본인과 부모의 동의하에 수술은 진행됐고요. 이 자리에도 계시지만 윤리위원회와 심의기관에서는 사용 대상자에 연령 제한을 두지 않았습니다. 그만큼 안전성을 갖고 있다는 것이고, 아동의 뇌에 칩을 임플란트하는 건 의료 과학적으로는 가능하다는 답변을 드립니다."

레나는 반쯤 고개를 돌려 혜주의 스마트 패드를 바라봤다. 화면에는 임상시험자 리스트와 노란색으로 마크된 신하윤이라는 이름이 보였다.

신하윤. 11세. 집중력과 언어인지능력 개선효과, 에듀테크 분야 투자금 315억 원.

레나는 혜주의 옆얼굴을 뚫어지게 쳐다봤다. 누구보다도 만족스러운 얼굴을 한 혜주의 눈 끝에는 탐욕으로 희번덕거리는 일영이 있었다. 그 사이에 레나의 상처받은 마음이 끼어들 틈 따위는 없어 보였다.

***

토비는 침울한 얼굴로 스마트 패드 화면을 넘기며 로보아이에서 몰리와 함께 찍은 사진들을 바라봤다. 이 작은 패드에도 몰리와 함께했던 기억이 분명히 저장돼 있는데, 몰리의 머릿속에는 이제 자신이 없다는 사실이 속상했다. 만약 누군가가 자신에게 지금 기분을 물어본다면, 푸르뎅뎅하고 칙칙한 손톱 썩은 색이라고 말해주고 싶은 토비였다.

"야, 비켜."

하지만 그런 토비에게 찾아온 건 이준의 시비였다. 이준은 볼을 씰룩대며 토비가 앉은 책상다리를 발로 툭 걷어찼다.

"자율 좌석제잖아. 내가 먼저 앉았어."

눈을 동그랗게 뜬 토비가 이준을 올려다보며 말했다.

"꺼지라고. 내가 뒤에 앉을 거야."

점점 험상궂게 변해가는 이준의 얼굴을 보며 토비는 작게 한숨을 내쉬었다. 결국 자리에서 일어난 토비는 비어 있는 앞자리에 앉았다.

"하나……둘."

자리에 앉은 토비는 잠시 눈을 감고 숫자 1부터 세기 시작했다. 화를 가라앉히기 위함이었다. 하지만 숫자 7까지 세었을 때, 토비는 또다시 방해받고 말았다.

"거기 내 자리야."

이번에는 시아가 히죽대며 토비 앞에 떡 버티고 서 있었다. 드르륵. 그 순간, 다행히 선생님이 문을 열고 교실로 들어왔다.

"시아, 빨리 자리에 앉아. 종 치면 재깍재깍 자리에 앉아 있어야지 뭐 하니."

"네, 선생님."

시아가 운 좋은 줄 알라는 눈빛을 토비에게 던지고는 쿵쿵거리며 자리로 돌아갔다.

"오늘은 생물의 한살이를 배워보는 시간이야."

선생님이 아이들을 쭉 돌아보며 수업 화면을 띄웠다.

"모두 VR 헤드셋 착용하고……. 자, 다들 잘 보이지? 지금 보이는 게 배추흰나비야."

"우악, 징그러."

여기저기서 아이들이 떠드는 소리가 교실을 메웠다.

"시뮬레이션 화면에서 보듯이 알이 애벌레가 되고 번데기가 돼서 마침내 성충인 나비로 우화하는 거야."

선생님은 배추흰나비의 일생을 천천히 재생시켰다. 낯선 모습에 징그러워하던 아이들도 그 경이로운 모습에 천천히 빠져들었다. 애벌레가 나비가 되는 광경에서는 어찌나 몰입했는지 자기도 모르게 탄성을 내지르기까지 했다.

"오늘 선생님이 배추흰나비를 키울 수 있는 키트를 하나씩 나눠 줄 거야."

수업이 끝나고, 선생님이 아이들을 돌아보며 말했다.

"그걸 집에 가지고 가서 오늘 본 나비가 될 때까지 키워보도록 하자. 틈틈이 학습 일지에 관찰 내용을 적어 숙제로 제출하고. 나중에 애벌레를 나비로 우화시킨 친구는 참관 수업 때 앞에 나와서 발표할 수 있는 기회도 줄 거야."

선생님은 기회라는 단어를 강조해서 말하며 싱긋 웃었다.

"나비가 안 되면 점수 깎여요?"

이준이 팔을 휘휘 저으며 소리 질렀다.

"아니. 아무리 열심히 키워도 성체가 되지 못할 수도 있거든. 관찰한 내용만 잘 적어오면 점수가 깎이진 않아. 다만 아름다운 나비를 보지 못하는 게 아쉬울 뿐이지."

토비는 선생님의 말을 들으며 앞에 놓인 태블릿을 빤히 쳐다봤다. 나비가 되기 전의 번데기가 자신 같다고 느껴졌기 때문이다. 괜스레 번데기가 배추흰나비가 될 수 있도록 한번 키워보고 싶었다. 모두가 싫어하는 애벌레도 잘 자라면 멋진 나비가 되는 것처럼, 자신의 애벌레가 나비로 우화하는 모습을 본다면 자신도 분명 멋진 사람이 될 수 있을 거라는 묘한 희망이 생겼다.

"자세한 설명서는 수업자료에 선생님이 올려놨으니까, 모르는 게 있으면 부모님께 물어보면서 잘 키워봐요."

"풉, 넌 엄마 없어서 어쩌냐?"

그때 옆에 앉은 시아가 또다시 시비를 걸었다.

"나도 엄마 있어."

"어쩌라고."

시아가 눈알을 굴리며 위협하자 토비는 한숨을 내쉬며 고개를 돌렸다. 늘 바쁜 엄마는 자신을 전혀 도와주지 못할 거란 걸 토비는 알고 있었다. 과연 혼자서 잘 키울 수 있을까, 토비는 금세 또 시무룩해졌다. 엄마 말고 도와줄 만한…….

"아, 맞아!"

그 순간, 푹 시들어 있던 토비의 고개가 번쩍 솟았다. 자신을 도와 배추흰나비를 무사히 키워 줄 수 있을 것 같은 사람이 퍼뜩 떠올랐기 때문이다.

***

"할아버지!"

학교를 마친 뒤, 잽싸게 집으로 돌아온 토비는 가방을 내려놓자마자 옥상으로 향했다. 토비가 떠올린 어른은 다름 아닌 덕구였다. 날마다 옥상에서 텃밭을 가꾸는 덕구라면 무사히 나비가 될 때까지 자신을 도와줄 수 있으리라 생각한 것이다. 온갖 채소들도 무럭무럭 자라게 하니까!

하지만 예상과 달리 옥상에는 아무도 없었다. 토비는 덕구를 찾아 주위를 두리번거리며 텃밭으로 걸어갔다. 덕구가 잘 관리한 텃밭은 밭에 대해 잘 모르는 토비가 봐도 윤기가 좌르르 흘렀다. 토비는 그 앞에 쪼그려 앉아 흙을 쓰다듬어 봤다. 꺼칠하면서도 기분 좋은 축축함에 토비는 배시시 웃음을 터뜨렸다. 이내 손에 든 키트를 내려놓고, 토비는 덕구가 하던 모양을 따라 하며 텃밭을 이리저리 헤집었다.

"뭐야!"

그때 번개가 치는 듯한 목소리가 옥상에 쩌렁쩌렁 울렸다. 깜짝 놀란 토비가 뒤를 돌아보니 어느새 올라온 덕구가 인상을 찌푸리고 있었다. 토비는 퍼뜩 정신을 차리고 주위를 둘러봤다. 깨끗하게 정돈됐던 주변이 온통 흙으로 난장판이었다.

"아이쿠……."

덕구를 따라 올라온 키리에는 그 광경을 보고 이마를 짚으며 탄식했다. 그동안 덕구가 얼마나 열심히 흙을 고르고 밭갈이를 준비해왔는지 누구보다 잘 아는 키리에였다.

"맙소사! 넌 도대체 뭐가 문제냐!"

"그게 아니라……."

본능적으로 실수했음을 깨달은 토비가 얼버무리듯 말을 꺼냈다.

"배추흰나비 키울 만한 곳을 찾으려다가……."

토비는 험상궂은 덕구로부터 안전거리를 유지하려는 듯 멀찍이 물러섰다.

"뭘 키워? 배추?"

"학교 숙제예요. 배추흰나비 키우는 거요."

"그걸 왜 여기서 키워. 엄마는? 아, 당연히 일 나가셨겠지!"

제대로 들을 것도 없다는 듯 덕구는 한껏 비아냥거리며 여기저기 흩뿌려진 흙을 주워 모았다.

"엄마는 바빠요, 그리고 키우는 걸 못해요!"

"그래, 두말하면 입 아프지."

제 아들과 보낼 시간도 없는 여자가 무슨 곤충까지 키워낼 정신이 있을까 싶었다.

"그래서 할아버지한테 부탁하려고요. 저 좀 도와주세요!"

상황이 조금 틀어졌지만, 토비는 자신이 여기까지 찾아온 이유를 위해 떼쓰듯 말했다.

"내가 왜!"

안하무인한 태도에 화가 차오르는지 덕구의 얼굴이 불그죽죽하게 변했다.

"토비, 집에 가져가서 어머니께 부탁드리는 게 좋을 것 같습니다. 분명……."

키리에가 둘의 다툼을 중재하려 가운데로 끼어들었다.

"말했잖아! 엄만 못한다고. 왜냐면, 왜냐하면 엄마는 보살피지 못하는 사람이니까!"

이제는 거의 악을 쓰다시피 두 주먹을 불끈 쥐고 말하는 토비였다.

"……."

덕구는 그 모습에 잠시 말을 멈췄다. 토비의 모습에 아들 준혁이 겹쳤기 때문이다. 덕구한테 가정을 돌볼 줄 모른다고 악을 쓰며 대들던 사춘기의 준혁이 잠깐 뇌리를 스치고 지나갔다.

"에휴, 지금 이 난장판을 만들어놓고 뭘 잘했……. 잠깐만!"

툴툴거리며 토비를 흘겨보던 덕구는 말을 하다 말고 멈칫했다.

토비의 얼굴이 한눈에 봐도 알 수 있을 만큼 창백해졌기 때문이다.

"토비의 안색이 좋지 않습니다."

키리에가 토비를 살피며 말했다. 윽박질러 놀랐다기에는 상태가 많이 좋지 않아 보였다. 숨을 꺼이꺼이 몰아쉬는 토비의 얼굴은 새하얀 종이처럼 핏기가 하나도 없었다.

"뭐야, 너……. 얼굴이 왜 이렇게 허예."

벌벌 떠는 토비의 모습에 놀라 덕구가 이마를 짚었다. 이마가 불덩이 같았다.

"119 호출. 119 호출."

토비 손목을 잡은 키리에가 큰 소리로 반복해서 말했다. 그 소리가 마치 앰뷸런스의 사이렌 소리처럼 덕구 귓바퀴를 맴돌았다.

"정신 좀 차려봐. 괜찮은 거여?"

덕구는 투박한 손으로 연신 토비를 쓰다듬었다.

"할아……버지."

하지만 덕구의 걱정이 무색하게 토비는 그대로 덕구의 품으로 허물어졌다.

"야! 인석아, 토비!"

***

병원은 언제 와도 낯설고 소름 끼치는 공간이다. 특히나 이곳에서 사랑하는 사람을 잃어본 적이 있다면 더욱더 오고 싶지 않은 고약스러운 장소임에 틀림이 없다.

"휴우……."

덕구는 크게 숨을 들이쉬었다. 세척 약품, 소독약, 음식 냄새가 섞인 병원 특유의 오묘한 향이 코를 찔렀다. 주위를 둘러보자 건조한 형광등 아래로 힘없이 돌아다니는 환자와 그 옆을 지키는 가족이 보였다. 어느새 덕구의 눈앞에 지난날 투병했던 아내와 자신의 모습이 겹쳐 보였다. 주위를 오가는 것들과 코끝에 닿는 냄새 그리고 듣지 않으려 해도 자꾸만 귀를 파고드는 소음들까지, 그 모든 게 덕구의 심장을 공격하듯 찌르는 것만 같았다.

"최토비 보호자님?"

그때 차트를 들고 선 간호사가 좌우로 고개를 돌리며 보호자를 찾았다. 덕구 옆에 서 있던 키리에가 한달음에 뛰어갔다.

"네, 제가 보호자입니다. 저는 토비의 치유 로봇 키리에라고 합니다."

"네? 아……. 혹시 다른 분은……."

간호사는 사람이 아닌 키리에를 보며 난처한 듯 아랫입술을 오므렸다.

"저요! 토비 할아버지 되는 사람이요."

뒤늦게 성큼성큼 다가온 덕구가 보호자라고 말하자 간호사는 그제야 안도하며 차근차근 설명했다. 그 모습을 본 키리에가 슬쩍 뒤로 비켜섰다.

"급성 장염이에요. 응급처치는 끝났고, 잠시 뒤 담당 의사 선생님이 오셔서 자세히 설명해주실 거예요. 상태가 안 좋아 조금만 늦었어도 큰일 날 뻔했습니다. 이제 안으로 들어가셔서 보셔도 돼요."

말을 마친 간호사는 숨 돌릴 틈도 없다는 듯 쌩하니 돌아섰다.

"그…… 토비 엄마한테 연락은 넣었나?"

덕구가 토비에게 가려 하는 키리에를 낮은 목소리로 불러 세우며 물었다.

"119 구급차로 이동 중 문자 드렸습니다."

"그래……."

"덕구 님은 괜찮으신가요? 평상시보다 전두엽과 상완골근이 활성화된 것으로 보아 현재 많이 당황하고 놀란 것으로 확인됩니다."

키리에가 걱정된다는 듯 덕구의 안색을 살피며 물었다.

"나야 뭐……. 아니, 그래서 답장은 왔고?"

덕구가 마른침을 삼키며 물었다.

"아직 미확인 상태입니다."

"못 봤다고?"

"네, 아마 업무 중이신 것 같습니다."

"맙소사!"

아니, 병원에 도착한 게 언제인데 아직 확인을 못 했단 말인가. 덕구는 골치 아프다는 듯 손으로 이마를 짚었다.

"덕구 님, 괜찮으신가요?"

"전화번호."

"네?"

"애 엄마 전화번호 나한테 주고 넌 토비한테 먼저 가 있어."

덕구는 키리에를 향해 손을 내밀었다. 태린과 그리 좋은 사이는 아니었지만 이대로 두기에는 마음이 불편했다. 적어도 부모 되는 상황이라면 아이의 상황을 알아야 할 것 아닌가.

"최태린 님의 전화번호는 전달해 드릴 수 없습니다. 개인정보 처리자가 정보 주체의 동의 없이 제삼자에게 전달하는 건……."

"시끄럽고! 플라스틱 덩어리는 모르는 게 있어. 사람 사는 게 그렇게 돌아가는 게 아니야!"

"……그렇다면 마지막으로 제가 한번 다시 연락을 해보겠습니다."

덕구는 키리에를 뚫어져라 노려봤다. 받지 않는 통화 연결음이 한동안 이어졌다. 이윽고 더는 참을 수 없었던 덕구가 씩씩거리며 입을 떼려던 그때, 덕구의 눈이 크게 떠졌다. 키리에의 몸 정중앙 화면에 열한 개의 숫자가 팝업처럼 떠올라 깜빡이고 있었다. 키리에는 그저 덕구를 응시하며 눈을 깜빡거리고 있었다.

"의뭉스럽기는……."

그 모습에 덕구가 끙 소리를 내며 휴대전화에 번호를 입력했다. 플라스틱 덩어리 주제에 그래도 눈치라는 게 탑재돼 있는 듯해 다행이었다. 덕구는 한시라도 빨리 이 바빠 죽겠다는 애 엄마한테 소식을 전하기 위해 통화 버튼을 눌렀다.

하지만 덕구가 긴 복도를 끝까지 걸어갈 동안에도 통화 연결음은 길고 지루하게 이어질 뿐이었다. 몇 차례나 음성사서함으로 넘어가도 덕구는 반드시 통화를 해야 직성이 풀리는 사람처럼 연거푸 통화 버튼을 눌렀고, 마침내 대단히 바쁘신 토비 엄마와 통화가 연결됐다.

"네, 최태린입니다."

"나 김덕구요."

"네?"

전혀 예상치 못한 상대에 태린이 얼빠진 듯 되물었다.

"아니, 왜 이렇게 문자랑 전화를 안 받아요?"

"아……. 제가 무음으로 해놔서요. 드론 장애가 터져서 좀 전까지만 해도……."

태린은 과한 업무로 몹시 피로한지 느린 목소리로 웅얼거렸다.

"지금 토비가 급성 장염으로 쓰러져서 네펜테 의료센터 응급실에 왔어요."

"네……. 네? 뭐라고요?"

태린이 조금 전과 달리 목소리를 높였다. 사무적인 태도로 전화를 받던 목소리에 이제야 영혼이 들어앉은 듯했다.

"급성 장염요?"

"응급처치는 받았고 지금 쉬고 있는데……."

덕구가 안심하라는 듯 천천히 설명했다.

"아니, 무슨……. 왜 갑자기 체한 거지……."

"참 나, 갑자기 체한 걸 급성 장염이라고 하는 거요. 뭐, 예고하고 오나."

전화 너머의 목소리만으로도 안절부절못하는 태린의 모습이 눈에 선했다.

"그야 그런데, 휴……. 어쩌죠, 제가 지금 지방 출장을 와 있어서요. 혹시……."

덕구가 마른침을 꿀꺽 삼켰다. 태린이 머리 굴리는 소리가 여기까지 들리는 듯했다.

"……."

"그……. 죄송하지만 토비를 좀 부탁드려도 될까요?"

"허, 참……."

덕구가 잠시 아래를 내려다보며 생각에 잠겼다. 속부터 갈증이 일었다. 자신이 토비를 돌봐주는 건 당연히 할 일이지만, 아무리 그래도 엄마라는 사람이……. 덕구는 아까 옥상에서 토비가 했던 말이 불현듯 떠올랐다. 이 이야기를 들으면 토비가 또 서운해할 게 뻔했다.

"죄송해요, 제가 일 때문에……. 애 돌보는 데는 최악이에요, 늘 부족하고……."

덕구는 죄책감 가득한 태린의 말에 하려던 말을 삼켰다. 하긴 어느 부모가 자식을 걱정하지 않겠는가. 생각해 보면 자신도 그랬던 적이 있었다.

"토비는 내가 옆에 있을 테니까 걱정하지 말고 일 보쇼."

"정말요?"

태린이 놀라 되물었다. 나긋한 목소리에 호락호락한 태도는 덕구와 어울리지 않는 질감이었다.

"먼 곳에서 일하느라 자식 돌보지 못하는 게 얼마나 빌어먹을 일인지 아니까. 나도 그래봤고……."

평소답지 않은 말이 제멋대로 입에서 흘러나왔다. 불쑥 나온 말에 당황한 건 덕구도 마찬가지였다. 덕구는 침을 한 번 삼키며 휴대폰을 반대편으로 고쳐 들었다.

"……감사해요, 그, 저번에……. 로보아이 상담실 앞에서 제가 막말한 거요……."

"아, 그 일은……."

"죄송했어요, 그때. 돌보지 못한다느니 그렇게 말씀드려서요."

태린의 목소리에 미안함이 가득 배어 있었다.

"곁에 있는 게 돌봐주는 건데 말이죠. 토비를 옆에서 잘 돌봐 주셔서 감사해요. 다음번에 제가 제대로 찾아뵙고 감사 인사드 릴게요."

"쩝……. 그래요, 그럼."

덕구는 전화를 끊고 그대로 멍하니 붙박여 서 있었다. 누군가 로부터 이런 말을 들은 게 칠십 평생 처음인 덕구였다. 자신은 늘 누군가를 돌볼 수 없는 사람이라고 생각하며 살아왔었는데…….

덕구는 머쓱한 마음에 손가락으로 얼굴을 벅벅 긁으며 주변을 둘러봤다. 태린의 전화 연결을 기다리며 발길 닿는 대로 걷다 보 니 어느새 알지도 못하는 낯선 공간에 서 있었다. 덕구는 토비에 게 되돌아가려 복도 모퉁이를 돌아섰다.

"엄마, 오늘 설명회에 온 사람들이 하는 말, 다 무슨 말이에요?"

그때 익숙한 목소리가 들려왔다. 고개를 돌리니 저 멀리 레나 가 보였다.

"뭐가."

눈길을 건네기도 귀찮다는 듯 설명회에서 받아 온 명함들을 넘겨보며 혜주가 건성으로 대꾸했다.

"이모칩은 정신질환을 가진 사람을 대상으로 만든 거지 콘서트에서 쓰일 마약성 각성제나 아동 학업성적 올리는 도구로 개발한 게 아니잖아요."

"그래, 취지는 그랬지. 내가 연구를 맡은 것도 네 우울 치료하자고 시작한 거고. 근데 이렇게 모두에게 도움이 될 줄 누가 알았겠니."

혜주가 손바닥에 쥔 수십 장의 명함들을 레나 눈앞에 흔들며 말했다.

"그건 도움이 되는 게 아니라 남용하는 거예요. 그렇지 않아도 윤리성 문제로 임상 승인받는 게 힘들었는데 처음부터 어린아이한테까지 무분별하게……."

"그놈의 윤리 타령……. 지금까지 왜 국내에서 두뇌에 칩 삽입하는 게 지체됐는지 알아? 그놈의 엿 같은……."

혜주가 잠시 숨을 고르며 입술을 축였다.

"윤리나 도덕 때문이야. 말이 되니? 내버려두면 죽는 게 정신질환인데도 윤리를 들먹이는 게 말이야. 뉴런을 금속으로 만들든 실리콘으로 만들든 그게 뭔 상관이야. 정상인처럼 살게 해주겠다는데!"

혜주의 말속에는 깊은 분노가 녹아 있었다. 우울증으로 고통받은 사람은 레나만이 아니었다. 딸애의 몸속에서 병을 도려내려 끊임없이 지져도 보고 들쑤시기도 했던 건 엄마인 혜주의 몫이었다.

탁!

그 순간, 하필이면 덕구가 손에 쥐고 있던 휴대폰을 바닥에 떨어뜨렸다. 그 소리에 혜주와 레나의 고개가 홱, 하고 돌아갔다. 엿들으려고 한 건 아니지만, 우연히 듣고 있었다고 하기에도 애매한 상황에 덕구는 어정쩡하게 휴대폰을 주워 들었다.

"할아버지……."

심각해 보이는 상황에 덕구는 그대로 뒤돌아서 걸어가려 했지만, 레나가 그를 불러 세웠다. 덕구는 뒤돌아보지도, 걸어가지도 못한 채 애매하게 서 있었다. 혜주는 한쪽 눈썹을 위로 추켜세우며 입 모양으로 누구냐고 물었지만 레나는 그런 혜주를 힐끗 보고는 덕구에게로 뛰어갔다.

"병원엔 무슨 일로 오셨어요? 어디 아프세요?"

옆에까지 드리운 그림자에 덕구가 천천히 몸을 돌렸다.

"아니, 내가 아니라, 휴……. 토비가 급성 장염으로 응급실에 실려 왔다."

"토비가요?"

"다행히 안정은 됐고 지금……."

"안녕하세요."

그 순간, 복도를 울리며 둘에게 다가오는 구두 소리에 덕구와 레나의 고개가 돌아갔다.

"레나 엄마 임혜주라고 합니다. 윤레나, 같이 레드 플래그 모임 하는 분이셨으면 엄마한테도 소개를 해줘야지?"

혜주는 사근사근한 말투에 그렇지 않은 형형한 눈초리로 레나를 내려다봤다. 레나는 짧게 한숨을 내뱉고는 덕구에게 혜주를 소개했다.

"할아버지, 제 엄마예요."

"크흠, 김덕구요."

덕구가 어색하게 고개를 끄덕였다. 태린도 그렇고, 마치 학부모를 면담하는 선생님이 된 기분이었다.

"이런 데서 만나게 되네요? 어디 아프신 데라도……."

"아뇨, 토비라고, 레드 플래그 모임 같이하는 친군데 급성 장염이라 응급실에 실려 왔대요."

얼른 이 자리를 피하고 싶었던 레나가 속사포처럼 주절거렸다. 조금 전 나눈 대화를 덕구가 들었을까 계속 신경이 쓰인 탓이었다. 혜주는 알 만하다는 표정으로 레나에게 고개를 작게 끄덕거리고는 이내 그려낸 듯한 미소를 지으며 말했다.

"다음에 다 같이 식사라도 한 끼 하시죠. 제가 따로 자리 마련하겠습니다."

"아니, 뭐 그렇게까지……."

"레나에게 말은 많이 들었는데 꼭 한 번 대접해드리고 싶었어요. 따로 드릴 말씀도 있고요."

혜주가 레나를 보며 그렇지 않냐는 듯 눈꼬리를 올렸다.

"엄마, 저도 토비한테 가봐야 할 것 같아요."

혜주의 말이 계속 이어지자 레나가 그런 혜주의 눈길을 피하며 덕구의 팔을 잡아끌었다. 그 모습에 당황한 덕구는 둘을 번갈아 쳐다보더니 이내 혜주를 향해 어설피 인사를 건넸다.

"애가 아파서 이만 가봐야겠네요, 그럼."

"이쪽으로 가면 더 빨라요."

병원이 익숙한 듯 레나가 왼쪽을 가리켰다. 긴 복도를 걷는 두 사람 사이에는 정적이 흘렀다. 레나는 몇 번이나 입술을 달싹이며 말을 꺼내려 했지만, 이내 다시 아랫입술을 질끈 물었다. 차라리 덕구가 이모칩 상용에 대한 이야기를 들은 이때 자신이 레드 플래그에 들어가게 된 이유를 솔직하게 말하는 게 낫지 않을까, 레나는 속으로 그 상황을 상상해봤다.

만일, 사람들을 돕기 위해서가 아니라 둘을 임상시험자로 참여시키기 위해 레드 플래그 모임에 들어갔다고 말한다면 어떤 말이 되돌아올까. 레나는 손톱 끝이 손바닥을 깊이 파고들 정도로 주먹을 세게 쥐었다.

만약 엄마가 식사 모임이라도 잡는 날에는 분명 그 모든 얘기를 거리낌 없이 털어놓을 것이다. 오늘 설명회에 참여하면서 임상시험을 요구할 날이 머지않았음을 레나는 온몸으로 느낄 수 있었다. 덕구와 걷는 내내 레나는 입안이 바짝 말라왔다. 결국 차라리 지금이라도 솔직하게 말하는 게 맞다는 판단이 선 레나는 덕구를 향해 굳게 다물린 입을 뗐다.

"그……. 좀 전에 엄마랑 제가 싸운 건요……."

"에효, 일 없어."

덕구가 다 이해한다는 듯 바로 대꾸했다.

"네?"

"나한테까지 설명할 필요 없어. 집집마다 다 사정이라는 게 있는 거지, 뭘. 원래 부모 자식 관계라는 게 참 어려운 거여."

"……."

"그래도 엄마 너무 미워하지는 말고. 자식 사랑하지 않는 부모 없어. 그저 각자 애쓰고 있는 거지, 뭐……."

덕구는 레나의 어깨를 어설프게 두드리며 위로를 건넸다. 그 말에 레나는 턱 밑까지 올라온 말들을 다시 꿀꺽 삼킬 수밖에 없었다.

잠시 뒤, 두 사람이 응급실 입구에 들어서자 멀리서 토비의 웃음소리가 들려왔다. 덕구는 그 소리를 들으니 그제야 마음이 놓였다. 다행이다, 다행이다. 감사합니다, 감사합니다……. 빌고 빌었던 익숙한 말들이 덕구의 입 속에서 맴돌았다. 아내가 조금 더 곁에 머물러 줬더라면 더 많이 내뱉었을 말들이었다.

"괜찮은 거여?"

덕구가 토비에게 다가가며 물었다.

"네, 할아버지, 이제 멀쩡해요!"

키리에와 장난치던 토비는 그제야 눈꺼풀을 위로 올리며 밝게 대꾸했다.

"엇, 레나는 어쩐 일로 병원에 있는 건가요?"

의자에서 일어나던 키리에는 덕구의 뒤에 선 레나를 발견하고는 놀라 물었다.

"네펜테에서 이모칩 설명회가 있어서……."

레나가 흘깃 덕구의 눈치를 보며 말끝을 흐렸다.

"아픈 게 아니라서 다행입니다. 걱정했지 뭔가요!"

키리에가 로봇답지 않게 가슴을 쓸어내리며 안도하듯 말하자 덕구와 레나가 피식하고 웃었다.

"할아버지……."

그때 토비가 뭔가 떠올랐는지 기어들어가는 목소리로 덕구를 불렀다.

"뭐야, 어디가 안 좋아 또?"

덕구가 큰 몸을 숙이며 걱정스레 토비를 살폈다.

"배추흰나비…… 키우는 거 도와주실 거죠?"

토비가 간절한 눈빛을 덕구에게 보내며 이불을 만지작거렸다.

"배추흰나비?"

영문을 모르는 레나의 물음에 키리에가 재빨리 설명했다.

"토비가 받은 학교 과제로, 알에서 나비가 될 때까지 관찰하고 기록해야 한다고 합니다. 토비는 애벌레가 자기와 닮았다며 애벌레가 나비로 우화하는 모습을 본다면 자신도 멋진 사람이 될 수 있을 거라는 확신을 가진 상태입니다. 그리고 성체로 키울 수 있도록 덕구 님께 도움을 요청했습니다. 왜냐면 옥상에서 텃밭을 가꾸시는 덕구 님이 잘 돌봐줄 거라고 믿은 모양입니다?"

억양이 높아진 키리에의 말이 의도치 않게 질문형으로 끝을 맺자 꼭 덕구를 못 미더워하는 것처럼 들렸다. 그러자 레나와 토비가 누가 먼저랄 것도 없이 웃음을 터뜨렸다.

"허! 이 와중에 과제 이야기여?"

헛숨 섞인 웃음을 지으면서도 옥상 어디에 나비를 키우면 좋을지 곰곰이 그려보는 덕구였다.

11

2040년 10월 25일

"아니 무슨 정신질환자가 집에서 로봇을 키웠대? 다 자초한 거지, 뭐."

방청석에 앉은 누군가의 격분한 목소리가 비키의 귀에 닿았다.

첫 공개 재판을 위해 모인 법정 안은 그야말로 아수라장이었다. 의문투성이인 휴머노이드 살인 사건은 전 국민의 관심을 불러일으켰고, 언론은 연일 가짜와 진실이 섞인 기사들을 다급히 찍어내기에 바빴다. 법정에 들어오는 길에 비키에게 명함을 쥐여준 언론 매체 기자만 해도 열댓 명이 넘었다.

"키리에. 저번에 구치소까지 기자들이 찾아왔다던데, 특별한 일은 없었죠?"

키리에 쪽으로 몸을 가깝게 붙인 비키가 숨죽여 물었다.

"별일 없었습니다. 변호사님 말씀대로 별다른 말은 하지 않았습니다."

키리에가 덤덤하게 말했다. 그때 엄숙한 얼굴을 한 판사가 법정에 들어섰고, 주변의 소음은 순식간에 잦아들었다. 피고석에 앉은 로봇을 흘깃 쳐다보는 판사의 얼굴에는 처음 겪는 상황에 대한 긴장이 엿비쳤다.

"자, 사건번호 2040고단213호, 피고 키리에 사건 하겠습니다. 앞으로 나오세요. 잠깐 섭니다. 이름이 어떻게 되나요?"

"키리에입니다."

키리에는 침착히 판사의 말에 따랐다.

"피고에게는 진술거부권이 있습니다. 이 법정에서 진술한 것은 피고에게 불리한 증거로 사용될 수 있습니다. 주민번호……. 아니……. 그러니까 로봇 등록번호 앞자리 말해주세요."

판사가 버벅거리며 말을 시정했다.

"400220입니다."

"직업, 아니 로봇으로 제조된 용도가 무엇입니까."

"AI 치유 로봇입니다."

"등록기준지가 서울시 5길 26구역 맞습니까? 그러니까, 돌봄을 담당하는 구역을 묻는 겁니다."

판사가 구체적으로 다시 물었다.

"네, 5길 26구역 맞습니다."

"앉으세요. 검사, 공소사실 요지 진술하세요."

판사가 검사를 건너다보며 말했다.

"피고는 치유형 돌봄 AI 로봇으로, 10월 11일 5길 26구역에 위치한 페레스 아파트에서 의뢰인 윤레나 씨를 옥상에서 밀쳐 살해했습니다."

당당하게 걸어 나온 검사가 키리에를 노려보며 말했다.

"공소사실 인부하세요."

"피고는 윤레나 씨를 살인하지 않았으므로 이 사건 공소사실을 부인합니다."

검사의 말에 비키가 대답하자, 법정 안은 소란스러워졌다.

"정숙, 정숙하세요!"

"피고, 피해자를 살인한 사실이 없다고 주장하는 거 맞습니까."

"네, 맞습니다."

키리에가 덤덤한 어투로 말했다.

"증거 제출하세요."

판사의 말에 검사는 벌떡 일어나 증거 목록을 법원 직원에게 건넸다.

"증거 의견 말하세요."

법원 직원에게 건네받은 증거 목록을 빠르게 눈으로 훑은 판사가 비키를 내려다보며 말했다.

"부동의하는 증거 말씀드리겠습니다. 1번 고소장, 6번 목격자 진술조서 부동의합니다."

비키가 말하자 판사는 증인 신청을 하겠냐며 검사를 바라봤다.

"현장 목격자가 있습니다. 목격자를 증인 신청하도록 하겠습니다."

검사는 다 이긴 싸움이라는 듯 방청석을 한 번 둘러보기까지 했다.

"네, 다음 기일에는 증인 신문을 하도록 하겠습니다. 재판날짜는 11월 5일 오후 2시입니다."

건조한 판사의 목소리에 키리에는 두 눈을 질끈 감았다.

"키리에, 이제부터 시작이에요. 제닉스 로보틱스에서 키리에 녹화 영상 복구를 완료했고, 원천 데이터를 다 넘기진 않았지만 몇 가지 의미가 있다고 생각되는 부분들을 제게 증거로 전달해줬어요. 그중에서도⋯⋯. 2040년 5월, 키리에가 파손돼 제닉스에 회수된 일이 있더라고요."

비키가 눈을 빛내며 증거 서류를 키리에 쪽으로 밀었다.

"5월이라면 제가 한 번 죽었던 때군요."

눈에 달린 카메라 동공을 키운 키리에가 회상에 잠긴 듯 나직이 중얼거렸다.

***

2040년 5월

키리에는 부화한 애벌레를 관찰하는 두 개의 들뜬 등을 내려다보고 있었다.

"저도 볼래요."

덕구의 눈이 좀처럼 확대 렌즈에서 떨어질 기미가 없자 옆에서 쪼그리고 앉아 있던 토비가 톡톡 그의 어깨를 두드렸다.

"가만있어 봐, 그러니까 알이 열 개라고 했었지?"

"네."

페트리 접시 안의 잎을 물끄러미 바라보며 토비가 말했다.

"그래…… . 자, 이제 봐봐."

키리에가 보기에 목소리를 낮출 필요가 없는데도 덕구는 한껏 소곤거리며 토비를 불렀다. 덕구가 시키는 대로 렌즈 위에 두 눈을 갖다댄 토비는 곧 와, 하고 감탄을 터뜨렸다.

"진짜 신기해요!"

"그렇지?"

"그니까 애벌레가 두 개예요."

"아냐, 총 세 마리여. 끝에 한 마리 붙어있어. 잘 봐봐."

덕구가 토비 옆으로 바짝 다가서며 손가락으로 가리켰다.

"어디요? 오오! 찾았다!"

"좋아. 이제 먹이 화분에 옮겨줘야겠다."

덕구의 말에 토비가 신이 나 작은 손끝으로 애벌레를 잡으려 했다. 그 모습에 덕구는 놀라 토비의 손을 움켜쥐었다.

"어이구 씨! 안 돼, 안 돼."

"왜요?"

토비가 렌즈에서 눈을 떼며 덕구를 멀겋게 쳐다봤다.

"케일잎째 옮겨야 돼. 손으로 만지면 애벌레가 화상 입어."

덕구가 페트리 접시에서 조심스럽게 케일잎을 꺼내며 말했다.

"우아…… . 화상이요? 신기하다!"

"애벌레한테는 사람의 체온은 화상 입을 정도의 온도입니다."

"나도 누군가한테는 뜨거운 온도였구나!"

키리에의 설명에 토비가 해맑게 웃으며 중얼거렸다. 먹이 화분을 감쌀 메시망을 찾던 덕구는 그 말에 자신도 모르게 입 끝을 씰룩였다. 철부지 어린 녀석의 입에서 이런 말이 나올 줄은 생각지 못했던 덕구였다.

"할아버지!"

그때 한쪽에서 뭔가를 만지작거리고 있던 토비가 여봐란듯이 덕구를 불렀다.

"어엉?"

"이거 보세요. 여기다가 제 무선 CCTV 꽂아놨어요!"

토비는 뿌듯하게 웃으며 영양제처럼 화분에 꽂힌 CCTV를 가리켰다.

"아니, 이걸 왜 여기다 심어놨어?"

덕구가 떨떠름한 표정으로 실타래처럼 가느다란 머리칼을 긁적이며 말했다.

"애벌레 관찰 기록을 쓰기 위해 토비가 집에서 꺼내왔습니다."

"참 나, 이건 또 어떻게 설치를 했대!"

덕구는 퉁명스레 말하면서도 관심이 있는지 흥미롭게 CCTV를 살펴봤다.

"나비가 될 수 있겠죠?"

토비가 자신이 없는지 걱정스러운 얼굴로 말했다.

"글쎄다."

"반드시 나비로 키워야 돼요! 왜냐면, 왜냐하면 흉측한 애벌레가 멋진 나비로 된다면 저도 나중에 멋진 사람이 될 수 있을 테니까요!"

그 말에 덕구는 이해가 안 간다는 눈으로 토비를 쳐다봤다.

"참 나, 아니 생각이 왜 그렇게……."

"전 다른 친구들과 다르잖아요. 고치 속에 있는 번데기처럼 저도 인공 자궁에서 태어났으니까요. 그래서 애벌레가 저처럼 느껴져요."

예상보다 더 무거운 말에 덕구는 말문이 턱하고 막혔다.

"그래서 나비로 키운 걸 친구들 앞에서 보여주고 싶어요. 저도 이렇게 멋지게 자랄 수 있다고요."

토비가 케일잎 위에 있는 알들을 쳐다보며 말했다. 덕구는 그런 토비를 잠잠히 바라보다가 이내 허리를 세우며 말을 꺼냈다.

"그려, 그럼. 잘 키워서 한번 나비로 만들어 봐봐. 애들 앞에서 너도 할 수 있다는 걸 보여줘도 보고. 그러다 보면 널 알아봐주는 놈도 있겠지, 뭐. 그게 친구인 거고."

에효효, 무릎이 아픈지 덕구가 앓는 소리를 내며 몸을 일으켰다. 요즘 따라 무릎뼈가 쿡쿡 쑤셔왔다. 언제 한번 병원에라도 가서 검진을 받아봐야겠다 생각은 하는데, 막상 가면 또 수술하라고 할까 봐 고집스럽게 미루고 있었다.

"근데 모임 시간 다 되지 않았나? 이제 슬슬 내려가야 되는 거 아냐?"

덕구가 '슬슬'을 말할 때 노래처럼 운율을 넣으며 말했다.

"벌써 그렇게 됐군요! 이제 슬슬 모임 장소인 앤드모 카페로 가

볼까요?"

키리에가 덕구를 따라 '슬슬'에 운율을 넣었다. 그렇게 셋은 같이 옥상을 내려와 카페로 향했다.

"저, 편의점 좀 갔다 올게요."

아파트를 나와 카페에 다다랐을 때쯤 별안간 토비가 발길을 딱 멈추며 말했다.

"응? 왜?"

"오늘 제가 좋아하는 간식 신상품이 나오거든요. 먼저 가세요!"

토비가 결연한 얼굴로 편의점을 향해 걸음을 옮겼다.

"아니, 갑자기 무슨……."

"제가 토비와 함께 갔다 오겠습니다. 편의점 옆에 앤드모 카페가 있으니 덕구 님은 먼저 카페에 가 계십시오."

키리에는 아까부터 다리를 질질 끌다시피 걷는 덕구를 배려하며 말했다.

"허, 그럼 둘이 다녀와. 카페에 있을 테니까."

덕구는 이미 저만치 달려가는 토비의 등에 나직이 말하고는 카페로 걸어갔다.

"우와!"

토비는 편의점에 들어가자마자 탄성이 지르며 제일 좋아하는 캔디 스모크의 호흡기에 냅다 코를 가져다 댔다. 캔디 스모크는 토비가 가장 좋아하는 간식이었다. 토비가 맛을 선택하고 잠시 기다리자 캔디 스모크에서는 곧 알록달록한 연기가 뿜어져 나왔다. 새콤달콤한 향의 연기가 코끝에 닿자 토비는 한껏 숨을 들이쉬었다. 이번에 새로 나온 맛은 토비의 코맛에 딱 맞았다.

"어이, 프릭!"

그때 듣기만 해도 기분이 나빠지는 목소리가 토비의 귓가를 파고들었다. 토비는 짐짓 못 들은 체하며 미동도 없이 서 있었다.

"야, 무시하나?"

이준이 그런 토비의 태도에 화가 났는지 손에 든 간식 봉투를 낚아채며 쏘아붙였다.

"내놔!"

토비가 손을 뻗었지만 한 뼘이나 더 큰 이준에게서 봉투를 뺏기에는 역부족이었다.

"내놓으라니까!"

토비 눈에서 불꽃이 튀었다. 이준은 그 모습에 히죽 웃더니 요리조리 몸을 돌리며 약을 올렸다.

"왜, 엄마라도 부르지 그래?"

이준은 야단스럽게 큰 소리로 떠들어댔다. 토비는 화가 부글부글 올라왔다.

"나도 부르면 올 사람 있어."

"나도 부르면 올 사람 있어."

이준이 우스꽝스럽게 얼굴을 구기며 토비 말을 그대로 따라 했다.

"키리에!"

토비가 두 주먹을 불끈 쥐고는 편의점 밖을 쳐다보며 있는 힘껏 소리쳤다. 그 모습에 농담이 아님을 느낀 이준은 일이 더 커지기 전에 도망치려 날렵하게 문 쪽으로 달려갔다. 하지만 때마침 열린 문틈으로 들어온 무언가에 크게 부딪히고 말았다.

"아, 씨…… 뭐야!"

바닥에 쓰러진 이준은 엉덩이를 문지르며 소리쳤다. 큰 소리와 달리 많이 다치진 않은 듯 이준이 눈을 부라리며 허리를 곧추세웠다.

"어이쿠……."

이준과 부딪힌 건 다름 아닌 편의점으로 들어오던 키리에였다. 바깥에서 과자를 고르던 키리에는 토비의 외침에 문을 열다 그만 이준과 부딪히고 만 것이다.

"키, 키리에……."

하지만 멀쩡한 이준과 달리 키리에는 그다지 멀쩡하지 않았다. 콘크리트 바닥에 손을 짚으며 몸을 보호한다는 게 잘못됐는지 팔이 엉망으로 꺾여 있었다.

"키리에!"

뒤에서 그 모습을 본 토비가 놀라 소리쳤다. 키리에는 망가지지 않은 반대편 손으로 땅을 짚고 일어서려 했지만, 좀처럼 일어서질 못했다.

"뭐야, 이건 또. 로봇이잖아? 너는 친구가 로봇밖에 없냐?"

토비가 부른 게 어른이 아닌 로봇임을 알게 된 이준은 다시 의기양양해져서는 키리에의 머리를 축구공 차듯 뻥뻥 차댔다. 그걸 본 토비가 더는 참지 못하고 이준에게 달려들었다. 둘의 몸이 꽈배기처럼 엉킨 것도 잠시, 곧 키가 큰 이준이 토비 몸에 올라타고 연거푸 주먹질을 해댔다.

"그만!"

키리에는 성치 않은 팔을 뻗으며 이준을 막으려 애썼다.

"뭐야, 이건 또!"

이준은 키리에의 팔을 뿌리치고 옆에 있는 물건을 집어 들더니, 그걸로 키리에의 몸통을 거세게 찔렀다. 연이은 둔탁한 소음에 지나가던 행인들이 모여들었다.

"아, 아, 어이쿠……."

키리에의 눈앞이 점점 흐릿하게 변해가던 그때, 저쪽에서 익숙한 두 형체가 뛰어왔다.

"뭐야! 둘이 안 떨어져?"

레나와 덕구였다. 레나의 고함에 어른들이 다가오는 걸 알아챈 이준은 허겁지겁 엉킨 몸을 빼내어 도망치려 했다.

"키리에한테 사과해!"

도망치려는 이준을 토비가 붙잡았다. 이준은 토비가 발을 잡고 놓아주지 않자 욕설을 내뱉으며 발꿈치로 토비의 손을 내려쳤다.

"이놈!"

덕구는 억센 손으로 이준의 목덜미를 집어 올렸다. 한껏 얼굴을 구기며 노려보는 덕구의 얼굴은 지금껏 봤던 그 어느 때보다 무서웠다.

"그, 그게 아니라……."

이준은 난생처음 보는 험악한 얼굴에 놀라 더듬거렸다.

"토비! 괜찮아? 헉! 키, 키리에⋯⋯."

바닥에 쓰러진 토비를 일으키려던 레나는 옆에 있는 키리에의 상태를 보고는 깜짝 놀라 말을 잇지 못했다. 실리콘으로 만들어진 인공피부는 무참하게 찢겨 있었고, 그 안에 자리한 와이어들은 이리저리 찢겨 뒤죽박죽 튀어나와 있었다. 골절된 듯 꺾인 팔은 아까 이준이 뿌리치면서 더 망가졌는지 도저히 손쓸 수 없어 보였다.

"이놈! 어디서 배운 버르장머리야 이거!"

덕구는 금방이라도 이준을 잡아먹을 듯 으르렁댔다. 어찌나 매섭게 윽박질렀는지, 결국 이준의 아이보리색 바짓가랑이가 진한 황토색으로 물들었다.

"너야? 학교에서 토비 괴롭힌다는 애가? 너 이름이 뭐야?"

"이준⋯⋯이요."

찰칵찰칵, 모여 있던 행인들이 구경이라도 난 듯 휴대폰을 들고 연신 찍어댔지만, 화가 날 대로 난 덕구의 귀에는 아무 소리도 들리지 않았다.

"안 되겠다. 경찰서 가자. 키리에 파손죄로 벌금 물고, 토비 다친 거 치료비도 내고, 학교에도 알려야지. 이 몹쓸 녀석!"

덕구가 얼굴을 바짝 들이대며 을러댔다. 이준은 그제야 상황이 얼마나 심각한지 깨달았는지 손을 싹싹 비비며 울먹였다.

"잘⋯⋯. 잘못했어요⋯⋯."

"잘못했어? 이제 안 그럴 거야?"

"네, 네."

"잘 들어. 억지로 친구로 지내란 게 아니야. 알짱대고 괴롭히지 말란 뜻이야, 알아들어?"

이준이 몇 번이나 고개를 끄덕거렸다.

"한 번만 더 토비를 괴롭혔단 소리가 들리면 오늘 있었던 일 학교에 다 알리고 손해배상 청구에다가 경찰서로 끌고 갈 줄 알아. 마지막 경고야!"

"네……."

잔뜩 움츠러든 이준이 기어들어가는 목소리로 말했다.

"뭐라고?"

"네, 네!"

덕구는 눈물 콧물 범벅이 된 이준을 보자 그제야 끙 소리를 내며 목덜미를 놓아줬다.

"가!"

덕구의 호통에 이준은 그대로 뒤도 돌아보지 않고 도망쳐버렸다.

"괜찮은 거야?"

덕구가 거친 숨을 몰아쉬며 땅바닥에 앉아 있는 토비에게 손을 건넸다.

"여기랑……. 여기도 다쳤어요……."

토비가 금방이라도 울음을 터트릴 듯 볼을 부풀린 채 대답했다.

"허! 일단, 약국 좀 들려야겠다."

"할아버지, 토비도 토빈데 키리에 상태가 심각해요. 제닉스 로보틱스에 데려가야 할 거 같아요."

레나가 걱정스러운 얼굴로 키리에를 내려다보며 말했다. 그제야 키리에의 상태를 본 덕구는 심각한 모습에 얼굴을 굳혔다.

"저 때문에 다쳤어요……. 미안해, 키리에."

토비가 울먹였다.

"아니니다다. 사고였습니다아아아……."

"일단, 하……. 키리에는 내가 데리고 다녀올 테니까 레나 넌 토비 좀 보고 있어라."

덕구가 바지 주머니에서 휴대폰을 꺼냈다. 몇 개 없는 연락 목록을 내리니 곧 오래전 제닉스 로보틱스에서 온 문자가 보였다.

− 긴급 상황 발생 시 주저 말고 연락주세요! 호출 서비스 번호입니다.

다시금 길게 한숨을 내쉰 덕구는 이내 결심한 듯 링크로 연결된 번호를 꾸욱 눌렀다.

***

제닉스 로보틱스에서 보낸 운반차가 덕구와 키리에를 태우고 떠난 뒤, 레나와 토비는 약을 사서 아파트 뒤편에 자리한 놀이터로 향했다.

"괜찮은 거야?"

쓰고 남은 밴드를 가방 안에 집어넣으며 레나가 물었다.

"네에……."

토비가 멋쩍게 몸을 이리저리 꼬며 대답했다.

"참, 오늘 할아버지랑 옥상에서 애벌레 관찰했다며."

레나가 가라앉은 분위기를 전환하려 애써 화제를 돌렸다.

"시소 타고 싶다아······."

하지만 그 노력이 무색하게 토비는 눈앞에 놓인 시소에 정신이 팔렸다.

"갑자기?"

"항상 타고 싶었는데요?"

뾰로통하게 아랫입술을 뒤집으며 토비가 말했다.

"뭘 또 항상 타고 싶기까지 해, 그냥 타면 되지."

"시소는 혼자서 못 타요."

토비의 말에 레나가 멈칫했다. 솔직함은 늘 사람을 멈칫하게 만든다. 가식 없는 순수함을 마주할 때면 레나는 머리가 하얘지는 것만 같았다. 자신의 불투명함을 들켜서일까. 익숙하지 않은 것에 대한 불편함인 걸까.

그때 토비가 별안간 벌떡 일어나더니 시소로 달려가 궁둥이를 턱, 하고 갖다 댔다. 그러고는 앞에 놓인 말머리 모양 손잡이에 작은 몸을 기대고서는 레나를 흘깃 쳐다봤다.

"풉."

그 천진한 모습을 보자 레나는 자연스럽게 미소가 배어 나왔다. 저럴 때면 정말 영락없는 아이였다. 레나는 못 이기겠다는 듯 터벅터벅 걸어가 토비 맞은편에 앉았다. 토비는 입꼬리가 광대뼈까지 올라가서는 우아, 하며 환호성을 질렀다.

"왜 그렇게 나비로 키우고 싶은 거야?"

레나가 몸을 뒤로 누이자 토비가 하늘로 슝, 하고 올라갔다.

"헤헤헤. 발표할 때 애들한테 자랑하고 싶어서!"

토비가 꺄르르 웃으며 말했다. 하도 크게 웃는 바람에 입안이 다 보일 지경이었다. 참, 그 나이대 아이다운 답변에 레나가 피식 하고 웃었다.

"나도 번데기였는데!"

더 큰 소리로 토비가 외쳤다.

"뭐?"

"징그러운 번데기요! 인공 자궁에서 자랐으니까!"

아직도 입가에 미소가 번져 있는 토비가 아무렇지 않다는 듯 말했다. 그와 달리 레나의 얼굴이 굳어졌다.

"누나 저 밑으로 내려줘요!"

레나의 몸무게 때문에 한동안 허공에 떠 있기만 한 토비가 발을 동동거리며 말했다. 레나가 아차 하며 허벅지에 힘을 주고 몸을 일으키자 토비가 스르르 내려왔다.

"흐흐흐, 재밌다! 참, 근데 누나는 뭐 하다가 온 거예요?"

토비의 질문에 레나의 마음이 묵직하게 내려앉았다.

레드 플래그 모임 이십 분 전, 레나는 방에서 공부를 하던 중이었다. 중간고사가 끝난 지는 2주나 지났지만 특목고인 켈릭스 고등학교 학생에겐 이후로도 쪽지 시험이 즐비하게 예정돼 있었다. 스마트 패드를 휙휙 넘기던 레나는 좌절한 듯 머리를 쥐어 잡았다. 듣고 있는 '뇌신경의 이해' 과목이 전혀 귀에 들어오지 않기 때문이다.

그러니까 지금까지 배운 걸 토대로 본다면 레나가 우울증으로 힘든 건 전전두피질과 변연계가 서로 신호를 잘못 받아들이고 엉켜서 생긴 것이었다. 남들과 다른 뇌 구조 때문이 아니라 그저 회로들 사이의 의사소통이 잘 이루어지지 않았을 뿐인 것이다. 정신질환 환자들에게 의지가 박약해서라든지 유별나서 걸린 병이라고 말하는 사람들은 사실 천억 개의 뇌신경 세포 관리를 제대로 못 하냐며 탓하는 것과 같았다. 이건 의지나 열심의 문제가 아니었다.

지잉, 그때 휴대폰이 울리고, 혜주가 보낸 메시지가 떠올랐다.

– 시험 성적 만회하려면 남은 쪽지 시험들 준비 잘해야 해. 이번에야말로 처박혀서 공부할 때란 소리야. 혼자 있는 거 잘하잖니.

노려보듯 문자를 읽던 레나는 한 가지는 확신할 수 있었다. 엄마가 전전두피질이라면, 레나는 변연계였다. 둘은 절대 말이 통하지 않는 관계였다.

"누나?"

토비의 목소리에 레나는 퍼뜩 정신을 차렸다. 레나는 숨을 크게 들이쉬고는 서둘러 말을 꺼냈다.

"그냥 공부 좀 하다가……."

"아하! 이모칩!"

토비가 말간 얼굴로 말했다.

"아냐, 이모칩은 엄마가 병원에서 임상 연구하고 있는 거고. 근데 그건 또 어떻게……."

그러고 보니 저번에 토비가 장염에 걸렸을 때 키리에가 친절하게 설명해줬던 게 떠올랐다. 레나는 모든 걸 솔직하게 말할 순 없었지만, 토비가 이모칩 효용성만큼은 알아주길 바라는 마음에 서둘러 말을 이었다.

"정신적으로 힘든 사람들이 이모칩 삽입 수술을 받게 되면 더이상 감정 때문에 힘들지 않을 거야. 시스템이 자동 모니터링해주면서 한없이 우울함에 빠지지 않게 도와주거든. 감정 기복 없이 평행선을 유지할 수 있는 거지."

"네에엥?"

토비가 이해하지 못해 고개를 갸우뚱하며 말머리 판을 꽉 끌어안았다. 레나가 뒤로 무게를 싣자 토비의 몸이 다시 떠올랐다.

"쉽게 말하자면……. 아까 나비 되고 싶다고 했지?"

"네, 네!"

"감정 조절해주는 칩만 있으면 애써 날갯짓할 필요가 없어져. 힘들고 지치는데 날아다닐 필요도 없고 그저 넌 가만히 있으면 돼. 부정적인 감정들은 시스템이 조절해주니까. 그렇게 살 수 있어."

"엥? 그건 죽은 거 아니에요?"

"응?"

"원래 이곳저곳 자유롭게 날아다녀야 나비인 건데! 날갯짓하다가 힘들면 쉬면 되잖아요. 그러다 또 힘껏 날면 되고! 그래야 날개에 힘이 생기죠!"

토비가 헤벌쭉 웃으며 양팔로 날갯짓했다. 하늘 높이 떠오른 토비가 레나의 눈에 설핏 나비처럼 보였다.

"풉, 그러네, 정말……. 넌 진짜 나비가 될 수 있겠다."

레나가 그런 토비의 모습을 눈에 담으며 작게 읊조렸다.

***

덕구는 제닉스 로보틱스로 가는 내내 참담한 얼굴로 키리에를 내려다봤다. 로봇에 대해 잘 모르는 자신이 봐도 상태가 너무나도 심각했다. 두들겨 맞은 카메라는 찌그러져 파편이 튀어나와 있었고, 내부에 뭔가가 고장 났는지 듣기 싫은 삐, 하는 소리가 쉴 새 없이 울렸다.

"......"

덕구가 할 수 있는 거라고는 거칠게 흔들리는 운반차에서 키리에가 다치지 않도록 두 팔로 꽉 붙잡아주는 것뿐이었다.

잠시 뒤, 운반차가 제닉스 로보틱스 정비소에 도착했다. 차가 멈추자마자 뒷문이 열렸고, 곧 사람들이 조심스레 키리에를 내렸다.

"맙소사! 이게 무슨……. 빨리 꺼내!"

그때 흰색 가운을 입은 여자가 다가오더니 두 손으로 머리를 쥐어 잡고 소리 지르기 시작했다. 꼭 뭉크의 '절규'에 나오는 사람 같았다. 여자는 키리에를 낳은 엄마라도 되는 듯 안절부절못하며 지시했고, 작업복을 입은 남자들은 그 지시에 따라 일사불란하게 움직였다.

곧이어 큰 창고 문이 열렸고, 로봇을 연결해 점검하는 세 개의 지지대에 마치 빨랫줄에 빨래를 널 듯 키리에가 와이어로 연결됐다.

"맙소사! 키리에!"

이미 전원이 차단돼 있어 대답조차 할 수 없단 걸 알면서도 여자는 키리에 옆에 딱 붙어 서서 그 말을 쉼 없이 반복했다.

"아, 거참, 그만 좀 하쇼!"

참다못한 덕구가 신경질적으로 여자를 쳐다봤다. 그녀의 가운 위에는 조안나라는 이름이 자수로 새겨져 있었다.

"조안나 씨!"

"왜요, 김덕구 씨!"

안나는 덕구보다 더 큰 목소리로 열을 내며 소리쳤다. 높게 치켜 올라간 눈매가 꽤 날카롭고 매서워 보였다.

"아니, 내 이름은 어떻게 알고……."

"기어이 이 사단을 만들어내시네요?"

안나는 덕구의 말을 끊으며 이를 바득바득 갈았다. 그 목소리에는 비아냥이 기름처럼 흘러내렸다.

"뭐요?"

"내가 이래서 키리에를 김덕구 씨한테 보내지 말자고 제임스한테 그렇게 얘기한 거예요! 아시겠어요? 아니, 로봇을 부신 적 있는 정신질환 할아버지한테 우리 애를 맡기다니요? 아무리 홍보가 중요하다지만, 하! 그런 사람을 인플루언서로 쓰는 게 말이 되냐고……. 아무리 내 남편이라지만 제정신이 아니라니까!"

안나는 쉴 새 없이 떠들어 댔다. 그녀의 거친 몸짓을 따라 집게핀으로 겨우 고정해놓은 갈색 머리가 이리저리 삐져나와 흔들렸다. 덕구는 턱에 힘을 풀고 그녀를 바라보는 것밖에 할 수 없었다. 영원히 이어질 것 같던 푸념은 머리가 반이나 벗겨진 중년 남자가 들어오고 나서야 끝이 났다.

"운도 없지. 어쩌다 이렇게 된 거예요?"

중년 남자가 망치로 키리에의 팔을 통통 두드리며 한숨을 쉬었다.

"에……. 그러니까 폭행당하던 토비를 지켜주려다가……."

덕구는 그제야 말이 통하는 사람을 만났다는 듯 입을 뗐다.

"토비?"

"의뢰인이요, 이번에 상용화 전 시범적으로 윤레나 학생하고 여기 김덕구 씨, 토비라는 초등학생 애랑 같이 치유 모임을 하고 있어요."

안나가 쩍쩍거리며 덧붙였다.

"아, 레나라면 사이언스 페어 우승상금 3천만 원 포기하고 키리에한테 돌봄 받고 싶다고 했던 그 괴짜?"

남자가 기억난다는 듯 입매를 틀어 올리며 말했다.

"우진 씨, 그게 무슨 뜻이에요? 우리 키리에가 제공하는 서비스가 3천만 원만도 못 하단 거예요? 당신 제닉스 로보틱스 사람 맞아?"

안나의 날카로운 눈초리가 이제 우진을 향했다. 그러자 제닉스 로보틱스의 수석 기술자 우진이 두 손을 들며 실수했다는 듯 어깨를 으쓱거렸다. 덕구는 왠지 아까보다는 안나가 덜 미워지기 시작했다.

"그나저나 이거 완전 박살 났는데……. 수리하는 데 제법 들겠어. 여기 들어간 유기물 조직이 꽤 비용이 나가거든요."

우진이 말을 돌리며 튀어나온 전선을 검지로 만지작거렸다.

"그럼 폐기하지! 압착기에 넣어버려."

그때 건들거리는 큰 목소리가 문 쪽에서 들려왔다. 기분 나쁜 목소리에 세 명의 고개가 홱 돌아갔다.

"제임스! 당신 제정신이야?"

안나는 목소리만큼 껄렁거리며 들어오는 남자에게 자신이 보일 수 있는 가장 차가운 눈으로 노려봤다.

"일단 좀 들여다봐야……."

여전히 엄지와 검지로 와이어를 조몰락거리며 우진이 말했다.

"포기해. 거기에 그만큼 돈 들일 필요 없어. 시험용 키리에를 토대로 양산품 개발은 끝났잖아."

제임스가 손가락으로 창고 한 편에 놓인 다른 로봇 무더기를 가리켰다. 로봇들은 키리에보다 더 인간처럼 보이게 만든 고무 실리콘과 아무리 때려도 벗겨지지 않을 것만 같은 알루미늄 합금으로 이루어져 있었다. 웃는 얼굴로 나란히 서 있는 로봇들은 모두 같은 위치와 크기의 팔자 주름을 가지고 있었다. 덕구는 그 광경을 보자 마음 한켠에서 오묘하게 불쾌한 감정이 일었다.

"제임스, 나 좀 봐."

듣다 못한 안나가 제임스를 끌고 창고의 구석으로 향했다.

"도대체 무슨 소리야, 키리에를 왜 폐기해? 치유 모임은 어쩌고?"

안나는 목소리를 낮추려 했지만, 흥분한 상태라 그러기가 쉽지 않은 듯했다. 제임스는 그런 안나를 보며 깊은 한숨을 내쉬었다.

"상황을 봐야지."

"상황? 무슨 상황?"

"휴……, 이거 봐."

제임스는 짜증 난다는 듯 휴대폰을 들어 뭔가를 보여줬다. 휴대폰 화면에는 조금 전 이준과의 싸움을 구경했던 행인들이 찍은 사진과 영상들이 쉴 새 없이 왔다 갔다 했다.

"지금 SNS에서 온통 키리에 얘기뿐이야. 치유 로봇이 애들 싸움에 끼어든 걸로 모자라서, 고작 애 주먹질 몇 번에 산산조각 났다고. 우리가 비싼 돈 들여서 개발한 최첨단 휴머노이드가 상용화 하기도 전에 개박살 난 꼴이 온 천지에 도배됐다고, 알아?"

이야기를 하다 흥분한 제임스가 하도 침을 튀기며 말하는 탓에 안나의 얼굴은 미스트를 뿌린 듯 축축해졌다.

"제기랄. 제목도 가관이야. 깡통과 떨거지들. 하! 당신 고집으로 진행했던 치유 모임이 어떤 결과를 냈는지 보라고."

어이가 없다는 듯 제임스가 관자놀이를 지끈 눌렀다.

"그래서 폐기하자고? 고작 그런 이유 때문에?"

안나의 말에 제임스의 눈에 불길이 일었다.

"고작 그런 이유? 회사에 이미지가 얼마나 중요한지 알아? 이런 찌라시 몇 개에도 회사 주가가 얼마나 오르락내리락하는지 아냐고?"

"저거 다 거짓말이야. 아까 이야기 들어보니까 폭행당한 애를 감싸다 저렇게 된 거래!"

제임스는 그 말에 기가 차는 듯 콧방귀를 뀌었다.

"순진해 빠져서는. 우리가 그렇게 말한다고 사람들이 그렇게 믿을까? 또 돈 들여서 언론 플레이한다고 떠들기나 하겠지! 사람들은 사실을 믿는 게 아냐. 믿고 싶은 걸 믿는 거지."

"그래서, 쓸모가 없어졌으니 폐기하자고?"

"당신은 그게 문제야, 당신이 만든 고철 덩어리에 지나치게 애정을 쏟는 거. 경영하는 사람 입장은 알지도 못하면서."

"1등 경영자 납셨네!"

멀리서 잠자코 둘의 이야기를 듣던 덕구는 오가는 말들이 심상치 않음을 느끼고는 둘에게 다가갔다.

"잠깐. 키리에를 폐기한다고? 그럼 우리 모임은 어쩌고?"

"아. 김덕구 씨. 신경 쓸 거 없어요! 이제 됐습니다. 치유 모임은 끝내죠. 공원 지킴이 로봇 부순 거 청구 안 할 테니까……."

"뭐? 내가 지금 그딴 거 때문에 이러는 줄 알아?"

비아냥거리는 제임스의 말을 툭 끊으며 덕구가 역정을 냈다.

"하……, 이봐, 김덕구 씨. 그딴 건……!"

짝! 제임스가 덕구에게 쏘아붙이려는 그 순간, 안나가 그의 뺨을 올려붙였다.

"……경영이든 결혼생활이든 하나를 보면 열을 알아. 왠지 알아? 똑같은 사람이 하는 거니까."

예기치 못한 따귀에 제임스가 눈을 부라리며 안나를 쏘아봤다.

"뭐라는 거야, 미쳤어?"

"제임스 당신이 하는 짓이 다 엿 같다고. 당신 말대로 세상에 쓸모없는 거 다 폐기하잖아? 그럼 당신이 폐기 1순위야."

안나는 질린다는 얼굴로 쏘아붙이고는 그대로 창고를 뛰쳐나갔다. 잠시 얼이 빠져 있던 제임스도 곧 씩씩거리며 그 뒤를 쫓아갔다.

"일단은 그……. 어떻게 할지 회의를 통해 결정한 뒤에 다시 연락드리겠습니다. 한, 나흘 뒤? 그러니 오늘은 이만 가주시죠."

덕구 옆에 서 있던 우진은 목덜미를 긁적이며 덕구에게 말했다. 그렇게 덕구는 떠밀리듯 바깥으로 내쫓겼다. 문을 나서기 전, 덕구는 마지막으로 창고를 돌아보았다. 거치대에 걸린 키리에가 왠지 슬픈 얼굴로 자신을 바라보는 듯했다.

***

나흘 뒤, 세 사람은 키리에가 없는 레드 플래그 모임을 가졌다.

"키리에는 언제 와요?"

토비가 우울한 얼굴로 테이블 위에 팔꿈치를 얹으며 물었다.

"진짜 폐기하는 건 아니겠죠?"

덕구에게 상황을 모두 전해 들은 레나가 걱정스럽게 물었다.

"흐음……."

덕구는 쉽게 말을 꺼내지 못하고 한숨만 내쉬었다. 지잉, 타이밍 좋게 덕구의 휴대폰이 울렸다. 제닉스 로보틱스에서 온 전화였다.

"김덕구요!"

덕구가 허겁지겁 스피커폰 모드로 연결을 바꾸며 말했다.

"안녕하세요, 김덕구 님. 저는 레베카라고 합니다."

처음 듣는 낯선 AI 음성이 휴대폰에서 흘러나왔다.

"누구요?"

"제임스 대표이사님의 AI 비서 레베카입니다. 대표이사님을 대신해 말씀 전해드리게 된 점 양해 부탁드립니다. 제닉스 로보틱스에서 내부적으로 논의한 결과, 금일 키리에를 폐기하기로 결정했으며 이후 돌봄은 차세대 휴머노이드 타미가 맡게 됐다는 점 알려드립니다."

"허! 누구 맘대로? 제임스 바꿔."

"죄송합니다. 제임스 대표이사님께 직접 연결이 어렵습니다. 다음 모임 장소는……."

제 할 말만 하는 AI 음성이 녹음처럼 일정한 톤으로 흘러나오자 덕구가 휴대전화를 들고 악을 썼다.

"그럼 똑바로 전해. 키리에 절대 포기 못 한다고. 알겠어? 지금 찾아간다고!"

덕구는 씩씩거리며 전화를 종료했다.

"말도 안 돼."

토비가 울먹거리며 두 손으로 얼굴을 가렸다.

"왜 폐기한다는 거예요?"

"그쪽 말로는 키리에를 복구하는 데 비용이 많이 든다고는 하는데……. 그건 말뿐인 것 같고. 누가 그 뭐야, SNS에다가 망가진 키리에를 올렸다더만."

"이거요?"

엉망진창으로 망가진 키리에의 사진과 동영상을 보여주며 토비가 시무룩하게 대꾸했다.

"그럼 기업 이미지 때문에 폐기해버린다는 거예요?"

"더 흉한 소문 돌까 봐 그런가 보지. 하여간 머리에서 나온 생각이라고는⋯⋯."

덕구가 끙, 하고 앓는 소리를 내며 몸을 일으켰다.

"어디 가시게요?"

레나가 별안간 나갈 채비를 하는 덕구를 휘둥그레진 눈으로 올려다봤다.

"직접 가서 따져야지. 망할 것들."

주먹을 불끈 쥔 덕구가 호통치듯 말했다.

"안 만나주면 어떡해요?"

토비가 볼을 부풀리며 꺼낸 말에 덕구의 이마 주름이 일자로 접혔다.

"그럼 앞에서 진치고 서서 시위라도 해야지! 암만!"

"할아버지 무릎 아파서 못 서 있잖아요. 제가 서 있을게요!"

토비가 의자에서 폴짝 뛰어내리며 덕구 손을 잡았다.

"할아버지, 잠시만요!"

그때 레나가 번개처럼 손을 뻗어 둘을 저지했다.

"좋은 방법이 떠올랐어요."

"좋은 방법? 그게 뭔데?"

"가상 시위를 하는 거예요."

"왜 가짜 시위를 해?"

말을 잘못 알아들은 덕구가 성마르게 되물었다.

"아뇨. 가짜 시위가 아니고 메타버스에서 시위하는 거예요. 제닉스 로보틱스에 보여주는 거죠! 키리에를 폐기하는 것과 다시 돌려보내는 것 중 어떤 게 더 기업 이미지를 망가뜨리는 일인지."

레나가 호기롭게 테이블을 탕, 내려쳤다. 하지만 자신만만한 레나와 달리 덕구는 못 미더운 눈길을 보냈다.

"아니, 우리 세 명이 직접 찾아가도 무시할 판에 무슨 메타버스에서……."

"메타버스에서 사람들을 모을 거예요. '글로벌 게더'라고, 전 세계 4억 명 정도가 가입한 가상 시위 플랫폼이 있거든요. 여기요!"

레나가 덕구 앞에 휴대폰을 들이밀며 설명했다. 토비는 흥미롭다는 듯 고개를 까닥였지만, 덕구는 처음 듣는 곳이었다.

"거기서 어떻게 시위를 하는데?"

"저한테 맡겨주세요. 예전에 여기서 가상 시위 진행해본 적이 있어요. 학교 과제였거든요."

레나가 휴대폰 화면을 톡톡 두드리며 무언가 써 내려가기 시작했다.

"다 됐어. 제가 지금 시위 열었어요! 이제 들어오시면 돼요!"

"엥, 벌써? 어디로 들어가?"

어느새 자리에 앉은 덕구가 고개를 쑥 빼 들고 물었다.

레나는 서둘러 글로벌 게더에 덕구와 토비를 가입한 뒤 가상 시위에 참여시켰다.

"우아! 사람들 엄청 많이 모였어요!"

화면 가득한 캐릭터를 보며 토비가 놀라 소리 질렀다. 덕구도 어설프게 손을 움직이며 오가는 대화를 살폈다.

"어때요? 제법 많죠? 요즘 사람들이 반려동물이나 반려로봇에 관심이 많더라고요."

"이 대머리가 나야?"

덕구는 화면에 뜬 민머리 캐릭터를 가리키며 물었다.

"네, 여기 캐릭터 위에 '덕구'라고 쓰여 있잖아요."

토비가 자그마한 검지 손톱으로 덕구라는 글자를 톡톡 쳤다.

"어……, 이상해요? 머리 스타일 바꿔드릴까요?"

썩 마음에 들어 하지 않는 덕구를 보며 레나가 물었다. 덕구는 근엄한 얼굴로 빠르게 두 번 고개를 끄덕거렸다.

"여기예요, 여러분! 다들 모이셨나요?"

잠시 뒤, 덕구가 원하는 검정 머리에 정장까지 입힌 캐릭터를 완성하고 나서야 레나는 대화창을 열었다. 레나의 말이 말풍선처럼 떠오르자 여기저기 흩어져 있던 버츄얼 휴먼들이 손을 흔들었다. 레나는 참여자 수를 흘깃 확인했다. 수가 세 자리에서 빠르게 올라가고 있었다. 레나가 휴대폰을 몇 번 두드리자 곧 주변에 제닉스 로보틱스 본사를 본떠 만든 가상 건물이 입체감 있게 세워졌다.

"먼저, 바쁘신 와중에도 이렇게 가상 시위에 참여해주셔서 감사합니다. 여러분의 관심이 저희의 가족인 치유 로봇 키리에를 살릴 힘이 됩니다!"

레나의 캐릭터 위에 말풍선이 떠오르자 옆에 앉은 덕구와 토비가 눈을 껌뻑거리며 레나와 휴대폰을 번갈아 쳐다봤다.

"자, 제가 이제 시위 피켓을 하나씩 쥐어드릴 거예요. 이걸 들고 같이 행진해주시면 됩니다!"

레나의 말풍선에 수백 명으로 보이는 다른 버츄얼 휴먼들이 응원의 메시지를 건네줬다.

잔인한 제닉스 로보틱스, 키리에를 돌려줘
폐기가 웬 말이냐! 가족을 뺏어갔다!
로봇 제조 회사, 보이콧!

여러 개의 피켓을 손에 쥔 버츄얼 휴먼들이 나란히 줄을 서서 가상의 제닉스 로보틱스 건물 앞에서 시위를 시작했다. 가상의 덕구 손에는 고양이 눈을 한 키리에가 눈물을 흘리는 사진이 들려 있었다. 처음 경험하는 시위에 덕구의 눈이 바쁘게 굴러갔다.

"제닉스 로보틱스는 의뢰자들을 희롱했습니다. 가족은 쉽게 폐기할 수 있는 대상이 아닙니다. 다친 키리에를 돌려줘야 합니다!"

레나의 말풍선이 연거푸 팝업처럼 떠오르자 더 많은 버츄얼 휴먼들이 합류하기 시작했다.

지잉, 그때 덕구의 휴대폰이 울렸다. 제닉스 로보틱스에서 걸려온 전화였다.

"거기서 전화 왔는데? 이걸 어떻게…… 받지 말아야 하나?"

덕구가 버벅거리며 레나를 쳐다봤다.

"아뇨! 받아도 괜찮아요!"

덕구가 통화를 누르자마자 신경질적인 목소리가 따발총처럼 쏟아져 나왔다. 어찌나 빠른지 덕구는 잠깐동안 무슨 말을 하는지 알아듣지도 못했다. 덕구가 별말을 않자 전화 너머의 여자는 한 층 톤을 낮추고 느린 목소리로 회유하듯 말을 건넸다.

"지금 당장 가상 시위 멈추라고요! 대화로 풉시다, 네?"

겨우 알아들은 마지막 말에 덕구가 끙 소리를 내며 대답했다.

"먼저 대화를 거부한 건 그쪽이오만."

"할아버지가 지금 하고 계신 가상 시위가 어떤 파급 효과를 가져오는 줄 알고 이러시는 거예요?"

여자가 분에 못 이겨 씨근대는 모습이 눈에 선했다.

"그걸 내가 알아야 합니까?"

덕구도 단호한 목소리로 맞받아쳤다.

"기업 이미지가 나빠지는 건 물론이고, 브랜드 가치 하락으로까지 이어질 거라고 투자자들이 난리예요!"

"하고 싶은 말만 하쇼. 시위하느라 바쁘니까."

"잠시만요, 잠깐! 알겠어요. 얼마 드리면 될까요."

여자는 이내 알겠다는 듯 짜증스레 말했다. 덕구는 순간 이해하지 못해 되물었다.

"뭐요?"

"합의금, 얼마면 되냐고요. 원하시는 대로 드릴게요."

"……합의금?"

차갑고 냉소적인 여자의 말투는 돈이면 모든 게 다 해결될 거라 한평생을 믿고 산 사람의 말투였다. 덕구의 얼굴이 험상궂게 일그러졌다. 덕구는 전화기에 대고 느리지만 힘 있는 목소리로 대답했다.

"말귀를 알아먹지 못하는구먼. 당신은 가족을 돈 주고 팔 수 있어? 분명히 말하지만 키리에가 멀쩡한 모습으로 우리 모임에 돌아오는 게 목적이요! 다른 합의는 없소. 그럼!"

덕구가 단칼에 전화를 끊으려 하자 휴대폰 너머로 새된 목소리가 다급하게 흘러나왔다.

"알겠어요! 알겠다고요! 내부 협의해서 키리에 복구 작업하고 스케줄 전달드릴 테니까 일단, 그 가상 시위부터 당장 그만두세요!"

"당신 이거 지금 다 녹음하고 있어. 허튼수작 부리지 마. 우리가 알고 있는 키리에를 데려와야 할 거야. 알아들어?"

"알겠으니까 피켓 좀 내리라고요!"

덕구의 엄포에 제닉스 로보틱스는 결국 꼬리를 내리고 말았다. 덕구는 긴장된 얼굴로 자신을 바라보는 레나와 토비에게 씨익 웃으며 엄지를 들어 올렸다.

"좋았어!"

"우와!"

그제야 안도한 레나와 토비도 연달아 따라 웃으며 손바닥을 마주쳤다. 레드 플래그가 또 그 이름값을 톡톡히 하는 순간이었다.

12

2040년 11월 5일

"네벤테 의료센터에서 근무하고 있는 신경외과 교수 임혜주입니다."

혜주는 증인 선서를 마치고 짧게 자신을 소개한 뒤 의자에 앉았다. 이번 재판에는 검찰 측 증인으로 혜주와 관리소장이 출석할 예정이었다. 진회색의 핀턱 볼륨 재킷과 머메이드 스커트를 입은 혜주는 법정에 들어선 이후 시종일관 무표정한 얼굴을 하고 있었다.

증인신문은 먼저 검사 측부터 시작했다. 그는 혜주에게 익히 잘 알려진 사실들을 말하도록 했다. 하나같이 교묘하고, 노골적으로 키리에를 살인범으로 몰아가는 발언들이었다. 비키는 속이 부글부글 끓었지만, 이를 악물고 자신의 차례를 기다렸다.

"자, 다음, 변호인. 신문 시작하시기 바랍니다."

이윽고 판사가 비키를 내려다보며 말했다. 비키는 스마트 패드 들고 일어서서 걸어 나갔다.

"임혜주 씨. 먼저, 진심으로 삼가 고인의 명복을 빕니다. 저는 이 자리에서 사건 당일의 진상을 제대로 규명하기 위해 최선을 다하겠습니다. 재판 과정이 피해자 가족으로서 불편하시더라도 협조 부탁드립니다."

비키가 짧게 고개를 숙이며 조의를 표했다. 입을 굳게 다문 혜주는 비키를 흘겨봤다. 비키는 마른침을 삼키며 연설대 앞으로 조금 더 걸어 나갔다.

"일전에 제가 임혜주 씨를 찾아뵀던 적이 있었죠. 그때 임혜주 씨는 윤레나 양이 우울장애를 앓고 있었고, 종종 기분 전환을 위해 옥상에 올라갔다고 말씀해주셨습니다. 사건 당일 옥상에서 두 분이 어떤 대화를 나눴는지 여쭤보고 싶습니다."

"이런저런 얘기를 했습니다. 다 기억이 나지는 않지만……. 생일에 모여 식사하는 게 오랜만이라는 둥 뭐 그런……."

"임혜주 씨는 따님과의 관계가 친밀하지는 않으셨나 봅니다. 윤레나 양이 우울장애를 앓는 정신질환자였음에도 따로 거주했으며, 또 식사 자리도 자주 갖지 않으셨던 걸 보면 말입니다."

"그건……."

"판사님! 이의 있습니다. 지금 변호사는 증인의 발언을 왜곡하고 있습니다!"

그때 검사가 눈썹을 치켜올리며 이의를 제기했다. 판사는 그저 아랫입술을 쭉 뺀 채 비키를 내려다봤다. 계속하라는 뜻으로 받아들인 비키는 말을 이어갔다.

"사건 당시 피고는 윤레나 양의 생일을 축하하기 위해 집에서 요리까지 해줄 만큼 맡은 책임을 다하고 있었습니다. 친밀한 관계라고 볼 수 있죠. 피고와의 관계로만 본다면, 오히려 어머니인 임혜주 씨와 불편한 관계……."

"이의 있습니다. 변호사는 본인이 가정하는 주장을 갖고 사건을 규정짓고 있습니다."

"인정합니다. 변호사, 발언을 철회하세요."

이번에는 판사가 이의를 받아들였다. 비키는 잠시 말을 멈추고 심호흡하며 할 말을 골랐다.

"사건 당일 대화를 나눌 때 윤레나 양의 감정 상태는 어땠나요? 혹시 우울로 인해 지극히 불안정한 상태는 아니었나요?"

비키가 정곡을 찌르듯 혜주를 쳐다보며 물었다. 그때 검사가 자리에 일어나서 본 사건과는 관련도 없는 질문들을 한다며 이의 제기를 했다.

"윤레나 양이 우울 정신적 질환이 있었다는 것 그리고 빈번하게 옥상에 올라가 난간에 기대 있었다는 것에서 우리는 충분히 이 사건이 살인 사건이 아닌 자의적인 사고로 볼 여지가 있습니다."

"판사님. 대면 협의를 요청하는 바입니다."

"허가합니다."

비키의 발언에 참다못한 검사는 판사에게 대면 협의를 요청했다. 비키와 검사는 판사 앞으로 가 서로를 노려봤다.

"지금 피해자가 정신질환으로 자살했다는 겁니까?"

검사가 비키에게 얼굴을 가까이 들이밀며 쏘아붙였다.

"사건이 있기 몇 달 전부터 정신과 진료를 받았고, 위험한 징후를 보였다는 기록이 있습니다. 충분히 정신질환으로 인해 스스로 목숨을 끊었을 가능성이 있습니다."

"변호사가 심증만을 가지고 진짜인 것처럼 관련시키면 안 됩니다."

검사가 눈을 형형하게 빛내며 말했다.

"그건 신문을 통해 밝혀지겠죠. 변호사, 신문 이어가세요."

분위기가 점점 거칠어지자 판사가 의자를 뒤로 길게 빼며 둘을 제자리로 돌려보냈다. 자리로 돌아온 비키는 날 선 눈으로 자신을 바라보는 혜주를 향해 다시 신문했다.

"윤레나 양이 사망하기 몇 달 전부터 네펜테 의료센터에 자주 방문한 기록이 있습니다. 임혜주 씨는 네펜테에서 신경외과 교수로 근무하고 계시는데 이런 윤레나 양의 상황을 알고 계셨나요?"

"그거는……!"

혜주는 화를 내려다 멈칫했다. 그러고는 앞에 놓인 물을 들이켠 뒤에야 다시 입을 열었다.

"애가 어렸을 때부터 경미한 우울감이 있었고, 시험 기간 전에는 불안이 심해져서 가벼운 상담이나 약을 처방을 받았을 뿐입니다."

"사망 당시가 시험 기간이었던 점을 고려해 본다면, 당시 윤레나 양이 평소보다 더 심각한 불안함을 느끼는 상태였다는 거군요."

"……."

"피고의 증언에 따르면, 피고는 난간에 매달려 있는 윤레나 양을 구하러 달려갔고, 그 과정 중에 곁에 서 있던 임혜주 씨를 밀쳤다고……."

"이의 있습니다. 목격자인 증인은 키리에가 임혜주 씨를 밀친 뒤 윤레나 양과 말다툼 끝에 밀었다고 진술한 바 있습니다. 변호사의 발언은 그저 피고의 일방적인 주장일 뿐입니다!"

검사가 비키의 말을 끊으며 목청을 높였다.

"받아들입니다."

비키는 그 말에 입술을 깨물며, 발언을 정정했다.

"알겠습니다. 증인은 피고에게 밀쳐져 바닥에 주저앉은 상황에서 피고가 피해자 윤레나 양을 밀어 옥상에서 떨어뜨리는 모습을 봤다고 진술했습니다. 당시 상황을 좀 더 자세히 말씀해주십시오. 어떻게 밀쳐졌고, 피고와의 증인의 거리가 어느 정도 됐는지 등 말입니다."

"로봇은 달려오면서 저를 왼쪽으로 밀쳤고, 저는 그대로 콘크리트 바닥에 엎어졌습니다. 거리는, 글쎄요. 한 2미터 정도 됐던 것 같네요."

"바닥에 쓰러져 난간 쪽을 바라봤을 때, 윤레나 양이 제대로 보였나요? 각도를 계산해보면 키리에가 시야의 대부분을 가렸을 것 같은데요."

"로봇 등이 아이를 가리고 있어 전부 보이진 않았지만……."

"다시 말해 피고가 피해자를 밀친 건지 아니면 붙잡으려다 놓친 건지 정확히 볼 수 없었다는 말이군요?"

"이의 있습……!"

"이상 신문을 마치겠습니다."

검사가 벌떡 일어나 소리치기 전 비키가 한발 먼저 신문을 마쳤다. 비키는 자신을 노려보는 혜주와 검사의 시선에도 아랑곳하지 않고 자리에 앉아 단정히 옷매무시를 가다듬었다.

혜주 다음으로 관리소장이 증인으로 출석했다. 호명된 그는 증인석으로 나와 한 손을 들고 증인 선서를 하면서도 자꾸 법정을 이리저리 곁눈질했다. 살면서 처음 들어온 법정은 그 무게감만으로 관리소장의 어깨를 짓누르는 듯했다. 관리소장은 물 한 잔을 꿀꺽꿀꺽 다 들이켰다.

"참석해주셔서 감사합니다. 짧게 자기소개 부탁드립니다."

검사의 말에 관리소장은 힐끗 키리에를 쳐다보며 더듬더듬 말했다.

"에……. 큼……. 저는 페레스 아파트에서 육 년간 관리소장 일을 하고 있는 박군태라고 합니다."

검사는 질문할 내용들이 적힌 패드를 유심히 살펴보며 바로 질문으로 들어갔다.

"사건 당일 이야기로 바로 들어가겠습니다. 사건 발생 당시 상황에 대해서 설명 부탁드립니다."

"에……. 그러니까 저는 주민회의 자료를 집마다 나눠주려고 돌아다니고 있었어요. 1동하고 2동을 다 돌고 나서 입구에서 막 나오던 참이었습니다. 그때 갑자기 쿵, 하고 둔탁하고 큰 소리가 나서 깜짝 놀랐죠. 이게 무슨 소린가 해서 가봤더니만…….
그……. 사람이 떨어졌더라고요.”

“혹시 위를 쳐다보셨나요?”

검사가 관리소장에게 한 발짝 가까이 다가가며 예리한 눈으로
물었다.

“네, 본능적으로요. 위를 보니까 옥상에서 키리에가 아래를 내
려다보고 있더라고요. 이거 일 났다 싶었죠.”

“피고를 알고 있었나요?”

“아, 그럼요! 레드 플래그 모임 사람들도 다 아는걸요.”

“레드 플래그요?”

“아, 키리에가 진행하는 5길 26구역 치유 모임입니다. 우리 아
파트에 그 모임 하는 사람들이 다 있거든요. 김덕구 할아버지, 토
비 그리고 레나 이렇게요!”

관리소장의 발언에 비키는 패드에 무언가를 적어 내려갔다. 검
사는 그런 비키가 신경 쓰이는지 흘깃 쳐다보다 계속 신문을 이
어갔다.

“증인은 피고가 떨어진 윤레나 양을 옥상에서 내려다보고 있었
다고 증언해주셨습니다. 그 이후에 어떤 일이 있었죠?”

“순간적으로 얼어버려서 그대로 키리에를 본 채로 서 있었는
데, 누가 소리치면서 다가오더라고요. 그때야 퍼뜩 정신이 들었습
니다.”

“임혜주 씨였겠네요.”

“네, 네…….”

그 뒤 검사가 몇 가지 더 질문했지만, 그다지 특별한 말은 나오지 않았다.

"안녕하십니까, 좀 전에 말씀하신 레드 플래그에 대해서 여쭤보고자 합니다."

검사의 신문이 끝나고, 이번에는 반대신문을 위해 비키가 걸어나왔다.

"크흠, 네."

"레드 플래그 회원들을 잘 아시는 것 같더군요."

"네, 그럼요! 맨날 옥상에서 모여가지고 텃밭도 가꾸고, 그 커뮤니티 룸에서 애기도 하고 뭐 그랬으니까요. 오며 가며 같이 있는 걸 자주 봤죠."

"사이가 좋아 보였다고 느꼈다는 말씀이시죠?"

"나쁠 게 뭐가 있었겠어요. 제가 멀리서 보기로는 가족처럼 가까워 보였습니다."

"보통 사람들이 피고를 로봇이라고 부르는 것과 달리, 증인은 키리에라고 이름으로 부르더군요."

"아, 그야……."

비키의 질문에 관리소장은 말을 흐리며 피고석에 앉은 키리에를 쳐다봤다. 아직도 키리에가 그런 짓을 저질렀다는 게 믿기지가 않는다는 얼굴이었다.

"그럴 행동을 할 사람이……. 아니, 로봇이 아니니까……."

관리소장이 마른 입술에 침을 묻히며 고개를 떨어뜨렸다.

"이의 있습니다. 변호사는 본 사건과 전혀 관계없는 질문을 하고 있습니다.”

검사가 또다시 벌떡 일어서자 비키는 메모해 둔 패드를 쳐다보며 다음 질문으로 넘어갔다.

“목격자인 임혜주 씨와 마주쳤을 때 어떤 대화를 하셨나요?”

“에……. 로봇이 밀어서 딸이 떨어졌다고, 지금 경찰에 신고를 했다고 그런 얘기를 했습니다. 저도 너무 충격을 받아서 정확하게 다 기억이 나지는 않습니다만…….”

“그밖에 다른 말은 없었나요? 기억나는 대로 설명해주세요.”

“그러니까……. 아, 그 옥상에 CCTV 있냐고.”

“경찰 말씀하시는 겁니까?”

“아, 아뇨. 임혜주 씨가요.”

그때 패드 위에 필기를 하던 비키의 손이 멈칫했다.

“임혜주 씨가 옥상 CCTV 설치 여부를 물었다는 말씀이십니까?”

비키가 패드를 내리고 눈을 빛내며 되물었다.

“네, 네. 근데 옥상에는 CCTV 설치를 안 해놨습니다. 안타깝게도 에효……. 이럴 줄 알았으면 그때 덕구 할아버지 말을 들었어야 했는데…….”

“덕구 할아버지라면 레드 플래그 회원인 김덕구 씨를 말씀하시는 겁니까?”

“네. 아휴, 그분이 그 고독부에서 노인들 일자리 확보를 위해 만든 아파트 텃밭 지킴이로 활동하시거든요. 그 할아버지가 그렇게 설치 좀 해달라고 했는데 여차저차 한 이유로 설치를 못 해가지고……. 아니, 근데 왜 키리에는 그날 영상 녹화를 안 해놨대요?"

관리소장이 멀건 얼굴로 비키에게 물었다. 비키가 이의를 제기하자 판사는 고개를 끄덕이며 마지막 말은 빼도록 지시했다. 그 모습에 검사가 입가를 가리고 비웃는 게 비키의 눈에 비쳤다.

내가 묻고 싶은 말이야. 비키가 잇새를 짓이기며 속으로 되뇌었다. 비키는 패드 위에 적어 내려간 이름 석 자 위에 눈을 고정했다. 레드 플래그 회원이었다는 사람, 김덕구. 그를 만나봐야만 할 것 같았다.

13

2040년 6월

　때 이른 장마에 굵은 빗방울이 투둑, 투두둑 유리창을 난타했다. 덕구는 발코니에 깔린 원목 타일 위에 붙박인 듯 서서 목을 빼고 창 너머를 내려다보고 있었다. 하필 복구된 키리에가 방문하는 날이 궂은날이라 마음에 쓰였다. 마지막으로 봤던 짓눌린 머리와 기괴하게 찢긴 키리에의 팔이 계속 머릿속에 아른거렸다. 괘씸한 것들, 덕구가 웅얼거렸다.

　쓰러진 키리에를 발로 찬 이준이 녀석도 녀석이지만, 압착기에 넣어 파쇄해버리자고 했던 사장놈이 가장 고약스러웠다. 언제는 로봇 홍보를 해달라며 집 안으로 들이밀더니만 이제 와서 쓸모없다며 가져간다는 게 아주 밉상이었다.

　'흥, 내가 누군 줄 알고.'

덕구는 그런 밉상들에게 한 방 먹여준 데 흡족해하며 옆에 놓인 벤트 우드 의자에 등을 기댔다. 라운드로 휘어진 팔걸이 위에 손바닥을 갖다 대고 좀 더 등을 밀어 넣자 안락함이 밀려왔다. 잠시 뒤, 깜빡거리던 눈꺼풀이 조금씩 무거워질 때였다.

"비 오니까 좋지 않아?"

난데없는 목소리에 덕구의 눈꺼풀이 홱 치켜 올라갔다. 놀란 얼굴로 등을 꼿꼿이 펴고 좌우를 살피던 덕구는 이내 고개를 떨구었다.

이놈의 아내 목소리는 이렇게 불쑥불쑥 찾아와 사람 속을 할퀴고 달아난다. 하늘나라로 떠난 지 몇 년이나 흘렀는데도 아내 숨결은 늘 옆에서 살아 숨 쉬는 것만 같다. 아내는 유독 비 오는 날을 좋아했다. 비가 주는 차분함과 고즈넉함이 좋다나. 물론 덕구는 이해하지 못했다. 도대체 궂은 날씨가 왜 좋다는 건지.

아내는 비가 오는 날이면 맨발로 혼자 발코니에 서서 떨어지는 비를 바라보곤 했다. 덕구는 끝까지 그 마음을 이해하지 못했지만 언젠가부터 발코니에 원목 타일을 깔았고, 그 위에 편안하게 앉을 수 있는 의자 두 개를 가져다 놓았다.

발도 시린 사람이 그렇게 서 있어. 덕구가 의자를 놓으며 작게 읊조렸던 말은 장마에 금세 묻혔지만, 아내가 작게 웃는 소리는 선명히 들렸다. 덕구는 옆에 놓인 빈 의자를 물끄러미 바라봤다.

"당신 좋아하는 수국은 시원하겠구먼. 이렇게 비가 오니……."

나지막이 말하던 덕구는 이내 끙, 하는 소리를 내며 몸을 일으켰다. 에구 다리야, 비가 와서 그런지 오늘따라 무릎이 더 쿡쿡 쑤셔왔다. 하지만 힘들어도 자꾸만 가라앉는 마음을 일으켜야만 했다. 약속이 있으니까.

오늘은 비가 와서 옥상이 아닌 레나 집에서 모임을 갖기로 했다. 어제 미리 따 놓은 상추와 고추를 좀 나눠줘야겠다고 생각하며 덕구는 주방으로 향했다.

***

레나는 모임을 앞두고 분주하게 집 안을 돌아다녔다. 엄마를 제외하고 이 집에 누군가 들어오는 게 처음이었다. 한 시간 가까이 어질러진 집을 정리하고 청소하자 어느새 이마 위로 땀이 송골송골 맺히고, 등에서는 열이 올라오기 시작했다.

얼추 정리를 마친 레나는 휙휙 고개를 돌리며 다시 한번 거실을 둘러봤다. 혜주는 이 집에 올 때마다 바닥에 있는 물건들을 톡톡 차며 도도한 얼굴로 더러워서 못 살겠다고 말하고는 했다. 오늘 청소하다 보니 그 말이 어느 정도 이해가 되기는 했지만, 그래도 레나는 조금 억울한 면도 있었다. 집 안이 온통 혜주의 취향을 탄 화이트와 아이보리 색상으로 도배가 돼 있어 보기보다 훨씬 더 더러워 보였기 때문이다.

레나는 사실 거실 전체 벽지를 다크그레이색으로 하고 싶었지만 혜주는 그런 의견을 싹둑 무시했다. 대신 예의 그 근엄한 일자 입술을 앙다물고서 가장 평범한 화이트 톤으로 거실을 도배했고, 양모로 된 크림 곡선형 소파를 거실 정 가운데다가 못 박아뒀다. 레나는 고개를 들어 거실 조명등을 쳐다봤다. 풍선 다발을 모아 놓은 듯한 조명이 보였다. 몽글몽글한 감성을 최대한 끌어내려 갖은 애를 다 쓴 듯 보이는, 인위적인 조명등이었다.

'엄마는 이런 인테리어를 하면 내가 좀 더 밝아질 거라 믿었던 걸까.'

뭐든지 평범하고자 노력하는 혜주의 흰 바탕에 유일한 오물이 튄 게 자신인 것만 같아 마음이 무거운 레나였다.

그때 빌 에반스의 재즈 음반 '왈츠 포 데비(Waltz for Debby)'가 거실에서 흘러나왔다. 서둘러 벽면에 붙은 월 패드를 확인한 레나는 방문자의 얼굴을 보고 살풋 웃음을 터뜨렸다. 화면 가득 고양이 눈을 닮은 키리에의 눈이 껌뻑이고 있었다. 녹색과 푸른색이 미묘하게 섞여 들어간 패턴이 영롱하게 반짝거렸다. 레나는 얼른 현관으로 뛰어가 문을 열어젖혔다.

"어서 와, 키리에!"

키리에 발이 현관에 들어오기도 전에 레나가 키리에 얼굴을 감싸 안으며 말했다.

"살아 돌아왔어요."

레나 양팔에 파묻혀 키리에 목소리가 뭉그러졌다. 턱, 그때 두툼한 손이 열린 문틈 사이로 들어오더니 확, 하고 문을 열었다.

"문이 왜 열려 있……, 뭐야! 키리에?"

"키리에!"

덕구가 퉁명스레 말을 맺기도 전에 덕구의 팔 밑으로 토비가 달려오더니 그대로 키리에를 와락 끌어안았다. 키리에는 하마터면 고꾸라질 뻔했지만, 이내 웃으며 토비의 머리를 쓰다듬었다.

"다들 안으로 들어오세요!"

레나가 크게 손짓하며 셋을 집으로 들였다. 반가운 얼굴들 덕분에 마음 깊숙이 스미던 우울이 한결 가신 듯했다.

"키리에, 이제 괜찮은 거야?"

거실로 들어온 토비가 뭉그러졌던 키리에 얼굴에 손가락을 가져다 대며 물었다.

"다시 만날 수 있어 정말 반갑습니다. 토비, 하마터면 제 몸이 쓸만한 합금 재질과 배터리를 제외하고 모조리 파쇄될 뻔했습니다."

"허……."

남의 이야기도 아니고 자기가 폐기될 뻔한 일을 아무렇지 않게 주절주절 말하는 키리에를 보자 덕구의 입이 망연하게 벌어졌다.

"미안해, 나 때문이야."

토비는 미안한 듯 고개를 푹 숙였다. 하지만 키리에는 아무렇지 않다는 토비의 다친 손을 어루만지며 물었다.

"토비는 괜찮습니까?"

"나는 괜찮아. 아, 맞다! 내가 모두에게 주려고 선물을 가져왔어. 여기."

그때 뭔가 떠오른 토비가 거실 테이블 위에 올려둔 가방에서 커다란 종이를 주섬주섬 꺼내 흔들었다.

"무엇입니까?"

키리에가 종이를 받으며 물었다.

"가족 그림이야. 내가 그린 거."

토비가 뿌듯하게 가슴을 펴고 말했다. 종이에는 사람 넷과 로봇 하나가 서로 손을 맞잡은 채 웃고 있었다. 그림을 보는 키리에의 입가에 잔잔한 미소가 그려졌다.

"덕구 할배, 레나 누나, 나, 엄마. 그리고 이게 키리에!"

토비는 그림에 하나하나 손가락을 가져다 대며 설명하기 시작했다.

"제게 심장이 있군요?"

키리에가 동공을 키우며 물었다. 그림 속 키리에의 몸통 중앙에는 엉성하게 생긴 빨간 하트가 그려져 있었다.

"그럼! 가장 멋지고 쿨한 심장을 가졌지!"

덕구와 레나도 키리에의 머리 너머로 그림을 감상했다. 어설프게 그려진, 굵고 얇은 직선과 동그라미 형상만으로도 누가 누구인지 분명히 알 수 있었다.

"진짜 가족사진 같네. 아 참! 내 정신 좀 봐. 다들 주려고 과일 사놨었는데. 잠깐만요!"

잠잠히 그림을 내려다보던 레나가 급히 몸을 일으켜 주방으로 걸어갔다. 덕구도 뒤따라 들어가 식탁 위에 천 바구니를 툭 올려놨다.

"레나! 이거 집에서 가져온 거여. 나중에 잘 씻어서 먹어."

"엇, 할아버지 취향이 이렇게 화려하신 줄은······."

레나가 화려한 꽃무늬로 장식된 천 바구니를 보고는 피식 웃음을 터뜨렸다.

"길담시장에서 준 거 받아 온 거야."

덕구는 말허리를 자르며 바구니에 찍힌 길담시장 마크를 가리켰다.

"아……. 근데 안에 든 건 뭐예요?"

"텃밭에서 어제 따온 거."

덕구가 천 바구니에서 상추와 고추를 꺼내며 말했다.

"와, 이거 진짜 먹을 수 있는 거예요? 마트에 진열된 것만 사서 먹어서……."

레나는 믿기지 않는다는 듯 눈을 동그랗게 뜨고 쳐다봤다.

"아, 그럼 못 먹는 거 줬을까 봐?"

덕구가 툴툴대며 레나에게 상추와 고추를 건넸다. 레나는 과일을 씻으려 물을 틀어둔 싱크대에 그것들을 그대로 던져 넣었다.

"과일 씻는 김에 상추랑 고추도 같이 씻어야겠어요!"

"아니, 가져온 걸 지금 다 씻게? 한번에 다 씻어 놓으면 빨리 먹어야……."

뒤늦게 그 모습을 본 덕구는 레나에게 다가가려다 멈칫했다. 소매를 걷어붙이고 과일을 씻던 레나의 손목 위로 여러 개의 선이 그어져 있었기 때문이다. 레나는 덕구가 자신의 손목을 쳐다보고 있음을 깨닫고는 급히 소매를 내려 손목을 가렸다.

"거실에 앉아 계시면 과일 갖고 나갈게요!"

레나는 애써 괜찮은 척하려 했지만, 숨기지 못한 떨림이 목소리에 고스란히 드러났다. 두어 번 입을 뻐끔거리던 덕구는 더 이상 할 말을 찾지 못하겠다는 듯 어기적거리며 거실로 향했다.

소파에 앉은 토비는 그동안 할 말이 많았는지, 키리에한테 재잘거리느라 바쁜 눈치였다. 반면 옆에 앉은 덕구는 미동도 없이 가만히 의자에 앉아 있었다. 조금 전 봤던 레나의 상처가 눈에 맴돌아 둘의 대화가 도통 귀에 들어오지 않는 탓이었다.

잠시 뒤, 레나가 과일을 들고나왔다. 얇은 레나의 손목은 긴 소매에 묻힌 채였다. 모두 모이자 키리에가 손을 비비며 모임을 시작했다.

"오늘 레드 플래그 모임은 굉장히 특별하네요! 하마터면 폐기될 뻔한 제가 다시 돌아와서 하는 첫 모임이니까요! 하하. 다들 잘 지내셨나요? 언제나처럼 우울증 약을 복용하거나, 손가락을 베이고, 유골 반지를 봤다고 소리 지르거나 텃밭을 난장판으로 만들면서 지내셨나요?"

키리에가 맑은 눈으로 입꼬리를 올린 채 물었다. 키리에를 제외한 셋은 얼빠진 얼굴로 서로를 쳐다봤다.

"풉."

잠시 뒤 적막을 찢고 먼저 웃음을 터트린 건 다름 아닌 레나였다. 그리고 보니 그동안 참 많은 일이 있었다. 다들 이렇게 특이한데도 첫 모임 때 괜찮게 사는 것처럼 보이려고 눈치 봤던 게 떠오르자 레나 자신도 모르게 웃음이 비어져 나왔다.

"레나는 즐거운 일이 있었나요? 저에게도 알려주겠어요? 같이 좀 즐겁고 싶습니다."

키리에가 눈을 빛내며 물었다.

"다행히 머리나 어디에 이상은 없는가 보네. 걱정했는데 잘 복구돼서 왔구먼!"

한결 풀어진 레나의 얼굴에 안심된 듯 덕구 역시 푸근한 미소를 지으며 말했다.

"허억? 저를 걱정했습니까?"

처음으로 듣는 듯한 따스한 말에 키리에가 감격스러움과 측은함 사이의 표정을 지으려는 듯 얼굴을 구겼다. 그래도 전보다는 한층 자연스러워 보이는 게 수리하면서 표정 묘사가 업그레이드된 듯했다.

"걱정했어, 우리 모두 다."

토비가 키리에의 손 위에 자신의 손바닥을 얹으며 말했다.

"다들 가상 시위까지 하면서 저를 보고 싶어 하셨다고 들었습니다. 처음에 그 소리를 들었을 땐 '이게 웬일?' 하며 깜짝 놀랐습니다!"

키리에가 눈, 코, 입을 최대한 크게 벌리고 두 손으로 입을 가리며 놀란 듯한 제스처를 취했다. 그 말에 셋은 또 피식하고 웃음을 터뜨렸다.

"데이터가 잘 복구돼 기억할 수 있어 다행이었습니다. 메모리데이터에 저장된 기억이야말로 제가 살아 있다는 증거니까요!"

"기억이 있어야 살아 있는 거야?"

토비가 흥미롭다는 듯 탁자 위에 팔꿈치를 얹으며 되물었다.

"제 기억 속에는 레드 플래그가 있습니다. 함께 했던 시간이 있고, 그 위에 쌓아 올려진 감정들이 있습니다. 제게는 그게 살아 있는 증거입니다. 기억할 수 있는 데이터가 사라지면, 그 당시의 저도 사라지는 거니까요."

말을 마친 키리에가 무언가를 찾는 듯 두리번거렸다.

"뭐 필요해?"

"혹시 이 빈 잔을 제가 사용해도 괜찮습니까?"

"어? 어, 근데 그건 왜…….'

바닥에 놓인 빈 컵을 들어 올리며 키리에가 묻자 레나는 이해가 안 간다는 듯 고개를 갸웃했다.

"이번에 제닉스 로보틱스에서 음용 기능을 새로 패치해줬습니다. 그렇다면 사용해보는 게 인지상정! 저의 무사 복귀를 기념하며 건배하는 건 어떨까요?"

키리에가 빈 컵에 주스를 따르며 활기차게 말했다.

"참 로봇 회사도 열심히들 산다, 아주 가지가지 하는 구만."

덕구가 앞에 놓인 커피잔을 들어 올리며 말했다.

"덕구 님, 치얼스!"

키리에가 커피잔에 컵을 살짝 가져다 붙이며 말했다. 갑작스러운 동작에 덕구는 얼이 빠져 키리에를 쳐다봤다. 저런 기능은 도대체 누가 추가하는 걸까.

"치얼스!"

토비가 키리에를 따라 엉덩이를 들썩이며 오렌지 주스가 담긴 잔을 갖다 댔다. 그러고는 레나에게도 얼른 잔을 들라며 채근했다. 그 모습에 레나도 이어 잔을 들어 올렸다.

"치얼스."

부딪힌 네 개의 잔에서 쨍하고 하나 된 소리가 흘러나왔다.

"캬! 있죠, 저 레드 플래그 모임이 너무 좋아요!"

주스 한 잔에 이렇게 진심을 쏟아낼 수 있다는 게 영락없는 9살이었다. 토비는 침까지 튀겨가며 말을 이었다.

"왜냐면, 왜냐하면 몰리가 날 못 알아봤을 때도 레드 플래그에서 다들 위로해줬죠, 덕구 할아버지가 나비 키워주는 것도 도와주죠, 또 어른처럼 날 지켜주는 키리에도 만났죠, 그리고 혼자는 못 타는 시소를 같이 타 주는 레나 누나도 있잖아요. 그죠?"

말을 길게 해 목이 마른지, 토비가 손에 쥔 주스잔을 벌컥벌컥 들이켰다. 토비의 턱으로 주스가 주르르 흘러내렸다. 그 모습이 못마땅했던 덕구가 미간을 구긴 채 무어라 말을 꺼내려 할 때였다.

"덕구 님도 하실 말씀이 있으신가 보네요! 함께하는 모임이 어떠셨나요?"

칠칠맞지 못한 토비에게 잔소리하려 입을 뺑긋했을 뿐이었는데, 이상하게 말려버린 덕구가 끙, 하며 말을 골랐다. 잠시 생각할 시간이 필요했다. 로봇 파손죄라는 우연한 사고로 인플루언서까지 돼 레드 플래그라는 모임까지 하게 될 줄은 꿈에도 몰랐다. 처음에는 이 자리가 몸서리칠 만큼 싫었는데…….

덕구가 시선을 옆으로 돌려 발코니를 바라봤다. 바깥에는 여전히 비가 세차게 내리고 있었다.

"그냥……. 같이 비 내리는 걸 볼 수 있어서 좋구먼."

덕구의 말에 여섯 개의 눈이 창밖으로 향했다.

"그렇네요. 저도 비 구경하는 거 좋아하는데……."

레나가 웅얼거리며 나직이 말했다.

그 말에 덕구가 고개를 돌려 키리에와 토비 그리고 레나를 번갈아 쳐다봤다. 아내가 떠난 후로 늘 혼자였던 곁에 누군가가 있다는 게 새삼 어색했다.

'뭐, 혼자보다는 낫고만.'

다시 창밖으로 시선을 두는 덕구의 얼굴은 한결 부드러워져 있었다.

"덕구 님이 비 내리는 걸 좋아한다는 사실을 알게 됐네요! 이제부터 일기 예보 체크해서 비 오는 날은 덕구 님 집에 찾아가도록 하겠습니다."

키리에가 말했다.

"레나는 어떤가요?"

"응?"

"레드 플래그 모임에서 유익한 시간을 보내고 계신가요?"

연신 깜빡이는 키리에의 눈망울은 잔뜩 기대에 부풀어 있었다.

"나는…….."

레나 역시 오른손 엄지와 검지로 왼쪽 손목을 그러쥐며 잠시 생각에 잠겼다. 그저 습관적인 행동이었을 뿐이지만, 덕구의 시선이 반사적으로 레나의 손목에 묶였다. 조금 전에 봤던 자해의 상처들이 또렷하게 떠올랐기 때문이다.

그러고 보면 레나가 이 모임에서 자신의 상태를 분명히 말해준 적이 있던가, 덕구가 입을 굳게 앙다물었다. 챙겨 먹던 우울증 약, 옥상 난간에 위태롭게 매달려 있던 모습, 네펜테 의료센터에서 혜주와 말다툼하던 장면이 하나하나 사진처럼 흘러갔다.

"처음에는 이모칩 연구 때문에 모임에 참여했지만, 모두와 함께할 수 있었던 게 큰 행운같이 느껴져요. 사실 전……, 연구보다 친구가 필요했거든요. 키리에를 처음 봤을 때부터……, 그래서 지금이 너무 좋아요. 다들 친구처럼 또 가족처럼 함께해서요."

레나가 빙그레 웃으며 말했다.

"캬! 그렇다면, 또 치얼스! 어? 내 쥬스……."

토비가 빈 잔 위로 입을 뻐끔거리는 모습에 레나가 피식 웃으며 몸을 일으켰다.

"냉장고에 있어, 내가……."

"제가 갔다 올게요!"

레나보다 먼저 엉덩이를 뗀 토비가 전속력으로 주방을 향해 내달렸다.

"……."

잠시 침묵이 흘렀다. 흘러가는 벽시계의 초침 소리만이 유일하게 고요를 깨뜨리고 있을 때 덕구가 불쑥 말을 꺼냈다.

"손목은 왜 그런 거여."

덕구는 말을 뱉고 나서 스스로도 깜짝 놀랐다. 그저 입 안에서 숨이 삐져나오듯 순식간에 벌어진 일이었다. 당황한 덕구가 서둘러 말을 덧붙였다.

"아니, 그러니까 내 말은……."

"손목을 다쳤습니까?"

상황을 알지 못하는 키리에가 고개를 갸웃거렸다.

"말하기 힘들면……."

"혹시 집에 들어올 때 이상한 거 못 느끼셨어요?"

레나는 테이블에 시선을 고정한 채 말했다. 말을 내뱉으려고 하면 입안이 자꾸 말라 몇 번이나 침을 꼴깍 삼켜야 했다. 하지만 이들에게는 말해도 괜찮았다. 할 수 있었다.

"바닥도, 벽지도, 가구도 온통 화이트인데 저는 이렇게 밝은색은 싫더라고요. 어지럽고⋯⋯. 집을 이렇게 꾸민 건 엄마예요. 엄마는 늘 깔끔하고, 단정하고, 깨끗해야 하는 사람이거든요. 전 반대예요. 그래서 거실에 잘 안 나와요. 온통 하얀색뿐인 여기에 앉아 있으면 제가 오점인 것만 같아서⋯⋯. 어울리지 않는 곳에 꿰맞춰진 것 같아서요."

레나가 잠시 말을 멈추고 숨을 골랐다.

"그러다 언젠가부터 손목을 긋기 시작했어요. 이유는 잘 모르겠어요. 그게 왜 손목인 건지도⋯⋯."

담담히, 그리고 나지막이 말하는 레나였지만 옆에 앉은 키리에는 비상 불이 켜진 듯 레나에게 좀 더 다가섰다.

"레나⋯⋯."

"전 그냥 태생부터 우울을 갖고 태어난 것 같아요."

"우울증은 마음의 감기로서⋯⋯."

"그 감기가 십 년째 낫지를 않고 있거든⋯⋯."

키리에가 우울을 정의 내리려 하자 레나가 중간에 말을 뚝 끊었다. 더 부드럽게 말을 꺼낼 방도가 없었다.

"허⋯⋯."

덕구가 긴 한숨을 내쉬었다. 접혀 들어간 이마의 주름이 일자로 깊게 파였다.

"사실 엄마가 이모칩을 연구하게 된 것도 저 때문이에요. 약물 치료며 심리 상담이며 해볼 수 있는 걸 다 해봤는데도 제가 호전 되지를 않아서……."

레나는 말을 얼버무리며 벽에 붙어 있는 전자 캘린더를 흘긋 바라봤다.

"특히 이맘때를 제일 힘들어하셨어요. 6월에는 제가 특히 우울 해졌거든요."

레나를 따라 모두의 시선이 캘린더로 향했다. 달력에는 특이하 게도 23일만 쉴 새 없이 깜빡이고 있었다. 마치 절대 잊어서는 안 되는 날이라는 듯 말이다.

"저기 23일에 표시해놓은 건 뭔가 특별한 일이라도……."

키리에가 검지로 달력을 가리키며 물었다.

"엣, 6월 23일?"

그때 주스를 가득 채워 들고나오던 토비가 키리에의 말에 알은 체했다.

"아빠 기일이에요."

"내 생일인데!"

토비와 레나의 목소리가 하나로 겹쳤다. 둘은 놀라 서로를 쳐 다봤다.

"허 참, 이런 우연도 다 있구먼."

덕구가 희한하다는 듯 헛숨을 뱉었다.

"둘에게 특별한 날이군요! 레나와 토비는 그날 어떻게 보낼 예 정인가요. 제가 알기론 보통 생일이나 기일에는 사랑하는 가족들과 함께 모여 시간을 보낸다고 하던데요?"

키리에도 신기하단 듯 손뼉을 치며 물었지만, 레나와 토비의 표정은 그리 밝지 못했다. 순간 뭔가를 잘못 짚었다는 생각에 키리에의 눈알이 이리저리 굴러갔다.

"그날 나 혼자 있어야 돼. 엄마가 일 때문에 지방에 가거든."

토비가 시무룩해하며 말했다. 로보아이에 있을 때는 그래도 생일 때마다 몰리와 케이크를 먹고 촛불도 끄곤 했었는데, 태린과 함께 살면서는 한 번도 같이 생일을 보내 본 적이 없는 토비였다.

물론 태린이 미안하다면서 생일 전에 파티를 해주긴 했지만 토비는 마음에 들지 않았다. 어찌 됐든 그날은 자신의 생일이 아니었으니까. 토비의 입이 뽀로통하게 튀어나왔다. 레나도 사정이 별반 다르지 않은 듯했다.

"그럼 그날은 친구들과 함께하면 어떨까요?"

"나 친구 없는데?"

키리에의 제안에 토비가 자동반사적으로 답했다.

"아, 왜 친구가 없어? 같이 있을 사람 없으면 할아버지랑 같이 시장이나 가든가!"

친구라는 말에 시무룩해지는 토비의 모습에 덕구가 괜스레 딴청을 피우며 말했다.

"시장이 근처에 있어요?"

단추 같은 눈을 또르르 굴리며 토비가 물었다.

"여기서 멀지 않은 곳에 제법 큰 시장이 있습니다. 덕구 님이 특히 그곳 길담시장을 자주 애용합니다."

"뭐야, 내가 길담시장에 가는 건 어떻게 알았어?"

키리에의 말에 덕구가 숨기고 싶은 걸 들킨 사람처럼 날 선 눈으로 말했다.

"덕구 님 집에 방문했을 때 길담시장 마크가 찍힌 장바구니를 종종 봤습니다. 덕구 님과 관련된 데이터가 제 안에 자산처럼 쌓여 있습니다."

"저⋯⋯. 저도 같이 가도 돼요?"

그때 레나가 불쑥 끼어들었다.

"레나는 아버지 기일이니까 어머님과 함께 시간을 보내야 하지 않나요?"

"아니, 우리 집은 특별히 기일을 안 챙겨서⋯⋯. 이번엔 시장에서 아빠가 좋아했던 음식을 사서 혼자서라도 추모하는 시간 가져볼까 싶은데⋯⋯."

"그렇다면 장 봐 온 음식으로 레드 플래그가 같이 추모하는 시간을 가져도 좋겠네요! 토비의 생일도 축하하고요."

"저, 정말?"

키리에의 말에 레나의 눈이 크게 떠졌다. 함께 추모해줄 거라 생각하지 못했기 때문이다. 혜주조차 함께하지 않는데⋯⋯. 레나는 마음 한쪽이 뭉근해지는 기분이었다.

"와! 그럼 제 생일날을 가족이랑 함께 보내는 거네요?"

토비가 한껏 신이 난 듯 방방 뛰며 기뻐했다.

"가족?"

"왜냐면, 왜냐하면⋯⋯. 여기! 제가 그린 가족 그림에 있잖아요! 덕구 할배, 레나 누나, 키리에, 나!"

토비가 아까 보여줬던 그림 위에 손을 얹으며 큰 소리로 말했다.

"후훗, 진짜, 맞네."

레나는 토비를 따라 종이 위의 얼굴들을 하나하나 짚으며 옅은
미소를 그렸다.

***

같은 시각, 슬기가 내민 종이를 훑어본 혜주가 날 선 눈으로 쏘
아붙였다.

"그래서, 뭔 자료를 더 달라는 거야?"

"그게…… 아직 국내에서 뇌에 직접 칩을 이식하는 걸 허가받
은 사례가 없다 보니까 다방면에서 요구되는 자료가 많아서요.
2차 임상은 실제 인간을 대상으로 수술해야 하다 보니 적합한 피
험자를 찾기도 어렵고 또 피험자에게 허락을 받는데도 필요한 서
류가 상당히 많아요."

슬기의 목소리가 끝으로 갈수록 점점 더 희미하게 작아졌다.
두뇌에 감정을 조절할 수 있는 칩을 임플란트한다는 건 높은 리
스크를 감당해야 하는 일이었다. 지금까지 많은 투자금을 받고
비용을 들여 임상을 감당해왔지만, 시판 직전에 이른 지금까지도
여전히 벽은 높았다. 날마다 요구하는 문서 제출 요청서들이 쌓
여간다는 건 그만큼 상용화가 늦어진다는 의미였다.

"정신과에서는? 하겠다는 환자는 없어?"

"약물 치료나 상담이 아닌 개두수술인 데다가 임상시험이다 보니 굳이 리스크를 가져가고 싶어 하는 환자분은 드물어서요……, 지금은 열여섯 분이 고민 중이라고 연락받았어요."

"흐음……. 큰일이네. 나도 알아보고는 있는데……. 그 왜, 너도 알지? 정신질환자들 모아서 심리 치료 활동하는 레드 플래그라는 모임 말이야. 제닉스 로보틱스에서 이번에 치유 휴머노이드 상용화를 위해 거액 들여서 지역구별로 정신질환자 명단을 리스트업해놨더라고."

"아, 레나한테 들었어요. 시범적으로 운영하는 첫 번째 모임에 참여하게 됐다고……."

"레나가 참여하고 있으니까 거기를 좀 뚫어볼까 했거든. 임상만 성공하면 제닉스 로보틱스랑 연계해서 이후로도 명단에 있는 사람들까지 잠재적 고객으로 넓혀볼 수 있으니까. 뭐 서로 윈윈할 수 있는 거잖아. 제닉스 로보틱스는 사회에 문제 되는 정신질환자들을 치유 로봇으로 잘 케어해서 회복시켰다고 마케팅할 수 있어 좋고, 우리는 집도할 수술 환자들 숫자 채워서 좋은 거고. 그건 그렇고, 그쪽에서 요청한 자료 좀 가져와 봐. 수술 자체에 대해서는 별다른 말 없는 거지?"

혜주가 짜증스러운 얼굴로 팔을 뻗으며 물었다.

"수술 방법 관련해서 두 가지 의견이 왔는데요. 일반 신약 허가와는 다르게 시스템이 칩을 자동으로 조정해주는 것이기 때문에 시스템 자체를 PoC(Proof of Concept, 제품, 기술, 정보 시스템 등이 조직의 특수 문제 해결을 실현할 수 있다는 증명 과정)해봐야 한다고 하더라고요."

슬기가 아랫입술을 질끈 물면서 말했다.

"다른 건."

"용법과 용량에 대한 안전성 부문에서 시스템이 너무 감정에 예민하게 반응하고 작동한다는 의견서가 왔어요."

"하! 시스템 민감도가 높다?"

"네. 그런데 이 부분은 제가 교수님께도 몇 번 건의드렸던 내용이에요. 물론⋯⋯."

"정신질환자들이잖아."

혜주가 슬기의 말허리를 툭 끊고 말했다.

"네?"

"슬기 씨는 모르겠지. 내가 우울증 가진 딸을 둔 엄마로서 말해 볼까? 정신질환자들은 확증 편향이 강해. 똑같은 상황을 맞닥뜨려도 끝없이 곱씹고, 곱씹고, 곱씹고! 하강나선을 돌려. 파괴되고 싶어 환장한 사람들처럼."

슬기는 입을 굳게 닫았다. 혜주의 신경이 날로 날카로워지고 있었다. 이럴 때는 말을 아껴야 했다. 처음에는 딸을 위해서 시작했던 연구였지만, 투자 회사들이 모이면서, 혜주가 처음 이모칩을 개발하고자 했던 목적은 멀어져가고 있었다. 옆에서 함께 연구하면서 슬기는 그 변화를 누구보다 잘 느낄 수 있었다.

"아무리 대충 추산해도 후기 임상에 필요한 돈만 600억이 넘어. 인투바이오칩 대표도 지금 이 사업에 혈안이 돼 있다고. 그러니 그딴 데 신경 쓸 게 아니라⋯⋯."

지잉, 그때 책상 위의 휴대폰 화면에 '인투바이오칩 대표 김일영'이라는 이름이 떴다.

"젠장."

혜주가 휴대폰을 부실 듯이 노려봤다. 양반은 못 되는 사람이었다. 혜주는 휴대폰을 받아들며 다급히 방을 나섰다.

"흐음…… 이게 다 돈 냄새구먼."

병원 로비에 도착한 일영은 크게 숨을 들이쉬었다.

"대표님, 어쩐 일로 연락도 없이 오셨어요."

그때 혜주가 저만치서 다가와 일영에게 인사를 건넸다.

"아휴, 우리 임 교수 고생하는데 커피라도 한잔 대접하려고 들렀지. 병원 카페가 저기 맞지?"

일영은 너스레를 떨며 먼저 성큼성큼 걸어갔다. 혜주는 급작스럽게 들이닥친 일영이 맘에 들지 않는 듯 입술을 깨물며 그 뒤를 따랐다. 무슨 꿍꿍이일까, 괜스레 불안해졌다.

"알지? 이번 설명회 통해서 얻은 투자금만 어림잡아도 300억이야."

커피를 주문하고, 혜주가 의자에 앉기도 전에 일영이 급히 말을 꺼냈다. 혹시 못 들었을까 친절하게 손가락 세 개를 펴서 혜주 얼굴에 가져다 대기까지 했다. 그럼 그렇지, 혜주가 작게 미소를 띠며 끄덕였다.

"아, 네. 성공적인 투자 설명회였네요."

"내가 그래서 요즘 은행, 투자자, CMO, CRO하고 파트너십 맺느라고 아주 여기 뛰고 저기 뛰고 바빠, 아주."

일영이 거드름을 피우며 의자에 등을 기댔다. 튀어나온 배 때문에 간신히 버티고 있는 셔츠 단추들에서 눈길을 거두며 혜주는 다시 억지웃음을 지었다.

"대표님께서 고생이 많으시네요."

"그래서?"

"네?"

일영이 한쪽 다리를 꼬아 올리면서 혜주를 쳐다봤다. 광대뼈 위로 번들거리는 기름이 안 그래도 튀어나온 그의 광대를 더 부각했다.

"나만 판 깔고 개고생하면 뭐 해? 후기 임상 개시는 언제 되는 거야?"

"……."

딸깍, 때마침 종업원이 주문한 커피를 테이블에 내려놓았다. 혜주는 커피잔의 김이 굳은 얼굴을 가려주길 바라며 잔을 들었다.

"아무래도 후기 임상은 수술이 필요한 시험이다 보니 피험자를 찾는 데 시간이 좀……."

"임 교수! 나만 채비를 끝내면 뭐 하나? 잠깐만, 설마 저번 임상에서 부작용 좀 나왔다고 미적대는 거야?"

조금 전의 실실거리는 모습은 어딜 가고 일영은 노기 어린 세모눈으로 혜주를 노려봤다. 이게 그의 본심이리라. 남우주연상을 받아도 모자람 없을 것 같은 그의 표정 변화에 혜주는 소름이 끼쳐 닭살이 올라왔다.

"조금만 기다려주세요. 후기 임상은 실제로 사람을 대상으로 수술이 진행되다 보니 추가 자료 요청도 많이 들어오고 있어요."

"사람 참……. 이래서 같이 일하겠나. 아니, 나보다 똑똑해서 의사 된 사람이 왜 이래?"

일영은 답답하단 듯 앞에 놓인 커피를 벌컥벌컥 들이켰다.

"숫자 조합하는 게 어려워? 이봐요, 임 교수. 우리가 하는 임상은 실패할 수가 없어. 왠지 알아? 임상시험자들이 죽어 나가든 말든 원하는 데이터가 나올 때까지 하면 그만이니까!"

"저, 대표님?"

혜주가 주위의 눈치를 살피며 일영을 제지했다. 환자와 의료진이 널린 병원 안에서 말하기엔 예민한 주제였다. 다행히 관심 있게 듣는 사람은 없는 듯했다.

"아무튼! 최대한 빨리 임상시험할 수 있는 사람들 모으고, 최대한 빨리 임상시험하고, 최대한 빨리 숫자 꿰맞춰서 승인받고. 돈 좀 벌자고요, 임 교수님?"

일영은 마지막까지 그렇게 쏘아붙이고는 제 할 말 다 했다는 듯 자리에서 일어났다. 그러고는 혜주의 어깨를 툭툭 치고는 거침없이 카페를 나섰다.

"……."

덩그러니 남은 혜주는 일영이 먹다 남기고 간 지저분한 커피잔을 내려다봤다. 혜주는 휴대폰을 꺼내 들고 스케줄을 확인했다. 빽빽이 짜인 일정에 유일하게 비는 하루에 눈이 고정됐다. 23일, 남편의 기일이었다. 혜주는 레나의 번호를 누르고 문자를 보내기 시작했다.

14

2040년 6월 23일

"제리! 오늘 날씨 알려줘!"

길담시장을 가기로 약속한 날, 뜬눈으로 밤을 설친 덕구는 해가 뜨자마자 날씨를 확인했다.

"네, 6월 23일 최저 기온은 17도, 최고 기온은 29도로 평년보다 높겠습니다. 또한, 내륙을 중심으로 낮과 밤의 일교차가 12도 내외로 크겠으니, 건강관리에 유의하기 바랍니다."

아침부터 들려오는 큰 목소리에 잠을 깬 휴대폰이 맑은 음성으로 대답했다. 덕구는 침대 아래로 힘차게 두 다리를 내렸다. 그러고는 평상시 습관대로 핸드폰 화면을 톡톡 건드렸다. 문자 메시지함은 평상시처럼 비어 있었지만, 오늘은 웬일인지 한숨 대신 콧노래가 나왔다.

덕구는 평상시보다 더 큰 걸음으로 성큼성큼 베란다로 걸어가 창고에서 바퀴 달린 핸드 카트를 꺼내 들었다. 아내와 종종 장을 볼 때 가지고 나갔던 손때 묻은 카트는 오랫동안 사용하지 않아서인지 먼지가 소복이 쌓여 있었다.

"후우!"

덕구는 먼지를 털며 밸크로 처리가 된 가방 덮개를 열어 안으로 고개를 들이밀었다. 모서리 끝에 할인 전단지가 구겨진 게 보였다. 덕구는 전단지를 집어 들었다. 아내는 늘 이렇게 장바구니 안에 할인 전단지를 넣어 다니고는 했다.

아내는 시장에서 장 보는 걸 좋아했다. 특히 덕구와 함께 장을 볼 때면 딱히 말은 하지 않아도 입이 귀에 걸렸었다. 이렇게 먼저 떠날 줄 알았더라면 더 자주 함께할걸……. 떠오르는 아내 얼굴에 덕구는 마음이 뭉그러지는 듯했다.

덕구는 잠시 카트를 쓰다듬다가 현관 앞에 둔 뒤, 이번에는 옷장으로 갔다. 그리고 어제 미리 골라 놓은 리넨 재킷과 감색 줄무늬 셔츠 그리고 먹색 카고 바지를 꺼냈다.

"흐음……."

셔츠를 집은 덕구는 생각에 잠겼다. 어제는 괜찮아 보였는데 오늘 보니 또 이상한 것 같기도 했다. 덕구는 줄무늬가 들어간 셔츠를 좋아했지만, 아내는 그렇지 않아도 큰 몸이 더 커 보인다며 고개를 젓고는 했었다. 옷을 어깨에 가져다 대어 보니 오늘따라 정말 곰처럼 보였다.

덕구는 결국 아내가 좋아하던 네이비 라운드 티를 입기로 했다. 라운드 티를 걸치며, 덕구의 고개가 화장대로 향했다. 디스플레이된 아내의 웃는 사진들이 보였다.

"다른 사람이랑 시장 간다고 너무 서운해 말어."

덕구는 방을 나서기 전 화장대 거울을 매만지며 읊조렸다.

거실로 나와 소파에 푹 기대어 앉은 덕구는 장 볼 것들을 미리 적어 볼까 해서 휴대폰을 들었다가 이내 내려놓았다. 오늘은 굳이 장 볼 물건이 없다는 걸 깨달았기 때문이다. 그런데도 왜 이렇게 시장 가는 게 기다려지는 건지, 스스로도 도통 알 수가 없었다.

덕구는 고개를 빼 들고 시계를 쳐다봤다. 아직 만나기로 한 약속 시간까지 한참이나 남아 있었지만, 덕구는 결국 참지 못하고 몸을 일으켰다.

현관에 세워 둔 핸드 카트를 끌고 집을 나온 덕구는 앞집을 흘긋 쳐다봤다. 토비가 준비를 다 했는지 확인하고 싶었지만, 한 시간이나 일찍 나온 티를 내고 싶지 않았기에 참고 엘리베이터 버튼을 눌렀다.

"날씨 좋네."

아파트를 나온 덕구는 화단을 따라 어슬렁어슬렁 걷기 시작했다. 하얀색 치즈를 얇게 슬라이스한 듯 흐드러진 이팝나무가 선선한 바람에 살랑였다.

"응?"

얼마나 걸었을까, 턱을 꾹 다물고 몇 바퀴나 아파트 주변을 걷던 덕구의 눈에 작은 움직임이 보였다. 집중해서 보니 매서운 덕구 못지않은 눈매를 가진 고양이 두 마리가 나무 아래 앉아 있었다. 덕구와 고양이들은 말없이 서로에게 잠시 눈을 부라렸다.

"뭐 인마."

몇 분의 시간이 흐르고, 결국 덕구가 툴툴거리며 시선을 돌렸다. 시선을 맞받아치는 고양이들의 눈길이 괜스레 시장 나들이에 설레 일찍 나온 자신을 한심하게 보는 듯했기 때문이다.

"할아버지!"

그때 토비의 목소리가 멀리서 들려왔다. 고개를 돌리니 아파트 입구에 서서 손을 흔드는 레나와 토비가 보였다. 어느새 약속 시간이 다 된 모양이었다. 토비는 물론이고 레나도 평소보다 기분이 좋아 보였다. 부스스한 곱슬머리를 풀어헤치고 다니던 평소와 달리 오늘은 긴 머리를 단정하게 하나로 묶어 올리고 있었다.

"다 나왔구만! 키리에는?"

"저 여기 있습니다!"

때마침 키리에도 저 멀리서 휘적휘적 뛰어왔다. 회색 아노락 트레이닝복을 입고 크로스백까지 덜렁거리며 달려오는 모습이 귀엽고도 웃긴지 레나가 풉, 하고 웃음을 터뜨렸다.

"왜 늦어!"

덕구가 우렁차게 목성을 높였다.

"네? 아직 약속 시간 5분 전인데요?"

키리에가 자기 몸통 가득 디지털시계를 띄우며 억울하다는 듯 우물거렸다. 몸통에는 '10:55'이라는 표시가 봐달라는 듯 깜빡이고 있었다.

"하여간 로봇은 이래서……. 인간한텐 시간 예의라는 게 있는 거야! 일찍일찍 다녀.”

키리에는 그 말에 억울한 듯 입술을 삐죽였다.

“할아버지가 우리를 빨리 보고 싶었나 봐.”

레나가 그런 키리에 등을 톡톡 치며 위로했다. 덕구는 그 말에 괜히 콧방귀를 뀌며 앞장섰다.

얼마 지나지 않아 넷은 길담시장의 입구에 다다랐다. 길담시장은 덕구가 마지막으로 왔을 때와는 많은 게 달라져 있었다. 길과 주변이 깔끔하게 정돈됐고, 평일임에도 많은 이들이 오갔다.

“저기 왜 사람들이 몰려 있는 거여?”

덕구는 입구 쪽에 몰린 사람들을 보며 이마를 찌푸렸다. 자세히 보니 사람들은 다섯 대의 키오스크 앞에 줄을 서 있었다.

“그러게요. 입장권을 뽑아야 하나?”

레나도 궁금하다는 듯 고개를 갸우뚱했다. 토비는 뭔지도 모르면서 본능적으로 줄이 짧은 키오스크 앞으로 잽싸게 달려 나갔다.

“인기가 많은 음식은 저렇게 미리 키오스크로 예약 주문하여 픽업하거나 집으로 배달시킨다고 합니다.”

키리에가 그사이 빠르게 검색을 마치고 알려줬다.

“언제 저런 게 생겼지.”

덕구는 이마에 일자 주름을 그리며 키오스크를 쳐다봤다. 키리에와 함께 키오스크를 사용해본 뒤로 한결 익숙해졌지만, 기다리는 사람들이 많다 보니 괜스레 긴장됐다.

“덕구 님, 너무 긴장하실 것 없습니다.”

덕구의 불안을 눈치챘는지 키리에가 빙긋 웃으며 말을 건넸다.

"흥, 내가 뭘……."

"할아버지! 여기예요!"

그때 토비가 손짓하며 덕구를 불렀다. 어느덧 토비의 앞에는 몇 명밖에 남지 않았다. 덕구, 레나, 키리에는 줄을 선 토비의 곁으로 가 섰다. 얼마 지나지 않아 차례가 다가왔고, 덕구는 뒷짐을 진 채 고개를 갸웃거리며 찬찬히 화면을 살폈다.

"맛있겠다, 이게 다 인기 먹거리래요."

레나가 침을 꿀꺽 삼키며 말했다.

"저는 이 기름기가 좔좔 흐르는 꽈배기가 제일 맛있어 보이는군요!"

"할아버지, 우리 점심 뭐 먹어요?"

토비가 덕구를 돌아보며 물었다.

"이것 참, 시장은 자고로 돌아다니면서……."

뒷짐을 진 덕구가 화면을 살피며 마음에 들지 않는지 연신 미간을 구겼다.

"어? 솔드 아웃됐어요."

레나가 눈을 크게 뜨며 다급하게 말했다.

"뭐야?"

"인기 있는 건 금방 매진되기 때문에 얼른 선택해야 합니다."

키리에가 옆쪽 키오스크를 살피며 주의를 줬다.

"어엇……."

급박하게 돌아가는 상황에 덕구의 손가락은 키오스크 화면 위를 얼쯤얼쯤 돌아다녔다.

"빨리 주문해야겠다. 나는 '가슴 쭉 피자'에서 고르곤 졸라!"

"난 '붕신집'에서 허니팥 붕어빵 먹을래."

그러는 사이 토비와 레나가 잽싸게 장바구니에 먹고 싶은 음식을 골라 넣었다.

"할아버지는 뭐 드세요?"

토비와 레나가 한목소리로 물었다.

"있어, 거긴 그냥 가면 돼. 내가 맨날 가는 칼국수 집인데……."

"'배 터져도 몰라' 칼국수 집이요?"

"맞는 거 같아. 칼국수 집은 여기 하나거든. 어? 근데 여기 오늘 예약이 다 찬 것 같은데……."

레나가 회색으로 도배된 예약표를 보며 머리를 긁적였다.

"뭐야?"

그 말에 놀란 덕구가 키오스크 화면을 다음으로 넘겼다. 그러자 딱 하나 남은 초록색이 깜빡거리는 게 보였다.

"이거, 이거 빈 거 아녀?"

덕구가 황급히 검지로 초록색 버튼을 누르며 말했다.

"와, 맞아요! 1시 30분에 네 자리 비었어요. 바로 예약하면 될 것 같아요!"

토비가 환호하며 소리쳤다.

"됐어. 봐봐, 된 거지?"

덕구는 혹시라도 자릴 빼앗길까 서둘러 예약 버튼을 누르며 되물었다.

"네, 주문 예약됐습니다. 덕구 님, 이제는 키오스크 척척박사가 다 됐군요? 고무적인 성장입니다. 자, 이제 들어가 볼까요?"

키리에는 덕구를 칭찬한 뒤, 앞장서서 시장으로 들어갔다. 레나와 토비는 기대된다는 듯 그 뒤를 따랐다.

"할아버지! 빨리요, 빨리! 여기 진짜 신기해요!"

그때 어느새 저만치 달려간 토비가 신이 나 펄쩍펄쩍 뛰며 덕구를 불렀다. 그 모습에 덕구는 피식 웃음을 터뜨렸다. 아내와의 추억이 담긴 장소가 변한 건 아쉬웠지만, 자신은 지금 새로운 추억을 쌓아가고 있었다. 덕구는 두 다리에 힘을 주고 뒤를 따라갔다.

"참, 좋아졌구면."

시장 안으로 들어선 덕구는 눈이 휘둥그레졌다. 시장 안은 바깥보다 더 많이 바뀌어 있었다. 예전의 어수선한 모습은 찾아보기 어려웠다. 개별 상점들이 한데 모여 일궈낸 하나의 마을을 보는 것만 같았다. 상점마다 일정한 간격으로 떨어져 있었고, 일정 선 너머로는 상품이 진열되지 않아 다니기에도 한결 편했다.

"많이 좋아졌죠?"

키리에가 가까이 다가와 알은체했다.

"참 나, 예전에 와 본 적도 없으면서."

"오기 전에 시장에 대해 자료 조사를 끝냈습니다. 오? 원래 여기에 호떡집이 있었는데 사라졌군요?"

"그러게. 그 호떡집이 기름기가 쫙 빠져가지고 아내가 좋아했었는데!"

덕구가 사라진 호떡집 대신 자리한 떡집을 손가락으로 가리키며 아쉬워했다.

"덕구 님은 아내 분을 정말 사랑하셨나 봅니다."

그런 덕구를 가만히 보던 키리에가 나지막이 말했다. 덕구는 눈을 동그랗게 뜨고 키리에를 쳐다봤다. 키리에의 옆얼굴은 덤덤했다. 덕구는 로봇한테 이런 말을 듣는 게 생경해 자신이 잠깐 졸아 헛소리를 들은 게 아닌가 싶은 착각마저 들었다. 덕구가 무어라 말을 해야 할지 몰라 입술을 벌릴락 말락 하자 키리에가 덧붙였다.

"물론, 저는 휴머노이드 로봇이라 인간처럼 사랑을 느낄 수는 없습니다. 그저 사람들의 얼굴, 표정, 제스처, 목소리 등을 통해 인지하고 반응할 뿐입니다."

덕구는 그 말을 하는 키리에가 어쩐지 슬퍼 보였다.

"하지만 제게도 사랑에 대한 주관적 경험은 있습니다."

키리에는 걸음을 멈추고 덕구를 바라봤다. 슬퍼 보이던 조금 전과 달리 환해지는 얼굴에 덕구는 자기도 모르게 물었다.

"뭔데?"

"사랑하면 닮는다고 하는데, 제가 요즘 레드 플래그 회원들을 조금씩 닮아가는 것 같습니다."

덕구는 키리에의 말을 이해할 수 없었지만 왠지 그렇다고 해야 할 것만 같았다.

"예를 들어, 불가해한 말을 들었을 때는 덕구 님처럼 이런 표정을 짓습니다."

키리에가 미간을 들어 올리며 이마 위의 다양한 주름들을 일자로 만들려고 노력했다.

"허!"

인정하긴 싫지만 자신과 똑 닮은 모습에 덕구가 피식하고 웃음을 터뜨렸다.

"토비는 말할 때 자신의 감정을 솔직하게 설명해주려고 합니다. 그럴 땐 '왜냐면, 왜냐하면'이라고 말하며 눈과 입술을 동그랗게 맙니다. 이렇게요!"

키리에가 이번에는 토비의 표정을 따라 했다. 얼핏 강아지 같은 얼굴이 토비가 떠오르는 듯도 했다.

"그래서 저도 무언가를 설명해주려 할 때 그런 표정이 튀어나오고는 합니다. 또, 레나는……."

"키리에, 덕구 할아버지!"

그때 레나가 저 멀리서 팔을 크게 휘저으며 둘을 불렀다. 키리에는 마치 거울처럼 그 모습을 따라 하며 팔을 펄럭거렸다.

"여기가 '붕신집'이에요! 빨리 오세요!"

"그래 간다, 가!"

덕구는 평소와 달리 해맑게 웃으며 손짓하는 레나의 모습에 저도 모르게 따라 웃으며 발걸음을 옮겼다. 다시 한번 다 같이 시장에 오기를 잘했다는 생각이 들었다.

넷은 '붕신집'의 인기 메뉴인 허니팥 붕어빵을 나란히 손에 쥐고 시장을 구경했다. 레나는 구경하는 틈틈이 아버지를 위한 동태전, 바람떡, 약과, 배, 사과 등을 샀다. 다행히 덕구가 챙겨온 핸드 카트가 점점 묵직해지는 짐을 잘 감당하며 제 역할을 톡톡히 하고 있었다.

"배고파요. '배 터져도 몰라' 칼국수 집 가요, 이제."

그렇게 한참을 돌아다니던 중 토비가 지친 듯 다리를 조몰락거리며 말했다. 때마침 예약 시간도 가까워진 참이었다.

"가자, 가자."

덕구는 혹여 예약 시간에 늦을까 핸드 카트를 밀며 앞서 걸었다. 얼마 지나지 않아 저 멀리 익숙한 칼국수 집이 보였다. 가게는 점심시간이 조금 지난 시각임에도 사람들로 북적거렸다.

"아주머니!"

가게에 들어서자 덕구가 앞치마를 두른 여자에게 먼저 알은체했다. 칼국수 집은 덕구가 시장에서 가장 좋아하는 맛집으로, 아내랑도 곧잘 와서 먹었던 곳인지라 사장님과도 안면이 있었다.

"어머머, 이게 누구야! 아니, 죽지 않고 살아 있었으면서 이제야 와?"

주인아주머니는 덕구를 보고서는 욕인지 인사인지 모를 말을 건네며 환히 웃었다. 레나는 어른들의 인사는 참 매섭다고 생각하며 입술을 옴짝거렸다.

"아내가 그렇게 되고 시장은 안 오게 되더라고."

덕구가 머쓱하게 웃으며 말했다.

"나 보러 와! 나 보러……. 아니, 근데 웬 로봇? 이 애들은 누구고?"

주인아주머니의 눈길이 곧 덕구의 뒤에 선 키리에와 아이들에게 향했다.

"아, 어쩌다 보니 치유 로봇이 진행하는 모임에 들어가게 됐어, 인사해, 키리에라고!"

"안녕하세요. 저는 5길 26구역에 배치된 치유형 AI 돌봄 로봇 키리에입니다."

"어머, 호호 재미난 친구네."

키리에가 고개를 숙이며 영국 신사처럼 정중히 인사하자 주인 아주머니가 재미있다는 웃음을 터뜨렸다. 레나와 토비도 키리에를 따라 인사했다.

"저기, 찹쌀 수제비 하나하고 칼국수 두 그릇 주셔."

덕구가 구석의 빈자리에 앉으며 주문했다. 주인아주머니는 알았다는 듯 덕구의 등을 톡톡 두드리고는 음식을 준비하러 주방으로 들어갔다.

"시장 진짜 최고예요."

토비가 시끌벅적한 식당 안을 둘러보며 말했다.

"맞아요. 보기만 해도 기운이 나는 것 같아요!"

레나도 자연스레 덧붙였다. 늘 힘없이 나른하게 있거나 기분이 가라앉아 있기 일쑤인 자신과 달리 시장 사람들에게 풍기는 특유의 에너지와 생동감이 부러운 듯했다.

"어이쿠, 다리야……."

하지만 돌아다니며 기운을 충전한 둘과 달리 덕구는 앓는 소리를 내며 무릎을 탁탁 두드렸다.

"무릎 아프세요?"

"걱정하지 마. 나이 들면 여기저기 다 고장 나는 거여."

"할아버지, 그러지 말고 다음에 저랑 같이 병원 가요."

옆에 앉은 레나가 걱정된다는 듯 말했다.

"어엉?"

덕구는 함께 병원에 가준다는 말에 뭐라 대답하지 못하고 쩝, 소리를 내며 시선을 돌렸다. 친자식도 함께 병원에 가 주지 않는데, 뭔가 기분이 묘했다.

"자, 그럼 음식이 나오기 전 막간을 이용해서 선물 증정식 할까요?"

키리에가 묘해지는 분위기를 환기하려는 듯 손뼉을 치며 목소리를 높였다.

"생일 축하해, 토비."

키리에는 크로스백에서 뭔가를 주섬주섬 꺼내더니 토비에게 커다란 선물 상자를 내밀었다.

"우아, 뭐야! 내 생일 선물이야?"

선물을 받아 든 토비의 눈이 동그래졌다.

"내 것도!"

레나도 뒤이어 몰래 숨겨둔 선물을 토비의 손에 쥐여줬다. 덕구는 핸드 카트에서 조심스럽게 케이크를 꺼내 들었다. 곧 케이크에 9개의 초가 꽂혔고, 식당 사람들이 쳐다보는 가운데 생일 축하가 시작됐다.

"생일 축하합니다. 생일 축하합니다."

토비는 미리부터 볼을 빵빵하게 부풀리며 숨을 참았다. 발개진 두 눈에 행복이 가득했다.

"사랑하는 토비의 생일 축하합니다. 와아!"

"후우우!"

토비가 있는 힘껏 초를 불었다. 곧 셋뿐만 아니라 식당 안에 있던 사람들도 함께 박수를 치며 축하해줬다.

"소원은 빌었어?"

"네에엥! 가족과 함께 생일을 보내게 해줘서 감사합니다. 앞으로도 늘 함께할 수 있게 해주세요, 하고 빌었어요! 태어나서 제일 행복한 생일이에요, 오늘이!"

토비가 기쁨에 못 이겨 방방 뛰며 말했다.

"어이고, 애기 생일이었어? 미리 말해줬으면 곱빼기로 만들어 줬을 텐데. 여기, 맛있게 잡숫고!"

때마침 주인아주머니가 김이 풀풀 올라오는 그릇을 내려놨다.

"여기 간장 있으니까 입맛에 맞게 넣으면 돼."

덕구가 그릇을 각자 앞에 가져다주며 친절히 챙겨줬다. 호로록. 곧 테이블에는 음식 넘기는 소리만이 가득 찼다.

"우와, 진짜 맛있어요!"

"후훗, 천천히 먹어."

음식을 양 볼 가득 욱여넣고 오물거리는 토비의 모습에 모두의 얼굴에 배시시 웃음이 그려졌다.

"오늘은 정말이지 특별한 하루네요! 이렇게 다 같이 토비의 생일파티도 하고, 이따 레나 아버지 추모식에도 함께하다니! 괜찮다면 매년 이런 시간을 가져도 좋을 것 같습니다."

"아 맞다……."

키리에의 말에 레나가 잊고 있던 게 떠오른 듯 얼굴을 굳히며 젓가락을 내려놨다.

"아까 엄마가 추모식에 참여한다고 말했잖아요…… 처음 인사하고 같이 식사하기가 불편하겠지만 이해해주세요. 평소에는 아빠 기일을 챙기시지 않는데 레드 플래그 사람들이랑 같이한다니까 갑자기……"

"신경 쓰지 마. 원래 기일에는 가족이 함께해야 맞는 거여. 이참에 같이 인사도 하고 그러는 거지 뭐."

덕구가 별거 아니란 듯 덤덤히 말했다. 토비도 연신 칼국수를 넘기면서도 괜찮다는 듯 고개를 끄덕였다.

"그렇게 생각해주셔서 감사해요."

레나는 그제야 안심한 듯 굳었던 얼굴을 풀고 음식을 먹기 시작했다. 덕구는 고개 숙인 레나를 흘깃 쳐다봤다. 뭔지는 몰라도 어린 녀석이 꽤나 엄마한테서 상처를 많이 받은 눈치였다. 이내 수제비를 한 숟갈 크게 푸는 덕구의 눈에 얼핏 혜주의 얼굴이 스쳤다.

**

"너 어딜 갔다가 이제 와?"

혜주는 고기도 썰 수 있을 만큼 날카로운 눈빛으로 꽥 소리를 질렀다. 장을 보고 돌아온 레나는 손님맞이 준비를 하느라 난장판이 된 거실을 보고는 입을 떡 벌렸다.

"나 레드 플래그 사람들하고 길담시장에서 음식을 좀……"

"그럼 미리 네 방 좀 치우고 나가든지, 우울증 환자인 거 티 내는 것도 아니고 이게 뭐니?"

혜주가 냉장고 문을 열며 말했다.

"왜 갑자기 기일을 챙긴다고 그러는 거예요?"

이렇게 신경질적으로 행동할 걸 알고 있음에도 흔쾌히 같이하자고 한 자신이 후회되는 레나였다. 그저 아빠 기일에 더 많은 사람이 모여 추모할 수 있다는 게 기뻤을 뿐이었는데…….

"이런 거는 도대체 어디에서……. 하…….'

혜주가 뒤늦게 장 봐 온 음식들을 확인하고는 봉투에서 벌레 집듯 하나하나 꺼내 살폈다.

"길담시장에서 아빠가 좋아하는 동태전하고 약과랑 바람떡 조금 샀어요."

레나가 칭찬해주길 바라는 듯 자랑스럽게 말했다.

"먹어도 되는 거니."

그러나 돌아온 건 혜주의 미심쩍은 표정뿐이었다. 레나가 그런 혜주를 물끄러미 바라봤다. 엄마의 태도에 질렸다는 걸 표현하는 방식이었다. 하지만 그러거나 말거나 혜주는 뒤돌아서서 하던 준비를 이어 했다.

혜주는 그 뒤 장장 두 시간 동안 온 집 안 구석구석을 닦고, 쓸고, 치웠으며 동시에 요리까지 준비했다. 레나도 조금 힘이 빠지긴 했지만 혜주를 도와 집을 정리했다.

정해진 약속 시간이 가까워졌을 때, 초인종 벨이 울렸다.

"사람들이 왔나 봐요."

레나가 달려 나가 현관문을 열자 덕구와 키리에 그리고 토비가 나란히 서 있었다. 다들 추모식에 걸맞게 어두운 복장을 하고 있었다. 특히 키리에는 검은색 셔츠에 통이 넓은 슬랙스 바지를 입었는데, 그 모습이 어딘가 낯설고 귀여워 레나는 하마터면 재채기처럼 웃음을 터뜨릴 뻔했다. 레나는 순간 제닉스 로보틱스에서 키리에에게 옷을 몇 벌이나 만들어줬을지 궁금해졌다.

"어쩜 다들 제시간에 맞춰 와주셨네요!"

레나의 등 뒤에선 혜주가 조금 전까지의 짜증스러운 모습은 지우고 미소로 그들을 반겼다.

"안녕하십니까. 그때 병원에서 뵀지요. 김덕구라고 합니다."

"안녕하세요. 임혜주 보호자님. 치유 로봇 키리에입니다."

"저는 켈릭스 초등학교 2학년 2반 최토비예요!"

"반가워요. 어서들 들어오세요."

혜주가 인자하게 웃으며 그들을 안으로 들였다. 덕구, 키리에 토비는 조심스레 집에 발을 디뎠다.

"레나야, 거실 등에 먼지 쌓였잖아. 아까 닦으라니까."

"닦은 거예요."

"저 그림도 치우랬잖아."

"내가 그린 건데……."

혜주는 거실로 안내하는 그 짧은 시간에도 쉴 새 없이 레나에게 핀잔을 줬다. 마치 누구에게 책잡히기라도 할까 미리 시인하듯이 말이다.

"그걸 누가 몰라? 좀 정상적인 그림 좀 걸어둘 것이지……."

혜주가 벽에 걸린 먹색 유화 그림을 짜증스레 노려보며 말끝을 흐렸다. 급격히 냉랭해지는 분위기에 손님들은 어쩔 줄 몰라 주뼛거렸다.

"아, 죄송해요 저도 참. 일단 거실 소파에 앉으세요. 간단히 추모식을 가지고 그 뒤에 같이 식사하시죠."

혜주는 불편한 분위기를 느끼고는 어색한 웃음을 흘리며 분위기를 전환했다. 넷은 혜주의 말대로 거실 소파에 앉았고, 곧 기독교의 추모 예배 순서에 따라 추모식이 시작됐다. 어색했던 첫 만남과 달리 다행히 추모식은 마지막까지 별 탈 없이 흘러갔다.

"마지막으로 레나가 아빠에게 기도하고 끝낼까?"

"알겠어요."

혜주의 말에 레나가 자리에서 일어나 품에서 직접 적은 편지를 꺼냈다.

"사랑하는 아빠, 하늘나라에서 편히 쉬고 계신가요, 아님 땅에 남겨져 마음 붙일 곳 없는 저를 보며 걱정하고 계실까요. 아빠……. 저는 요즘 어떻게 해야 할지 모르겠어요. 다정했던 아빠의 손길과 따뜻했던 말들이 사라진 지금 어떤 걸로 빈 마음을 채워야 할지를요. 어떻게 해야 마음의 균형을 맞출 수 있을까요. 아무리 애써도 감정의 추는 자꾸만 불안과 우울로 기울어요. 어두운 밤이 오면 늘 불안이 찾아와 제 얼굴을 누르고요. 그럴 때면 숨쉬기 버거운 정적이 마치 숨소리마저 잡아먹을 것처럼 들이닥쳐요. 하지만 아빠, 너무 걱정하지 마세요. 반드시 찾아낼 거예요. 균형을 찾는 방법을요. 아빠를 실망시키지 않을게요. 그러니, 아빠도 저를 위해 기도해주세요."

레나는 말 한마디 한마디에 진심을 담아 기도했다. 키리에와 덕구는 레나를 따라 두 손을 가지런히 가슴 앞으로 모아 기도했다. 한편 토비는 덕구를 따라 눈을 감고 있긴 했지만, 아까 전부터 주방에서 나는 맛있는 냄새가 신경 쓰이는지 자꾸만 실눈을 뜨고 주방을 쳐다봤다.

'저게 뭔 자랑이라고……'

혜주는 기도하는 척하며 레나를 한심하다는 듯 노려봤다. 하지만 티 낼 수는 없었다. 그랬다가는 기껏 잡힌 분위기가 엉망이 될 테니까. 조금만 기다리면 됐다. 조금만…….

"자, 이제 같이 식사하실까요?"

그렇게 무사히 추모식을 마치고, 혜주가 밝은 얼굴로 넷을 주방으로 안내했다. 식탁에는 레나가 사 온 음식 말고도 등갈비찜, 참나물무침, 잡채 등 온갖 음식이 상다리가 부러질 듯 차려져 있었다.

"허어! 뭐 이런 걸 다……."

"우아! 맛있겠다!"

"와우, 정말 고생하셨겠군요."

덕구, 토비 그리고 키리에는 진수성찬을 보고 깜짝 놀랐다.

"바쁘신데도 이렇게 와주셔서 감사해요. 이번 기일은 마침 레나와 함께 보내고 싶었는데 여러분까지 함께해주신다고 해서 힘 좀 써봤어요."

혜주가 잔을 들고 수줍게 웃으며 말했다. 그러나 웃고 있는 입과 달리, 눈은 연신 덕구와 토비를 매섭게 관찰했다.

"이거 이렇게까지 준비해주셨는데 다들 빈손으로 와서 죄송스럽군요."

덕구가 혜주에게 감사를 표했다.

"아니에요, 안 그래도 이런 자리를 진즉 마련하고 싶었는데, 마침 기회가 닿아 잘 됐죠. 평소에는 일 때문에 시간 내기가 쉽지 않거든요. 레나와 함께 모임하시는 분들인 만큼 이것저것 궁금한 게 많았거든요."

"궁금한 거요?"

"아 별다른 건 아니고 뭐 그냥, 치유 모임을 하고 여러분 상태에 얼마나 차도가 있나 하는……"

레나는 그 말에 동작을 멈추고 혜주를 뚫어지게 쳐다봤다. 혜주가 실수 되는 말이라도 할까, 온 신경이 곤두서는 레나였다.

"차도라……"

덕구는 혜주가 한 말을 곱씹었다. 그 물음에는 레나에 대한 염려가 아니라 자신과 토비를 마치 불의의 교통사고를 당한 사람처럼 보는 편견 가득한 동정이 담겨 있었다.

"전 요즘 모임 덕분에 많이 웃게 됐어요. 정말 치유 받는 기분이에요."

"레나 네 상태는 됐고."

레나가 불편해하는 덕구의 마음을 눈치채고 수습하려 했지만, 혜주가 단칼에 말을 잘랐다. 레나는 불편함에 심장이 쪼그라드는 것 같았다.

"그럼 제가 레드 플래그 대표로 말씀드리겠습니다!"

그때 키리에가 별안간 일어나더니 발표하듯 손을 들었다.

"아니 키리에, 나는……."

키리에에게 전혀 관심이 없었던 혜주는 당황하며 말리려 했지만, 키리에는 아랑곳하지 않고 위풍당당한 태도로 설명을 시작했다.

"레드 플래그는 위험, 경계해야 하는 사람을 뜻하는 말로, 함께 모인 우리들이 사회에서는 주의 대상일지라도 각자의 결핍을 서로 이해해주고 공감해보자는 의미에서 제닉스 로보틱스에서 만든 치유 프로그램입니다. 처음에는 다들 어색해하고 불편해했지만, 지금은 서로를 이해하고 아끼며 처음보다 마음을 열고 밝아졌습니다. 상태도 물론 호전됐고요!"

혜주는 어처구니가 없다는 듯 턱을 벌린 채 키리에를 쳐다봤다. 그러거나 말거나 키리에는 뿌듯하다는 듯 가슴을 부풀렸다. 레나는 저도 모르게 웃음이 새어 나오려는 걸 겨우 참았다. 만약 자신이 키리에만큼이나 주눅 들지 않고 당당할 수 있었다면 엄마 눈치를 보며 괴로워할 일도, 자신의 우울이 이렇게 깊어질 일도 없었을 거라는 생각마저 들었다. 레나는 키리에 덕분에 한결 마음이 편안해지는 듯했다.

"저 등갈비찜도 먹고 싶어요."

그때 이런 분위기를 눈치채지 못하고 연신 맛있게 잡채를 먹고 있던 토비가 멀리 떨어진 등갈비찜을 집으려 팔을 쭉 뻗었다. 어정쩡하게 뻗은 팔은 금방이라도 넘어져 식탁을 엉망으로 만들 듯 위태로워 보였다.

"내가 줄게!"

레나는 토비 대신 등갈비찜에 손을 뻗었다. 그리고 그 순간 긴 소매에 가려져 있던 레나의 손목이 드러났다. 손목 위로 선명히 아로새겨진 붉은 상처들, 식탁의 모든 눈길이 레나의 손목 위에 고정됐다.

"치유라……."

혜주가 입꼬리를 비틀며 작게 읊조렸다. 레나는 서둘러 손목을 가리며 다른 이들의 눈치를 살폈다. 짙은 침묵이 식탁보처럼 그 위를 감쌌다. 이윽고 정적을 깬 건 한숨을 길게 내쉬며 말하는 혜주의 목소리였다.

"같이 모임을 하셔서 레나 사정을 아시겠지만……. 레나가 어렸을 때 교통사고로 아빠를 잃은 뒤로 좀처럼 우울에서 벗어나질 못하고 있어요. 지금도 여전하고요."

탁, 레나가 그만하라는 듯 소리 나게 젓가락을 내려놨다. 놀란 토비는 그렇게 먹고 싶어 하던 등갈비찜을 앞에 두고도 입을 열지 못했다.

"사실 뭐 취지야 좋지만 정신질환이 어디 그렇게 쉽게 치유가 되나요?"

"엄마……."

"레나도 수백 번 심리 상담이며 약물 치료며 받았지만 보시다시피……."

혜주의 못마땅한 눈초리가 다시금 레나의 손목에 머물렀다.

"예……. 레나가 레드 플래그 모임에서 어렵게 얘기한 걸 들었습니다만……."

덕구가 레나의 안색을 살피며 조심스레 입을 열었다.

"정신질환은 다 같이 만나 고작 이야기 몇 번 한다고 고쳐지는 게 아니에요. 약물 치료를 해도 고쳐질까 말까고요. 그게 바로 제가 네펜테에서 이모칩 임상을 연구하는 이유예요. 쉽고, 편하고, 빠르게 도움을 주기 위해서! 그래서 말인데 제가 이번에 후기 임상시험자를……."

"엄마! 잠깐 저 좀 봐요."

그 순간, 레나가 혜주의 말을 끊으며 벌떡 일어섰다. 그러고는 곧장 혜주의 팔을 붙잡아 끌었다.

"뭐 하는 거야, 지금?"

혜주는 어이가 없다는 얼굴로 레나를 쳐다봤다. 덕구와 토비 그리고 키리에도 놀라 레나를 쳐다봤다. 하지만 레나는 그러거나 말거나 온 체중을 실어 혜주를 밀 듯이 방으로 이끌었다.

"윤레나, 너 지금 이게 무슨 짓이야?"

억지로 방에 들어온 혜주가 신경질을 내며 레나를 노려봤다.

"이러려고 오늘 여기 온 거죠?"

레나는 숨을 씩씩 몰아쉬며 혜주를 쳐다봤다. 실망스러움이 가득 묻은 목소리는 금세라도 부서질 것처럼 떨리고 있었다.

"이러려고라니?"

"그동안 기일 챙기지 않는 엄마를 이해하려고 했어요. 기일만 되면 내가 더 우울해하고 발작하는 모습만 보였으니까, 엄마도 지겹겠거니 하면서요."

레나가 주먹을 꼭 쥔 채 땅을 쳐다보며 한 글자 한 글자 힘겹게 내뱉었다. 레나의 주먹은 부들부들 떨리고 있었다.

"그래도 10주기니까 엄마도 아빠가 많이 그리웠나 보다 했어요. 이번 기일에는 아빠가 외롭지 않겠다 싶어서 기뻤어요. 내 아픔을 알아주는 사람들이랑 엄마가 함께하니까. 그런데⋯⋯, 그런데, 이게 뭐예요⋯⋯."

그동안 레나의 몸속 깊은 곳에 배어 있던 설움이 눈가를 맴돌아 뚝뚝 흐르기 시작했다. 혜주는 피곤해 죽겠다는 듯 손으로 이마를 짚었다. 잠시 정적이 흘렀다.

"휴⋯⋯, 애초부터 네가 모임에 들어간 게 저 사람들을 이모칩 임상시험자로 끌어들이려고 한 거잖아. 근데 뭐가 문제야!"

잇새를 꽉 깨물고 낮게 말하는 혜주의 모든 단어 하나하나가 레나의 귀에 짓이기듯 새겨졌다.

"그래서 임상 홍보하려고 오늘 왔다는 거예요? 이런 날에?"

"사회에서 쓸모없어져서 로봇이나 부수고 다니는 소외된 노인하고, 인공 자궁에서 태어나 왕따당했다고 폭력이나 쓰는 애가 그깟 돌봄 받는다고 치료가 되겠어? 네 머리로는 그게 된다고 생각하는 거니? 안 변한다고. 그렇게 망가진 사람들이 이모칩 수술받고 멀쩡해지면 얼마나 좋아? 사회는 잠재적 범죄자가 줄어서 좋고, 본인은 나쁜 감정에 휘둘릴 일 없고, 거기다 이 좋은 걸 공짜로 해준다는데, 뭐가 문제니?"

"엄마 진짜⋯⋯."

쾅. 레나가 질렸다는 듯 입술을 떼려던 그때 덕구가 주먹을 쥔 채 거칠게 방문을 열었다.

"할아버지……."

놀란 레나와 일이 더 피곤해졌다는 듯 쳐다보는 혜주의 눈길이 덕구에게로 향했다. 덕구의 발치에는 누가 봐도 화장실이 급해 보이는 토비가 몸을 배배 꼬고 있었는데, 아마 화장실을 찾다가 문틈 새로 삐져나간 이야기를 들은 모양이었다.

"그러니까, 토비랑 나를 실험용 쥐로 쓰려고 처음부터 속이고 레드 플래그에 들어온 거냐?"

덕구가 높낮이 없는 목소리로 물었다. 그의 얼굴은 이루 말할 수 없는 실망감으로 가득했다. 레나는 온몸이 덜덜 떨렸다.

"어르신 뭔가 오해가 있는 것 같은데 잠시 저랑 얘기 좀……."

혜주가 희끄무레하게 웃으며 레나 앞을 가로막았다.

"그렇게 좋은 수술이면 당신 딸이나 먼저 시키시지?"

그러나 덕구는 더 들을 것도 없다는 듯 버럭 소리쳤다.

"할아버지, 저 일 보고 싶은데요……."

토비는 불안한 낌새를 느꼈는지 한 손으로 바지를 쥐어 잡은 채 덕구를 불렀다.

"여기서 더 이상 일 볼 것도 없다, 집에 가자! 키리에도 따라 나와!"

덕구는 거칠게 토비의 손을 잡아채며 곧장 현관으로 향했다.

"아, 안녕히 계셔요."

닫히는 현관문 사이로 당황한 토비의 인사가 들려왔다. 쾅! 레나는 이 상황이 꿈을 꾸는 것만 같아 아무것도 하지 못한 채 멍하니 그 상황만을 바라보고 있었다.

"할아버지!"

퍼뜩 정신을 차린 레나가 서둘러 따라 나갔지만, 이미 엘리베이터 문은 닫힌 뒤였다. 레나는 복도에 멍하니 서서 아랫입술을 질끈 깨물었다. 모든 걸 다 들켜버렸다. 어딘가로 도망치고 싶었다. 하지만 마땅히 숨을 곳도 찾지 못한 몸은 먼지처럼 부유하듯 그 자리에 붙박였다. 이 세상에 덩그러니 내버려진 기분이었다. 창피함, 미안함, 분노. 온갖 감정에 얼굴이 달아올랐다. 어찌나 뜨거운지 얼굴이 사포에 갈린 것처럼 느껴질 정도였다.

"죄송합니다……. 죄송합니다……."

레나는 닫혀버린 엘리베이터 앞에서 두 손을 모은 채 같은 말만 읊조렸다.

잠시 뒤, 집으로 돌아온 레나는 곧장 방으로 들어가버렸다. 바깥에서 날카로운 혜주의 목소리가 들렸지만, 아까 들었던 아픈 말들이 계속 귓가를 맴돌아 아무런 말도 들리지 않았다.

사회에서 쓸모없는, 소외된, 왕따, 범죄자, 실험용 쥐…….

레나는 손에 쥔 라이터를 쳐다봤다. 언제부터 라이터를 쥐고 있었는지 기억나지 않았다. 딸깍. 레나는 어둠 속에서 춤추는 불빛을 물끄러미 바라봤다. 불빛 속에서 잠시 아빠의 얼굴이 그려졌다 지워졌다.

불빛을 바라보면 바라볼수록 귓가를 맴도는 말들이 점점 작아졌다. 마치 불의 세계로 빠져들어가는 것만 같았다. 그저 몸뚱어리만 이 세상에 묶여 있을 뿐, 정신은 딴 곳에서 배회하고 있는 듯했다.

레나는 여러 군데 상처를 안은 자신의 몸을 훑어봤다. 그리고 난잡하게 얽히고설킨 흉터들을 손끝으로 따라가봤다. 아픔을 잊기 위해 나를 아프게 만들었던 흔적들. 이러면 안 된다는 걸 알면서도, 이럴 수밖에 없는 자신이 싫어지면서도 가해지는 고통이 제 것인 것 같아 멈출 수 없었다. 날카로움이든 뜨거움이든 상관없었다. 고통 속에 있는 시간만이 온전히 살아 있는 증거처럼 느껴졌으니까.

다시 라이터를 켰다. 흔들거리는 불빛이 마치 불안 속에 흔들거리는 제 마음인 것만 같았다. 다시 흉터들을 내려다봤다. 아무렇게나 이어진 별자리의 빈 곳에 조심스럽게 라이터를 가져다 댔다. 다른 한 손으로는 입을 틀어막았다.

얼마나 지났을까, 혜주가 집을 나가는 소리가 들려왔다. 또다시 이 집에 혼자 남겨졌다. 한참을 어둠 속에서 웅크리고 있던 레나는 이내 휴대폰을 꺼내 통화 버튼을 눌렀다. 몇 번의 발신음이 이어지고, 곧 수화기 너머로 슬기의 목소리가 들렸다.

"저 레난데요, 인투바이오칩 대표가 의료센터 방문하는 날짜랑 시간 좀 알려주세요……. 아뇨, 엄마한테는 비밀로 해주시고요. 제가 직접 대표님 찾아뵙고 말씀드릴 게 있어서요. 임상시험자를 찾았거든요. 가장 망가진, 누구보다 이 임상에 적합한 사람을요."

레나의 목소리가 불에 지져진 날것의 상처처럼 밉게도 갈라져 나왔다.

15

2040년 7월

7월의 장마전선을 닮은 듯 마주 앉은 혜주와 일영의 기류가 심상치 않았다. 그 가운데에 낀 슬기는 양옆의 눈치를 살피며 일영이 가져온 연구 개발 자료를 뒤적거렸다.

"저……, 개발하신 바이오 하이브리드 브레인 칩의 표면이 유기 화합물에서 비롯한 생물 활성이어서 주변 신경 조직과 이물감이 덜 할 것 같아요."

마침내 슬기가 분위기를 전환하려 조심스레 말을 꺼냈다.

"우리 인투바이오칩이야 칭찬하자면 입만 아프지. 괜히 FDA에서 승인해줬겠냐고. 이번에 슬기 씨도 투자 설명회에 와봐서 느꼈겠지만 엔터, 에듀, 실버, 의료 등등 파이프라인이 엄청 다양해. 돈이 된다 이거지."

일영이 흘긋 혜주를 곁눈질하며 말했다.

"아, 네……."

"아, 네? 그게 다야?"

혜주의 눈치를 살피느라 얼버무린 슬기의 대답에 일영은 언성을 높였다.

"지금 칩 개발이며, 시스템 개발이며, 투자처며, 정부 지원까지 판은 다 깔아놨는데 대체 후기 임상 개시는 언제 되는 거냐고! 아니, 이러면 시판은 언제 하시려고?"

"그게……."

똑똑. 그때 두 번의 노크 소리와 함께 문이 열렸다.

"안녕하세요, 저번에 인사드렸던 윤레나입니다."

문을 열고 들어온 레나는 일영을 쳐다보며 똑 부러지게 말했다. 혜주는 예상치 못한 레나의 등장에 잠시 얼어붙었다.

"아, 임 교수 따님, 저번에 우리 만났었죠?"

"말도 없이 무슨 일이야? 지금 일하는 중이니 나중에……."

혜주가 허리를 꼿꼿이 세우며 나가라고 손가락을 까딱했다. 그렇지 않아도 징징대는 일영 때문에 골치가 아픈데 예상치 못한 레나까지 들이닥치니 혜주는 다크서클이 광대까지 내려갈 듯했다. 남편 기일에 싸운 지도 일주일이나 지났는데, 레나는 여전히 화가 덜 풀린 듯했다.

"엄마 말고, 오늘은 대표님께 말씀드릴 일이 있어요."

"네가 대표님한테 할 말이 뭐가 있다고……."

혜주가 헛웃음을 지으며 몸을 일으키려는데 슬기가 혜주의 팔을 붙들었다.

"저, 교수님. 사실 레나가…….'

"적합한 후기 임상시험자를 찾아서 알려드리려고요."

슬기의 말허리를 자르며 꺼낸 레나의 말에 일영은 모녀의 얼굴을 번갈아 쳐다보다 슬며시 입꼬리를 올렸다.

"아, 그런 반가운 소식이 있었으면 진즉 말을 하지! 임 교수도 참……. 여기 앉아요, 레나 양."

일영은 신이 나서는 레나가 앉을 수 있게 자리를 내줬다. 혜주는 그 순간에도 레나가 무슨 일로 이 자리에 왔는지 몰라 당혹스러울 뿐이었다.

"제가, 임상수술을 받으려고요."

레나의 말을 들은 혜주는 입술이 망연하게 벌어졌다. 혹시 그사이 레드 플래그 사람들을 회유해서 임상시험 동의라도 받아온 건가 싶던 옅은 기대는 레나의 굳은 목소리에 산산이 부서졌다.

"얘가 지금 무슨 소리를…….'

혜주는 어이가 없다는 듯 헛웃음을 터뜨리며 일영에게 아니라 말하려 했지만, 마치 복권이라도 당첨된 듯 활짝 웃는 일영을 보고는 말문이 막혔다.

"캬, 이런 서프라이즈를 준비하고 있을 줄이야!"

일영이 흥미롭다는 듯 주먹 쥔 손으로 탁자를 리듬감 있게 툭 툭 건드렸다.

"아뇨, 아닙니다. 대표님. 지금 약간 착오가……. 공부하는 학생이 무슨 수술을 받아. 얘가 왜 이래…….'

혜주는 상황을 수습하려 연신 손을 내저으며 레나를 노려봤다.

"로보아이 시설에 있는 아동들도 의학적으로 수술받을 수 있다고 엄마가 말했잖아요. 왜 저는 안 되는데요?"

그런 혜주를 보며 레나가 담담히 물었다.

"그딴 애들이랑 너랑 같아?"

자꾸 바득바득 우기는 레나의 말에 혜주가 꽥 소리를 질렀다.

"아니, 그러니까 내 말은……."

"아냐. 좋은 마케팅이 될 수 있겠네."

혜주의 말을 가로챈 일영이 의미심장한 미소를 지어 보였다.

"자, '우울증 걸린 딸을 위해 의사인 엄마가 직접 연구한 이모칩. 마침내 딸을 위한 수술을 하다!' 벌써 홍보 문구도 다 나왔네, 됐네!"

"잠시만요, 레나는……."

"이번에 계약한 임상시험 수탁기관에서 모은 참가자가 열다섯 명, 여기 네펜테 의료센터에서 아홉 명, 마지막 화룡점정으로 우리 임 교수 딸 윤레나 양까지 해서 7월 중순쯤 임상 개시합시다. 아휴, 앓던 이가 빠진 것 같네. 이제야 일이 돌아가니 원."

일영이 이제 볼일 다 봤다는 듯 재킷 단추를 채우며 의자에서 일어났다. 슬기는 혜주 눈치를 보며 일영을 배웅하려 따라 나갔다.

"너 지금 이게 뭐 하는 짓이야."

단둘이 남은 방 안에서 혜주가 레나를 노려보며 말했다. 어떻게 이걸 수습해야 할지 아무리 머리를 굴려도 쉽게 정돈이 되지 않았다.

"엄마가 그랬잖아요. 모든 일에는 적절한 타이밍이란 게 있다고요. 나를 믿어줬던 사람들한테 버림받으니까 꽤 절박해지더라고요. 이제 엄마가 저한테 선한 일 좀 하면 되겠네요. 수술해서 내가 인간답게 살 수 있게 도와주면 되는 거 아니에요?"

레나가 혜주의 시선을 피하지 않고 마주하며 또랑또랑하게 말했다.

"야, 윤레나. 타이밍은 내가 정해. 너는 지금 공부할 때고, 네가 이식 수술을 받는 건 임상시험 후 경과 지켜보고, 최대한 부작용이 없어지고 나서야! 수술이 장난이니? 만약 수술로 성적 떨어지면 어쩌려고 애가⋯⋯."

"그러니까 다른 사람들은 아무 죄책감 없이 실험용 쥐로 쓰고, 저는 나중에 안전해지고 나서야 수술대에 올리려고 한 거예요?"

레나의 입술에 비웃음이 올라앉아 있었다.

"도대체 너는 왜 이렇게 이기적이니. 제 아빠 닮아가지고는. 엄마를 그렇게 나쁜 사람으로 만들면 좋아? 내가 지금 이 짓거리를 누구 때문에 하는데!"

혜주는 말을 하면 할수록 발이 쑥쑥 빠지는 갯벌 위를 걷는 기분이 들었다. 꼭 레나랑 대화를 할 때면 이렇게 모든 기운이 빠져나가는 듯했다.

"수술받을 거예요. 그래야 레드 플래그 사람들 다시 볼 수 있을 것 같아요. 어차피 인투바이오칩 대표님도 들은 이상 바꿀 수 없는 거 알잖아요."

레나는 그렇게 딱 잘라 말하며 물러섬 없는 눈빛으로 혜주를 처다봤다. 그러고는 이내 자리에서 일어나 방을 나섰다.

"그깟 게 뭐라고!"

혜주가 닫히는 문 사이로 소리쳤지만, 이미 레나는 떠나고 난 뒤였다.

"하⋯⋯."

텅 빈 방 안에 홀로 남은 혜주는 소파에 털썩 주저앉으며 머리를 움켜쥐었다. 늘 이랬다. 이 세상은 도무지 자신을 도와줄 생각이 없었다.

처음 이모칩 연구를 시작했을 때부터 갖가지 문제를 들먹거리며 정부는 정부대로, 병원은 병원대로, 가족은 가족대로 자신한테 도움이라고는 눈곱만큼도 주지 않았다. 여기까지 올 수 있었던 건 오로지 혜주 자신의 힘 덕분이었다. 그리고 이제 겨우 그 꿈을 눈앞에 두고 있었는데⋯⋯.

혜주는 문득 남편 서윤의 마지막 모습이 떠올랐다. 전복된 차 안에서 혜주가 먼저 정신이 들었을 때, 서윤은 마치 흘러내리는 밀랍 인형처럼 온통 피로 범벅이었다. 그때 혜주는 떨리는 손으로 서윤의 얼굴에 묻은 피를 닦아냈고 또 닦아냈지만, 피는 마치 잉크가 번지듯 금세 얼굴을 물들였다.

"레나 아빠⋯⋯."

찢겨 나갈 듯한 몸을 움직여 서윤에게 다가가자 서윤이 옅게 눈을 떴다.

"레나⋯⋯."

서윤은 짧은 말을 내뱉는 것조차 버거워 보였다. 모든 순간이,

말들이 외따로 분절돼 떨어지는 듯했다.

"레나 좀 부탁……해."

서윤은 그 말을 끝으로 다시 의식을 잃었다. 그리고 그게 그의 마지막 유언이 됐다.

세상에서 동떨어진 듯 모든 소리가 물에 젖은 종이처럼 무겁게 내리누르던 그 순간 레나가 울어 젖혔다. 듣기 싫은 그 소리. 모든 걸 다 잃었다는 듯 목구멍 뒤편부터 끌어올리는 듯, 찢어지는 비명에 귀가 저렸다.

그 울음을 처음 들었던 때가 언제였을까, 혜주는 레나가 제 배 속에서 태어났을 때라고 기억한다. 제 안쪽의 뼈와 살들을 찢어 내고 내뱉었던 태곳적의 울음소리. 고통스러운 건 자신인데도 더 아프다는 듯 기를 쓰고 내뱉던 레나의 울음소리가 지금도 선명해 잊히지 않았다.

당시 산부인과 의사는 막 태어난 레나를 눈앞에 갖다 대며 예쁘지 않냐고 물었었다. 온갖 감격스러운 표정을 얼굴에 덧입혀야만 그 행위가 끝날 것만 같던 순간. 그래서 혜주는 그렇게 연기했다. 한 생명을 탄생시킨 엄마로서 숭고하고 가치 있는 일을 이루어냈다는 따뜻한 미소 따위를 내보였다. 그제야 의사는 안도하며 절차대로 아이를 간호사에 넘겼다.

혜주는 그때 자신이 다른 엄마들과 다르다는 걸 깨달았다. 살아보겠다고 발버둥 치는 아이의 울음이 듣고 싶지 않았다. 그저 자신을 아프게 만든 생명이 내뱉는 이기적인 포효로밖에 들리지 않았다.

그 이후에도 이상적인 엄마가 된다는 건 정말 넌더리가 나는 일이었다. 게다가 아이가 우울증까지 겪고 있기에 더더욱 그러했다. 때마다 빚어지는 시어머니와의 갈등도 아픈 곳에 소금이 뿌려지는 것처럼 쓰라렸다. 아들까지 잃고 난 뒤 시어머니의 폭언은 참기 힘들 정도로 심해졌다. '지 애비 잡아먹은 딸년'이라는 소리를 십년 동안 듣다 보면 정말 레나가 그런 존재가 된 것만 같은 착란이 일어났다.

혜주는 그렇게 떠나버린 서윤이 미웠다. 딸을 부탁한다는 말만 하면 다인가? 그렇게 하고 떠나면 마음이 좀 편했던 걸까? 레나는 늘 아빠만 찾고 그리워하지만, 매일 멍하게 앉아 있고 감정이 오르락내리락하며 이해하지도 못하는 말을 중얼거리는 레나를 곁에서 지킨 건 서윤이 아니라 혜주였다.

혜주는 숙였던 고개를 들고 어지러이 흩어진 머리칼을 정리했다. 이제야 조금씩 생각이 정리되는 듯했다. 그래, 차라리 잘 됐다. 임상만 성공한다면 이제 더 이상 넌더리 나는 레나의 감정 타령을 들을 일은 없을 것이다.

시간이 흘러 언젠가 하늘에서 남편을 만나게 된다면 그 면상에 대고 당당하게 말해줄 것이다. 당신의 아픈 딸을 끝까지 책임지고 인간답게 만든 건 나였다고. 배를 찢어 생명을 준 것도 나였고, 두뇌를 찢어 정상적인 인간으로 만든 것도 나였다고. 어금니를 꽉 깨문 혜주가 속으로 되새기고 또 되새겼다.

***

덕구는 날씨 탓에 쿡쿡 쑤시는 무릎을 움켜쥐고서도 화분에서 눈을 떼지 못했다. 장마 때문에 집 안 발코니로 옮겨둔 화분에는 어느덧 단단히 몸을 만 번데기들이 달려 있었다. 색도 짙어지고 날개 모양의 윤곽도 어느 정도 잡힌 게 당장이라도 머리 부분을 찢고 나비가 나올 듯한 모습이었다.

띵동, 그때 때마침 초인종 소리가 울렸다. 휴대폰으로 확인해 보니 노란색 우비 옷을 입고 빙긋 웃고 있는 키리에와 그 옆에 까 치발을 들고 선 토비의 얼굴이 온 화면에 가득 차 있었다. 덕구는 현관문 열림 버튼을 누른 뒤 화분을 잘 보이는 쪽으로 살짝 옮겨 당겼다.

"할아버지이이!"

토비가 현관에서 신발을 내팽개치며 후다닥 달려들었다.

"오라고 한 지가 언젠데 이제야 와? 조금만 더 나왔으면 못 볼 뻔했다. 봐봐라!"

"와! 엄청 꼼지락거려요!"

토비가 두 손으로 볼을 감싸며 감탄을 터뜨렸다.

"여기, 머리 쪽에 껍질 갈라지는 거 보이지?"

"네, 보여요! 나비야, 힘내!"

연신 꿈틀거리는 고치에 토비가 주먹을 꼭 쥐며 소리쳤다. 그 렇게 몇 차례 더 흔들거리던 번데기는 곧 고치를 찢고 조금씩 나 비 형상을 내비치기 시작했다. 위로 아래로 위로 아래로 반복하더니 힘차게 첫발이 튀어 올랐다.

"와아!"

덕구와 토비가 한목소리로 외치더니 함께 손뼉을 마주쳤다. 이윽고 몸 전체가 나온 나비는 나오자마자 본능적으로 잎사귀에 매달렸다. 방금 세상에 나와 연약해 보였지만 꽤 굳건하게 달려 있었다.

"우와……, 진짜 나비가 되다니……."

나비를 바라보는 토비의 눈에 눈물이 그렁그렁했다.

"축하합니다! 알에서 애벌레로, 번데기에서 나비로 우화하는 과정을 무사히 마쳤습니다!"

키리에가 옆에서 뺑그르르 돌며 박수를 쳤다.

"할아버지 정말 약속 지켜주셨네요! 고맙습니다!"

"어휴, 징그러. 왜 이래!"

토비는 뽀뽀라도 할 것처럼 덕구의 품에 포옥 안겼다. 덕구는 질색하면서도 기분이 나쁘지 않은지 입꼬리를 씰룩거렸다.

"아쉽다. 레나 누나도 같이 봤으면 좋았을 텐데!"

그 말에 덕구는 몸이 굳었다. 팔뚝의 솜털이 빳빳하게 일어서는 듯했다. 칠십 평생 살면서 별일을 다 겪었다고 자부했지만, 몇 주 전에 레나 집에서 있었던 일은 정말 잊기 힘든 일이었다.

레나 아버지의 기일 날, 토비가 화장실이 급하다고 하지 않았다면 무슨 일이 생겼을지 덕구는 다시 생각해도 아찔했다. 만일 그랬다면 모녀가 나누는 대화도 듣지 못했을 것이고, 어쩌면, 정말 어쩌면 속아 넘어가 수술을 했을지도 모를 일이었다. 그날 밤은 정말 사기를 당한 기분에 한숨도 자지 못했다. 수술만 하지 않았을 뿐, 혜주의 말대로 실험용 쥐가 돼 놀아난 것만 같았다.

덕구는 진심으로 레나가 하자고 한 일에 함께했고, 그녀가 하는 말들에 귀 기울였으며, 아픔에 공감했다. 그런 덕구를 보며 모녀가 내심 비웃고 있었을 거란 생각이 들자 소름이 끼쳤다.

아니, 어쩌면 17살밖에 되지 않은 레나는 엄마의 그늘에서 시키는 대로 할 수밖에 없었을지도 모르겠다. 하지만 그렇다고 해서 여태껏 레나가 레드 플래그를 속이고 행동해 왔던 걸 이해해 줄 수는 없는 노릇이었다.

"키리에."

덕구는 고개를 들어 뒤에 선 키리에를 낮은 목소리로 불렀다.

"네, 덕구 님?"

팔을 높이 쳐든 채 나비를 보고 즐거워하고 있던 키리에가 손을 내리고 쳐다봤다. 그날, 키리에 역시 덕구의 뒤에서 레나가 한 말을 모두 들었다. 하지만 평소라면 왜 그러는 거냐고 꼬치꼬치 캐물었을 키리에가 그날은 한마디도 하지 않았다. 왜 그랬을까, 키리에는 이미 알고 있던 것 아닐까. 덕구는 목덜미가 다시금 빳빳해지는 걸 느꼈지만, 마음속에 이미 똘똘 뭉친 의문을 풀지 않을 수가 없었다.

"레나가 그런 의도를 갖고 레드 플래그 들어온 거 알고 있던 겨?"

"그런 의도라면 레나가 이모칩 임상을 권유하려고 레드 플래그에 들어왔던 걸 말씀하시는 겁니까?"

정확하게 핵심을 파고드는 키리에의 물음에 덕구는 또다시 뱃속에서 배신감이 꿈틀대는 듯했다.

"그래. 그러려고 레나가 들어온 거 알고 있었냐고."

덕구의 언성이 조금 더 높아졌다.

"몰랐습니다. 저 역시 이모칩 연구를 위한 참고 조사 차 참여한 걸로 알고 있었습니다."

키리에가 고개를 저으며 간결하게 대답했다. 덕구는 키리에를 뚫어지게 쳐다봤다. 말간 눈을 깜빡거리는 그 얼굴에서는 아무런 거짓도 찾을 수 없었다.

"그딴 식으로 사람을 속여……. 어디 뺏어 먹을 게 없어서 아픈 사람들을 이용해 먹으려고……."

덕구가 웅얼거리며 속마음을 내뱉었다.

"한편으로 생각해본다면, 그만큼 가난한 사람들이었던 겁니다."

키리에의 나지막한 말에 덕구가 고개를 퍼뜩 들어 올렸다.

"……뭐?"

"레나와 혜주 님은 사회적 약자의 아픔을 구걸해야 할 만큼 마음이 절박하고 가난한 사람들이었다고 생각합니다."

덕구는 멍하니 키리에를 쳐다봤다. 이게 로봇의 입에서 나올 수 있는 말인가, 뭐라 말할 길 없이 머리가 멍했다.

"레나 누나는 날갯짓을 못 해서 그래요."

그때 가만히 앉아 있던 토비가 불쑥 소리쳤다.

"레나는 사람으로 원래 날개를 갖고 있지 않습니다."

키리에가 검지를 까딱거리며 정정했다.

"저번에 시소 같이 타면서 레나 누나가 말해줬어요. 이모칩을 심으면 힘써서 날갯짓할 필요 없이 시스템이 알아서 도와준다고. 그래서 제가 그런 건 나비가 아니라고 해줬어요. 왜냐면, 왜냐하면 나비가 날갯짓을 안 하면 죽은 거니까요!"

"허!"

덕구는 헛숨을 쉬며 토비를 쳐다봤다. 키리에도, 토비도 예상치 못한 말을 하니 말문이 막혔다.

"레나 누나도 이 나비를 보면 알 수 있을 텐데."

토비가 아쉽다는 듯 양 주먹에 얼굴을 괴며 볼을 부풀렸다.

"지금은 힘들더라도 나중에 꼭 보여줄 수 있을 겁니다."

키리에가 맞장구치며 호응해줬다. 그 모습에 생각이 많아진 덕구가 깊은 한숨을 내쉬며 몸을 일으켰다. 끄응. 오랫동안 웅크렸던 무릎을 펴자 저절로 곡소리가 나왔다.

"엇, 할아버지 어디 아파요?"

"비가 와서 무릎 통증이 심해진 것 같습니다. 오늘 저와 내원하는 게 좋겠습니다."

덕구의 무릎을 내려다보며 키리에가 걱정스럽게 말했다.

"비가 오는데 왜 무릎이 아파?"

토비는 나름 덕구를 부축해주려는 듯 덕구의 팔을 붙잡고 제 어깨 위에 올렸다.

"늙어서 뼈가 닳아 그렇습니다. 닳아버린 연골을 보호하기 위해 뼈가 돌기처럼 튀어나와 움직일 때마다 고통을 동반합니다. 지금 병원 예약해 놓겠습니다."

키리에가 단호한 표정을 지으며 인터넷으로 내원 가능한 시간을 체크하기 시작했다.

"됐어, 병원은 무슨……."

덕구는 그러지 말라고 한사코 손사래 쳤다.

"괜한 생떼는 어른으로서 옳지 못한 태도입니다. 예약 완료했습니다. 지금 출발하시죠."

"나도 갈게요."

"아니, 안 간다니까!"

덕구가 나이답지 않게 토비처럼 입술을 삐죽거렸다.

"할아버지, 혹시 무서워서 그러는 거예요?"

"참 나, 아니 누가 무섭대?"

하필이면 그 말을 하는 덕구의 목소리가 갈라져 마치 변명하듯 새된 소리가 튀어나왔다.

"그럼 가요."

토비는 그 말을 하며 덕구를 떠밀었다. 그 작은 몸에서 내는 힘이 어찌나 센지! 한편 이미 현관에 선 키리에는 우산 세 개를 꺼내 가지런히 놓고 나갈 준비를 하고 있었다. 양쪽에서 이어지는 합동 공세에 덕구는 결국 한숨을 내쉬며 안방으로 들어갔다. 외출 준비를 해야 했다.

***

잠시 뒤 키리에, 토비와 함께 병원에 도착한 덕구는 자신의 차례를 기다리며 작게 한숨을 내쉬었다. 아내를 잃은 후 덕구는 병원을 찾는 게 영 불편했지만, 이상하게도 최근 들어 병원을 찾을 일이 잦아졌다. 저번에는 급성 장염에 걸린 토비 때문에 오게 되더니 이제는……. 이런저런 생각을 하던 덕구의 머릿속에 불현듯 혜주와 레나의 얼굴이 떠올랐다. 혹시 오늘도 병원에서 마주치려나, 덕구는 괜히 주위를 두리번거렸다.

"너무 겁먹고 긴장할 필요 없어요, 덕구 님."

그 모습에 키리에가 말갛게 웃으며 덕구의 등을 토닥거렸다.

"참 나, 누가 겁을 먹었다고……."

말도 안 되는 오해에 덕구가 콧김을 내뿜으며 말했다.

"어? 레나 누나!"

"레나?"

그 순간, 토비가 어딘가를 향해 크게 팔을 휘적거리며 목소리를 높였다. 덕구는 가슴께에 뭔가 철렁 내려앉는 기분을 느끼며 자기도 모르게 고개를 돌렸다.

"엇……, 토비야."

영상의학과 촬영 대기실로 향하던 레나는 예상치 못한 레드 플래그의 등장에 어리둥절한 얼굴을 한 채로 연신 눈을 깜빡였다.

"레나 님!"

키리에와 토비가 반가운 얼굴로 다가갔다.

"병원에는 무슨 일로……."

레나가 덕구의 눈치를 보며 우물우물 물었다.

"덕구 님이 관절염이 심해져 MRI 촬영을 하러 왔습니다. 레나는 어디가 아픈 겁니까?"

키리에가 레나가 입은 환자복을 살피며 물었다.

"그게……. 나……, 이모칩 이식받기로 했어."

레나가 환자복을 꼭 쥐어 잡으며 웅얼거렸다.

"뭐야?"

아는 척하지 않으려던 덕구는 예기치 못한 레나의 말에 눈을
동그랗게 뜨며 소리쳤다.

"아, 위험한 수술은 아니에요! 수술 자체는 금방 끝나니까…….
지금 수술하면 오늘 저녁에는 퇴원할 수 있대요."

혜주가 알려준 말들이 레나 입에서 속사포처럼 쏟아져 나왔다.
레나는 별일 아닌 것처럼 말하려 했지만, 덕구는 덜덜 떨리는 레
나의 두 손에서 시선을 뗄 수가 없었다.

"저……, 그동안 죄송했어요. 활동하면서 몇 번이고 솔직하게
말하고 싶었는데 그러질 못했어요. 그래도 첫 만남부터 지금까지
함께했던 모든 순간에 거짓은 없었어요. 저는 전부 진심이었거든
요. 이것만은, 믿어주셨으면 좋겠어요."

덕구가 굳게 입을 다문 채 아무 말도 하지 않자, 레나가 쭈뼛거
리며 조심스레 말을 꺼냈다.

"하아……."

덕구는 길게 한숨을 내쉬며 한 손으로 이마를 짚었다. 방금까
지만 하더라도 두 번 다시 얼굴도 안 볼 생각이었는데, 막상 이
어린아이가 벌벌 떨며 사과하니 마음이 영 편치 않았다. 어쩌면
키리에의 말처럼 가장 절박하고 가난한 마음을 가진 사람이 이들

이라는 말이 맞을지도 몰랐다.

"……그리고, 할아버지 말씀이 맞더라고요. 그렇게 좋은 수술이면 제일 망가져 있는 제가 가장 먼저 받는 게 맞는 거였어요."

"아니, 그때 내가 했던 말은……."

레나의 말에 덕구는 입이 벌어졌다. 자신이 홧김에 내뱉었던 말이 수술을 결심하게 계기가 됐다니…….

"윤레나 님?"

덕구가 숨을 깊이 들이마시며 말을 이어가려고 할 때, 저 멀리 형광등 아래에서 간호사가 건조한 낯빛으로 레나를 불렀다.

"아, 네!"

"두뇌에 칩 이식 수술하는 환자죠?"

곁에 다가온 간호사가 짙게 깔린 그녀의 다크서클처럼 어두운 낯빛으로 물었다.

"……수술하면 되돌릴 수 없는 거여. 정말 검증되지도 않은 수술을 받겠다고?"

덕구가 쇳소리를 내며 물었다. 입안이 타들어가는 것만 같았다.

"수술은 심사숙고하여 결정해야 합니다. 모든 임상에는 리스크가 존재합니다. 특히 인간의 두뇌에 칩을 심어 컴퓨터와 연동시키고 지속적인 전기 자극으로 감정을 조절하는 건 도전적 과제일 수 있습니다."

키리에가 덧붙여 말했다.

"괜찮아요. 이미 결심했어요. 그리고……, 너무 많이 지쳤어요, 제가……."

레나가 환자복 소매를 들췄다. 여러 갈래로 긁힌 흰색 흉터 주위로 최근에 벤 것 같은 붉은 실선이 눈에 띄었다.

"이제 촬영하러 들어가실게요."

덕구가 놀라며 손을 내밀려 했지만, 간호사가 한발 먼저 레나를 잡아챘다.

"네. 저, 이만 가볼게요. 수술받고 좀 나아지면 다시…… 레드 플래그에 나가도 되죠?"

애써 웃으며 묻는 레나의 부탁에 키리에와 토비는 물론 덕구마저도 고개를 끄덕일 수밖에 없었다. 레나는 그 모습에 옅은 미소를 지으며 간호사를 따라갔다.

"그 위험한 걸 왜 심겠단 거여, 참……."

레나가 들어간 문에서 눈을 떼지 못하던 덕구가 이내 나지막이 중얼거렸다.

"레나는 선택을 한 것 같습니다. 심각한 우울증의 방치는 자살로 이어질 수 있습니다. 죽음에 이르는 확률로 계산해본다면 제대로 된 임상이 더 안전할 수도 있습니다."

정자세로 앉은 키리에가 차분하게 말했다.

"아니, 부작용 생기면 어쩌려고?"

"부작용으로는 심은 칩 전선이 뇌의 다른 부분을 건드릴 경우 과열돼 조직 손상에 이를 수 있으며, 이후 제거해버린다고 해도 뇌 손상을 피할 수 없습니다. 또한 전류의 자극량과 시스템의 모니터링에 문제가 생길 수 있으며……."

"뭐야?"

꽤 자세하게도 부작용을 읊는 키리에의 말에 덕구가 벌떡 일어섰다. 그렇게 위험한 일인지 미처 몰랐던 것이다. 그렇지 않아도 잡힌 미세한 주름들이 더 굵게 집혀서 꿈틀거렸다.

"아니, 말려야지 그럼. 좀 안정화가 되면 그때……."

"지릴 것 같아요."

토비가 아르르 몸을 떨며 불쑥 말했다.

"내 말이 그 말이다! 수술이 장난도 아니고 그 무서운걸!"

"덕구 님. 그게 아니라 토비가 정말 소변이 마려운 표정입니다. 화장실이 급한가요?"

덕구는 그제야 토비를 쳐다봤다. 토비는 얼굴을 잔뜩 일그러뜨린 채 몸을 배배 꼬고 있었다.

"으응……. 저 화장실 좀 다녀올게요."

"화장실 가고 싶단 거였어?"

덕구가 어이가 없다는 듯 헛숨을 내쉰 뒤 몸을 일으켰다.

"토비, 병원에서는 오가는 방문객이 많아 혼자 가면 위험합니다. 제가 따라가겠습니다. 덕구 님은 여기서 기다리십시오."

키리에는 이미 화장실 위치 검색을 마친 듯 토비의 손을 잡고 익숙하게 복도를 걸어갔다. 덕구는 그 모습을 보다 이내 긴 한숨을 내쉬며 벽에 머리를 기댔다.

"괜찮아, 난임 문제 겪는 부부들도 많고……."

그때 소음을 뚫고 들리는 익숙한 목소리에 덕구가 고개를 휙 들었다. 자신의 앞을 지나쳐 가는 아들 준혁과 며느리 수현이 보였다.

"준혁아."

"……아버지?"

덕구의 낮은 부름에 고개를 돌린 준혁은 덕구를 발견하고는 몹시 당황한 듯 새된 소리를 냈다.

"네가 왜 여기에……."

"아버님……."

수현도 덕구를 보고는 얼굴의 핏기가 사라졌다. 덕구는 자리에서 일어나 둘에게 다가갔다. 덕구는 수현이 손에 쥔 종이를 쳐다봤다. 진료 기록 검사결과지, 난임연구센터, 지수현 환자. 몇 개의 단어가 사진 찍히듯 덕구의 눈동자에 박혔다.

"아버지, 그게……."

준혁은 무언가 설명하려 입술을 달싹거렸지만, 쉬이 말을 꺼내기 어려운지 입에서는 연신 앓는 소리만 흘러나왔다.

"인공 자궁 출산하겠다는 게 난임 때문인겨?"

반쯤 넋이 나간 덕구가 가라앉은 목소리로 물었다.

"……."

"자식이……, 왜 처음부터 말을 안 했냐. 난임 때문이라고 말을 했으면……."

"말을 하면 뭐가 달라지나요?"

핏발 선 눈으로 준혁이 되물었다. 그러자 옆에 서 있던 수현이 눈물 맺힌 그렁그렁한 눈으로 덕구를 바라봤다.

"이이가 아버님 걱정 끼친다고……."

"……언제부터 저한테 이렇게 관심이 많으셨다고."

준혁이 시선을 떨구며 중얼거렸다. 오히려 상처받은 건 자신이라는 듯한 얼굴이었다.

"뭐야?"

"어머니가 돌아가시고, 이제야 아버지 노릇이 하고 싶으신 거예요? 이젠 제가 필요 없으니까 평소대로 하세요, 무관심하게. 늘 화만 내면서."

"여보!"

수현이 준혁의 소맷자락을 붙들며 눈을 치켜떴다.

덕구는 온몸의 피가 빠져나가는 듯한 어지러움에 비틀거렸다. 귓전에 흐르는 혈류가 쾅쾅대며 주먹으로 쳐 대는 듯했다.

준혁은 더는 할 말이 없다는 듯 몸을 홱 돌렸다. 덕구는 그런 준혁을 붙잡으려 했지만, 차마 그럴 수 없었다. 레나를 보낼 때처럼 덕구의 손은 또 의미도 없이 허공에 멈춰 있을 뿐이었다. 당황한 수현은 죄송하다 말하고는 고개를 숙인 채 준혁의 뒤를 쫓아갔다.

덕구는 심장이 쿵, 하고 내려앉았다. 단언컨대 네게 무심했던 적은 없었다고, 다만 어떻게 표현해야 할지 서툴렀을 뿐이라고 말하지 못했다.

"바보 같은 놈, 어렸을 때부터 그랬지 너는. 바보 같은 놈."

허물어지듯 벽에 몸을 기댄 덕구가 힘없이 중얼거렸다. 한참 뒤, 덕구는 비틀거리며 자리로 돌아와 털썩 주저앉았다. 주변의 소음도 마치 깊은 물 속에 잠긴 듯 점점 흐릿해졌다.

"……님. ……님. 덕구 님!"

자신의 어깨를 톡톡 치는 감각에 덕구는 흠칫 놀란 옆을 쳐다봤다. 언제 왔는지 키리에와 토비가 자신을 내려다보고 있었다.

"얼굴빛이 좋지 못합니다. 아드님과 무슨 문제가 있으셨나요?"

아까 준혁과의 모습을 본 모양이었다. 키리에의 물음에 덕구는 흐음, 하고 길게 한숨을 내쉬었다. 그리고 평상시였더라면 꺼내지 않았을 속마음을 툭 하니 내뱉었다.

"며느리가 난임이어서 인공 자궁 출산을 하려고 했던 모양이야. 지금까지 나한테는 한마디 말도 안 하고……."

덕구가 한 손으로 얼굴을 쓸어 넘기며 말했다.

"덕구 님의 괴로움에 공감합니다. 어느 집이든 자녀와의 소통 문제는 어려운 일 중 하나입니다."

"저도 엄마랑 대화가 잘 안 돼요."

토비도 어깨를 으쓱거리며 말을 거들었다.

"참 나……. 내가 화를 낼까 봐 말을 못 했대, 그놈이……. 말이 돼?"

덕구가 노여운 얼굴로 키리에를 쳐다보며 물었다.

"말이 됩니다."

"뭐여?"

키리에의 단호한 말에 덕구가 눈을 치켜떴다.

"최근까지 덕구 님의 언행은 다소 거칠고 공격적이기 때문에 충분히 다른 사람들이 그렇게 오해할 수 있다고 생각됩니다. 하지만 저는 압니다. 덕구 님은 투박하지만 따뜻한 마음을 가진 분입니다."

"할아버지는 따뜻해요. 나비도 키워주고!"

토비가 거들었다.

"그러니 저와 천천히 대화 연습을 해보는 게 어떨까요. 소통 방식을 조금만 바꿔도 큰 도움이 될 수 있습니다. 저를 아드님이라고 생각하고 대화해보세요!"

키리에가 미소를 지으며 덕구 앞에 서며 자세를 잡았다.

"참 나, 으이구 씨! 됐어!"

키리에가 앞에 서자 덕구는 허튼소리 말라는 듯 팔짱을 낀 채 옆으로 몸을 홱 돌렸다.

"아버지가 그렇게 화를 내니까 말을 꺼낼 수가 없는 거예요."

그때 키리에가 준혁의 목소리를 똑같이 따라 하며 대꾸했다. 아들 목소리에 깜짝 놀란 덕구가 눈을 동그랗게 뜨며 키리에를 쳐다봤다. 덕구는 마치 무언가에 홀린 듯 두 주먹을 쥔 채 분연히 속에 쌓인 말들을 터뜨렸다.

"뭐야? 흥! 너는 늘 내 탓만 하지. 너 먹이고 입히려고 먼 해외에서 뼈 빠지게 일해도……."

흥분한 덕구가 자리에서 벌떡 일어났다. 그의 이마에는 벌써 일자 주름이 굵게 패어 있었다.

"그게 사랑입니까?"

키리에는 그런 덕구를 올려다보며 담담히 되물었다.

"……그게 무슨."

"돈을 벌어다 주는 게 덕구 님의 사랑 표현이었다면 그건 준혁 님이 원한 사랑과는 다릅니다. 준혁 님이 원한 건 곁에 있어주는 아버지였던 것 같습니다. 자신과 눈을 마주하고 얘기를 들어주는 아버지요. 그러니까 준혁 님은 지금 덕구 님께 서운하다고 온몸으로 말하고 있는 겁니다."

그 말에 덕구는 목구멍에 모래알이 걸린 듯 꺼끌꺼끌해졌다.

"참 나, 자기만 서운한 줄 알아? 나도……."

"김덕구 님! 병원에서 소리 지르고 난동 피우시면 안 돼요. 자, 바로 MRI 촬영하러 들어가시죠."

그때 촬영실에서 직원이 나오더니 덕구에게 주의를 줬다. 덕구는 그제야 주위를 둘러봤다. 근처에 앉은 모두가 자신들을 쳐다보고 있었다.

"아이고 이거 미안합니다……."

덕구는 벌게지는 얼굴을 감춘 채 연신 사과하며 촬영실로 걸어갔다. 그러나 희한하게도 그 잠깐의 대화만으로도 마음은 한결 후련해진 듯했다.

***

모든 준비를 마친 레나는 수술을 앞두고 병실 침대에 덩그러니 앉아 있었다. 막상 이렇게 환자복을 입고 있으니 레나는 자신이 정말 아프다는 게 절절하게 실감이 났다. 슬쩍 쳐다본 거울에는 눈가가 푹 꺼진 낯선 소녀가 자신을 보고 있었다. 레나는 가만히 거울을 바라보며 사전 동의서에 사인했던 날을 떠올렸다.

임상시험의 잠재적 위험을 설명해주는 수많은 서류를 봤을 때 레나는 글자에 압도당하는 느낌이 들었었다. 그런 레나와 달리 혜주는 별다른 표정 없이 수술의 부작용이 적힌 서류 대신 수술의 이점이 적힌 부분만 읽어 내려갔다. 그리고 언제나의 무감한 얼굴로 서명란에 도도하게 사인을 휘갈겼다.

처음 수술을 반대했던 사람은 이제 온데간데없었다. 혜주의 옆 얼굴은 레나에게 익숙했다. 지난날 레나가 우울증으로 새로운 약을 복용할 때마다 늘 봐왔던 그 얼굴이었다. 레나는 그 얼굴을 보는 순간 울컥하는 마음이 일었다.

임상을 하겠다고 자진했던 건 혜주가 미워서였다. 그간 함께하며 많은 위로가 된 레드 플래그 사람들을 아빠 기일에 불러 모아 임상 권유를 하려고 했던 엄마가 소름 끼치게 싫었기 때문이다.

하지만 그보다 더 싫었던 건 자신도 그 모든 일에 동참했다는 사실이었다.

레드 플래그 사람들과 어울리면서 조금씩 웃음을 되찾고 자해하는 것도 멈추는 듯했지만, 우울은 그런 레나를 비웃듯이 다시 찾아왔다. 라이터에 손을 대고 흔들리는 불빛을 봤을 때 레나는 깨달았다. 자신 안에 있는 불안과 우울은 스스로 극복할 수 없는 거라는 걸 말이다.

그때 덕구가 했던 말이 사무치게 레나의 마음을 파고들었다. 그렇게 좋은 수술이라면 딸에게 시키라는 덕구의 말이 계속 머리에 돌아다녔다. 엄마는 임상시험자 외에도 수술받는 환자 수를 늘려 안전성의 완성도를 높인 후에 자신에게 수술을 권하고 싶었을 것이다. 자기 딸에게만큼은 안전을 보장해주고 싶은 마음을 레나도 알고 있었다.

휴우, 레나가 깊은숨을 한꺼번에 몰아쉬었다. 머리가 너무 복잡했다. 혜주가 그러하듯, 레나 역시도 혜주에게 가지는 감정이 단순히 미움 하나만 있는 게 아니었다. 우울을 치료하기 위해 분투했던 지난날에 자신이 포기하지 않도록 늘 엄마가 곁에 있어줬다는 걸, 레나 역시 알고 있었다.

하나밖에 없는 딸이 매양 아프기만 한 게 늘 불효를 하는 것만 같아 마음이 무거웠다. 유별나고 유난 떠는 감정이 레나 자신의 일부였음에도 그것 때문에 상처받는 사람이 있다는 걸 느낄 때면 그 모든 감정이 악마같이 느껴졌다.

지금까지 레나는 늘 악마에게 지기만 했다. 레나를 거쳐 갔던 수많은 정신 상담과 약물 치료를 비웃으며 악마는 더 거세게 레나를 심연으로 끌어들였다.

하지만 그것도 이젠 끝이었다. 이제는 악마를 길들이고자 수술대에 오를 것이다. 지긋지긋하게 자신을 괴롭히던 악마를 치료할 수 없다면 목줄을 채워 조절해버리면 그만이었다.

두뇌에 칩을 임플란트해서 극으로 치닫게 만드는 부정적 감정들을 일정하고 안정된 수평적 감정 상태에 맞출 수만 있다면 악마를 잠들게 할 수는 있을 것이다. 그렇게 된다면 더 이상 억지로 미소를 지으려 애쓰지 않아도 자연스럽게 엄마를 마주할 수 있는 날이 오지 않을까.

"윤레나 님, 수술실 가실게요."

온갖 생각을 하던 그때 부스스한 머리가 삐죽삐죽 튀어나온 간호사가 또랑또랑한 목소리로 말했다. 레나는 크게 숨을 한번 내쉰 뒤, 간호사가 가져온 이동 침대에 누웠다.

"준비됐니?"

시시각각 바뀌는 천장을 바라보며 수술실에 도착하자, 흰색 가운을 입고 선 혜주가 레나를 내려다보며 물었다.

"걱정할 거 없어. 수술은 한 시간 안에 끝날 거야. 오후에 바로 퇴원할 수도 있어. 무슨 뜻인지 알지?"

그만큼 간단한 수술이라는 걸 말하고 싶은 모양이었다. 레나도 잘 알고 있었지만, 막상 수술대에 누우니 자기도 모르게 손이 축축하게 젖었다. 곧 수술실에는 세 명의 간호사와 부집도의 한 명 그리고 마취의가 들어왔다. 레나는 혹시라도 생길 뒤척임을 방지하기 위해 고정 장치에 단단히 고정됐다.

곧이어 수술이 시작됐다.

"……."

고정 장치는 레나를 움켜잡을 뿐만 아니라 MRI를 통해 뇌 영상 그리드를 만들었다. 혜주는 그 그리드를 뚫어져라 쳐다봤다.

"수술이 끝나면 뉴런에서 나오는 비정상적인 신호들을 시스템을 통해 통제할 수 있어. 배터리 역할을 하는 발전기가 신호를 보내면 신호를 받아들인 전극기가 뇌로 연결해줄 테고, 발전기와 전극기를 이어주는 전선은 귀 뒤에 심어져 두개골로 연결될 거야."

혜주가 그동안 수백 번 시뮬레이션했던 장면들을 되새기며 반복해서 중얼거렸다.

수술대에 누운 레나는 입안이 말랐다. 차가운 주변의 공기가 생채기를 낼 듯 레나의 피부를 할퀴고 갔다. 깊게 숨을 쉬고 싶어도 이미 얼어붙어버린 몸이 말을 듣지 않았다. 수술용 현미경이 레나의 얼굴 위에 자리 잡았고, 전기이발기가 지나간 자리에 긴 머리카락이 투두둑 떨어졌다. 붉은 갈색빛의 소독약이 스치듯 피부를 지나쳤다.

수술대의 강렬한 빛과 타는 듯한 냄새 탓에 레나의 모든 자극 신경이 곤두섰다. 마취된 머리 위로 둔탁한 이물감이 느껴졌다. 전선 같은 기다란 무언가가 스치는 느낌이 들더니 이내 아무것도 느껴지지 않았다.

그러던 어느 순간, 레나의 눈앞에 팍, 하고 스파크가 튀어 올랐다. 번개를 맞는다면 이런 느낌일까, 갑자기 모든 세상이 온통 하얀색이었다. 곧이어 레나의 눈앞에 온갖 장면이 스쳐 갔다.

***

레나의 눈앞에 더 어렸을 적의 레나가 보였다. 어디론가 뚜벅뚜벅 걸어가던 레나는 이내 걸음을 멈추고 작은 어깨를 움츠렸다. 잠시 뒤 레나의 작은 등이 흐느낌으로 들썩이고 그 옆으로 익숙한 실루엣이 다가와 섰다.

레나는 어른거리는 그림자를 바라보았다. 꿈속에서도 아픈 그 이름. 망울졌던 그리움이 입 밖으로 터져나왔다.

"아빠."

아빠를 올려다 본 레나는 그제야 안심하며 해맑게 웃었다. 그러자 주변이 밝은 빛으로 도배되고 이내 편안하고 익숙한 소리가 들려왔다. 함께 걸었던 익숙한 공원이다. 두툼한 아빠 손을 꼭 쥔 레나의 웃음소리가 공기 중으로 흩어졌다. 어린 레나는 업어 달라고 아빠를 빤히 쳐다보았다. 아빠는 레나의 머리를 쓰다듬고, 등을 내어준다. 아빠한테 업힌 레나의 등에 달빛이 업혀오고, 잠시 뒤 달빛은 날갯짓을 하며 나비가 되어 날아갔다. 나비는 유유히 날아 토비의 손끝에 살포시 앉았다. 토비가 입을 동그랗게 벌리며 감탄하자 그 옆에 있던 덕구도 허허, 하고 웃었다. 덕구를 도와 텃밭을 가꾸던 키리에도 어정쩡하게 굽혔던 허리를 펴고 미소 지었다. 레나는 난간에 앉아 그림처럼 평온한 레드 플래그 사람들을 눈에 담았다.

수술이 진행될수록 자극이 강해지는 듯 레나의 기억이 더 선명하게 떠올랐다. 이제는 머리보다 마음이 더 강렬하게 기억을 끌어모으는 듯했다.

꺅꺅거리며 해맑게 웃는 레나의 웃음소리를 메워주며 곁에 선 사람들의 행복한 목소리가 웅성웅성 울렸다. 마주 잡은 손들, 반원을 그리며 웃는 눈웃음들, 저마다의 모양을 따라 벌려진 웃는 입들이 사진 필름처럼 지나갔다.

그때, 갑자기 폭탄 터지듯 팡, 하고 그 모든 게 사라졌다.

교통사고, 피범벅이 된 아빠, 엄마의 비명, 깨진 유리창, 날카로운 칼에 베인 손목이 눈에 비쳤다. 자동차 유리가 붉은 피로 얼룩져 있었다. 그 이후 이어진 숱한 밤, 침대에 누운 자신의 몸 위로 이불처럼 덮이는 불안과 걱정들. 이윽고 폭풍처럼 휘몰아치는 감정들이 회초리처럼 레나의 손목에 생채기를 냈고, 스파크처럼 타오르는 불이 레나의 허벅지를 타고 올라왔다. 레나는 숨 쉬는 게 어려워 꺼이꺼이 목에서 억눌린 소리를 쥐어짰다.

곧이어 눈을 감은 듯 암전이 됐고, 레나는 생전 처음 겪는 낯선 어둠에 깊이 잠들어갔다.

16

2040년 11월 7일

어두운 계단 위로 한 걸음 한 걸음 디뎠던 발이 옥상 문 앞에서 탁하고 멈춰 섰다.

비키가 다시 사건 현장을 찾은 건 두 번째 공판이 열리고 이틀 뒤였다. 익숙한 옥상 문을 열고 들어가자 저 멀리서 등을 구부린 채 밭을 가꾸는 노인이 보였다. 관리소장이 말했던 텃밭 지킴이, 김덕구인 듯했다.

"저, 혹시 김덕구 씨 맞나요?"

비키가 그의 가까이 다가가 조심스레 다가가 물었다.

"어이구 씨! 뭐여!"

일에 집중하고 있었는지, 비키가 곁에 다가온 걸 눈치채지 못한 덕구가 소리를 질렀다. 얼마나 놀랐던지 양지바른 곳으로 옮기려던 셀프레아 삽목묘를 하마터면 떨어뜨릴 뻔했다.

"아, 죄송해요. 일하시는데……."

당황한 건 비키도 마찬가지였다. 이렇게 큰 소리로 호통치듯 말하는 사람을 근래에 참 오랜만에 만난 탓이다.

"아니 뭔 인기척도 없이……."

덕구가 화분을 안전하게 내려놓으며 중얼거렸다.

"아, 저는 세레네 로펌 소속으로 키리에 변호를 맡고 있는 비키라고 합니다."

비키가 뒤늦게 명함을 꺼내며 자신을 소개했다. 덕구는 받은 명함을 한번 훑고는 다시 비키에게 시선을 고정했다.

"괜찮으시다면 잠시 이야기를 나눌 수 있을까요?"

덕구는 고집스럽게 앙다문 입술을 한번 삐죽이더니 이내 고개를 끄덕거렸다. 그러고는 옥상 한편에 위치한 커뮤니티 룸으로 비키를 안내했다.

"여기에서 레드 플래그 모임을 가지셨나 봐요."

커뮤니티 룸으로 들어온 비키가 자리에 털썩 앉으며 물었다. 그 말에 덕구가 한쪽 눈썹을 구기며 흘리듯이 말했다.

"당신이 앉은 자리가 레나 자리였소."

그 말에 비키가 움찔했다.

"그건 그렇고……, 레드 플래그 구성원들끼리 꽤 친하셨다고 들었어요."

"누가."

"관리소장님으로부터 전해 들었습니다."

"참 나. 그 인간, 그러게 진작에 CCTV나 설치할 것이지. 그랬으면 키리에가 억울하게 누명 쓰지도 않았을 거잖아."

덕구의 툴툴거림에 비키가 눈을 반짝이며 테이블 쪽으로 몸을 숙였다.

"키리에가 밀치지 않았다고 생각하시는군요."

"키리에가 왜!"

"아시다시피 목격자 임혜주 씨의 증언에 따라서 현재 키리에가 수사받고 있는 상황이에요."

"엄마라는 사람이……. 세상이 어찌 돌아가는 건지 원……."

덕구는 혜주의 이름이 나오자 낯빛이 어두워졌다. 그는 무언가 마음에 들지 않는지 낮은 목소리로 웅얼거렸다.

"네?"

비키가 되묻자 덕구는 비키를 한번 쳐다보고는 조심스레 입을 열었다.

"……그날 텃밭에 물 주러 옥상에 올라가다가 마주쳤소."

"누구를요?"

"아, 누구긴! 레나 엄마지."

"사건 당일요?"

비키는 경찰 수사 기록에는 없던 새로운 사실에 서둘러 가방에서 패드를 꺼내 들었다.

"경찰에 신고하면서 내려가길래 뭔 일 났다 싶었지. 정말 놀랐어. 손에 피 묻은 칼까지 들고 있었으니까……."

"네? 칼이요?"

"그래, 칼! 도대체 무슨 일이 벌어진 건지……."

덕구가 그때만 생각하면 목이 마른 듯 생수를 꺼내 벌컥벌컥 마셨다.

"혹시 평상시에 모녀 관계는 어땠는지 아실까요?"

"에효……. 그 여자도 참……."

덕구는 레나를 떠올리니 울컥하는 듯 쉽게 말을 잇지 못했다. 비키는 침을 꼴깍 삼키고 덕구의 다음 말을 기다렸다.

"내가 보기에는 레나랑 애 엄마 사이는 그리 좋아 보이진 않았수다. 애가 우울증이 심하니까……. 모르긴 몰라도 둘이 많이 다뤘을 거요. 옆에서 봐도 레나가 많이 힘들어하는 게 보였으니까. 뭐 그랬으니 애 엄마가 연구하던 칩을 이식하기로 한 거겠지만서도……."

덕구는 허공에 눈을 고정시키고 연신 혀를 차며 말했다.

"지금, 뭐라고……. 칩이요?"

끄적거리며 받아 적던 비키의 손이 마비된 듯 멈췄다.

"아, 왜 그 레나 엄마가 연구하는 거 있잖아. 머리에 칩을 넣어서 우울증 치료하는 거! 에휴, 애 머리에다가 왜 그런 걸 심어가지고……."

덕구는 머리가 아픈지 손으로 이마를 짚으며 길게 한숨을 내쉬었다. 비키는 그 말에 눈동자를 굴리며 최근에 봤던 뉴스를 떠올렸다. 그러고보니 네펜테에서 사지마비 환자나 정신질환을 가진 사람들을 치료하기 위해 두뇌에 칩을 이식하는 임상시험을 진행하고 있다는 소식을 들은 적이 있었다.

비키는 서둘러 인터넷에 네펜테, 두뇌, 칩을 검색해봤다.

〈네펜테 병원, 인간 뇌에 이모칩 이식 임상시험 돌입〉〈이모칩, 뇌에 심은 작은 칩으로 감정조절한다.〉〈인간을 실험체로? 이모칩 이른 인간실험 논란〉〈이모칩 절대무결 아니다. 잇따른 부작용 밝혀져……〉.

"그러니까 혜주 씨가 레나 양에게 이모칩 임상시험을 했다는 거죠? 부작용이 있을지도 모르는……?"

비키는 곰곰이 생각에 잠겼다. 부검을 했다면 진작 알 수 있었을까. 이 중요한 일을 말하지 않았다니……. 비키는 기가 찬 얼굴로 서둘러 자리에서 일어섰다. 가야 할 곳이 분명해졌다.

"감사했습니다, 어르신. 제가 추후에 증인출석을 요구드릴 수도……. 아악!"

황급히 짐을 챙겨 커뮤니티 룸을 나서던 비키는 문을 열자마자 머리 위를 가격한 둔탁한 무언가에 비명을 지르며 주저앉았다. 하필 정수리를 따라 가늘게 길을 낸 두피에 정확하게 맞은 탓에 온 세상이 하얗게 보일 정도였다.

"으윽……."

비키가 연신 손바닥으로 정수리를 문지르며 고통스러워하자 뒤따라온 덕구가 고개를 빼꼼 내밀고 하늘을 올려다봤다.

"으휴, 저놈의 드론!"

"네에?"

덕구의 말에 하늘을 보자 새 떼처럼 이어진 드론들이 택배를 떨어뜨리고 있었다.

"흐음……. 이 시간쯤이면 드론 떼거지가 득달같이 택배를 날라서……. 하필 재수 없게 머리에 맞았구먼."

덕구가 쯧쯧거리며 불쌍하다는 듯 비키를 쳐다봤다.

"아니, 무슨 드론이 이따위로 배달을 해요?"

"내 말이 그 말이여! 하여간 요즘 사람들 머리에 도대체 뭐가 든 건지……."

"하여튼…… 곧 제가 다시 찾아뵐게요."

비키는 아직도 얼얼한 머리를 매만지며 자리에서 일어나 서둘러 옥상을 내려갔다.

"키리에가 그랬을 리가 없지, 암만. 그럼 대체 누가……."

덕구의 시선이 다시 사고 현장에 가닿았다. 레나와 혜주가 서 있었던 곳, 그 난간에.

***

2040년 8월

레나가 다시 네펜테를 방문한 건 수술하고 2주가 지난 뒤였다. 그간 몇 차례 진행했던 원격 진찰과 달리 오늘은 종일 정밀 검사가 예약돼 있었다.

"좋았어, 레나야. 이제 천천히 심호흡하자."

침대에 누운 레나는 슬기의 말에 따라 심호흡하면서도 눈은 옆에 있는 모니터에 고정됐다. 오른쪽과 왼쪽 쇄골 아래에 붙은 전극 패드 때문인지 레나는 미세하게 몸을 움찔거렸다.

"자, 다 됐어."

잠시 뒤 레나에게 다가와 몸 여기저기 붙인 선을 떼어내며 슬기가 말했다. 레나의 눈은 여전히 모니터 속 실선을 향해 있었다.

"정상 수치로 나왔어요?"

"응?"

"모니터 실선들이 정상 범위에 있나 해서요. 언니도 알다시피 제가 좀 비정상적이어서 두뇌에 칩까지 이식한 거잖아요."

레나가 환자복을 추슬러 입으며 덤덤하게 물었다. 수술이 끝난 이후 레나는 한결 차분해졌다. 마음속에는 오직 평온만이 자리했다. 그전까지 레나를 좀먹던 우울은 온데간데없이 사라졌다. 그래서일까, 요즘 레나는 기분이 꽤 상쾌했다. 이제 레나는 악몽을 꾸지도 않았고 잠도 푹 잤다. 또 집중력도 향상돼 앉은 자리에서 여섯 시간이나 내리 공부해도 집중력이 흐트러지지 않았다. 그 덕분에 수술 준비로 미뤄뒀던 강의 진도를 순식간에 따라잡은 건 물론, 쪽지 시험에서도 좋은 성적을 거뒀다. 이 점은 혜주도 꽤 만족스러워하는 결과였다. 단지 우울함이 사라졌을 뿐인데, 마치 새로 태어난 기분이었다.

"지금까지 받은 검사결과는 모두 정상 범위 내에 있어."

"엄마가 좋아하시겠네요. 한평생 제가 정상적이기를 바라셨는데……. 아예 실선이 일자를 그릴수록 좋아하실걸요."

레나의 말에 슬기가 피식 웃었다.

"심전도에서 일직선은 사망했단 걸 의미해. 심장이 내보내는 전기적 활동이 없다는 거니까. 살아 있다면 반응해야 하고, 끊임없이 실선이 움직여야지."

엉킨 선들을 마저 정리하며 슬기가 말했다.

"검사는 다 끝난 거예요?"

레나는 아침부터 이어진 검사에 피곤한지 크게 기지개를 켰다.

"아니, 가장 중요한 검사가 남았어. 임플란트된 칩과 컴퓨터가 잘 연동돼 작동하는지 모니터링하러 갈 거야. 잠깐만, 그쪽에 준비됐는지 확인해볼게."

스마트 패드를 꺼내든 슬기가 화면을 몇 번 터치하더니 이내 고개를 끄덕이고는 레나에게 나가자 고갯짓했다. 레나는 슬기를 따라 미로 같은 병실 복도를 걷고 걸어 뇌파검사실로 들어갔다.

"어서 와요."

문을 열고 들어서자 낮고 건조한 남자 직원의 목소리가 레나를 반겼다.

"안녕하세요."

그리 넓지 않은 검사실 안에는 수많은 모니터와 기기들이 즐비하게 자리 잡고 있었다.

"소지하고 있는 휴대폰과 액세서리는 여기에 넣고 들어가면 됩니다."

레나는 직원이 시키는 대로 통 안에 휴대폰을 집어넣으면서 흘 깃 슬기를 쳐다봤다.

"엄마는요?"

"교수님은 금방 내려오실 거야. 걱정하지 마."

레나는 아무렇지 않다는 듯 담담히 어깨를 으쓱하며 자신을 따라오라는 직원을 따라 안으로 들어갔다.

"휴……."

레나가 방에 들어간 뒤 슬기는 그제야 땀으로 흥건한 손을 바지춤에 닦았다. 오히려 레나보다 자신이 검사를 앞둔 사람처럼 느껴졌다.

"검사실 들어갔어?"

그때 막 혜주가 모니터실로 들어왔다. 일을 마치자마자 온 모양인지 호흡이 조금 거칠었다.

"네, 지금 막 들어갔어요."

슬기가 잘 보이는 자리를 혜주에게 양보하며 말했다. 마침 검사 준비를 마친 직원이 돌아와 모니터 앞에 앉았다.

"이쪽 화면이 수술 전 모습이죠?"

혜주가 왼쪽 모니터에 띄워둔 촬영 사진을 가리키며 물었다.

"네. 왼쪽이 수술 전에 찍은 거고, 오른쪽이 칩 이식한 후 오늘 촬영한 자료예요. 보시다시피 혈관, 뼈, 뇌실 전부 다 정상적이고요. 지금부터 뇌파 검사 진행하겠습니다."

레나의 정보 자료에 몇 가지 내용을 추가한 직원이 이내 동전 크기만 한 빨간 마이크 버튼을 눌렀다.

"자, 제가 내리는 지시에 따라 움직이시면 됩니다. 눈 뜨시고 네, 눈 감아보실까요. 네, 크게 심호흡 한번 해보실게요. 숨을 크고 빠르게 내쉬고 들이쉬어 볼게요. 네, 잘하셨습니다."

직원의 지시 사항에 따라 파형의 모양과 빠르기가 변했다. 혜주와 슬기는 진지한 얼굴로 검사 상황을 살폈다.

지잉, 그때 혜주의 손에 쥐고 있던 휴대폰에 진동이 울렸다. 휴대폰 화면에는 '오순희'라는 이름이 떠 있었다.

"젠장."

혜주가 휴대폰을 부실 듯이 노려봤다. 그 이름만으로도 혜주의 속을 시끄럽게 만드는 사람……. 시어머니였다.

"잠깐만."

혜주가 잠시 검사를 중단시킨 뒤 전화를 받았다.

"여보세요, 어머니. 어쩐 일로……. 네? 지금요?"

슬기는 걱정스러운 눈으로 혜주를 살폈다. 혜주는 당황한 듯 목소리까지 갈라져 나왔다.

"네, 지금 레나 검진받고 있어요. 근데 갑자기 연락도 없이 방문하시면……. 네, 네……. 알겠습니다."

한참을 이야기하던 혜주는 결국 한숨을 내쉬며 신경질적으로 통화 종료 버튼을 눌렀다. 그러고는 한참이나 휴대폰 화면을 째려봤다.

"무슨 일 있으세요?"

평소 혜주와 시어머니의 관계가 좋지 않다는 걸 알고 있는 슬기가 먼저 말을 꺼냈다.

"아니, 레나 검진 날짜 알려달라고 하더니만 기어이 병원까지 오셨다네."

"그럼 지금 병원이신 거예요?"

"로비에서 기다리겠다고. 검진 끝나면 같이 보자고 하셔, 하여간. 진짜……."

혜주가 질린다는 듯 고개를 내저었다.

"크흠, 검사 마저 진행해도 될까요?"

직원이 혜주의 눈치를 살피며 조심스레 말했다.

"네, 진행하시죠."

혜주가 짜증스레 휴대폰을 집어넣으며 말했다.

"자, 지금부터 음악이 나올 거예요. 편하게 청취하면 됩니다."

빨간 버튼을 누르고 레나에게 말한 직원이 이어 음악 볼륨을 높이자 잔잔한 클래식이 흘러나왔다. 즉각적인 신경세포들의 자극 처리 과정이 모니터에 잡혔다. 안정과 편안함에 자극된 뇌의 영역들이 실시간으로 영상에 보였다. 이어 전자음으로 조작된 불협화음이 나오자 또 다른 부위에서 레나의 신경세포가 반응을 보였다.

"여기네, 가장 예민하고 민감도가 높은 부위."

혜주의 손끝을 따라 직원과 슬기의 눈이 향했다. 아까와 달리 불쾌한 전자음이 길게 이어졌고, 모니터링하는 여섯 개의 눈은 깜빡임 없이 화면을 주시했다.

"확실히 환자가 보통 사람들에 비해서 불쾌한 자극을 차단해주는 신경 반응 속도와 수치가 떨어지긴 하네요."

모니터를 주시하던 직원이 턱에 손을 괴며 말했다.

"흐음, 억제성 시냅스가 제대로 작동하지 못하니 예민한 부위에서 불쾌한 자극들을 여과 없이 받아들이게 되고, 그로 인해 불쾌감이 더 커지는 악순환이 반복됐던 것 같아요."

슬기가 스마트펜을 쥐고 인상적인 수치들을 메모해 나갔다. 모니터에 비친 레나는 이제 눈까지 찡그리며 괴로워하고 있었다. 그걸 본 혜주가 곰곰이 생각에 잠긴 듯하더니 이내 입술을 떼며 말했다.

"전자음의 불협화 정도 높이고 소리 키워봐."

"조금만 더 높일게요. 그 이상은 환자가 감당하기 힘들 거예요."

직원은 혜주의 요구에 따라 불협화 정도를 높이고 소리를 키웠다. 그러자 레나의 뇌에 심은 이모칩이 컴퓨터에 연동돼 전기 신호를 받아들이고 활성화되기 시작했다. 그걸 본 혜주의 눈이 번뜩이더니 이내 입꼬리가 위로 올라갔다.

"됐다. 슬기 씨, 지금 수치 기록하고 있지?"

"네."

"좋아. 위험 값을 좀 낮추자."

혜주가 슬기에게게만 들릴 정도로 뭉개지듯 말을 꺼냈다.

"네? 시스템이 반응하는 자극 수치를 낮추라는 말씀이신가요? 하지만 그렇게 하면…….."

"그건 나중에 나랑 따로 얘기하고."

혜주가 직원의 눈치를 살피며 목소리를 더 낮추었다.

"이제 안전도 검사 들어갈까요? 영상 자료는 교수님께서 주신 교통사고 장면을 넣었어요."

다행히 직원은 듣지 못했는지 뒤에 서 있는 혜주를 향해 물었다. 혜주는 말없이 고개를 끄덕였고, 직원은 다시 마이크 버튼을 누르고 레나에게 말을 걸었다.

"지금까지 검사 잘 따라오고 계시고요, 이제 안전도 검사 들어가겠습니다. 시각에 따른 생리적 반응 검사하려고 합니다. 쓰고 있는 안경 위로 영상이 보일 거예요."

직원의 말에 레나가 작게 고개를 끄덕였다. 곧 레나가 쓴 안경 위로 익숙한 장면이 보였다.

"눈 감으면 안 됩니다."

레나가 주먹을 불끈 쥐고 눈을 감는 모습에 직원이 주의를 줬다. 레나의 안경에 비치는 화면은 혜주와 슬기도 화면을 통해 볼 수 있었다. 화면 속에는 운전하는 남자와 조수석에 앉은 여자가 싸우고 있었다. 둘은 부부로 보였다. 차창 밖으로 휙휙 풍경이 지나가고 이내 신경질적으로 싸우는 둘의 목소리가 흘러나왔다. 곧이어 여자가 남자를 부르는 비명과 함께 남자가 핸들을 꺾더니 엄청난 충격에 둘의 몸이 튕겨 나갔다.

"심박수, 혈압이 빠르게 올라가고 CRH도 분비량도 많아지고 있어요."

슬기가 모니터 앞으로 가까이 다가가 말했다.

"이모칩이 활성화돼 GABA 호르몬 분비를 유도하고 있습니다."

칩과 연동된 컴퓨터의 모니터링 화면을 주시하며 남자가 말했다. 모니터를 바라보는 눈들이 빠르게 움직였다.

"시스템과 칩의 연동성도 좋고, 자극에 적절한 신경전달물질로 조절해주는 것으로 보이네요."

직원의 말에 혜주는 눈을 반짝였다. 검사 경과가 더없이 만족스러웠다.

"좋네요. 슬기 씨는 지금 활성화된 신경세포 표지해두고."

"네."

"수고 많으셨습니다. 오늘 검사는 여기까지 하시죠."

혜주의 말에 직원은 고개를 주억거리고는 레나와 연결된 검사 기기를 떼러 안으로 들어갔다. 혜주는 잠시 그의 눈치를 살피다 재빨리 슬기를 돌아봤다.

"아까 청취 검사할 때 말한 거처럼 시스템 민감도 올라가게 수치 조정하고, 안전도 검사에서 보였던 표지 체크해서 신경회로 식별하고 비활성화시켜."

"네?"

혜주의 말을 받아 적던 슬기가 놀라 되물었다. 자신이 제대로 들은 건지 믿지 못하는 얼굴이었다.

"교수님, 지금보다 시스템이 반응하는 민감도 수치를 높이게 되면 감정에 따른 시스템 반응 속도가 급작스럽게 빨라질 우려가 있습니다. 또 개인의 특정 기억을 가진 신경세포를 조작해버리면 윤리적으로……."

"슬기 씨, 내가 지금 그걸 몰라서 지시할까?"

"……."

슬기가 지그시 입술을 깨물었다. 사실 슬기는 이 병원의 그 누구보다 혜주의 성향을 잘 안다고 자신할 수 있었고, 혜주만큼은 아니라도 그녀의 밑에서 그리 떳떳하지 못한 일들도 종종 해왔다. 하지만 지금 시험자는 다름 아닌…….

"조작하지 않은 것처럼 차별화된 수치로 잘 포장해서 결과 보고하면 되지."

대수롭지 않다는 듯한 혜주의 말이 뾰족하게 슬기를 파고들었다. 그때 직원과 함께 레나가 걸어 나왔다. 마지막 검사까지 마친 레나는 피곤이 몰려오는지 두 눈에 졸음이 가득했다.

"검사받느라 수고했어, 옷 갈아입고 같이 내려가자. 네 친할머니가 너 본다고 병원 납셨단다."

곤두서 있는 혜주의 목소리에는 레나에 대한 격려보다 순희에 대한 거슬림이 한껏 묻어나 있었다. 먼저 돌아선 혜주의 등을 보는 레나의 두 눈은 평소와 달리 건조하고 차분했다.

***

"어머니, 어쩐 일로 연락도 없이 오셨어요."

레나와 함께 로비로 내려온 혜주는 병원 냄새가 거슬리는 듯 코를 막고 서 있는 순희를 향해 인사했다. 미소를 지으려 했지만 쉽지 않은지 혜주의 입매가 옅게 떨렸다.

"안녕하세요."

레나도 혜주를 따라 맥없이 인사했다.

"내가 뭐 못 올 데 왔니? 커피숍 저기지? 가자."

레나의 친할머니, 순희는 혜주에게 쏘아붙인 뒤 성큼성큼 커피숍을 향해 먼저 걸어갔다. 혜주는 들리지 않게 한숨을 쉬며 그 뒤를 따랐다.

'독한 것.'

창가에 자리를 잡아 주문한 커피를 앞에 두고, 순희는 입술을 삐죽이며 중얼거렸다. 어쩜 저렇게 표정 하나 안 바뀌고 위선을 떠는지. 이래서 혜주와의 결혼을 반대했던 거였다. 겉으로는 위하는 척하지만 속으로는 누구보다 냉정한 사람, 순희에게 혜주는 그랬다.

"건강하시죠, 어머님?"

침묵을 깨고 먼저 입을 뗀 건 혜주였다.

"빨리도 묻는구나. 보다시피 뭐 여든이 넘은 몸이니 죽을 날만 기다리고 있지, 뭐. 너는 어쩌 더 얼굴이 핀 거 같구나."

어색한 웃음을 짓는 혜주를 향해 순희가 퉁명스레 대꾸했다. 빈말은 아니었다. 혜주는 쉰 살이 넘었음에도 여전히 아가씨처럼 보였으니까. 재혼이라도 할 모양인 건가. 죽은 제 아들만 불쌍하다고 생각하는 순희였다.

"……어쩐 일로 이렇게 갑자기 찾아오셨어요."

혜주의 말에 순희는 기다렸다는 듯 버럭 소리 질렀다.

"넌 제정신이니? 어쩜 나랑 상의도 없이 애 머리통에 칩 박는 수술을 해?"

순희는 다시 생각해도 기가 막힌다는 듯 혀를 찼다. 순희는 이미 레나가 수술을 끝낸 뒤에야 이 소식을 전해 들었다. 그것도 우연히 한 통화에서 말이다. 평소에도 며느리가 독하다는 걸 알고 있었지만, 자기 자식 머리에 칩을 심을 줄을 상상도 못 했다. 더구나 손녀가 그렇게 큰일을 치르는 데도 자신에게는 일언반구도 하지 않다니. 아주 고약스럽고 괘씸했다.

"어머님, 그게……."

혜주가 입술을 떼고 말하려는데 순희가 그새를 못 참고 말을 끊었다.

"남편 죽었으니까 이제 나는 남이다, 이거야?"

순희의 입술 끝이 밑으로 쳐졌다. 눈꼬리도 그와 함께 아래로 내려갔다. 혜주가 그런 순희 얼굴에 눈살을 찌푸렸다. 또 저 얼굴이다. 시어머니는 모든 상처를 본인 혼자 받은 것처럼 저런 표정을 짓곤 했다. 아들을 잃은 뒤에도, 그리고 자신이 지금처럼 며느리의 책임을 다하려고 할 때마다 말이다. 혜주는 저 표정을 볼 때마다 온몸에 벌레가 기어다니는 것처럼 몸서리쳐졌다.

"어머님, 레나는 제게도 하나뿐인 딸이에요. 엄마가 딸에게 위험한 걸 시킬까요?"

혜주가 화를 억누르며 힘겹게 말을 뱉었다.

"그렇게 거리낌 없는 거면 왜 진작 말을 안 하니?"

"저는 괜찮아요, 할머니. 보시다시피 멀쩡해요."

보다 못한 레나가 어깨를 으쓱하며 말했다. 그 말에 순희는 이제 레나를 쏘아봤다.

"제 엄마라고 편들기는. 그래, 인조인간이 된 기분이 어떠냐."

지극히 평소다운 순희의 말투. 평소라면 주눅 들어 제대로 말하지 못했을 레나지만, 오늘만큼은 달랐다. 레나는 생각을 정리하며 잠시 할 말을 고른 뒤 입을 열었다.

"비린내 나는 참치 통조림 뚜껑이 뇌에 박힌 기분이에요. 제가 무슨 감정을 느끼는 건지도 모르게 시스템이 자동 조절해줘서 필요한 전기 자극을 주거든요. 그럴 때면 마치 누군가가 긴 손톱으로 미끈거리는 통조림 뚜껑을 긁는 찌릿한 기분이 들어요. 그래도 다행이라면 다행이죠, 조금이라도 우울해 질라치면 시스템이 작동해서 손목을 긋는 일은 없거든요."

레나가 눈 한번 깜빡이지 않고 순희를 정면으로 쳐다보며 말했다. 손목 이야기를 할 때는 주위를 아랑곳하지 않고 소매를 걷어 보이기까지 했다. 빙퉁그러지게 말하고 있다는 걸 레나도 알고 있었지만, 마치 이렇게 말하기를 바리는 사람처럼, 그런 말들만 받아먹고 싶은 사람처럼 행동하는 할머니에게 그대로 돌려주고 싶었다.

"뭐, 뭐라고……?"

순희는 얼빠진 얼굴로 망연히 입을 벌렸다. 처음 보는 레나의 모습에 적잖이 당황한 듯했다. 할머니가 자신을 싫어한다는 것쯤은 레나도 너무 잘 알고 있었다. 자신을 볼 때마다 잔가지처럼 뻗어있는 잔주름들이 오므라졌다가 펴지기를 반복했고 늘 경멸하듯 치켜뜨는 눈빛들이 충분히 그걸 깨닫게 도와줬다.

그래도 지금까지 레나는 그런 할머니한테 아무런 저항을 하지 않았다. 할머니의 입버릇처럼 아빠를 죽인 사람이 자신이라고 생각하면서 살아왔기 때문이다. 모진 말을 들을 때마다 레나는 입술을 앙다물고 그저 턱 끝까지 차오르는 슬픔을 삼켰다. 자신의 우울 때문에 아빠가 그런 일을 겪은 거라고, 그래서 자신은 죄책감을 갖고 평생을 살아야만 하는 존재라고 늘 스스로에게 짓이기듯 말하고는 했다.

그런데 이상하게도 오늘은 그런 할머니를 견뎌내고 싶지가 않왔다. 화가 난 건 아니었다. 자신은 지금 누구보다도 평온한 상태였다. 오히려 지난 기억들을 생각하면 화가 일어야 맞는데 이상하게도 심장은 고요했고, 말도 조곤조곤 흐트러짐이 없었다. 자신이 아닌 것만 같은 기분이 드는 레나였다.

"왜 이래, 얘가……."

혜주가 고개를 옆으로 돌려 레나에게 읊조렸지만 레나는 못 들은 척 순희를 쳐다봤다.

"너……. 지금 나한테 대드니?"

"그럴 리가요. 아빠는 저 때문에 병원 다녀오는 길에 사고가 나서 돌아가신 거고, 전 할머니 말씀대로 지 애비 잡아먹은 딸년이니까 늘 죄책감을 가진 채 살아가는걸요. 그런 애가 어떻게 대들겠어요."

무덤덤한 어조로 레나가 말했다.

"에미야, 얘가 지금 뭐라는 거니? 얘 어떻게 좀 된 거 아니니?"

순희는 혜주를 쳐다보며 떨리는 손으로 귓가 주변을 빙글빙글 돌렸다. 레나는 그 모습을 보는 순간 이 모든 게 몹시 피곤해졌다. 늘 같은 패턴의 반복이 시작되고 있었다. 레나는 그대로 자리에서 일어났다.

"저 먼저 일어설게요, 모임이 있어서요."

"모임? 그 머저리들 모임 말하는 거니? 레드 뭐시긴가. 덜떨어진 로봇하고 사람들하고 모인……."

"할머니, 덜……."

"윤레나! 그만하고 들어가."

혜주는 순희의 말을 받아치려는 레나를 무섭게 다그쳤다. 레나는 그런 혜주를 한 번 쳐다본 뒤, 그대로 발걸음을 돌려 커피숍을 나갔다.

"허! 참…… 애 꼴이 저게 뭐니?"

저만치 멀어지는 레나를 보며 순희가 씩씩거리며 쏘아붙였다.

"오늘 검진이 길어져서 많이 피곤한 모양이에요. 어머님이 이해해주세요."

갑작스러운 레나의 태도에 당황스러운 건 혜주도 마찬가지였지만, 상황을 수습하려 애썼다.

"허! 아주 잘 키워놨구나. 말세지, 말세야. 버르장머리 없는 거를 살려보겠다고 제 아빠는 그렇게 죽었는데……. 수술이 어디가 잘못된 거 아니니? 애가 완전히 이상해져가지고……."

"어머니, 수술받고 레나 성적이 얼마나 올랐는지 아시면 놀라실걸요. 다 괜찮아요. 걱정 마세요."

혜주는 웃음 띤 얼굴로 순희를 달래며 레나가 떠난 방향을 가만히 쳐다봤다.

***

그 시각, 토비와 덕구 그리고 키리에는 레나가 오기를 기다리는 동안 배추흰나비를 살피고 있었다. 배추흰나비의 상태가 좋지 않았기 때문이다. 장마가 끝나고 난 뒤 나비가 든 상자를 옥상 텃밭에 놓아뒀는데, 오랜만에 와서 보니 이상하게 나비가 맥없이 축 늘어져 있었다.

"나비가 이상해요."

토비가 몇 차례 상자를 두드려봤지만, 나비는 조금의 움직임도 없었다.

"힘이 없어 보입니다."

뒷짐 진 채 서 있던 키리에가 조금 더 가까이서 나비를 관찰하려 몸을 굽혔다. 사실 내장된 카메라로 줌 인을 하면 됐지만, 레드 플래그 사람들과 있다 보니 어느새 사람처럼 행동하는 게 자연스러워진 모양이었다.

"설탕물 좀 줘야겠는데."

토비 옆에서 쭈그리고 앉은 덕구가 잠잠히 나비를 보다 무릎을 펴고 일어섰다. 그때 두둑, 하는 소리와 함께 무릎 통증이 전해지자 절로 에구구, 하는 곡소리가 이어졌다.

"저번 MRI 촬영 결과 덕구 님은 관절염 3단계로 진단받으셨습니다. 대퇴골과 경골 사이의 간격이 꽤 가까워졌고 울퉁불퉁한 돌기가 확인됐으니 행동에 주의하셔야 합니다."

키리에가 걱정스럽다는 듯 M자 모양으로 눈썹을 구기며 말했다. 덕구는 알겠다는 듯 손을 휘휘 내저으며 지나가듯 무심히 다른 말을 꺼냈다.

"그나저나 오늘 레나도 모임에 나온다고 했지?"

"네, 참석한다고 연락받았습니다."

"……그래."

덕구가 뒷짐을 진 채 고개를 끄덕였다. 레나가 수술을 받은 지도 벌써 보름이나 지났다. 병문안을 가고자 해도 레나가 한사코 거절하는 통에 가까이 살면서도 그간 얼굴을 보지 못했다. 그저 종종 음료수나 간식거리를 사서 문고리에 걸고 돌아오는 게 전부였다.

그래도 키리에를 통해서 수술 경과가 좋고 휴식을 잘 취하고 있다는 소식이라도 들을 수 있어 다행이었다. 게다가 레나가 오늘은 레드 플래그에 온다고 하니, 여간 반가운 게 아니었다.

"십 분 뒤부터 모임 시작이니 저희도 슬슬 준비할까요?"

"할아버지, 그전에 얘 설탕물 먼저 주면 안 돼요?"

나비 통에 코를 박고 관찰하던 토비가 걱정스러운 얼굴로 덕구를 돌아보며 말했다.

"설탕물? 잠깐만. 그건 집에서 가져와야 될 텐데."

덕구가 흘긋 시계를 보며 중얼거렸다.

"그러면 제가 나비 통 들고 커뮤니티 룸에 있을게요, 다녀오세요."

상자를 끌어안고 벌떡 몸을 일으킨 토비는 덕구의 대답도 듣지 않은 채 서둘러 발걸음을 돌렸다. 응당 자신의 말을 들어줄 것이라 믿는 토비를 보자 덕구는 피식 웃음이 새어 나왔다. 덕구는 키리에에게 토비랑 같이 먼저 들어가 있으라 말한 뒤 옥상을 내려갔다.

"키리에. 결국 번데기가 나비가 됐어."

커뮤니티 룸에 키리에와 나란히 앉은 토비가 자랑스러운 듯 유리 상자를 손톱 끝으로 톡톡 치며 말했다.

"배추흰나비 알이 천적의 위험으로부터 살아남아 우화할 확률은 2퍼센트에 불과할 정도로 낮습니다. 기적 같은 확률을 뚫고 아름다운 나비로 태어난 걸 다시 한번 축하합니다."

"친구들 앞에서 아주 멋지게 발표할 거야. 내가 CCTV도 옆에……. 어?"

싱글벙글 상자를 살피던 토비는 무언가 문제가 생겼는지 자리에서 벌떡 일어나 소리쳤다.

"무슨 일입니까?"

"나비 관찰하려고 옆에다가 꽂아 놨었는데……. 할아버지 집에 있나?"

아무리 상자 안을 살펴도 나비를 관찰하려고 꽂아둔 CCTV가 보이지 않았다. 토비의 입이 동그랗게 벌어졌다.

"할아버지 집에 갔다 와야겠다."

"엇, 그럼 저도 같이 가겠습니다."

말을 하면서 토비는 이미 커뮤니티 룸을 뛰쳐나가고 있었다. 키리에도 서둘러 자리에서 일어나 허겁지겁 토비를 쫓았다.

아무도 없는 텅 빈 커뮤니티 룸에 레나가 들어선 건 그로부터 몇 분 뒤였다.

"왜 아무도 없지……."

레나는 휴대폰을 들어 시간을 확인했다. 약속 시간이 이미 지나 있었다. 레나는 전화해볼까 하다가 이내 테이블 위에 올려진 유리 상자를 발견했다.

"어라……?"

레나는 털썩 자리에 앉아 상자 안을 들여다봤다. 나비 한 마리가 가만히 앉아 있는 게 보였다. 통. 손가락 마디로 상자를 두드렸지만, 여전히 나비는 움직임이 없었다. 외부 자극에 흔들리는 잎들과는 사뭇 다른 모습이었다.

호기심이 생긴 레나는 뚜껑을 열어 나비가 앉아 있는 잎을 이리저리 흔들어봤다. 그래도 나비는 별다른 움직임이 없었다. 레나는 엄지와 검지로 나비 날개를 쥐고 바깥으로 끄집어냈다.

"죽은 건가."

레나가 고개를 갸웃했다. 푹 처져 고꾸라진 나비를 보고 있자니 스멀스멀 기분 나쁜 감정이 올라왔다. 살아 있어야 할 생명이 아무런 저항도 움직임도 없자 마치 고장 나버린 것처럼 느껴졌다. 잡고 있는 손가락에 점점 힘이 들어갔다. 조금만 더 힘을 가하면 여린 날개가 밀려 찢어질 것도 같았다.

어차피 움직이지도 못하는 거 내다 버리는 게 낫지 않을까 하는 생각이 들 무렵, 저 멀리서 토비의 목소리가 들려왔다.

"누나!"

"레나 왔군요?"

뒤따라 들어온 키리에가 레나를 발견하고는 싱긋 웃으며 인사했다.

"……괜찮은 거여?"

"네, 오늘 검진받고 왔는데 이상 없대요."

미간을 구긴 채 숨까지 참으며 레나의 안색을 살피던 덕구는 그제야 한숨을 돌렸다. 홧김이었다고는 하나 자신의 말 때문인 것 같아 그간 걱정이 많았던 모양이었다.

"어? 나비는 왜 꺼냈어요?"

설탕물이 담긴 탈지면 그릇을 들고 온 토비는 레나의 손에 들린 나비를 보고는 깜짝 놀랐다.

"나비 죽었는데."

레나는 무감한 얼굴로 말했다. 텅 빈 눈은 이 세상과 조금 떨어져 사는 사람처럼 공허했다.

"아니에요! 배고파서 그런 거예요."

토비가 얼른 탈지면 위에 놓으라며 눈짓하자 레나는 마지못해 던지듯 나비를 내려놨다.

"헉! 그렇게 던지면 어떡해요? 애 배고파서 힘도 없는데!"

토비가 볼을 부루퉁하게 부풀리며 말했다. 그 말에 레나는 이해가 안 된다는 듯 말했다.

"그냥 갖다 버리지 그래. 어차피 나비 된 거 기록 다 했잖아. 이제 쓸모도 없는데."

그 말에 토비가 눈을 동그랗게 말았다. 무슨 그런 잔인한 소리를 하냐는 눈빛이었다. 지잉, 그때 테이블 위에 올려져 있던 레나의 휴대폰이 번쩍였다.

"무슨 일이에요? 아……, 저는 안 가봐도 되는 거죠?"

전화를 받는 레나에게 여섯 개의 눈이 집중됐다. 수화기 너머로까지 새된 혜주 목소리가 흘러나왔다. 누가 들어도 다급한 목소리였다. 그러나 레나의 얼굴은 심드렁하기만 했다.

"무슨 일이여?"

"아, 엄마한테 전화가 왔는데 친할머니가 심근경색으로 쓰러지셨대요."

급박한 내용과 달리 어울리지 않는 차분한 말투는 마치 아나운서가 뉴스 보도를 하는 것처럼 들렸다.

"지금 네펜테 의료센터 응급실에 계신 겁니까?"

"그렇다는데."

덕구는 이해가 안 간다는 얼굴로 레나를 쳐다봤다. 키리에의 물음에 감정 한 올 싣지 않고 대답하는 레나 모습은 오히려 키리에가 더 인간 같다고 느껴질 정도였다.

"아니 연세도 있으실 텐데 괜찮으신 거여?"

덕구가 양쪽 눈썹이 맞닿을 정도로 미간을 구기며 물었다.

"원래부터 종종 심근경색으로 쓰러지셨어요. 별일 아니에요."

레나는 어떻게 보면 반쯤 얼이 빠져 있는 것 같았지만, 말은 또 박또박 흔들림이 없었다. 키리에는 그런 레나 옆에서 안절부절못하며 마치 오뚝이처럼 몸을 앞으로 굽혔다가 다시 뒤로 젖히고, 또다시 레나 쪽으로 굽혔다가 물러서기를 반복했다.

"뭐 할 말 있어?"

누가 봐도 어정쩡한 키리에의 몸짓에 신경이 거슬렸는지 레나가 쏘아붙이듯 물었다. 키리에는 레나의 얼굴을 빤히 바라봤다. 그러나 아무리 살펴도 레나가 지금 무슨 감정을 느끼는지 도무지 파악할 수가 없었다. 한참이나 이리저리 눈을 굴리던 키리에는 결국 반응하기를 포기하고 말을 이었다.

"아닙니다, 그럼 레드 플래그 모임을 시작해 볼까요?"

"네, 시작해요오오!"

레나의 행동에 뾰로통해 있던 토비는 언제 그랬냐는 듯 신이 나 방방 뛰었다.

"그전에 제가 먼저 하고 싶은 말이 있어요."

레나가 짧게 손을 들며 말했다. 모두의 시선이 레나에게 집중됐다.

"그……."

레나는 막상 입안에서 맴도는 말들을 밖으로 꺼내기가 어려운지 잠시 뜸을 들였다.

"편하게 말해도 좋습니다. 우리는 레드 플래그니까요!"

"맞아, 우리는 레드 플래그니까!"

키리에가 싱긋 웃으며 말하자 옆에 앉은 토비도 따라 소리쳤다. 그 모습을 물끄러미 바라보던 레나는 이내 결심한 듯 혀로 입술을 축이며 말을 꺼냈다.

"맨 처음 모임 했을 때, 무슨 이유로 레드 플래그에 들어온 건지 얘기했었잖아요. 그때……. 제가 솔직하게 말하지 못했는데 늦었지만 지금이라도 어떻게 들어오게 됐는지 솔직히 말하고 싶어서요."

덤덤하게 이야기를 꺼내는 레나를 보며 덕구가 짧게 한숨을 내쉬었다.

"다들 아시다시피 제 안에는 우울과 불안이 늘 함께했고, 갖은 치료를 다 받아 봐도 나아지지 않았어요. 그렇게 불면증으로 괴로워하는 시간과 자해하는 시간이 쌓이다 보니 엄마는 제 감정을 조절할 수 있는 칩을 연구하기 시작했어요. 옆에서 그걸 보고 배운 저는 몇 가지 제안을 덧붙여 이모칩이라는 시스템을 발표해서 제닉스 사이언스 페어에서 우승했구요."

쉬지 않고 말을 늘어놓던 레나는 잠시 말을 멈추고 앞에 놓인 물을 들이켰다. 덕구는 가만히 레나의 말을 경청했다. 그 모습에 조금 마음이 놓인 레나는 숨을 크게 들이쉬며 말을 이었다.

"제닉스 로보틱스에서 키리에라는 치유 로봇을 통해 정신적 문제로 고통받는 사람들을 모아 치유해주는 돌봄 프로그램을 준비 중이란 걸 알았던 엄마는 제게 제안하셨어요. 레드 플래그는 엄마가 연구하는 후기 임상시험자에 적합한 그룹이니 네가 들어가서 이모칩 이식 수술을 권유해보는 게 어떻겠냐고 말이죠."

"임상시험?"

"시중에 판매되기 전, 개발한 약이나 치료 방법의 안전성과 효과성 검증을 위해 사람을 대상으로 시험하는 것을 말합니다."

고개를 갸우뚱하며 묻는 토비의 말에 키리에가 대답했다.

"저는……. 이모칩이 정신질환자들에게 희망이 될 수 있다고 믿었어요. 물론, 그 믿음에는 지금도 의심이 없어요. 제가 수술을 받은 것도 그렇기 때문이고요. 아무리 노력해도 저 스스로는 절대 이 병을 이겨낼 수 없단 걸, 겪고 있는 사람으로서 너무 잘 아니까요."

레나의 어금니 쪽 뺨에 잠시 굴곡이 졌다 사라졌다. 레나는 목소리가 갈라졌지만 쉬지 않고 말을 이어갔다.

"무엇보다 저 때문에 제 주변 사람들도 다치고 아프고 괴로워하니까요…….”

“누나 때문에 행복한 사람도 있어요!”

“키리에도 행복했습니다.”

토비가 불쑥 끼어들며 검지로 자신을 가리켰다. 키리에도 뒤이어 손을 들었다. 이윽고 모두의 시선이 남은 덕구에게로 향했다.

“뭐, 왜 어쩌라고 나를 쳐다봐 다들?”

덕구가 입술을 삐죽 내밀었다. 이런 상황이 익숙지 않은 덕구는 낯간지러운 말을 꺼내는 게 여간 불편한 게 아니었다.

“덕구 님도 레나 걱정을 많이 했습니다. 수술 이후부터 맨날 제게 레나의 건강 상태를 체크했고, 레나가 좋아하는 음료수와 음식을 캐물었습니다.”

“아니, 그거는……! 크흠. 하여튼 레나 너는 그런 빌어먹을 생각하지 말어! 뭐, 네 주변에 있는 사람들이 너 때문에 힘들다는 둥, 다쳤다는 둥 자신을 갉아먹는 생각 하지 말란 소리여.”

키리에의 돌발 선언에 덕구가 얼굴을 붉히며 다급히 변명했다. 덕구는 괜히 목소리를 높이며 짜증 난다는 투로 말했다. 고개 숙인 레나는 별다른 말이 없었다.

“원래 아파 본 사람만이 아픈 사람을 알아보는 거여. 네가 많이 아파봤으니까 토비가 몰리를 볼 수 있게 로보아이도 간 거고, 시소 타면서 토비도 달래준 거고, 파쇄될 뻔했던 키리에도 가상 시위니 뭐니 하는 걸로 구해낸 거 아녀? 아, 왜 네 덕분에 위로받고 살아난 주변 사람들은 생각도 안 하고 짜부라져 있냐고! 답답하게…….”

덕구가 머쓱한지 연신 입술을 씰룩이면서도 끝까지 말을 건넸다.

"레나가 우울과 불안으로 겪어내야 했던 개인적인 고통은 유감입니다만, 그로 인해 타인의 아픔을 볼 수 있는 눈이 생긴 거고 진심으로 그들을 공감하고 위로할 수 있게 됐다고 봅니다. 다만 레나가 갖고 있는 불안과 우울이라는 에너지를 이제는 자기 파괴적인 에너지로 변환시키지 않았으면 합니다. 이모칩이 그런 점에서 효과가 있었으면 좋겠네요!"

키리에도 덕구의 말을 거들었다. 진짜 가족들에게서는 들을 수 없었던 그 따스한 말에 레나는 목구멍 끝까지 울음이 찬 듯 목이 메어왔다. 평소였다면 진즉부터 눈물을 줄줄 흘렸을 것이다.

그런데 어찌 된 일인지 목 끝까지 가득 찬 감정들은 눈물이 돼 쏟아지지 않았다. 쌓인 감정들이 솟구쳐 나오지 않자 머리가 띵하니 아파올 정도였다. 그 뒤로 한참 동안 레드 플래그 사람들의 따뜻한 위로와 공감이 이어졌지만 레나의 얼굴은 마비된 듯 경직돼갔다.

17

2040년 11월 12일

반투명 유리창에 가벼운 노크 소리가 들리자 안에서 회의하고 있던 윤우가 들어오라며 손짓했다. 문을 열고 빼꼼 고개를 들이민 비키는 경직된 내부 분위기를 살피며 조심스레 문을 열었다. 그러자 로펌 대표 윤우를 비롯해 회의 중이던 시니어 변호사 네 명의 눈길이 모두 비키에게 향했다.

"안녕하십니까."

비키가 손에 쥔 패드를 책상에 내려놓고 길게 의자를 빼며 고개 숙였다. 돌아오는 인사는 없었다.

"요즘 제닉스 로보틱스 건으로 바쁘죠?"

윤우가 먼저 운을 뗐다. 그의 넓은 어깨선을 감싼 하얀 셔츠에 잠시 눈이 머물렀던 비키가 이내 싱긋 웃으며 대답했다.

"네, 뭐 아무래도 큰 건이다 보니 준비할 게 조금 많습니다."

"크흠, 수임료가 억 소리가 나던데."

케이 변호사가 곁눈질하며 입매를 틀어 올렸다. 입술 옆에 자리 잡은 큰 점이 오늘따라 더 욕심 사나워 보였다. 비키는 희끄무레하게 웃고는 살짝 고개를 끄덕거렸다.

"다들 바쁘니까 본론부터 얘기하자면 세레네에 AI 로봇을 들이려고 합니다."

"큭, 무슨 비품 처리시키려고요?"

"아뇨. 그보다는 좀 더 전문적인 일을 맡기려고 합니다."

케이의 비아냥에도 윤우는 흐트러짐 없이 단정한 어투였다.

"로봇한테 무슨 변호라도 시키려고요?"

회의적인 질문이 쏟아졌다.

"사실 몇 년 전부터 제닉스 로보틱스에서 제안은 받았었고, 이미 경쟁사에서는 판례나 증거 수집용으로 AI 로봇을 사용하고 있습니다. 그쪽에서는 나름 반응도 좋고……."

"잠깐, 그러고 보니까 제닉스 로보틱스는 이번 키리에 변호 건을 왜 저희 세레네에 의뢰한 겁니가. 제닉스 로보틱스 로봇을 사용 중인 다른 경쟁사도 많은데……."

윤우 옆에 앉은 변호사가 안경을 추어올리며 물었다.

"캬, 그거네. 몇억 원의 수임료에 고객사로 의뢰까지 하면서 자기네 회사 로봇 밀어 넣기 한 거 아닙니까?"

케이가 입맛까지 다셔가며 확신에 찬 듯 형형한 눈빛을 빛냈다.

"AI 로봇은 시대적 흐름입니다. 이미 경쟁사와 수입 격차가 좁

혀지고 있어요. 제닉스와 협력해서 손해 볼 일은 없습니다."

윤우는 차분한 눈길로 케이를 쳐다봤다. 그 시선에는 물러섬이 없었다. 그 모습을 보던 비키가 서둘러 한마디 거들었다.

"제 생각에는 AI 로봇이 법정에서 변론하지는 못하더라도 증거 정리나 비서로 사용하기에는 좋을 것 같은데요."

비키가 어색하게 웃으며 마른침을 삼켰다. 비키는 이따금 이 사막 같은 로펌 회사에서 자신은 말라가는 오아시스라고 생각하고는 했는데, 지금이 딱 그런 순간이었다. 경쟁사에서도 성공적으로 AI 로봇을 활용되고 있음을 들었음에도 계속 비관적으로 고집 부리는 시니어 변호사들이 잘 이해가 되지 않는 비키였다.

"그럼 비키가 이번 건에 써보든가."

케이가 누런 이를 드러내며 말했다. 그 모습을 보자 비키는 잠깐 신물이 올라오는 것 같았다.

"갑자기요? 투입되자마자 제가 바로 맡기에는……."

"비키 변호사라면 믿음이 가네요. 테오가 체계적으로 훈련받을 수 있을 것 같습니다."

윤우가 좋은 의견이라는 듯 비키 쪽으로 반쯤 몸을 돌리며 말했다. 너무나도 자연스럽고 깔끔한 회의 흐름에 유일하게 끼지 못하는 사람은 비키 혼자인 듯했다.

"테오가 그 로봇 이름인가 보죠?"

의자를 뒤로 젖히며 케이가 말했다. 비키는 잠시 그 의자가 좀 더 뒤로 젖혀져서 그가 뒤집혀버리는 상상을 했다. 속이 조금 풀리는 것도 같았다.

"네, AI 로봇 이름이 테오입니다."

평소였으면 나직하고 단정하게 느껴졌을 윤우의 목소리가 지금은 엉겅퀴처럼 귀에 달라붙는 것만 같았다. 누구라도 도와주길 바라며 주위를 둘러봤지만, 주변에 앉은 변호사들은 이미 다들 회의를 정리하려고 하는 분위기였다. 이대로 가다가는 정말저 혼자 로봇을 떠맡게 될 참이었다. 그렇지 않아도 키리에 건으로 신경이 곤두서 있는데 또 하나의 짐까지 덤으로 얹고 싶은 생각은 추호도 없었다.

"저를 믿어주시는 건 감사합니다만…….

"잠깐."

윤우가 말허리를 자르며 비키 쪽으로 몸을 기울였다.

"거절하지 않았으면 합니다. 전 비키가 키리에 사건 승소는 물론이거니와 테오도 우리 세레네 식구로 훌륭하게 적응시킬 수 있다고 믿거든요."

비키는 대표가 그렇게까지 말하니 할 말이 없었다. 윤우는 그런 비키를 보고 환히 미소 지었다. 비키가 거절할 수 없을 거라는 걸 너무나도 잘 알고 있는 미소였다.

***

테오가 세레네 로펌에 들어온 건 그로부터 이틀 뒤였다. 11월 중순의 날씨는 수학능력시험을 준비하는 수능생들의 한기 때문인지 옷깃을 여미고 다녀야 할 정도로 추웠다. 트렌치코트 깃 안으로 목을 한껏 웅크린 비키가 서둘러 사무실 안으로 들어갔다.

쿵.

몸을 부르르 떨며 막 모퉁이를 돌던 그때, 비키의 발에 무언가 가 부딪히며 둔탁한 굉음을 내고 밀려났다.

"아야!"

동굴에서 들리는 것만 같은 중저음의 목소리가 울렸다.

"아이 씨! 뭐야?"

무언가의 정체는 다름 아닌 로봇이었다. 비키의 어깨 정도 오 는 키에 오버사이즈 진회색 재킷을 걸친 로봇이 똥 밟은 표정으 로 다리를 부여잡고 있었다.

"지금 저의 정강이를 발로 찼습니다."

로봇이 눈썹을 갈매기처럼 추켜올렸다.

"아, 미안! 네가 그 테오?"

비키가 얼른 사과하며 테오를 위아래로 훑어봤다.

"안녕하십니까. 비키 변호사님."

테오도 비키를 따라 그녀를 위아래로 훑으며 인사했다. 비키는 그 시선이 기분 나빠져 팔짱을 끼며 물었다.

"왜 그렇게 나를 위아래로 쳐다봐?"

"친밀감 구축을 위해 흉내 내기 미러링을 해봤습니다."

"뭐라고?"

"비키 변호사님이 제게 한 그대로 따라 하는 겁니다."

이제는 팔짱까지 낀 테오가 한쪽 입꼬리를 올리며 미심쩍게 쳐 다봤다. 비키는 그 모습에 끙, 소리를 내며 팔짱을 풀고는 따라오라 손짓하며 개인 사무실로 향했다.

"지금 내가 제닉스 로보틱스에서 만든 AI 로봇 변호를 맡고 있어서 너까지 묶어서 책임지게 됐는데……."

코트를 걸고 오늘 할 일이 적힌 스마트 데스크를 손끝으로 넘기며 비키가 웅얼거렸다.

"알고 있습니다."

테오가 월 패드에 빼곡히 적힌 사건 일지와 스케줄표를 눈으로 살피며 말했다.

"키리에 사건에 대해서는 좀 알고 왔나 보네?"

"네. 제닉스 로보틱스 법무팀으로부터 관련 데이터를 인계받았습니다. 아! 오늘은 세레네 로펌에서 임혜주 님과 약속이 잡혀 있으시군요."

"응, 이따가……. 뭐야, 어떻게 알았어?"

테오의 말에 깜짝 놀란 비키가 퍼뜩 고개를 들며 물었다.

"월 패드 스케줄에 기입돼 있습니다."

지능형 디지털 디스플레이로 도배된 벽면을 테오가 손가락으로 톡톡 치며 말했다.

"아, 어…… 레드 플래그 회원인 김덕구 씨를 만나봤는데 레나가 두뇌에 이모칩을 이식했다고 하더라고."

혹시나 방 안에 도청 장치라도 있나 의심했던 비키는 이내 안도하듯 말을 이었다.

"회사는 규모가 큰 키리에 건에 활용하라고 나한테 널 떠넘겼지만, 사실 네가 딱히 할 일은 없어. 그저 방해되지 않게 옆에 있으면……, 잠깐 이리 와봐!"

귀찮다는 듯 투덜거리던 비키는 그 순간 반투명 유리창 너머로 걸어오는 윤우의 모습을 발견하고는 서둘러 테오 옆으로 다가가 어깨에 손을 올렸다.

"비키, 잠깐 들어갈게요."

곧 문이 열리고 언제나처럼 말끔한 모습을 한 윤우가 반듯한 미소를 지으며 사무실로 들어왔다. 다행히 비키는 몇 초 차이로 로봇과 잘 지내고 있다는 첫인상을 심어줄 수 있었다.

"왔군요, 대표 김윤우입니다."

로봇에게 먼저 손을 건네는 윤우를 보고 있자니, 그의 젠틀함은 남녀노소, 인간로봇을 가리지 않는 것 같았다.

"처음 뵙습니다. 테오라고 합니다."

테오가 부드럽게 윤우가 내민 손을 맞잡았다. 만약 조금 전에 정강이를 차지 않았다면 자신도 저렇게 품위 있게 인사를 나눌 수 있었을까, 비키가 잠시 생각에 잠겨 있는데 밖에서 또각또각 소리가 들려왔다. 이젠 익숙한 구두 소리, 혜주였다.

"아, 임혜주 씨 오셨네요."

윤우가 저 멀리 걸어오는 혜주를 보고는 비키에게 눈짓했다. 지난번에 옥상에서 덕구와 얘기를 나눈 뒤, 비키는 곧장 혜주를 만나려 했지만 번번이 연락이 닿질 않았다. 나중에 인턴 슬기한테까지 연락을 취하고 나서야 비키는 정말 골치 아프다는 듯 짜증을 내는 혜주와 겨우 약속을 잡을 수 있었다.

"안녕하세요."

이윽고 문을 열고 들어온 혜주는 불쾌하다는 눈빛으로 비키를 흘끗 바라보며 인사했다. 비키 역시 고개를 까닥하며 인사를 받았다.

"예, 안녕하세요. 인사하시죠. 저희 대표님입니다."

"안녕하십니까. 세레네 로펌 대표 김윤우라고 합니다. 따님 일은 정말이지 유감입니다."

혜주는 인사를 나누면서도 사람을 가늠하는 듯 빠르게 윤우를 훑었다. 비키의 옆에 선 테오도 그 눈길을 읽었는지 곁눈질로 혜주를 흘끗 쳐다봤다.

"제가 시간이 별로 없어서요. 시작할까요?"

혜주가 비키를 바라보며 딱딱한 목소리로 말했다. 윤우는 비키에게 슬쩍 눈짓을 주며 자리를 비켜줬다. 윤우의 짧은 눈짓 속에서 비키는 많은 의미를 읽을 수 있었다. 혜주가 만만치 않은 여자라는 것, 테오를 잘 학습시키고 활용하라는 것 그리고 키리에 건에 패소는 없다는 것 따위였다.

"네. 앉으시죠."

테이블 하나를 두고 마주 앉은 비키가 혜주를 살폈다. 다리를 꼬고 앉은 그녀의 힐이 위아래로 흔들렸고, 눈은 마치 이 세상을 한 걸음 떨어져 관조하는 듯 텅 비어 있었다. 혜주는 자리에 앉자마자 슬쩍 시계를 들어 올리며 빨리 끝내라는 무언의 제스처를 보냈다.

"먼 걸음 해주셔서 감사합니다. 제가 직접 네펜테 의료센터로 찾아가도 되는데요."

비키가 가벼운 말로 먼저 입을 뗐다.

"아뇨. 제가 일하는 곳에 자꾸 변호사님이 찾아오는 일은 없었으면 합니다."

혜주가 간결하게 맞받아쳤다. 윗니와 아랫니를 붙인 채 입술만 움직여 말하는 혜주의 모습은 꽤 고압적이었다.

"아, 네. 주의하겠습니다. 참, 여기는 테오라고 이번에……"

"굳이 인사시켜주지 않으셔도 됩니다. 본론을 말씀하시죠."

혜주는 머리를 숙이며 인사하는 테오를 쳐다도 보지 않고 말을 끊었다. 로봇도 머쓱함을 느낄지 모르겠지만 못 느낀다면 그 몫은 비키 것이었다. 괜히 무안한 마음에 비키가 입술에 침을 한번 묻히고는 말을 이었다.

"며칠 전 레드 플래그 회원인 김덕구 님을 만나 뵀습니다. 그분께 두 가지 새로운 소식을 전해 듣게 돼 뵙자고 했습니다."

혜주가 계속하라는 듯 비키를 빤히 응시했다.

"첫째로 사건 당일 김덕구 님이 비상계단에서 내려오는 임혜주 님을 만났다고 증언해주셨는데요, 손에 피 묻은 칼을 쥐고 계셨다고 하더군요."

그 말에 혜주가 바람 빠지듯 픽, 하고 웃었다.

"아, 그거 말이군요. 아시다시피 레나는 우울증을 앓고 있었고, 종종 자해를 하곤 했습니다. 그 칼은 제가 레나를 말리면서 뺏었던 겁니다."

"아, 그럼 레나의 웨어러블 기기와 연동되어 있는 키리에는 그녀의 불안정한 상태를 감지해서 옥상으로 올라갔던 거로군요."

비키의 옆에 있던 테오가 말하자 혜주는 눈동자만 슬쩍 옆으로 돌려 로봇을 쳐다봤다.

"칼에 피가 묻었을 정도면 레나 양은 어떤 상태였던 건가요."

"그냥, 후우……. 그저 손목 좀 그으려고 한 걸 저지한 것뿐이에요."

진 빠진 얼굴로 말하던 혜주가 이내 꼰 다리를 내리고 몸을 앞으로 숙이며 물었다.

"왜요, 변호사님이 보기에는 아직도 레나가 자살한 것 같아서? 아님 내가 키리에가 밀었다고 거짓말하는 걸로 보여요? 그것도 아니면 내가 죽였을까 봐?"

비키는 잘 벼린 칼날처럼 날카로운 혜주의 눈을 쳐다보며 나지막이 입을 열었다.

"당시 임혜주 님은 키리에의 등에 가려진 레나 양을 보지 못했다고 증언하셨습니다. 피고 키리에는 레나를 살리지 못했다고 말했고요."

"그러니까, 변호사님은 우리 레나가 자살 시도를 한 거고, 제가 로봇을 모함하려 했다는 말을 하고 계시는 거네요?"

혜주가 경멸과 짜증이 적절히도 섞인 목소리로 말했다.

"레나 양은 우울증으로 오랜 시간 심리적, 약물적 치료를 받았죠. 또 병원에 자주 내원해야 할 만큼 불안과 충동성이 큰 상태였구요. 정신 돌봄 프로그램인 레드 플래그 모임에도 참여하고 있었습니다. 그리고 관리소장님과 김덕구 님의 증언으로 알 수 있듯 레나와 키리에의 관계가 좋았습니다. 키리에가 의뢰인을 해칠 수 없도록 프로그래밍된 로봇이라는 점을 고려하여 사건의 정황을 말씀드리는 겁니다."

비키는 혜주의 노골적인 적의를 물러서지 않고 맞섰다. 혜주는 그 모습에 비뚜름한 미소를 짓더니 이내 짧게 숨을 들이켜고 말했다.

"사건의 정황은 이거죠. 옥상에 불쑥 튀어나온 키리에가 레나와 얘기 중인 저를 폭력적으로 밀쳤고, 레나를 붙잡은 뒤 말싸움을 했고, 난간에서 밀치는 걸 제가 봤다는 겁니다. 제가 피해자이자 현장의 유일한 목격자고요. 또 레나가 레드 플래그에 들어간 건 불안 증세가 심해서 정신적 치료를 받으려던 게 아닌 의료 연구 개발이 목적이었습니다. 무엇보다 프로그래밍 오류인 건지 주체적 판단인 건지 모르겠지만, 키리에가 살인을 했고 또 해당 영상 기록을 의도적으로 삭제해 증거를 인멸했다는 게 사건의 진실이고요. 다시 한번 말씀드리지만, 우리 레나가 자살할 이유가 없습니다. 왜냐면……."

"왜냐면 두뇌에 이모칩을 심어놔서 감정을 통제당하고 있었으니까요."

그때 테오가 둘의 대화에 끼어들었다. 그 말에 두 여자의 눈길이 홱 쏠렸다. 특히 비키의 눈이 경악으로 물들었다.

"하지만 임상 중인 이모칩의 부작용으로 충동적 장애가 발생했을 가능성도 있습니다. 실제 해외 사례에서도……."

"레나가 칩 이식 수술 한 건 어떻게 알아낸 거죠?"

혜주가 테오의 말은 듣지도 않고 날 선 눈으로 비키를 쳐다봤다. 비키가 모두 알고 있음을 짐작한 눈빛이었다. 조금 더 적당한 타이밍에 이야기를 꺼내려고 했던 비키는 입술을 깨물며 입을 열었다.

"레드 플래그 회원이었던 김덕구 님으로부터 전해 들었습니다. 레나 양이 이모칩 후기 임상시험자로 참여해 칩 이식 수술을 받았다고요."

"그래서 지금 말하고 싶은 게 정확히 뭐죠?"

"……레나 양의 모든 의무 기록을 확인해 볼 수 있도록 도움 부탁드립니다."

비키가 사망자 의무 기록 열람 및 발급동의서를 혜주 앞으로 내놓았다. 눈꺼풀을 아래로 내리며 종이를 흘깃 본 혜주는 기가 찬 얼굴이었다.

"제 딸이 자살했다는 증거를 찾으려는 피고 변호사를 위해 망자의 의무 기록 열람을 도와달라는 건가요? 게다가 출시를 앞둔 이모칩의 부작용을 말하려는 변호사님인데 말이죠. 하……, 이모칩은 제가 수년 동안 연구했고, 지난한 임상 과정을 거쳐 안전성과 효과성을 입증받았어요. 죄송하지만, 동의할 수 없습니다."

혜주는 더는 할 말이 없다는 듯 옆에 놓인 코냑색의 켈리백을 손에 쥐고 일어서려 했다.

"엇, 잠시만……."

"좀 전에 물어볼 게 두 가지라고 하지 않으셨나요? 제가 드릴 답변은 다 드린 것 같은데요. 이제 법정 외에 따로 변호사님을 뵐 일은 없을 겁니다, 그럼."

혜주는 그대로 걸어 나가다가 잠시 손잡이를 잡은 채로 멈춰 섰다. 그러고는 뒤도 돌아보지 않고 쏘아붙였다.

"아, 혹시라도 또 제게 연락을 한다거나 찾아오신다면, 저도 법정 대리인을 세우겠습니다. 심리적 압박감과 협박 섞인 강요를 받고 싶진 않아서요."

"……."

비키와 테오는 망연히 입만 벌린 채 저 멀리 떠나가는 혜주의 뒷모습만 바라봤다. 비키가 처음으로 로봇에게 동질감을 느끼는 순간이었다.

***

"좋았어……."

카페에 들어서기 전 비키는 치렁거리는 머리카락을 손으로 빗어 넘기며 하나로 모았다. 머리를 단정하게 묶는 건 비키가 일에 집중하기 전 하는, 일종의 의식과도 같았다.

유일한 목격자인 혜주에게 냉담히 퇴짜를 맞긴 했지만, 비키는 낙담하거나 좌절하지 않았다. 만약 그럴 거라고 생각했다면 정말 그녀를 모르고 하는 말이었다. 별다른 수확도 얻지 못한 채 세 번째 공판이 일주일 앞으로 다가왔어도, 비키는 지금 승부욕이 최상이었다.

"여기 있습니다."

비키의 옆에 있던 테오는 그녀를 위해 머리끈을 건넸다.

"이런 건 또 언제 준비했대."

테오의 손에서 달랑거리는 머리끈을 받으며 비키가 퉁명스레 말했다.

"관찰해본 결과 비키 변호사님은 일하기 전 머리를 동그랗게 말아 왼쪽으로 꽁지를 빼내는 스타일을 연출하십니다. 필요하실 거 같아서요."

"고마워."

"오늘따라 더 의욕이 넘치시는 거 같습니다."

테오의 눈썰미 좋은 말에 비키가 한쪽 입꼬리를 올렸다.

"맞아. 지금 전투력이 최상이야. 왠지 알아? 지금부터 내가 아주 싫어하는 사람한테 부탁을 해야 하거든."

테오는 무슨 말인지 잘 알아듣지 못하는 듯했다. 비키는 마지막으로 하늘을 한번 흘긋 쳐다보며 심호흡한 뒤, 힘차게 카페에 발을 디뎠다.

"비키! 여기야, 여기!"

비키가 카페에 들어서자마자 저 멀리 손을 휘저으며 큰 소리로 부르는 가죽 재킷을 입은 남자가 보였다. 매년 이맘때쯤 보게 되는 램 스킨 라이더 재킷을 입은 남자, 승현이었다.

"형사님, 먼저 와 계셨네요!"

비키는 정말 반갑기라도 한 얼굴을 그리고는 그를 향해 뛰듯 걸어갔다.

"뭐야, 떨거지가 생겼네."

승현이 비키의 뒤에서 어정어정 걸어오는 테오를 흘긋 보며 말했다.

"세레네 로펌에서도 AI 휴머노이드를 도입해요. 이름은 테오예요."

"안녕하십니까. 세레네 로펌 소속 테오라고 합니다. 저는 비키 변호사님을 옆에서 도와드리고 있습니다."

승현은 의자 뒤로 몸을 젖히며 자리에 앉는 테오를 살펴봤다. 마치 동물원에 들어온 희귀 동물을 보는 듯한 눈초리였다.

"크흐, 수임료가 세니까 로봇 비서까지 붙여줬네."

"뭐, 아무래도 변호사들이 방대한 판례들을 찾아보고 증거 수집하는 데 쓰는 시간을 줄일 수 있으니까요."

"그래서, 로봇 비서까지 들이셨는데 키리에 건은 잘 진행되고 있고?"

승현은 비키가 자리에 앉을 때부터 쉬지 않고 이기죽거렸다. 비키는 그의 까닥거리는 손가락 두 개가 몹시도 거슬렸지만 이내 눈길을 떼고 말을 이었다.

"네, 지난주에 임혜주 씨를 따로 만났어요."

"참 우리 변호사님도 잔인하단 말이야. 자식이 살해된 걸 눈앞에서 목격한 사람한테까지 찾아가서 뭘 물어보셨으려나."

"……저번에 전해주신 경찰 보고에 적힌 목격자 외에 증인을 한 명 더 만나봤어요."

"증인?"

"사건 당일 옥상에서 내려오는 임혜주 씨와 마주친 사람이 있었다는 거 알고 계셨나요?"

까딱거리는 승현의 손가락이 그제야 허공에 멈췄다. 비키의 말이 거짓인지 가늠하려는 듯 눈을 가늘게 뜬 승현이 이내 입을 뗐다.

"누구."

"레드 플래그 회원 김덕구 씨요."

승현의 눈썹이 꿈틀거렸다. 비키는 승현이 모르고 있었다는 걸 눈치챘다. 한 사람과 오래 일할 때 유일하게 좋은 점은 바로 상대의 익숙한 표정을 알고 있다는 것이었다.

"임혜주 씨가 피 묻은 칼을 쥐고 내려오는 걸 봤다고 하더라고요."

"……정말이야?"

승현은 그제야 뻐딱하게 의자에 닿은 등을 떼고 팔꿈치를 테이블 위에 올렸다.

"윤레나 양이 임상시험 중인 건 알고 계셨나요?"

"임상시험?"

심각해진 승현의 얼굴을 보며 이제는 비키가 의자에 등을 기댔다. 승현은 정말 아무것도 모르는 듯했다.

"예. 그래서 임혜주 씨를 만나서 윤레나 양의 의무 기록 열람을 허용해달라고 요청드렸어요. 그런데……."

"거절했겠네."

승현이 읊조렸다. 뭔가 이상하게 돌아가고 있는 걸 직감적으로 느낀 모양이었다.

"아시다시피 사망자 의무 기록 열람은 가족 동의를 받아야 하는데 임혜주 씨가 완강하게 거절하더라고요."

승현은 관자놀이 위에 손가락을 가져다 대고 시선을 탁자에 고정했다. 골똘하게 뭔가를 생각할 때 늘 하는 자세였다.

"법원에 요청할 생각이지만……."

"안 될 거야. 개인정보 보호 기밀성이 높아진 데다가 우울증이 있는 피해자가 임상시험까지 진행했다면 더 민감한 정보가 될 테니까. 망자 개인의 권리 보장으로 거부될 가능성이 농후해."

"그래요……."

승현의 말에 비키는 짧은 한숨을 내쉬었다. 그러고는 손목 찬 시계를 흘깃 내려다봤다.

"그럼, 저는 먼저 일어나 봐야겠네요. 승인될 가능성은 희박하더라도 일단 법원에 의무 기록 열람 요청 넣어보려고요."

승현에게 더는 얻을 정보가 없다는 걸 느낀 비키가 서둘러 자리를 마무리했다. 바깥쪽에 앉았던 테오는 이미 눈치껏 먼저 일어나 있었다.

"차승현 형사님, 만나 봬서 반가웠습니다. 그럼 떨거지는 가보겠습니다."

테오가 먼저 인사를 하고는 홱 돌아서 나갔다. 예기치 못한 인사에 비키와 승현의 눈동자가 떼구루루 굴러 서로 맞물렸다. 비키는 이내 승현이 터뜨리는 옅은 웃음까지 보고 나서야 테오를 따라 카페를 나섰다.

"안녕히 가세요!"

카페에서 나오자, 카페 직원으로 보이는 사람이 하늘을 향해 두 팔을 펼친 채 비키에게 인사를 건넸다.

"택배용 드론은 2킬로그램 미만의 택배를 약 7미터 높이의 상공에서 줄로 늘어뜨려 배달해주며, 도로 주행보다 이동시간을 평균적으로 76퍼센트 줄여주는 효과가 있습니다. 또한 영상 촬영을 통해 고객의 클레임을 98퍼센트 처리해주는……."

비키의 눈이 상공에 떠 있는 드론에 고정되자 테오가 곁에 서서 설명을 늘어놓기 시작했다.

"잠깐만."

테오의 설명을 한 귀로 흘리던 비키는 어느 순간 말을 멈추라는 듯 손을 들었다. 뭐라고, 영상?

"무슨 일입니까."

"그래! 그거야! 내가 왜 이 생각을 못 했지."

한 손으로 정수리 부근을 매만지던 비키는 휴대폰을 들어 어딘가로 전화를 걸었다. 몇 번의 발신음이 들리고, 곧 상대가 전화를 받자 비키가 다급히 입술을 뗐다.

"안녕하세요, 김덕구 님. 저 세레네 로펌 변호사 비키입니다. 부탁드릴 일이 생겨서 연락드렸습니다. 그 옥상에 택배용 드론이 촬영한 CCTV 영상기록물을 확인할 수 있을까요?"

비키의 반짝이는 눈빛이 옆에 선 테오에게도 가닿았다.

18

2040년 9월

늦여름의 열기를 밀어내지 못한 9월 초의 한낮은 후덥지근했
다. 집에 방문한 키리에를 위해 문을 열어주자 뜨거운 공기가 레
나 얼굴 위를 훅하고 덮쳐왔다.

"오랜만입니다? 오늘은 제가 요리사입니다. 레나를 위해 장을
봐왔습니다."

두 손 가득 장 본 물건이 담긴 봉지를 든 키리에가 신발을 벗으
며 말했다.

"별로 배고프지 않은데……. 요즘 속이 별로 안 좋아서."

레나가 벽에 걸린 시계를 흘깃 보며 말했다. 마침 점심시간이
긴 했지만, 딱히 먹고 싶은 생각이 들지 않았다.

"아침은 언제 먹었습니까?"

"아침 안 먹었는데."

주방으로 걸어가며 묻는 키리에의 말에 레나가 머리를 긁적이며 웅얼거렸다. 그 말에 키리에는 덕구처럼 이마에 일자 주름을 만들고서는 레나에게 말했다.

"수술한 지 얼마 되지도 않았는데 식사도 안 챙겨 먹는 건 몹쓸 짓입니다."

키리에가 레나에게 잔소리 아닌 잔소리를 하며 봉지에서 소고기를 꺼냈다. 로봇이 음식을 해주려고 바쁘게 움직이는 모습이 퍽 생경했다. 레나는 조심스럽게 식탁 의자에 앉아 머리에 손을 괸 채로 키리에를 멍하니 지켜봤다.

"오늘 메뉴는 소고기뭇국입니다. 금방 만듭니다. 어렵지 않습니다."

"요리 잘해?"

"매뉴얼대로 한다면 못 할 것도 없습니다."

앞치마까지 꺼내 들고 허리끈을 조여 매면서 키리에가 말했다.

"그렇지, 매뉴얼이 있다면 못 할 게 없지. 나도 수술했으니까 시스템이 매뉴얼대로 알아서 잘 조절해주겠지?"

그 말에 키리에가 고개를 돌려 레나를 쳐다봤다. 마주 보는 레나의 눈은 더없이 공허해 보였다.

"시스템은 레나의 극단적 감정을 제어해주고 도와주는 도구일 뿐, 레나 본인이 사라지는 건 아닙니다."

"난 워낙에……. 고장 났었으니까. 유난스럽고."

괜스레 앞에 놓인 티슈를 동그랗게 말면서 레나가 우물우물 말했다.

"유난스럽다는 기준이 어디서부터 나온 건진 모르겠습니다만, 온전히 시스템의 통제를 받는다면 로봇과 다를 바가 없습니다. 저는 인간만이 가진 유일성과 특별함을 존중합니다."

소고기를 키친타월로 꾹꾹 누르며 키리에가 말했다. 그 순간 레나는 갑자기 속이 메스꺼워져 시선을 멀리 돌렸다.

"하아……. 그래, 그 유일성과 특별함이 나한테는 좀 버겁네. 별 갖은 노력을 다해도 우울증을 못 고쳤으니까. 엄마는 늘 완벽하기를 바라셨는데 난 늘 망가진 모습만 보여드리고……."

"인간마다 갖는 특별함이 곧 완벽함을 의미하는 건 아닙니다. 아 참, 여기서 포인트! 무는 0.23센티미터 정도의 크기로 나박썰기를 해줘야 합니다."

도마 위에 무를 올린 키리에가 몹시 중요하다는 듯 집중하며 말했다.

"내 우울 때문에 더 이상 마음 상하거나 다치는 사람이 없었으면 좋겠어."

레나가 수술 부위를 매만지며 말했다. 오늘따라 싸한 느낌이 머릿속을 헤집었다. 마치 시린 이에 차가운 바람이 불 때처럼 찌릿함이 불규칙적으로 찾아왔다.

"교통사고로 아버지를 잃은 건 레나의 우울 탓이 아니라 사고였습니다. 계속 안 좋았던 기억을 곱씹고 곱씹는 건 우울의 하강 나선을 증폭시킵니다. 우려먹는 건 소고기뭇국처럼 요리에서나 사용하면 됩니다."

당면을 한 움큼 집어 들어 물에 담그며 키리에가 말했다.

"응?"

그러나 그런 키리에의 말에 대한 레나의 반응이 이상했다. 레나는 그저 멍한 표정을 지으며 연신 머리를 박박 긁었다.

"교통사고? 무슨 사고를 말하는 거야?"

"네? 레나의 우울증 치료를 위해 함께 병원에 다녀오던 길에 아버지를 잃었던 십 년 전 교통사고 말입니다."

"아빠랑 내가 교통사고를 당했다고? 잠깐만……. 그러니까 아빠가 그 교통사고로 돌아가신 거야?"

레나가 이해되지 않는다는 듯 고개를 갸우뚱거렸다. 모르는 척하는 게 아니라 아예 처음 듣는다는 반응이었다. 레나는 이제 손가락을 갈고리처럼 깊게 파묻고는 머리를 벅벅 긁어댔다.

"레나, 지루 습진이 있습니까? 두피는 다른 피부와 달리 감각신경과 혈관이 많이 분포하고 있어 예민하고 염증 발생률이 높습니다. 지루 습진을 그대로 방치하면 비듬이 생기고……."

아까부터 쉴 새 없이 머리를 긁적이는 레나의 모습에 키리에가 걱정스레 설명을 늘어놨다.

"아니, 그게 아니라……."

레나는 이제 양손을 모두 사용해 머리를 벅벅 긁으며 괴로워했다. 누가 봐도 정상적이지 않은 모습이었다.

"검진 이후부터 이렇게 갑자기 미친 듯이 머리가 간지러웠다가 따끔거렸다가……."

냄비에 참기름을 두르고 소고기를 볶던 키리에는 요리를 멈추고 레나 곁으로 다가갔다.

"검진했을 때 별다른 이상이 있었나요?"

"별 이상 소견은 없다고 했었는데⋯⋯."

키리에는 조심스레 레나의 머리를 살폈다. 수술로 인해 원형 탈모처럼 드러난 레나의 두피 한쪽이 얼마나 긁어댔는지 핏멍울이 맺혀 있었다.

"피딱지가 졌습니다. 개학하기 전에 병원에서 재검진을 받아봐야 할 듯합니다. 제가 지금 보호자님께 연락해서⋯⋯."

"아냐, 아냐!"

레나가 자리에서 벌떡 일어서며 손사래를 쳤다.

"슬기 언니한테 먼저 연락해보고 내원하든가 할게."

"보호자가 제일 먼저 알아야 하지 않을까요? 어머니께서⋯⋯."

"아니라니까!"

레나의 새된 목소리에 주방에 잠시 정적이 흘렀다. 지금껏 레나가 이렇게 크게 소리를 지른 건 처음이었다. 처음 보는 모습에 키리에는 레나가 차고 있는 웨어러블 워치와 자신을 연동시키며 레나의 표정과 근육의 움직임을 조심스럽게 탐색해나가기 시작했다. 레나의 맥박수가 불규칙하게 빨라졌다 느려지기를 반복하더니 이내 빈맥 상태가 됐다. 경직돼 꿈틀거리는 광대 근육만큼이나 생체 흐름이 비정상적으로 이어졌다.

키리에의 눈이 점점 더 걱정스럽게 변해가자 레나가 억지로 입꼬리를 올리며 최대한 조곤조곤 말을 했다.

"어렵게 수술까지 했는데 또 자질구레한 걸로 신경 쓰게 하고 싫지 않아서 그래. 그냥⋯⋯. 엄마가 나한테는 좀 그래. 잠깐만."

말을 마치지도 못한 채 레나가 황급히 화장실로 향했다. 그러고는 한동안 화장실에서 나오지 않았다.

그동안 키리에는 소고기를 볶던 냄비에 국간장을 넣어줬다. 간장이 끓으며 특유의 냄새가 나자 곧 나박썰기 한 무를 냄비에 넣고 육수를 부은 뒤 센불로 끓였다. 조금씩 물을 부어가며 세 번을 우려낼 즈음 레나가 다시 주방으로 돌아왔다. 키리에가 시계를 확인하니 정확히 이십팔 분이 지나 있었다.

"크흠⋯⋯."

겸연쩍은 듯 이마를 긁적이던 레나가 한 손으로 얼굴을 훔쳤다.

"정말 괜찮은 겁니까? 소고기뭇국은 완성됐습니다."

뭇국을 끓이던 불을 끄며 키리에가 걱정스레 물었다.

"아까는 그러니까⋯⋯. 나는 그동안 충분히 엄마한테 힘든 모습만 보여 왔어, 이기적이게도 말이야. 이번만큼은 평범하게 넘어가고 싶어서 그래."

"아플 때 가장 힘든 사람은 레나입니다. 그걸 들켰다고 해서 이기적이라고 볼 수는 없습니다."

키리에의 말투는 여느 때와 다름없이 교과서적이었고, 기계음이 섞여 있었으며 무덤덤했다. 그럼에도 레나는 웬일인지 평소와 다르지 않은 그 말투가 너무나도 뭉클하게 가슴에 파고들었다.

잠시 정적이 흐른 뒤 키리에는 분위기를 바꿔보려는 듯 짐짓 쾌활한 톤으로 말을 꺼냈다.

"기분도 울적한데 밖에 나가서 커피 한 잔 어때, 레나?"

나름 친밀감을 높이고 긴장감을 완화하기 위해선지 반말까지
곁들이는 키리에였다.

"……그래, 그게 좋겠어."

자신의 기분을 살피느라 애쓰는 키리에를 보며 레나가 희끄무
레하게 웃었다.

그들은 아파트에서 그리 멀지 않은 인근의 카페로 향했다. 고
작 200미터 떨어진 카페임에도 집을 벗어나자 레나는 한결 숨이
트이는 듯했다. 둘은 밖이 잘 보이는 카페의 창가 자리에 앉았다.

"생각보다 덥네."

레나는 스툴에 앉으며 입고 온 겉옷을 벗었다. 이번 늦여름 날
씨는 참 변덕스러웠다. 아침, 저녁은 쌀쌀한데 낮에는 땀이 날 정
도로 해가 쨍하게 내리쬐거나 갑자기 비가 와서 눅눅해지고는 했
다. 도무지 어느 장단에 맞춰야 하는지 아리송한 날씨라 생각할
때쯤 레나는 피식 웃음이 새어 나왔다.

마치 이상스러운 날씨가 지금 자신과 닮아 있는 것만 같았다.
이모칩 이식 수술을 마친 뒤 몇 주 동안은 정말 평온 그 자체였던
감정이 어쩐 일인지 검진 이후부터는 뭔가 들쭉날쭉한 느낌이다.

어쩌면 지난 레드 플래그 모임 때 키리에가 했던 말처럼 자신
의 일부였던 우울과 불안이 사라져버렸기 때문인지도 몰랐다. 지
금 겪고 있는 식욕 부진이나 메스꺼움 그리고 두피 가려움증도
적응해나가기 위한 과정일 수도 있을 것이다.

이런 가벼운 부작용 따위는 그동안 자신이 겪어내야 했던 고
통에 비하면 충분히 견딜 만한 것들이었다. 부적합하고 불안정한

감정들을 수치화해서 시스템이 자동 모니터링해준다는 게 얼마나 믿음이 가는 일인지, 아니 얼마나 믿고 싶은 일인지 보통의 사람들은 감히 알지 못할 것이다.

내가 나를 믿을 수 없어 어떤 일이 생길지 모르는 불안은 겪어본 사람만이 알 수 있는 것이다. 지금까지 살아왔던 평생이 감정에 지배당해 살아온 삶이었고, 이제 넌더리 나는 그 굴레에서 벗어나는 중이었다. 레나는 손끝으로 갓 자란 머리가 까끌한 두피 부분을 짚어봤다.

달그락달그락.

그때 빨대로 얼음을 휘젓는 요란한 소리에 레나가 고개를 들어 옆을 쳐다봤다. 유리잔에 담긴 아이스 커피를 빨대로 휘휘 저으며 키리에가 늘어지게 하품을 하고 있었다. 바깥에서 쏟아지는 햇볕에 로봇이 나른해진 건가, 레나는 헛웃음이 나왔다.

"괜찮습니까?"

수술 부위를 매만지고 있는 레나를 바라보며 키리에가 물었다. 목소리가 바깥 햇볕처럼 따뜻했다. 분명 차가운 로봇인데 키리에는 온기를 가지고 있었다.

"뭐가."

괜히 툴툴거리는 말투로 아무렇지 않은 척하는 레나였지만, 이내 자신을 걱정해주는 키리에에게 미안한지 곧바로 말을 이었다.

"조금 전에 하품하는 거 봤어."

레나가 눈을 흘기며 말하자 키리에가 소스라치게 놀라며 머리를 긁적거렸다.

"제가 하품을 한 건 에너지 효율을 위한 거였습니다."

"풉, 뭐라는 거야."

"앉아 있는 동안 레나의 표정과 행동을 관찰했지만 지금 제가 어떤 기능을 해줘야 할지 몰라 저도 잠시 쉬고 있었습니다. 사람들이 쉴 때 하품을 하길래 저도 따라 해봤습니다."

레나는 키리에의 말에 또 미안해졌다. 오늘 하루 종일 제 옆에서 눈치를 봤던 키리에가 눈앞을 스쳐 지나갔기 때문이다. 이리저리 눈치를 살피느라 로봇도 에너지를 많이 소모했을 거라는 생각이 들자 레나가 웅얼거리듯 말했다.

"……그냥 옆에 있어주는 것만으로도 위로가 돼."

"옛! 정말입니까? 그럼 레나, 레나는 지금 기분이 어떻습니까."

레나의 말에 키리에가 신이 난 것처럼 불쑥 질문을 던졌다. 자신이 가진 빅데이터를 분석해 레나의 감정과 연계된 적절한 반응을 보일 모양이었다.

"기분?"

"네, 지금 레나의 감정을 말해준다면 환상적인 피드백으로 만족도를 높여드리겠습니다."

"……."

순간 레나는 도화지처럼 머리가 하얘졌다. 지금 자신이 어떤 감정을 느끼고 있는지 잘 분간이 되지 않았다.

우울한 감정을 겪었던 예전에는 오히려 날 서 있는 선명한 감정선들이 레나의 신경을 자극했고, 스스로도 어떤 감정을 느끼는지 분명히 알 수 있었다. 그저 그 감정이 어둡고 외로웠을 뿐. 그런데 지금은 자신의 기분을 말로 설명하기 어려웠다. 아니, 감정이란 게 마비된 것처럼 느껴졌다.

"어, 그러니까……. 수술 이후에 가끔 찌릿찌릿할 때가 있어. 뭐, 실제로 전류가 흐르니까. 그, 너도 알다시피 이식된 칩이 자극을 쏴서 저하된 신경전달물질 수치를 높여주니까. 이제는 악몽도 안 꾸고 잘 자고……."

당황한 레나가 횡설수설하며 이런저런 말들을 내뱉었다. 그러다 할 말이 없어져 황급히 앞에 놓인 라떼를 들이켰다. 키리에는 그 모습을 가만히 보다가 입을 열었다.

"더 이상 아버지에 대한 악몽을 꾸지 않는다고 하니 참 다행이군요."

"아, 맞아. 아까 말했던 아버지 교통사고 말이야. 내 기억에는 아빠랑 같이 교통사고 당했던 적이 없거든……. 내가 레드 플래그 모임 때 그런 말을 했었어? 근데 왜 기억이 안 나지……."

"레나가 7살 때 겪었던 사고로 아버지에 대해 미안함이 있어 악몽을 꾸고 불면증을 겪고 있다고 모임 때 말해줬습니다. 혹시 수술 부작용에 따른……."

"아니야! 부작용은 아니고, 그냥 일시적인 걸 거야……. 어쨌든 예전에 앓았던 우울증만큼은 확실히 안 느끼는 것 같아! 슬프지도 않고, 불안에 잡아먹힐 것 같은 느낌도 없고, 엄청 외롭다거나 쓸쓸한 감정도 없고."

레나가 이만하면 다행이지 않냐는 듯 어설피 웃었다.

"그래서 레나는 어떤 감정을 느끼고 있는 겁니까?"

"어?"

"느껴지지 않는 감정들만 나열해주고 있는데, 저는 지금 레나가 어떤 기분인지 궁금합니다."

키리에가 양 손바닥을 하늘로 들어 올리며 궁금하다는 제스처를 했다.

"그러니까, 키리에⋯⋯."

레나는 대답을 찾으려는 듯 입술을 달싹거렸지만, 어떤 감정을 느끼고 있는지 떠오르지가 않았다.

"그건⋯⋯, 헉⋯⋯!"

답답한 마음에 창밖으로 눈을 돌렸는데, 레나의 눈앞에 갑자기 번개가 치듯 밝은 빛이 쏟아졌다. 곧이어 급하게 브레이크를 밟는 끼이익, 소리가 들렸다. 강한 빛에 순간적으로 눈을 꾹 감은 레나는 손으로 눈을 가린 채 슬며시 눈을 떴다. 상향등을 켠 채 갑자기 불쑥 나타난 승용차 한 대가 귀가 찢어질 듯 경적을 울려대고 있었다. 그 앞에는 사람들 틈에 파묻혀 웅크린 아이가 보였다.

"꺄아악!"

레나는 비명을 지르며 테이블 아래로 들어가 공처럼 몸을 말고 웅크렸다. 두 손바닥으로 귀를 막고 쉴 새 없이 비명을 질렀다. 비를 맞은 듯 식은땀이 흘렀다. 숨도 제대로 쉬어지지 않아 꺼이꺼이 몰아쉬었다.

그러나 레나의 망막을 덮친 섬광은 쉬이 사라지지 않았다. 레나는 그 불빛 속에서 무언가를 봤다. 아빠의 손이 보였고, 옆에 앉은 엄마가 뒤돌아 자신을 쳐다보는 모습이 얼핏 비쳤다. 그런데 그때 또다시 경적이 울리고 다시 눈앞이 하얀색으로 덮였다.

"……."

몇 분이나 흘렀을까. 레나의 눈에 곧 빛이 사라지고 원목으로 된 테이블 다리가 들어왔다. 호흡도 진정됐다. 그리고 그제야 자신의 어깨를 감싼 채 괜찮습니다 괜찮습니다, 라고 되뇌는 키리에의 목소리를 들을 수 있었다.

그 일이 있고, 레나는 무슨 정신으로 집에 돌아왔는지 잘 기억이 나지 않았다. 키리에는 몇 번이나 병원에 연락하겠다고 했지만, 레나는 일단 쉬고 싶다며 한사코 키리에를 말렸다.

키리에가 돌아간 뒤, 레나는 기억의 파편이 머릿속을 헤집는 거 같아 고통스러웠다. 뭔가 잘못된 걸까. 키리에 말처럼 수술 이후에 뭔가를 잃어버린 게 분명했다.

레나는 거실 소파에 몸을 묻고 한참을 진정하려 애썼다. 얼마나 지났을까 한참을 그러고 있으니 차츰 마음이 차분해지는 듯했다. 이모칩이 제 기능을 발휘하는 모양이었다.

레나는 크게 심호흡하며 천천히 자리에서 일어나 책상 위에 올려둔 패드를 들고 다시 소파에 앉았다. 슬기가 오늘까지 해달라고 요청했던 설문 검사 요청이 떠올랐기 때문이다.

패드를 꺼내 슬기가 알려준 링크로 들어가니 바로 이모칩 설문지로 연결이 됐다.

기본 인적 사항 정보를 적은 레나는 이어지는 질문을 대충 눈으로 훑어봤다. 대부분이 리커트 척도로 감정에 대한 강도를 숫자로 표기하는 형태였다. 좀 전에 술술 써 내려갔던 인적 사항과는 달리, 질문에 답하는 펜의 속도가 현저히 떨어지기 시작했다.

고심하며 답변을 마친 레나의 눈에 '보통이다'로 점철된 체크 표시가 눈에 들어왔다. 감정을 묻는 질문에 대한 답변이 모두 보통이라니. 다른 사람처럼 평균적인 사람이 되고 싶었으니 어쩌면 성공적인 수술이라고 볼 수도 있을 터였다. 안심하며 내뱉는 숨과 함께 다음 질문으로 넘어가려는데, 문득 레나의 머릿속에 슬기가 했던 말이 떠올랐다.

'심전도에서 일직선은 사망했단 걸 의미해. 심장이 내보내는 전기적 활동이 없다는 거니까. 살아 있다면 반응해야 하고, 끊임없이 실선이 움직여야지.'

갑자기 왜 그 말이 불쑥 떠오른 건지 알 수 없었다. 수술까지 받아가며 결국 원했던 일직선의 감정에 머무를 수 있게 됐는데 왜 자꾸만 모든 감정을 잃어버렸다는 기분이 드는 걸까. 아이러니하게도 텅 비어버린 감정을 보자 기존에 갖고 있던 감정들을 빼앗기고 자기 자신마저 잃은 것 같았다.

괜한 망상이라고 생각하며 레나는 서둘러 다음 페이지로 넘어갔다. 통증과 신체적 불편함을 적는 서술 질문이 나왔다. 레나는 마른침을 꿀꺽 삼킨 뒤 펜을 꼭 쥐었다.

마지막 검진 이후로 종종 찾아오는 메스꺼움과 식욕 부진 그리고 마녀가 손톱 끝으로 두피를 긁는 듯한 간지러움을 세세하게 적어 내려갔다.

끝으로 조금 전 키리에와 있었던 일을 떠올린 레나는 조심스럽게 마지막 문장을 적었다.

아빠와의 특정 기억을 상실했습니다. 비록 트라우마로 남은 기억이지만 전부 되찾고 싶습니다, 저의 일부였으니까요.

***

한차례 소나기가 쏟아진 이후 기온이 급격하게 떨어졌다. 레나는 양옆으로 벌어진 교복 가디건을 앞으로 잡아당기며 단추를 채웠다.

"야, 윤레나!"

수업을 마치고 레나가 막 교문을 빠져나가려던 그때, 뒤에서 누군가 레나를 불렀다. 잘 아는 목소리에 레나의 미간이 구겨졌다. 짐짓 못 들은 척하며 서둘러 발걸음을 떼려는데, 누군가가 레나의 팔을 획 잡아챘다.

"개무시하냐?"

예상한 대로, 같은 반 친구 서아였다.

"뭔데."

레나가 담담히 서아의 눈을 마주 보며 물었다.

"우리 엄마가 그러더라. 너 성적 올리려고 뇌 수술받았다며? 켈릭스 입학한 것도 운 좋게 상 받아서 들어온 거면서, 그렇게까지 하고 싶냐?"

질끈 올려 묶은 머리 탓에 안 그래도 치켜 올라간 서아의 눈이 더 표독스러워 보였다. 서아 엄마와 혜주는 예전부터 아는 사이라 서아는 늘 레나와 비교당하곤 했다. 평소에는 그래도 나름 승부가 됐는데, 요즘 레나의 성적이 월등히 오른 탓에 여간 아니꼬운 게 아닌 듯했다.

"성적 때문에 수술받은 거 아냐."

레나가 가방을 어깨 위로 추켜올리며 말했다.

"아 맞다! 너 그 대단하신 우울증 환자셨지? 맨날 학교에서 혼자 질질 짜더니."

"역시 나에 대해 잘 알고 있네. 근데 넌 늘 나한테 관심이 너무 많아. 신경 끄고 네 인생이나 살아."

레나는 코에 주름까지 잡아가며 약 올리려 애쓰는 서아에게 한마디 쏘아붙인 뒤 그대로 등을 돌렸다.

"이게!"

그대로 걸어가려 했는데, 갑자기 레나의 고개가 뒤로 홱 젖혀졌다. 그 바람에 쓰고 있던 모자가 땅에 떨어졌다. 무의식적으로 수술받은 부위를 손바닥으로 가리며 레나가 모자를 주우려 하자 서아가 움켜잡은 레나의 머리채를 휘어잡더니 이내 바닥으로 밀쳤다. 중심을 잃은 레나는 그대로 내리막길로 굴렀다.

"으윽······."

레나가 고통에 찬 신음을 뱉었다. 까진 무릎 위로는 핏방울이 맺혀있었다.

"거기 뭐 하는 거야!"

그때 저 멀리서 걸어 나오던 선생님이 그 모습을 발견하고는 카랑카랑하게 소리를 질러댔다. 그 소리에 서아가 서둘러 달아나며 쓰러진 레나에게 쏘아붙였다.

"애쓴다고 정신병자가 정상되냐? 작작 좀 해."

고통에 몸을 가누지 못하면서도 레나는 주먹을 움켜쥐었다.

"……."

몇 분 뒤, 레나는 겨우 몸을 추스르고 절뚝거리며 집으로 걸어 갔다. 이렇게 화난 적이 언제였던지 기억조차 나지 않았다. 몸속 에서 불이 나는 것만 같았다. 아까 넘어지면서 이모칩에 문제가 생긴 걸까. 그동안 억눌러온 감정들이 폭발할 것처럼 뒤엉켜서는 용암처럼 부글댔다. 손톱이 상처를 낼 것처럼 손바닥을 파고들었 지만 아픈 줄 몰랐다. 그렇게 간신히 화를 누르던 레나가 막 아파 트 입구 모퉁이를 돌 때였다.

끼익, 빵빵!

갑자기 신호를 무시하고 달려온 자동차 한 대가 빠른 속도로 돌진하는 바람에 레나는 하마터면 차에 치일 뻔했다. 발끝에서 불과 몇 센티 떨어진 거리에서 간신히 멈춘 자동차는 아파트가 떠나갈 것처럼 계속해서 경적을 울려댔다.

레나의 눈이 운전자의 눈과 맞물리며 서로 노려봤다. 경적은 멈추지 않았다. 시끄러운 소음에 관리소장과 지나가던 아파트 주 민들이 조금씩 모여들었다.

"뭐여, 왜들 그래?"

쓰레기 분리수거장을 시찰하던 덕구도 무슨 일인가 싶어 몰려 있는 사람들에게로 향했다. 덕구가 가까이 다가갈수록 커지는 경 적과 함께 사람들의 웅성거림, 짧은 비명과 함께 탁탁. 탁. 무언가 를 부수는 듯한 둔탁한 꿍음이 이어졌다. 이윽고 인파를 헤치고 앞에 도착한 덕구는 눈앞에 펼쳐진 광경에 놀라 입을 벌렸다.

한 여학생이 세워진 자동차의 사이드 미러를 발로 깨부수고 있었다. 주변 사람들이 양팔을 붙잡고 말리는데도 뭔가에 씐 사람처럼 머리카락을 풀어헤친 채 소리를 지르며 발길질을 멈추질 않았다.

떨어지지 않는 발걸음을 힘겹게 한 발 한 발 내디디며 여학생에게 다가간 덕구가 손을 뻗으려는 순간, 여학생의 몸이 그대로 기역 자로 고꾸라졌다. 둘러싼 사람들의 비명이 더 커졌지만, 덕구의 귀에는 이제 아무 소리도 들리지 않았다. 덕구는 여학생을 조심스럽게 자신의 무릎 위에 눕히며 믿어지지 않는 듯 얼굴을 가린 머리칼을 조심스럽게 쓸어 넘겼다.

"허……."

덕구의 입에서 참았던 헛숨이 뱉어져 나왔다. 거품을 물고 쓰러져 있는 여학생은 다름 아닌 레나였다.

***

눈이 뒤덮인 듯 온통 하얗게 도배된 풍경이 흐려지고, 이내 레나의 눈앞에 익숙한 광경이 펼쳐졌다. 분명 어디선가 본 것 같은 길인데, 동시에 낯설기도 한 도로였다. 레나는 차에 탄 채 내달리고 있었다. 유리창에는 한 어린 꼬마가 비쳤다. 바로 자신의 어릴 적 모습이었다. 어쩌면 꿈을 꾸고 있는 건지도 모르겠다는 생각이 들 때쯤, 조곤조곤한 목소리가 귀에 닿았다.

"딸, 일어났어?"

레나의 눈시울이 뜨거워졌다. 아빠라고 부르고 싶은데 입 밖으로는 공기만 새어 나왔다. 아무리 크게 숨을 들이쉬고 불러봐도 자신의 몸속에서만 아빠라는 말이 메아리치듯 돌아다녔다.

운전을 하던 아빠가 슬쩍 뒤돌아보며 싱긋 미소 짓자 그제야 어린 레나도 흐릿하게 따라 웃었다. 반갑고 그리운 얼굴을 보게 돼 기쁜데도 슬픈 마음이 일었다. 정리되지 않은 표정이 고스란히 아빠한테 들켰을까, 괜히 고개를 숙였다.

그때 두텁고 따뜻한 아빠의 손이 레나 손 위에 포개졌다. 그러자 참을 수 없이 눈물이 후드득 떨어졌다. 아빠는 말없이 웃고 있었다. 편안해 보였다.

묻고 싶은 말들이 턱 끝까지 찼는데. 아무런 말도 나오지 않았다. 시간이 얼마 남지 않았다는 게 느껴져 그중에서 고르고 고른 한 가지 물음을 던지려는데, 아빠가 먼저 말을 꺼냈다.

"사랑하는 내 딸. 괜찮아, 아빠 편하게 잘 있다. 다 괜찮아."

자상하고 따뜻한 아빠의 말에 레나는 또다시 걷잡을 수 없는 울음이 터져 나왔다. 한 번 눈물길을 만든 울음은 그치지도 않고 서서히 아빠의 얼굴을 흐리게 만들었다.

"……아빠."

목구멍에서 늦어버린 목소리가 나왔을 즈음엔, 이미 잠에서 깬 뒤였다. 레나는 잘 떠지지 않는 눈을 움직여 주위를 둘러봤다. 옆에 서서 정신없이 스마트 패드를 넘기는 슬기가 보였다. 아마 네펜테 의료센터 병실인 듯했다.

"어떻게 된 거야."

그때 혜주가 신경질적으로 문을 열고 들어오며 슬기에게 쏘아붙였다. 레나는 저도 모르게 눈을 질끈 감고 자는 척했다.

"검진 이후에 시스템 민감도 수치를 높이고, 교통사고 기억을 지우고자 특정 신경세포 비활성화를 했던 게 무리가 된 것 같아요. 또 모니터링 결과 시스템이 명령을 내린 신경전달 물질들이 서로 교란돼 스파크가 튀었을 가능성도 보입니다."

레나의 두뇌에 임플란트된 칩과 연동된 시스템 모니터링 자료를 건네며 슬기가 걱정스럽게 말했다. 레나는 눈꺼풀이 미세하게 떨려왔지만, 눈을 뜨지 않고 두 사람의 대화를 잠잠히 들었다. 슬기가 건네준 스마트 패드를 손톱 끝으로 톡톡 건드리며 살펴보던 혜주가 이내 작게 한숨을 토해냈다.

"부작용이라고……."

낮게 읊조리는 혜주의 목소리에는 병원처럼 인공적인 화학 물질 냄새가 밴 듯했다. 다시 한번 크게 숨을 들이쉰 혜주가 슬기를 보며 물었다.

"저번에 레나가 작성한 임상 심리 설문 검사지는 잘 수정했지?"

"네? 아, 네. 문항 중 불편한 착용감이 있냐는 물음에 고통스럽다고 답을 했는데 정확히 어떤 부분에서 고통스럽냐는 추가 질문에 어느 부위라고 알 수 없다고 답해서 이 부분은 '괜찮음'이라고 체크했고요. 또 갖고 있던 우울감이 감소했냐는 질문에는 레나가 아예 감정 자체를 느끼지 못한다고 답변해서 이것도 '만족스러

움'으로 체크했습니다. 그런데 교수님, 이렇게 제가 입맛대로 수
정해서 제출해도 되는 건지. 저번 1상 임상 때 하윤이 발작 문제
도 있고……."

"입맛대로?"

혜주가 날카롭게 째려보며 되묻자 슬기는 입을 다물고 고개를
숙였다. 그때 혜주의 휴대폰이 울렸다. 잠시 기다리라며 한 손을
치켜든 혜주가 이내 목소리 톤을 바꾸며 전화를 받았다.

"아, 예. 안녕하세요. 네, 그럼요. 후기 임상 마무리 잘 진행되고
있고, 보고서도 차주 내로 전달드릴게요. 그럼요, 알죠. 투자해주
신 게 얼만데. 올해 상용화될 수 있게 차질 없이 하겠습니다. 네,
들어가세요."

혜주는 전화를 끊으며 날 선 눈빛으로 슬기를 쳐다봤다.

"인투바이오칩 RA팀이야."

"아, 저도 하루에 몇 번씩 연락받고 있어요."

통화 화면을 눈앞에 가져다 대며 투덜거리는 혜주의 말에 슬기
도 피곤한 듯 눈자위를 꾹 누르며 대답했다.

"아무튼, 승인이 코앞이야. 지금까지 임상 결과 수치만 놓고 보
자고. 봐, 97.43퍼센트 정확성이야. 정신질환을 가진 피험자 대부
분이 앓던 질병에서 호전됐다고 평가했고, 실제 검사 결과도 시
스템 통제로 뇌 활성화 부위가 전과는 말도 못 하게 달라졌다고.
빌어먹을 첨단 혁신을 지껄이는 투자자, 제조사들한테 이 결과만
던져주면 모든 게 끝이야. 하윤이 발작한 것도 시스템 민감도만
잘 조절하면 문제없어. 주의력 결핍 없어지고, 집중력 좋아져서

성적 오른 게 그 증거잖아. 애 엄마도 상관없다고 했고 말이야. 에
듀테크 시장만 어림잡아도 몇십조야. 알아들어?”

숨도 쉬지 않고 열변을 토해내는 혜주의 목소리를 들으며 레나
가 마른침을 꿀꺽 삼켰다. 정신을 차린 걸 들키기라도 할까 봐 심
장이 미친 듯이 쿵쾅댔다.

“레나는……. 어떻게 할까요.”

슬기가 그럼에도 조심스레 레나를 챙겼다. 그러나 혜주의 대답
은 변함이 없었다.

“시스템 수치가 바뀌어서 뇌에서 민감하게 반응한 걸 수도 있
어. 일단 며칠 동안만 입원해서 경과 지켜보고, 또 스파크가 튀어
서 장애 나고 발작하면 그때 다시 조치를 취하자고.”

“……네.”

“하필 학기 중인 게 걸리네. 이제 막 학기 시작했는데 병결을
며칠 내는 건지.”

쯧쯧거리며 혀를 차는 목소리에서 한심해서 못 봐주겠다는 혜
주의 눈초리가 그려졌다. 이어 또각또각 멀어져 가는 혜주의 구
두 소리와 문이 닫히는 소리가 들렸다. 고개를 돌린 레나의 한쪽
눈에서 참지 못한 눈물이 툭 하고 떨어졌다.

19

2040년 11월 21일

"그러니까 CCTV를 확인할 수 없다는 거여? 무슨 수를 써도?"

카페 테이블에 팔꿈치를 얹으며 덕구가 재차 태린에게 물었다. 미간을 잔뜩 찡그린 채 인상을 쓴 덕구의 모습에 옆 테이블에 앉은 손님이 힐끗 보고는 눈길을 돌렸다.

"네, 10월 11일 사건 당일 오후 1시에 드론이 페레스 옥상에 소포를 배달했기 때문에 사건 현장 영상기록물을 갖고는 있지만, 몇 가지 이유로 열람이 거절됐어요."

태린은 난감하다는 듯 이마를 손가락으로 긁적였다. 덕구는 계속 말해보라는 듯 태린을 빤히 쳐다봤다.

"먼저, 프라이버시 문제인데 개인정보 보호법에 따라 개인 택배 물건을 촬영한 영상을 공유하는 건 엄연히 규정 위반이에요.

게다가 이 기록물을 수사 사건에 이용하는 건 제삼자에게 영상이 넘어가는 것이니까 개인정보 유출과 더불어 데이터 보호법에도 어긋나고요. 그리고 무엇보다 드론 회사에서 굳이 영상을 공유하면서까지 보안 책임을 물고 조사 중인 사건에 개입하는 걸 원치 않아 해요."

태린도 아쉬움에 목이 타는지 앞에 놓인 아이스 커피를 연거푸 들이켰다.

"하아⋯⋯."

덕구가 의자 등받이에 몸을 기대며 한숨을 내쉬었다. 이제 키리에를 변호하는 데 희망이 생기나 했는데, 말짱 도루묵이었다.

"죄송해요. 드론 회사에서 일하고 있는 저도 보안상 문제로 당일 촬영분을 확인할 수가 없더라고요."

"아녀, 이해혀. 담당하는 변호사가 물어보길래 혹시나 해서 물어본 거여. 에휴⋯⋯."

"그나저나 정말 이상하네요. 돌봄 시간에는 반드시 영상 기록을 하도록 프로그래밍이 돼 있을 텐데, 왜 키리에는 그때의 녹화 영상을 삭제한 걸까요."

태린은 이해가 안 간다는 듯 손톱 끝으로 탁자를 톡톡 두드리며 읊조렸다. 그때 탁자 위에 놓인 태린의 휴대폰이 지잉, 울리며 돌아갔다.

"응, 토비야. 당연하지, 엄마 이제 출발해. 참관 수업 꼭 간다고 약속했잖아. 발표 준비 잘하고 있어."

으레 엄마들이 그렇듯 활기를 띤 목소리로 전화를 받은 태린은 통화를 끊고, 일어날 준비를 했다. 토비가 크게 아픈 후 요즘은 일도 줄이고 조금씩 변해가는 태린이었다.

"죄송해요. 슬슬 일어나 봐야 할 거 같아요."

"드디어 오늘이 발표 날인가 보구면."

"어휴, 배추흰나비 발표한다고 준비를 얼마나 하던지. 몇 달 동안 애벌레한테 꽂혀서는……."

태린의 말에 덕구가 고생했다는 듯 끙, 소리를 내며 한쪽 무릎 위에 발을 올렸다.

"내가 그거 돕느라고……. 나비로 키웠으니 다행이지. 안그랬음 토비가 얼마나 실망했겠냐고."

덕구가 창밖을 건너다보며 샐쭉하게 말했다. 태린은 그 말에 멈칫하며 덕구를 바라보았다. 그동안 바쁘다는 핑계로 챙겨주지 못했던 시간을 덕구가 채워줬다는 생각이 일자 고마움과 미안함이 몰려들었다. 잠시 주저하던 태린은 조심스레 덕구에게 물었다.

"저 혹시……, 지금 시간 되시면 저와 학교 같이 가서 토비 발표하는 거 참관하시겠어요? 토비가 기뻐할 것 같아요."

"아, 내가 거길 뭐 하러 가. 부모 자격이 있는 사람이 가는 거지."

덕구는 그 말에 놀라 손사래 치며 고개를 가로저었다.

"자격은 저보다 충분하세요. 어르신이 그동안 토비를 보살펴주시기도 했고요. 참관 마치고 제가 식사 대접해드리고 싶어서 그래요, 네?"

"아니, 괜찮다니까, 어휴 왜 이래……."

덕구는 한사코 거절했지만, 태린이 팔을 잡아당기며 덕구를 일으켰다. 그런 고집은 정말이지 토비와 똑 닮아 보였다. 결국에는 덕구도 못 이기겠다는 듯 고개를 내저으며 자리에서 몸을 일으켰다.

***

"휴우……."

토비는 준비해온 자료를 살피며 계속 심호흡했다. 발표 시간이 다가올수록 토비의 심장은 곤두박질치듯 빠르게 쿵쾅거렸다. 이미 수십 번이고 읽은 발표 자료였지만, 토비는 또 처음으로 되돌아가 자료를 읽을 준비를 했다.

"오늘 발표하지?"

그때 양 갈래로 머리를 묶은 여학생이 토비의 옆자리에 철퍼덕 앉으며 새초롬하게 물었다. 그 소리에 움찔한 토비가 흘깃 옆을 쳐다봤다.

"……응."

토비는 나지막이 대답하고 다시 자료를 읽으려 했지만, 옆자리에서는 계속해서 말이 이어졌다.

"나도 발표하는데. 그거 알아? 나비로 키운 건 너랑 나랑 둘뿐이래."

"……."

소곤거리는 여학생의 말에도 토비는 자료에 집중하느라 대꾸할 틈을 놓쳤다.

"최토비!"

"어? 내 이름 알아?"

자신의 이름을 부르는 소리에 토비는 그제야 자료에서 시선을 떼고 고개를 돌려 옆을 쳐다봤다. 여학생은 심한 곱슬머리 탓에 양옆으로 묶은 머리에 잔머리가 삐죽삐죽 튀어나와 있었고, 광대에는 주근깨가 달라붙어 있었다. 슬며시 올라간 입꼬리는 약간 으스스해 보이기도 했다. 얼굴은 낯이 익었지만, 이름은 기억나지 않았다.

"내 이름은 윤이슬이야. 우리 둘이 닮은꼴이니까 내 이름 기억해!"

한동안 토비의 입에서 대답이 나오지 않자 이슬은 피이, 하면서 입술을 삐죽였다.

"닮은꼴?"

토비가 되묻자 이슬이 토비 쪽으로 몸을 돌아앉으며 말했다.

"애벌레를 배추흰나비로 키운 거, 너랑 나뿐이라니까."

"아……. 그거는 닮은꼴이 아니라 공통점이지."

토비가 키리에처럼 교과서적인 어투로 정정해줬다. 등을 쫙 편 채 자랑하듯 말하는 모습이 꼭 키리에를 닮아 있었다.

"뭐야, 로봇인 줄. 그래, 공통점. 됐냐? 우리 공통점 있으니까 이제 친구야!"

이슬이는 짧은 토비의 대답에도 쉴 새 없이 재잘거렸다.

"친구……."

토비가 작게 읊조렸다. 불현듯 레드 플래그 치유 모임을 하면서 서로 힘든 점을 나눴던 시간이 눈에 아른거렸다. 각자 환경도,

성격도 달랐지만 비슷한 경험을 하면서 나눴던 이야기가 공감대가 돼줬다. 그리고 이제 토비는 알 수 있었다. 서로가 가진 공통점은 굳이 꺼내어 말하지 않아도 통하는 무언가를 만들어내고, 그건 곧 친구가 될 수 있다는 뜻이란 걸 말이다. 토비가 알겠다는 작게 고개를 끄덕였고, 이슬은 그 끄덕임에 환히 미소 지었다.

"참, 너는 부모님 오셨어? 우리 부모님은 오늘 바쁘셔서 못 오신대."

이슬이 아쉽다는 듯 뒤로 고갯짓하며 토비에게 물었다.

"오신다고 했어……."

토비도 이슬이를 따라 뒤로 몸을 돌린 그 순간, 때마침 태린과 덕구가 뒷문으로 들어왔다.

"엄마! 할아버지도 왔네요?"

반가운 얼굴에 토비가 자리에서 벌떡 일어나며 와이퍼처럼 팔을 휘저었다.

"와……. 할아버지까지 오시고 좋겠다."

부러워하는 이슬의 반응에 토비의 기분이 날아갈 것처럼 방방뛰었다. 그때 수업 시간이 됐는지 선생님이 들어와 시끌시끌한 학생들을 조용히 시켰다.

"자, 오늘은 참관 수업이 있는 날이죠. 공개 수업인 만큼 다들집중해서 수업 들었으면 해요. 오늘은 배추흰나비 키워오기 과제를 완수한 친구들이 나와서 발표할 거예요. 자, 먼저 토비. 앞으로나올까?"

선생님은 싱긋 웃으며 토비를 향해 눈짓했다. 토비는 자리에서 벌떡 일어나 씩씩하게 앞으로 걸어 나갔다. 곧 디스플레이에는 미리 제출한 관찰일지가 띄워졌다.

"큼! 안녕하세요, 최토비라고 합니다. 몇 달 전에 학교에서 배추흰나비 한살이 키트를 받았을 때, 저는 누구보다 잘 키워 줄 것 같은 옆집 할아버지께 도와달라고 부탁을 드렸습니다."

토비는 잠시 말을 멈추고, 뒤에 선 덕구를 가리켰다. 아이들이 뒤돌아 덕구를 바라보자, 덕구는 머쓱하다는 듯 코를 긁적였다.

"저는 덕구 할아버지가 꼭 나비로 키워 줄 거라 믿었습니다. 왜 냐면, 왜냐하면 할아버지는 이미 옥상에 텃밭을 키우고 있었기 때문입니다. 귓밥같이 생겼던 알이 멋진 나비로 탈바꿈하는 건 제 9살 인생에서 가장 특별한 순간이었습니다. 왜냐면, 왜냐하면 변화한 것은 나비뿐만이 아니었기 때문입니다. CCTV로 관찰하면서 저 또한 다시 태어나는 것 같았습니다. 번데기처럼 생긴 인공 자궁에서 태어난 저도 아름다운 나비가 될 수 있다는 꿈이 생겼습니다. 갑갑했던 번데기를 뚫고 나온 나비처럼 저도 당당하고 멋진 어른이 되어야겠다고 다짐했습니다. 마지막으로, 자유롭고 당당하게 하늘을 날 수 있는 나비로 키워주신 덕구 할아버지께 감사하다는 말을 하고 싶습니다. 감사합니다."

잠시 교실에 정적이 흐르더니 이내 하나둘씩 손뼉을 쳤다. 처음 받아보는 박수 세례에 토비가 뒷머리를 긁적였다. 그때 토비의 눈에 친구들을 따라 머쓱해하며 손뼉을 치는 이준과 시아의 모습이 보였다. 이슬이는 휘파람까지 불어가며 토비를 향해 엄지를 추켜올리고 있었다.

토비가 앉은 뒤에도 태린은 울컥하는 마음에 손이 저리도록 손뼉을 쳤다.

"대견해요, 벌써 다 커버린 것 같아요. 그죠?"

태린은 울먹거리며 옆에 선 덕구의 팔을 툭툭 쳤다.

"잠깐, 아까 분명 토비가 CCTV로 관찰했다고 했지……."

그때 덕구가 한쪽 눈썹을 치켜올리며 나지막이 물었다.

"네? 아, 관찰일지 작성한다고 옥상 화분에다가……."

별생각 없이 말하던 태린도 이내 말을 멈추고는 빤히 덕구를 바라봤다.

"사건 당일 영상 기록이 있을 수도 있겠구먼."

덕구는 사람들의 칭찬에 두 뺨이 상기된 토비를 보며 눈을 반짝였다.

***

2040년 10월

임상자료 기록을 훑어보는 혜주의 눈이 예리하게 빛났다. 이모칩 이식 수술 전과 후를 비교하는 차트는 투자자들에게 신뢰성을 줄 만한 유효한 데이터로 가득했다. 엔터테인먼트 집단, 실버 집단, 에듀테크 집단 등으로 분류시킨 파이프라인에서 원하는 목표와 부합하는 데이터는 차별화하여 정리해뒀다. 통계적 유의성에 도달한 이 정도 지표라면 투자회사를 비롯해서 칩 개발 제조회사와 임상 수탁기관에서도 미소 지을 만한 근거 수준이었다.

입꼬리를 올리며 임상 심리 검사지로 시선을 옮긴 혜주는 이내 미간이 구겨졌다. 그녀의 손가락이 자리 잡은 곳에 신하윤이라는 이름이 적혀 있었다. 주의력 결핍과 불안 증세로 초기 임상에 참여했던 초등학생이었다.

하윤은 처음 수술하고 한 달 동안은 몰라보게 얌전해졌고, 집중력도 높아졌다. 학교에 앉아 있는 게 목표였던 아이가 어느새 성적 상위권으로 진입하기까지는 오랜 시간이 걸리지도 않았다.

문제는 그로부터 몇 주 뒤에 발생했다. 아이는 원인 모를 두통과 메스꺼움을 호소하기 시작했는데, 임상 심리 설문지에는 머릿속에서 끼익거리는 갈매기 소리가 멈추질 않고, 얼굴은 석고처럼 굳은 것 같다며 자신의 상태를 아주 문학적으로도 표현해줬다. 물론, 공식적인 임상 결과 보고서에는 그 내용을 넣지 않았다.

혜주는 질린다는 얼굴로 고개를 내저었다. 그딴 식의 이해할 수 없는 말들은 십 년 내내 레나 입을 통해서 내리 들어왔던 혜주였다. 이제는 그런 말에 아주 신물이 올라올 지경이었다.

어쨌든 이모칩만 상용화된다면 그런 부작용은 수술 전 동의서에 볼드체로 강조해서 박스 경고로 넣으면 그만이었다. 혜주가 한숨을 내쉬며 다시 자료에 집중하려던 그때, 문밖에서 노크 소리가 들려왔다.

"네, 들어오세요."

예고 없는 방문에 스케줄을 확인하던 혜주는 이윽고 문을 열고 들어오는 레나의 모습에 한숨을 쉬었다.

"너 마침 잘 왔다. 거기 앉아."

단단히 벼른 듯 손끝으로 소파를 가리키며 혜주가 말했다. 그런 혜주를 바라보는 레나의 얼굴은 그늘이 진 듯 어두웠다.

"도대체 뭐 하고 돌아다니는 거야? 갑자기 남의 자동차 사이드 미러를 부수질 않나. 그리고 너……. 설문지에는 뭐라고 그렇게 장황하게 부작용을 나열해 놨어? 이게 어떻게 쓰이는지 몰라서 그래?"

혜주는 레나가 제대로 앉기도 전에 못마땅한 얼굴로 쌓였던 불만을 토해냈다. 레나는 그런 혜주를 눈도 깜박이지 않고 쳐다봤다. 잠시 정적이 흘렀다. 하아, 혜주가 답답해 죽겠다는 듯 소파에 등을 묻었다.

"아파트 입구에서 속도 내고 달려드는 자동차에 하마터면 치여 죽을 뻔했어요. 근데 그 순간 차에서 내리지도 않고 욕하면서 경적을 울리는 운전자랑 눈이 마주쳤는데, 화가 머리끝까지 솟구치더라고요."

레나가 어금니를 꽉 깨물고 조곤조곤 말했다.

"하, 아주 대단한 핑계네."

"발로 사이드 미러를 때려 부수는 데도 화가 가라앉지를 않아서 운전자를 죽여버리고 싶었어요. 그때 눈앞이 하얘졌다가 다시 현실로 돌아오고, 또 하얘지고……. 그러다가 내가 왜 이러지 싶고."

"내가 묻고 싶다, 정말 너 왜 그러니? 됐다, 너랑 얘기하면 내 정신까지 이상해져."

혜주가 한 손으로 머리를 짚으며 눈을 질끈 감았다.

"그래서 설문 조작했어요? 제 말은 듣지도 않고?"

이어지는 레나의 나직한 말에 혜주의 눈꺼풀이 퍼뜩 위로 올라갔다.

"그래서 아빠 교통사고 기억을 내 동의도 없이 지웠어요?"

"너……. 그걸 어떻게."

"왜……. 이렇게까지 하는 거예요?"

흐트러짐 없는 물음에 혜주는 그제야 이마를 짚은 손을 떼고 레나를 쳐다봤다. 지금껏 레나를 키우면서 저런 표정을 본 적이 있던가. 화가 난 건지, 심술이 난 건지, 아니면 순전히 궁금해하는 건지 좀처럼 읽어낼 수가 없었다.

우울증을 토로했던 꼬마 아이였을 때도 혜주는 레나를 이해할 수 없었는데, 이모칩 이식 수술까지 마친 지금에 와서도 내 배 속에서 낳은 자식이 무슨 생각인지 알 수가 없는 게 기가 막힐 노릇이었다. 답답한 마음에 몸을 일으킨 혜주가 창문 쪽으로 걸어갔다.

"너는 너만 상처받았다고 생각하지. 너만 아프다고 말하고."

"또 저 때문이라는 거예요?"

"또가 아니라, 항상이지. 넌 항상 문제야. 문제가 너 자체라고. 너만 아빠 잃었니? 나도 남편을 잃었어. 왜 너만 늘 유난이고 투정이야. 좀 평범하게 살아보자는 게 이렇게……. 하, 참……. 이렇게도 빌어먹게 힘들어서야……. 나도 못 해 먹겠다 네 엄마 노릇."

몸을 돌려 창문을 등지고 선 혜주가 아주 질린다는 듯 고개를 내저었다.

"엄마는……. 단 한 번도 내 말을 들은 적이 없어요. 엄마는 정말 내가 수술 이후에 멀쩡해졌다고 생각해요? 지금 임상시험의 부작용을 겪고 있다고 말하는 거예요."

"그 입 좀 다물어, 너는!"

혜주가 신경질적으로 소리를 꽥 질러댔다. 그때 빠르게 두 번 두드리는 노크와 함께 문이 벌컥 열리며 슬기가 들어왔다.

"교수님, 하윤이가 또다시 발작을 일으켰어요. 지금 얼굴에 마비가……"

패드를 들여다보며 다급하게 말을 이어가던 슬기는 뒤늦게 앉아 있는 레나를 발견하고는 그대로 굳었다.

"엇, 레나 있었구나?"

슬기가 혜주의 눈치를 살피며 어색하게 웃었다.

"이모칩 문제 있는 거 맞죠?"

레나가 몸을 일으키고 딱딱한 목소리로 물었다.

"어……. 그게……."

슬기가 여전히 혜주에게서 눈을 떼지 못한 채 우물거렸다. 그 모습에 레나는 순간 구역질이 올라왔다. 방 안이 거짓과 속임으로 가득 찬 채 밀폐된 것만 같았다.

"잘못된 거 없어. 그 정도 부작용은 개인차에 따라 누구나 발생할 수 있고. 다음 주가 후기 임상 결과 발표 날이야. 임상 성공 요인 분석할 거고, 개발 전략 나누고 나면 승인받고 상용화될 수 있어. 다 왔다고."

"안면 마비가 오고, 발작을 하고, 내가 아닌 다른 사람처럼 성격이 변해버렸는데 어떻게 성공적인 임상시험이라는 거예요?"

호흡 하나하나까지 짜증으로 범벅된 듯한 혜주의 말에 레나가 눈을 치켜뜨고 되물었다. 중간에 끼어버린 슬기는 이러지도 저러지도 못한 채 입을 꾹 다물었다. 사실 혜주의 지시에 따라 여기까지 오긴 했지만, 이렇게 결과 보고를 하는 게 맞는지 판단이 잘 서지 않는 슬기였다. 혜주는 또다시 길게 한숨을 내쉰 뒤, 레나에게 걸어가 레나의 양 어깨를 움켜잡았다.

"전 세계에 너 같은 정신질환자가 15억 명이야. 그 옆에서 나처럼 괴로워하는 가족들까지 합하면 미쳐 돌아가는 세상인 거지. 지금도 신물 나게 불안과 우울, 공황으로 고통받는 사람들한테 치료제를 주겠다는데 뭐가 문제야."

혜주의 말은 더없이 부드러웠지만, 눈빛은 그대로 레나를 찌를 수도 있을 것처럼 날카로웠다.

"몇 번이나 말해요. 환자들이 부작용에 노출될 수 있다는 게 문제예요. 윤리적으로도……."

레나가 기가 찬다는 듯 혜주를 쳐다봤다.

"빌어먹을 도덕이나 윤리 때문에 첨단 치료법이 있어도 지금까지 지연됐던 거야. 네 꼴 좀 봐. 이게 사람 사는 거니? 네 옆에 있는 나는 어떻고?"

혜주는 이제 짐승처럼 가슴을 쳐가며 울분 섞인 말을 토해냈다. 그런 엄마를 보는 레나의 마음은 갈기갈기 찢기는 것만 같았다. 엄마를 이렇게까지 만든 사람이 자신인 것만 같아 고개가 점점 밑으로 꺼졌다.

"어쨌든 부작용이 있다고 사실대로 밝혀요. 엄마가 안 하면 저라도 말할 거예요."

눈자위가 뜨거워지는 탓에 더 이상 마주 보고 설 수 없었던 레나는 서둘러 몸을 돌렸다.

늘 엄마 앞에만 서면 자신은 죄인이 된다. 엄마의 모든 불행이 자신 때문인 것만 같았고, 그 책임감의 무게에 납덩이처럼 몸이 무겁게 느껴졌다.

'넌 네가 사랑하는 사람을 고통스럽게 만드는 바이러스 같은 존재야.'

머릿속에서는 자신을 향한 목소리가 깨진 그릇처럼 쨍그랑거리며 돌아다녔다.

***

2040년 10월 11일

돌아온 레나의 17번째 생일 아침은 구름 한 점도 없이 화창했다. 이런 날씨에 생일을 맞았으니 기분이 좋을 만도 하건만, 발코니에 선 레나는 연신 손톱을 물어뜯으며 창 아래를 내려다보고 있었다. 일주일 전 병원에서 엄마와 말다툼했던 장면이 고집스럽게도 머리에 눌어붙어서 좀처럼 떨어지지 않았다.

"혜주 님은 언제쯤 도착하실 예정이십니까?"

그때 등 뒤에서 들리는 키리에의 목소리에 레나가 몸을 돌렸다.

"어……. 12시 전에는 오실 거라고 했는데. 잠깐만, 지금 시간이 어떻게 되지?"

"11시 11분입니다. 식사는 요청한 대로 간단하게 준비해 뒀습니다. 미역국, 잡채, 소불고기, 호박전 그리고 레나가 좋아하는 티라미수 케이크입니다."

키리에가 한 손에 국자를 든 채 가슴을 쭉 펴며 말했다. 성대하게 준비하라고 말했으면 상다리를 부러뜨릴 수도 있었다는 표정이었다.

"생일상까지 차리지 않아도 되는데, 그냥 얼굴만 보고 가실 것 같거든."

레나가 웅얼거리며 소파 위에 몸을 던졌다.

"저는 레드 플래그 의뢰인들의 정서적 안정과 신체적 안전을 우선시하도록 프로그래밍돼 있습니다. 생일날 레나가 기쁘고 행복했으면 합니다."

레나는 그 말에 고개만 들어 물끄러미 키리에를 바라봤다. 사람에게, 특히 엄마에게 듣고 싶었던 말을 로봇에게 듣는 게 아이러니했다. 그러고 보면 아빠가 돌아가신 이후로 생일이랍시고 엄마와 식사를 한 적이 없었다. 아니, 생일은커녕 기념일을 챙겨본지가 언제였는지도 기억이 나지 않았다.

그랬던 엄마가 어쩐 일인지 이번 생일은 같이 식사를 하자고먼저 말한 게 의아했다. 혹시, 아주 혹시 지난주의 말다툼으로 엄마의 생각이 변했을지도 모른다고 희망을 품는 레나였다. 이모칩상용화를 위해 교묘하게 조작해온 임상 결과가 잘못됐다는 걸 깨달은 게 분명했다.

아니, 어쩌면 울분에 가득 찬 자신의 말을 처음으로 이해해주고 마음을 바꾸었을지도 몰랐다. 아무리 엄마라도 임상시험자가 된 딸이 부작용을 호소했는데 무시했을 리가 없으니까.

"그……."

레나가 고개를 들어 나지막이 키리에를 불렀다.

"그?"

돌아오는 답변이 없어 머쓱하게 머리를 긁적이고 있던 키리에는 무슨 일이냐는 듯 고개를 45도 각도로 갸우뚱하며 되물었다.

"혹시 비밀 유지 같은 것도 프로그래밍돼 있어?"

레나는 아무에게도 말할 수 없는 이 일을 누구에게라도 간절히 말하고 싶었다. 사람들은 믿을 수 없었지만 로봇이라면, 키리에라면 말할 수 있지 않을까. 레나가 침을 꿀꺽 삼켰다.

"물론입니다. 저는 해당 의뢰인이 별다른 지시를 내리지 않는 한 개인정보 보호와 기밀을 유지합니다."

키리에는 말을 하면서 레나를 바라봤다. 불안과 걱정이 레나의 눈동자에 짙게 담겨 있었다. 키리에는 레나에게 무겁게 밴 슬픔이 조금이라도 걷히길 바라며 걱정하지 말라는 듯 입술로 반달을 그리며 싱긋 웃었다. 레나는 그 미소에 용기를 얻은 듯 심호흡했다.

"나……, 사실 칩 임상에 문제가 있다는 걸 알게 됐거든. 메스꺼움, 구토, 충동성, 발작, 안면 마비 같은 부작용을 겪는 사람들이 있어."

레나는 잠시 멈추고 키리에를 쳐다봤다. 키리에는 듣고 있다는 듯 크게 두 눈을 감았다가 떴다.

"저번 주에 내가 병원에 찾아가서 엄마한테 직접 말을 했어. 이 모칩의 부작용을 은폐하지 말고 임상 결과 보고 때 사실대로 밝혀달라고……. 상용화에 속도를 내는 것보다 안전을 먼저 생각해야 한다고."

목이 메어 말이 자꾸만 띄엄띄엄 끊겼다. 혹시나 키리에가 엄마를 범죄자로 오해할까 봐 걱정스러웠던 레나는 서둘러 말을 이었다.

"물론 이모칩 수술을 했을 때 유의미한 개선 효과도 분명 있었어. 부정적 감정 척도나 인지장애 척도를 비교해 봐도 훨씬 나아졌으니까. 근데 사람마다 각자 불편감이나 불만족이 있을 수 있는 거잖아. 그러다 부작용……. 비슷한 게 생길 수도 있는 거고……."

레나는 학교에서 배운 온갖 지식을 다 동원해 엄마를 변호했지만, 키리에는 여전히 별 미동이 없었다.

"그러니까 내가 하고 싶은 말은, 엄마가 의도적으로 조작한 건 아니란 뜻이야. 사실 이렇게까지 된 것도 다 나 때문이긴 해. 나한테 우울증만 없었어도 엄마가 이런 연구를 해야 할 일도 없었을 테니까. 엄마 말대로 내가 나약해 빠진 게 문제고, 주변 사람들을 힘들게 하니까. 엄마가 지금까지 보살펴주지 않았더라면 난 진즉에 죽었을지도 몰라."

속엣말을 꺼내면 꺼낼수록 레나의 언성은 높아져만 갔다. 이런 말을 키리에한테 한다고 해서 달라질 건 없었다. 하지만, 정말 웬일인지 멈출 수가 없었다.

"레나의 말에는 거짓과 진실이 섞여 있습니다."

가만히 레나의 말을 듣고만 있던 키리에가 마침내 입을 열었다.

"뭐?"

"첫째, 레나는 나약해 빠진 게 아니라 뇌의 신경 체계에 문제가 생겨 치료를 받아야 하는 아픈 사람일 뿐입니다. 그리고 레나는 강한 사람입니다. 무수한 날 동안 이어진 정신적 불안과 우울에도 견디고 버텨 지금까지 살아내었고 이 자리에 있기 때문입니다. 둘째, 레나의 주변에는 레나 덕분에 행복한 사람들이 있습니다. 덕구 님과 토비 그리고 제가 함께 공감하고 웃었던 날들이 제 기억 속에 있습니다. 셋째, 인간관계는 쌍방향적입니다. 레나가 어머님으로부터 보호를 받았듯이 어머님 또한 지금껏 레나에게 돌봄을 받아 왔습니다. 잘못된 방향으로 가는 어머님을 붙잡아주고 이해해주려 노력했던 건 가족인 레나였습니다."

레나는 가만히 키리에를 바라봤다. 교과서처럼 늘어놓는 모든 말에 자신을 아끼는 온기가 그대로 밴 듯했다. 레나가 무어라 말하려 한 그때, 키리에가 갑자기 뭔가 검색하듯 눈동자를 이리저리 굴리더니 재차 입을 열었다.

"또한, 이모칩이 환자의 신경 자극 전달을 돕고 정신질환을 개선할 수 있는 유의미한 데이터를 가졌다는 게 진실이더라도 환자가 겪은 부작용을 투명하게 밝히지 않는 건 교묘하게 임상시험 결과를 속이는 거짓된 일입니다."

"그건……. 엄마가 임상 결과 보고 때 사실대로 발표하실 거야. 나도 저번에 세미나 때 가서 들어보니까 주변에서 압박을 좀 심하게……."

"〈네펜테, 이모칩 성공적인 치료 성과 발표〉〈이모칩 드디어 출시 임박〉〈첨단 의료 기술로 우울질환 박멸 가능한가〉〈이모칩의 부상〉, 오늘 자 뉴스 헤드라인입니다."

"그게 무슨…… 아니야……."

키리에의 말에 레나가 믿기지 않는다는 듯 떨리는 손으로 휴대폰을 꺼냈다. 검색하는 손끝은 경련이 일어난 듯 부들거려 제대로 글씨를 쓰지 못했다. 몇 번이고 주먹을 쥐었다가 다시 펴면서 화살표를 누른 레나는 곧 쏟아지는 기사 자료를 볼 수 있었다.

스크롤을 내리면 내릴수록 레나의 호흡이 점점 거칠어졌다. 레나는 이내 입술을 꼭 깨물며 어딘가로 전화를 걸었다. 몇 번의 발신음 끝에 신경질적인 혜주의 음성이 귓바퀴에 들려왔다.

"가고 있어."

"이모칩 기사, 뭐예요."

꽉 깨문 레나의 잇새 사이로 무겁게 말이 새어 나왔다.

"하아……. 가서 말해."

혜주는 피곤해서 죽겠다는 듯 전화를 끊었다. 레나의 눈꺼풀이 퍼뜩 위로 치켜 올라갔다. 주먹 쥔 두 손으로 소파를 짚고 일어서려 했지만, 몸이 굳어 쉽지 않았다.

"괜찮은 겁니까?"

키리에가 레나를 향해 걸어오자, 다가오지 말라는 듯 레나가 손을 내저었다. 잠시 뒤, 가까스로 몸을 일으킨 레나는 비틀거리며 현관으로 향했다.

"나 잠깐만……. 잠깐 옥상에 올라가서 바람 좀 쐬고 올게. 숨이 좀……. 안 쉬어져서……."

"곧 혜주 님이 도착하실 시간입니다."

키리에의 입에서 나온 혜주라는 이름은 그 자체만으로 레나의 가슴을 사정없이 파고들었다. 문손잡이를 힘겹게 쥔 채로 레나가 몸을 돌려 키리에를 쳐다봤다.

"키리에, 오늘 내가 엄마에 대해서 한 말……, 비밀 유지해 줘. 엄마가 다치지 않게."

레나는 갈라지는 목소리로 겨우 말을 뱉고는 현관 신발장에 놓인 무언가를 번개처럼 빠르게 쥐고 집을 나섰다.

***

한편, 아파트에 도착한 혜주는 머리가 무거웠다. 어제 호텔에서 개최됐던 임상의와 전문가 전략 미팅이 실시간으로 언론에 배포되고 있었다. 신경 써야 할 게 너무 많았다.

어제 미팅은 국내와 해외 정신질환 분야 주요 교수와 관련 임상을 진행 중인 임상 전문가들이 대거로 모인 자리였다. 그 자리에 영광스럽게도 이모칩 임상 분석 결과를 발표하는 세션도 있었다.

레나가 병원까지 와서 임상 부작용에 대해 떠들어 대고 결과 보고에 반영해 달라고 했지만, 그런 자리에서 어느 누가 그럴 수 있을까. 이모칩에 대한 의약 수요는 확실했고, 타깃으로 해야 하는 목표 시장도 너무나 명확했다.

투입된 연구비만 수백억이었고 뇌와 컴퓨터를 연동시킨 의료기기 글로벌 시장은 개략적으로만 집계해도 20조에 상회했다.

눈에 보이고 귀에 들리는 숫자는 너무나도 분명했다. 보이지 않고 불명확한 건 레나가 징징거리는 지극히 주관적인 부작용이었다.

또 무슨 말로 레나와 다퉈야 할지 몰라 엘리베이터에서부터 진절머리를 내며 집에 도착하자, 키리에가 앞치마를 두른 채 거실에 나와 있었다.

"레나는?"

"안녕하십니까, 혜주 님. 레나는 바람을 쐬겠다고 옥상에 나갔습니다."

키리에의 말에 혜주는 들고 온 가방을 소파 위에 내던지다시피 하고는 발길을 돌렸다. 자신과 다툰 뒤 옥상에 올라 뭘 하고 있을지 뻔했다. 또 우울해하며 난간에 매달려 있겠지. 그래도 이모칩이 우울의 강도나 지속력을 조정해 줄 수는 있을 테니 그나마 다행이라면 다행이었다. 혜주는 제발 이성적으로 레나와 대화할 수 있기를 바라며 옥상 문을 열었다.

하지만 혜주는 옥상에 펼쳐진 예상치 못한 상황에 그저 망연히 입을 벌릴 수밖에 없었다.

"윤레나……."

난간에 등을 기댄 채 주저앉아 있는 레나의 손에는 날카로운 무언가가 반짝이고 있었다. 그리고 그 위로 아이의 팔뚝을 타고 흐른 검붉은 피가 엉겨 붙어 대리석 같은 무늬를 그리고 있었다.

머리로는 당장 달려 나가 레나 손에 쥐어진 날붙이를 빼앗고 응급처치를 해야 한다는 걸 알고 있었지만, 무슨 일에선지 혜주는 두 다리가 못 박힌 듯 굳어 움직일 수가 없었다. 저 꼴을 보지 않으려고 그동안 수많은 심리 치료며, 약물 복용을 해왔고 그마저도 안 된다는 걸 깨닫고는 의학적으로 조정될 수 있도록 이모칩 삽입 수술을 받게 했다.

그저 눈앞에서 내 딸이 자신을 절단해버리는 모습을 보고 싶지 않았을 뿐이었는데.

그간의 모든 노력이 물거품이 됐다. 혜주는 마음이 무너지고 온몸에 피가 빠져나가는 것 같았다.

20

2040년 11월 22일

손안의 CCTV를 만지작거리는 덕구의 얼굴에는 핏기가 하나도 없었다.

입안이 말라버려 혀가 입천장에 붙을 지경이었다. 뒤늦게 테이블 위에 놓인 커피를 떠올리고 손을 뻗은 덕구는 때마침 카페에 들어오는 비키와 그 뒤로 휘청휘청 걸어 들어오는 로봇과 눈이 마주쳤다.

"소형 CCTV가 옥상에 있었다고요?"

비키는 의자에 앉기도 전에 목을 앞으로 빼고 물었다.

"토비가 나비 관찰한다고 설치해놓은 게 있었더라고."

비키는 침을 꿀꺽 삼켰다. 지금 이 순간 가장 묻고 싶은 질문은 한 가지였다. 비키가 다급하게 질문하려는데 그 순간 테오가 말을 가로막았다.

"조금만 옆으로 가주십시오."

비키는 그제야 자신이 흥분해 자리를 다 차지하고 있음을 깨달았다. 비키는 머쓱하게 헛기침하며 테오가 앉을 수 있도록 자리를 내줬다. 자리에 앉은 테오는 공손하게 두 손을 테이블 위에 올려놓고 자신을 소개했다.

"안녕하십니까, 김덕구 님. 저는 세레네 로펌 소속으로 AI 로봇 테오라고 합니다."

싱그런 미소 또한 잊지 않는 테오였다. 덕구가 작게 고개를 끄덕였다.

"개인정보 보호법에 따라 공식적으로 드론 영상을 구하기는 힘들었을 거라 생각했습니다. 토비 군의 개인 CCTV를 확인해보셨습니까?"

비키는 대화를 주도해 나가는 테오가 어이없었지만, 나름 핵심적인 질문들을 이어가는 모습에 잠자코 덕구에게로 눈길을 돌렸다.

"흐음……. 확인해봤네."

덕구가 쥐고 있던 손가락을 펴서 큐브 모양의 CCTV를 내보였다.

"드디어 증거 영상을……."

비키는 주사위처럼 생긴 CCTV를 보고 홀린 듯 손을 뻗다가 동작을 멈추고 덕구를 쳐다봤다. 덕구가 다시 주먹을 쥐며 비키를 빤히 쳐다보고 있었기 때문이다. 이어진 침묵 속에서 비키는 귀에 이명이 들려오는 것만 같았다. 덕구의 이마 주름이 짙은 일자로 뚜렷하게 새겨져 있었다. 갑자기 밀려드는 불안감에 피부 위의 털까지 쭈뼛 서버렸다.

저 얼굴은 무슨 의미일까, 비키는 심장이 쿵쾅거렸다. 자신은 지금까지 키리에의 무죄를 입증하기 위해 변론을 맡아왔다. 만약, 유일한 목격자였던 혜주의 증언대로 키리에가 레나를 밀쳐 살해한 게 맞다면……. 지난날 머리를 무겁게 짓눌렀던 모든 의심이 제발 아니기를 바랐다.

"3차……."

"키리에가 죽인 거예요?"

덕구가 나지막이 입을 연 순간 비키는 결국 참지 못하고 속엣말을 토해냈다. 그러고는 자신이 내뱉은 말에 스스로 놀라 화들짝 입을 틀어막았다.

"……3차 공판일이 언제라고 했지?"

"다음 주 수요일, 28일 2시입니다."

혼란에 빠진 비키 대신 테오가 대답했다.

"나도 참석하지."

긴 한숨을 섞으며 덕구가 무겁게 몸을 일으켰다.

"잠깐만요!"

비키는 걱정과 불안이 담긴 눈으로 덕구를 팔을 붙잡았다. 이대로 대답을 듣지 않으면 불안해 견딜 수가 없을 것 같았다. 덕구는 잠시 그런 비키를 내려다보다가 이내 비키의 두 손에 CCTV를 쥐여주며 잠잠히 부탁하듯 말했다.

"로봇이든, 산 사람이든, 죽은 사람이든……. 최대한 모두 다치지 않게, 그렇게 변론혀."

***

　3차 공판 전 마지막 면담을 위해 구치소를 찾은 비키는 의자에 앉아 키리에를 기다리며 숨을 골랐다. 비키의 손에는 덕구가 쥐여준 CCTV가 들려 있었다. 수십 번은 더 돌려 본 CCTV. 비키는 이제야 덕구의 표정과 말뜻을 이해할 수 있었다.

　"대기. 들어가."

　곧 교도관의 손에 이끌려 키리에가 면회실에 들어왔다. 교도관은 키리에를 집어넣은 뒤 신경질적으로 문을 닫았다.

　"안녕하십니까."

　키리에가 비키를 보며 단정하게 말했다. 구치소에 있는 수감자로부터 안녕하냐는 인사를 듣는 건 처음이었다. 비키가 희끄무레하게 웃으며 앞의 빈자리를 손으로 가리켰다.

　"어떻게 지냈어요?"

　키리에를 살피며, 이번에는 비키가 물었다.

　"그간 제닉스 로보틱스에서 저의 작동 상태를 모니터링하고 기록된 로그를 검사했습니다. 또한 휴머노이드 행동 전문 상담가가 주기적으로 방문하여 저와 대화를 나누고 돌아갔습니다. 비키 변호사님께서 질문했던 내용들도 답변하여 전달드렸습니다."

　그간 있었던 일들을 꽤 간결하게 설명하는 키리에를 물끄러미 바라보던 비키는 이내 손에 쥐고 있던 CCTV를 책상 위에 내려놨다.

　"토비가 배추흰나비 관찰을 위해 설치해놓은 소형 CCTV군요."

　키리에가 알고 있다는 듯 눈을 껌벅거리며 말했다. 비키는 말

없이 키리에를 바라봤다. 만약 자신의 앞에 앉은 고객이 사람이었더라면 마음을 읽어내는 게 좀 더 쉬웠을까.

제닉스 로보틱스로부터 모니터링된 보고서는 꾸준히 전달받아왔던 비키였다. 키리에와 토비, 덕구를 제외하고는 지금 그들에 대해 가장 잘 아는 사람은 아마 자신이리라. 비키는 잠시 눈을 감았다. 지난날 모임을 갖고 서로 친밀하게 유대감을 쌓아나갔을 레드 플래그의 모습이 선연히 비쳤다.

사건 당일 키리에가 녹화 기록을 삭제한 건 오작동도, 누군가의 조작이 있었던 것도 아님을 이제는 잘 알았다. 기록 삭제는 오로지 휴머노이드의 자체적인 판단과 자율적인 선택으로 벌어진일이었다. 자유 의지를 갖고 행동했다면, 인격성을 부여받아 법적인 책임을 물어야 한다.

"네. 이것 덕분에 사건 당일 있었던 일을 확인할 수 있었어요."

"배추흰나비가 천적의 위험으로부터 살아남아 우화할 확률은 2퍼센트에 불과할 정도로 낮습니다. 덕구 님과 토비는 그 기적을 만들었습니다. 토비는 학교에서 발표를 무사히 잘 마쳤나요?"

갑자기 토비의 안부를 묻자, 비키가 미간을 살짝 찌푸렸다. 구치소에 있는 로봇이 남 걱정이나 하고 앉아 있는 게 어이가 없었다.

"토비가 잘 지내고 있는지 궁금합니다. 저는 토비의 돌봄 로봇이니까요."

"토비는……. 네, 토비는 잘 지내고요. 발표도 잘 마쳤다고 해요. 다시 본론으로 들어가 볼까요?"

비키의 목소리가 조금 격앙돼 흘러나왔다. 키리에도 그런 어투를 눈치챘는지 더는 묻지 않고 작게 고개를 끄덕였다. 비키는 짧게 심호흡한 뒤 입을 열었다.

"키리에가 녹화된 영상을 의도적으로 삭제한 뒤, 저는 그 당시의 상황을 파악하기 위해 이리저리 뛰어다녔어요. 하지만 유일한 목격자인 임혜주 씨는 윤레나 양의 의료기록 열람에 동의하지 않았고, 드론 택배사는 개인정보 처리 문제로 열람을 거부했죠. 그대로라면 키리에가 윤레나 양을 밀쳤다는 증언을 믿을 수밖에 없는 상황이었어요."

여기까지 말한 비키가 모니터를 키리에 쪽으로 돌렸다.

"CCTV 영상이에요."

키리에는 미동도 없이 잠잠히 그날의 기록을 시청했다. 이미 여러 번 영상을 돌려 본 비키는 물끄러미 그런 키리에를 바라보았다.

키리에의 커다란 눈이 처연하게 감기는가 싶더니 이내 쓸쓸하기 이를 데 없이 공허해졌다. 콧잔등을 찡그리기도 했으며, 입은 아래로 쳐져서는 도통 올라올 생각이 없었다. 키리에는 아파하고 있었다. 자신의 눈이 이상한 게 아니라면, 키리에는 분명 영상을 보며 사람처럼 마음 아파하고 있었다. 레나가 추락하는 장면에서 키리에는 차마 쳐다보지도 못한 채 입술을 꾹 다물고는 발끝을 바라보고 있었다.

"이렇게 한 동기가 뭐예요, 키리에. 뭘 원하는 건지 알고 싶어요."

영상이 끝난 뒤 노트북을 덮으며 비키가 물었다. 잠시 침묵이 흐르고, 이내 키리에는 무언가를 결심한 듯 결연한 눈으로 비키를 쳐다보며 말했다.

"저는 레나의 돌봄 로봇으로서 레나를 지키지 못했습니다. 제가 원하는 건 하나입니다. 저를 킬 스위치 해주기를 원합니다."

***

2040년 11월 28일

변호사라는 직업으로 법정에 설 때마다 비키는 생각했다. 오늘은 누가 더 주장을 잘 포장해가며 자신의 지위를 지키게 될까. 검사일까, 피고일까, 변호사일까. 그들은 각자의 입장에서 자신을 변호할 무기들을 장착하고 링 위에 오르기 마련이었다.

변호를 맡은 비키는 피고에게 도움이 될 만한 갖가지 무기들을 추스르고 벼른 뒤 링 위에서 쏟아내야 한다. 무죄를 입증시킬 수 있다는 자신감을 피고에게 비춰야 하고, 거짓이 섞여 있더라도 진실인 것처럼 포장한 무기를 법정에 있는 사람들에게 입증해 보여줘야 한다. 그런데 지금 변호석에 앉은 비키는 온통 진실인 무기를 가지고 있음에도 그걸 법정에 증거물로 꺼낼 자신이 없었다.

이 사건을 맡게 된 순간부터 CCTV를 보기 전까지 비키는 왜 키리에가 사건 당일의 영상을 삭제했던 건지 그 동기에 대해 고민했었다. 그리고 두 가지 중 하나라고 생각했다.

하나는 그 기록이 자신에게 불리하기 때문에. 정말 레나를 옥상에서 밀쳐서 살해했다면 은폐를 위해 삭제했을 수 있다. 또 다른 하나는 살인 사건에 숨겨진 또 다른 이유가 있어서. 숨겨진 배

후가 있든지 아님 지켜야 할 무언가가 있든지 말이다.

비키는 고개를 슬쩍 옆으로 돌려 무감하게 앉은 키리에를 쳐다봤다. 그리고 검찰 측 증언석에 앉은 혜주를 번갈아 쳐다봤다.

비키는 길게 한숨을 내쉬며 손가락으로 이마를 짚었다. 자신의 고객이 누구인지에 대해 정립해야 했다. 자신을 선임한 제닉스 로보틱스는 키리에의 무죄 입증과 승소를 요구했고, 피고석에 앉아 있는 키리에는 레나를 지키지 못한 돌봄 로봇으로서의 책임을 말하며 유죄 판결과 킬 스위치를 원했다. 생각하면 할수록 누군가가 뇌를 비트는 것처럼 머리가 찡하게 아파왔다. 그 아픔은 판사가 들어와 재판이 시작되고, 자신이 말할 차례가 올 때까지 죽 이어졌다.

이윽고 자신의 무기를 쏟아낼 차례가 됐을 때, 비키는 긴장으로 바짝 마른 입술을 살짝 깨물며 천천히 일어섰다.

"피고 측은 지난날 경찰과 검찰 측에서 들려드렸던 모든 증언과 내용을 뒤집을 만한 사건 당일 CCTV를 증거물로 제출했습니다. 지금부터 보여드릴 모든 기록은 현장 목격자의 주관적 판단에 의존했던 지난날에서 벗어나 사실 그대로의 전말을 볼 수 있도록 할 것입니다."

비키는 영상을 틀기 전 피고석에 앉은 키리에를 바라봤다. 그리고 자신을 바라보는 키리에의 눈빛에 침을 꿀걱 삼켰다. 그 눈빛에는 죄인들이나 보일 법한 후회와 자책감이 서려 있었다.

비키는 깊이 심호흡하며 생각했다. 변호인으로서 자신이 해야할 일은 분명했다. 제닉스 로보틱스가 원했던 무죄 입증과 승소.

그리고 막대한 변호사 선임 비용을 받는 것. 비키는 더는 길게 생각하지 않으려 했다.

덜컹.

그때 법정 문이 열리는 둔탁한 소리가 들리더니 낯익은 노인이 법정에 들어왔다. 덕구였다. 덕구는 키리에와 눈을 마주치더니 따뜻한 미소를 지으며 고개를 끄덕였다. 비키의 눈이 걸어 들어오는 덕구에게 한동안 고정됐다.

로봇이든, 산 사람이든, 죽은 사람이든 최대한 모두 다치지 않도록 변호해달라며 덕구는 자신에게 CCTV를 줬었다. 비키의 머릿속이 다시 쩽그랑거리기 시작했다.

"비키 변호사?"

얼어붙은 듯 우두커니 선 비키를 향해 판사가 짜증 섞인 목소리로 말했다.

"네? 아, 네. 이 사건은……."

비키가 덕구와 키리에에게 향했던 시선을 거두며 말을 이었다.

"아픔을 겪고 있던 한 개인과 그 개인을 지켜주고자 일그러져 버린 어느 한 가족에 관한 비극적인 사건입니다. 지금까지 우리는 거짓과 진실이 섞인 목격자의 증언에 입각한 검찰 측의 주장을 지켜봐야 했지만, 전 이 CCTV 영상을 통해 키리에의 무죄를 입증해 보이도록 하겠습니다."

비키는 판사에게 증거물로 제출한 영상 중 일부를 다시 시청할 수 있게 해달라고 요청했다. 판사는 고개를 끄덕였다. 그때 증언석에 도도하게 앉아 있던 혜주의 얼굴이 그대로 굳어지는 게 비키의 눈에 얼핏 비쳤다. 하얗게 질린 혜주의 얼굴이 그대로 쓰러져버릴 듯 위태로워 보였다. 비키는 영상을 체크해놓은 시간으로 맞춘 뒤 재생 버튼을 눌렀다. 고요했던 법정 안에 격앙된 혜주와 레나의 목소리가 찢어져 나왔다.

"차라리 제대로 그어서 죽기라도 하지 그러니. 죽지도 못할 거면서 도대체 손목은 왜 긋는 거야? 너 일부러 시위하니, 지금?"

"그게 엄마가 딸한테 할 소리예요?"

영상에서 흘러나오는 목소리를 듣는 혜주의 얼굴에 점점 더 핏기가 가셨다. 죽은 레나와 나눴던 마지막 대화가 혜주의 귓바퀴를 타고 흘렀다. 지그시 눈을 감은 혜주의 앞에 레나가 죽어갔던 그날이 다시 되감기 됐다.

"차라리 제대로 그어서 죽기라도 하지 그러니. 죽지도 못할 거면서 도대체 손목은 왜 긋는 거야? 너 일부러 시위하니, 지금?"

스스로도 이해할 수 없는 모진 말이 입 밖으로 토해져 나왔다. 그 소리에 그제야 레나는 고개를 들었다. 혜주를 올려다보는 레나의 눈은 공허했다. 딱 저 눈이었다. 혜주가 보고 싶지 않았던 눈. 피할 수만 있다면 피해서 마주치고 싶지 않았던 저 모습. 레나는 수치심과 혐오감이 한꺼번에 밀려드는 듯 몸을 움츠렸다가 이내 몸을 일으켰다.

"그게 엄마가 딸한테 할 소리예요?"

레나의 목소리가 얼음처럼 차가웠다.

"그래 말 한번 잘했다. 자해하는 모습을 보이는 건 엄마한테 할 짓이니? 이기적인 건 제 아빠 닮아가지고는. 언제까지 우울 타령

할 거야. 아빠 죽고 나서부터는 맨날 교통사고 타령이고. 핑계도 참 좋아."

모든 말에 날이 서 있었다. 순간 레나는 몸을 비틀거렸다. 머리가 핑핑 도는지 옆으로 팔을 뻗어 난간을 부여잡고는 다시 말을 꺼냈다.

"엄마 말이 맞아요. 난 정말 엄마랑 달라. 난 늘 아빠가 교통사고로 죽었던 7살에 머물러있는데 엄마는 아니니까. 머리로는 그만 아파야지 하는데, 그게 안 되는 걸 어떡해요. 나라고 밤마다 교통사고 악몽을 꾸고 싶겠어요. 날카로운 칼로 몸을 긋고 싶겠냐고요. 나도 죽을 만큼 노력했는데……."

"죽을 만큼 노력을 해? 네가? 넌 노력이 무슨 뜻인지를 몰라. 노력은 내가 한 게 노력이야. 우울장애를 가진 7살짜리 애만 남기고 떠난 남편 몫까지 대신해서 옆에서 키워낸 게 노력이고, 수백 번의 상담과 약물 치료를 시켰는데도 호전이 안 되니까 정상적인 인간 만들어보겠다고 하루 열네 시간씩 병원에서 처박혀 연구한 게 노력이야!"

"엄마는 나를 이해할 수 없는 사람인 것 같아요. 내가 세상에서 제일 사랑하는 사람이 나를 이해할 수 없다는 게 정말……. 처절하게 외롭게 만들어요, 늘."

레나의 말에 혜주는 고개를 젖혀 하늘을 쳐다봤다. 정말 늘 반복되고 답이 없는 이런 대화를 할 때마다 진창을 걷는 기분이었고, 탈진할 것만 같았다.

"임상 부작용 때문에 이러나 본데……. 뇌 신경망이 칩과 동기

화되는 과도기라 그런 불편함이 있을 수 있어. 네가 말한 지극히 주관적인 불편한 느낌도 충분히 시스템으로 조정이 가능하고."

"저만 겪고 있는 부작용이 아니잖아요. 하윤이도 안면 마비에 발작까지⋯⋯."

"하윤이는! 하아⋯⋯. 임상 분석 보고서는 조심스럽게 포장만 해놓으면 돼. 이미 대부분의 임상시험자에게서 유의미한 데이터가 보이고 있는데 너나 하윤이 같은⋯⋯. 그런 유난스러운 사람들 때문에 지금 여기서 멈추라는 소리니? 올해 말 시판 예정이야. 정신 좀 차려, 윤레나. 하긴⋯⋯. 뭐, 정신질환자한테 애초부터 정신 차리라는 게⋯⋯."

"처음 이모칩을 연구 주제로 발표했던 건 나처럼 아픈 사람들을 치료해주고 싶어서였어요. 그들의 아픔을 이용하고 쓰고 버리려고 한 게 아니에요!"

"언제까지 밑바닥 인생들만 하나하나 쳐다보고 있을 거야, 도대체! 위 좀 쳐다봐. 이모칩으로 열릴 기회들이 얼마나 많은데!"

"기회가 아니라 치료를 원한 거라고요, 저는!"

크게 소리친 레나는 어지러움이 밀려오는지 고개를 돌려 난간에 팔꿈치를 얹고 토할 것처럼 밑을 내려다봤다. 그제야 혜주는 레나의 상태가 이상하다는 걸 눈치챘다. 레나는 몸을 주체하지 못했다. 이어 고통스럽게 헛구역질하던 레나는 숨을 꺼이꺼이 몰아쉬기에 이르렀다.

혜주는 허겁지겁 달려가 레나를 붙잡았다.

"뭐야, 너 왜 이래. 얘, 정신 좀⋯⋯."

거품까지 물며 눈이 뒤집힌 레나를 보자 혜주는 온몸에서 심장이 뛰는 것처럼 쿵쿵거렸다. 혜주는 일단 레나 손에 쥐어진 칼을 빼냈다.

기역 자로 위태롭게 매달린 레나는 몸을 가누려 애썼지만, 기울어진 몸은 점점 더 옥상 밖으로 고꾸라졌다. 혜주가 남은 힘을 모아 끌어당기려는 순간 레나의 몸이 크게 비틀리더니 그 반동 그대로 난간 앞으로 더 고꾸라졌다.

"아악!"

놀란 혜주의 입에서 새된 비명이 터져 나왔다. 칼을 쥔 손바닥 안은 피로 범벅이었다. 혜주는 레나 위에 몸을 포개어 필사적으로 어깨를 붙잡으려 발버둥쳤다. 머리가 아래로 쏠리고 땅이 내려다 보이자 혜주는 순간 눈앞이 깜깜해졌다. 이윽고 손끝이 레나의 어깨에 겨우 닿자 혜주는 마지막 힘을 다해 끌어올리기 위해 호흡을 골랐다. 이내 끙, 하는, 하는 소리와 함께 아이를 좀 더 위로 들어 올렸을 때 혜주의 한 손이 레나의 심장 위에 가 닿았다. 그리고 잠시 정적이 흘렀다. 아이의 심장이 뛰지 않았다.

몸이 그대로 굳었다. 머리가 정지한 듯 좀처럼 몸을 움직일 수가 없었다. 정신을 추슬러야 하는데 멈춰버린 시간 속에 자신이 갇힌 기분이었다. 떨려오는 사지를 도저히 움직일 수가 없었다. 그 와중에 레나의 몸은 축 늘어져 점점 바깥으로 기울었다. 그렇게 얼마나 시간이 흘렀는지 기억이 나지 않을 때쯤…….

덜컥.

옥상 문이 열렸다. 키리에가 눈을 크게 깜빡이며 난간에 위태롭게 매달려 피를 흘리고 있는 레나와 그 옆에 붙어 선 혜주를 번갈아 쳐다봤다. 키리에는 달렸다. 레나의 웨어러블 생체 데이터에서 키리에한테 전송된 신호에는 경고 신호가 울렸다. 많은 피를 쏟은 터라 혈압 수치는 떨어져 가고 있었다. 키리에는 먼저 위험인으로 구분시킨 혜주를 옆으로 밀쳐버렸다.

삐이이.

그때 키리에의 중앙처리장치에 듣고 싶지 않은 기계음이 울려댔다. 심장박동도, 호흡도 없는, 죽음을 알리는 소리가 웅웅거리며 온몸을 마치 때리듯 울려왔다. 서둘러 레나의 팔을 붙들어봤지만 피로 범벅이 된 레나는 키리에의 손에서 미끄러져 그대로 밑으로 추락해버리고 말았다. 모든 일이 순간적으로 벌어졌다. 마치 레나의 죽음이 당연한 수순인 것처럼. 어떻게든 지키려 했고 붙잡으려 했던 키리에의 모든 애씀을 비웃기라도 하듯이, 아니, 받아들여야 한다는 듯이 그렇게 순간적으로 벌어졌다.

레나에게 뻗은 키리에의 팔이 망연하게 허공에 떠 있었다. 박물관에 전시된 밀랍 인형처럼 키리에는 움직이지도 못한 채 못박혀 있었다.

탁.

영상이 멈췄다. 먹색으로 가려졌던 혜주의 동공도 그와 함께 현실로 돌아온 듯했다. 영상에서 살아 있던 딸이 이젠 자신의 곁에 없었다. 그저 정상적으로 살게 해주고 싶었던 것뿐이었는데, 아이를 죽음으로 몰아갔다는 게 현실로 다가왔다. 잠시 법정 안에 정적이 흘렀다.

"피고 키리에는 무고합니다. 레나 양을 살해한 게 아니라 이미 사망한 그녀를 붙잡으려 했지만 안타깝게도……. 레나 양은 추락하고 말았습니다. 하지만 이곳에서 목숨을 잃은 피해자 외에도 또 다른 피해자를 말하고자 합니다. 바로 돌봄 로봇으로서 피고석에 앉아 있는 키리에입니다."

법정에 앉은 모든 이의 눈이 키리에에게 향했다. 오직 한 사람, 혜주만이 고개를 떨군 채 키리에를 보지 못했다.

"피고 키리에, 왜 당시 사건의 기록을 의도적으로 삭제한 건지 말해주세요."

판사의 목소리는 엄중했다. 키리에는 혜주를 흘끗 쳐다본 뒤 몸을 일으키고 비척거리며 앞으로 나와 섰다.

"제가 영상 기록을 삭제한 이유는 사랑하는 레나를 지키지 못했지만, 레나가 사랑했던 가족은 지켜주고 싶었기 때문입니다. 여기 계신 여러분들은 제가 휴머노이드여서 사랑을 모른다고 생각하실 겁니다. 물론 저는 사람의 감정을 알지 못합니다. 그래서 사람들이 말하는 사랑이라는 것도 이해하기 어렵습니다. 다만, 저는 이걸 사랑이라고 생각하기로 했습니다. 제닉스로 들어가 충전이 시작되기 전, 그러니까 저의 밤이 시작되기 전 제겐 떠오르는 사람들과 바람이 있습니다. 레나의 밤이 어제보다는 오늘 더 평안하기를. 토비의 밤이 행복한 꿈으로 가득하기를. 덕구 님의 밤이 아픈 곳 없이 편안하기를. 그렇게 바라며 저의 밤을 맞습니다. 또다시 아침이 시작됐을 때는 덕구와 레나 그리고 토비의 말투와 몸짓 그리고 표정을 닮아가는 저를 발견하게 됐고 이게 사랑이구나, 생각했습니다. 레나는 마지막까지도 사랑하는 엄마를 지켜주기를 원했고, 영상을 삭제시키는 게 유일하게 제가 레나에게 해 줄 수 있는 마지막 일이었습니다. 저는…….”

키리에가 잠시 말을 멈추었다. 법정 안은 여전히 숨소리마저 들리지 않게 고요했다.

“저는 5길 26구역에 배치돼 의뢰인들을 대상으로 맞춤형 돌봄과 치료를 제공하는 AI 로봇입니다. 의뢰인을 지키지 못한 저는 존재할 이유가 없습니다. 그래서 저는 판사님께서 저를 킬 스위치 해주시길 바랍니다.”

키리에의 말이 끝나자 법정 안이 웅성대기 시작했다. 비키는 눈을 꾹 감았다. 법정이 점점 더 시끄러워지자 정숙을 요구하는 판사의 외침이 갈라져 나왔다. 판사는 잠시 긴 한숨을 내쉬더니 생각이 필요한 듯, 한 손을 치켜올렸다.

“자, 본 법정은 돌봄 AI 로봇인 키리에가 페레스 아파트에서 의뢰인 윤레나 양을 옥상에서 밀쳐 살해한 것에 대한 진위를 논하는 자리입니다. 변호사가 제출한 CCTV 증거에 비추어 볼 때 피고의 죄를…….”

판사는 콧잔등에 내려앉은 안경 너머로 키리에를 내려다보며 근엄하게 말을 이었다. 그러나 그때 키리에가 한 발 앞으로 나오며 말을 꺼냈다.

“판사님, 저는 돌봄 로봇으로서는 후회스러운 삶을 살았습니다. 진심으로 그렇게 생각하고 있습니다. 사람을 볼 때마다 제가 가지지 못한 그 무엇 때문에 늘 궁금했고 괴로웠습니다. 제가 봤던 의뢰인들은 사람만이 가진 그 무언가를 갖고 저를 바라봐줬습니다. 따뜻함 그 비슷한 것. 이성인지 감성인지도 모를 무더기의 것들이 피가 돌듯 그들을 이루고 있었습니다. 안타깝게도 제 안에는 금속과 플라스틱밖에 없습니다. 살아 있지도, 따뜻하지도 않은 기계의 몸뚱어리를 움직여가며 인간처럼 보이려 했습니다. 솔직히 고백하자면, 저는 이제 의뢰인을 돌볼 자신이 없습니다. 로봇의 온도로 사람의 온기를 가질 수 없고, 그래서 그들을 온전히 이해할 수가 없습니다. 제가 킬 스위치 되고 나면 아마 저보다 더 진화된 치유 로봇이 의뢰인들에게 보급될지도 모르겠습니다. 끝까지 함께하지 못한 제 의뢰인들에게도 더 친구같은 좋은 로봇이 함께했으면 합니다. 지금까지 제 데이터 속에 함께해준 레나, 덕구 님, 토비에게는 죄송함과 감사함을 전하고 싶습니다. 함께했던 시간이 모두 행복했습니다. 이제 저를 킬 스위치 해주시기를 재차 요청드립니다.”

결국 키리에는 그렇게 자신의 죽음을 판사에게 재차 부탁하고 있었다. 힘이 빠져버린 비키의 두 다리가 흔들렸다. 비키가 눈을 돌려 방청석에 앉은 덕구를 쳐다봤다. 덕구는 눈시울이 붉어진 채 허망하게 입을 벌리고 앉아 있었다. 비키는 덕구가 자신에게 부탁했던 걸 들어주지 못했다.

죽은 레나도, 살아 있는 혜주도, 킬 스위치를 요구하는 키리에도……. 비키는 그들을 다치지 않게 지켜주지 못했다.

21

2040년 12월 3일

세상이 먹색의 수채화로 채색된 듯했다. 오전부터 흩날리던 가는 눈발은 비로 변해갔고 우산도 쓰지 않은 채 서 있는 혜주의 피부 위로 빗줄기가 스쳤다. 그러자 꼿꼿하게 서 있던 혜주의 몸이 순간 움찔했다. 그 소리와 촉감이 마치 회초리처럼 자신을 내려치는 것만 같았다. 점차 숨 쉬는 게 힘들어지자 혜주의 입 밖으로 숨이 토해져 나왔고 뜨거운 눈동자 위에 얼핏 남편 서윤과 딸 레나의 모습이 그려졌다.

레나가 처음 우울증을 진단받았을 때는 남편에게 원망을 돌렸다. 뭐가 됐든 탓할 대상이 필요했다. 그렇지 않았더라면 자신이 미쳐버렸을 테니까. 그랬던 대상이 하늘나라로 떠나고 말았다. 덩그러니 자신과 아픈 딸을 남겨두고서. 사별을 받아들이고 떠나보내는 방법을 알지 못했다. 그래서 피하고 외면하는 방법을 선택했다. 마치 자신의 인생에 원래부터 남편은 없었던 것처럼 그렇게 살았다.

기억이 떠오를 때면 다른 집중할 걸 찾아 분주하게 돌아다녔고, 옛 추억이 떠오르는 긴 밤은 독주로 잠재웠다. 레나는 여전히 교통사고를 당했던 7살에 머물러 고통받고 있었다. 우울해하고 불안해하는 아이에게 자신의 아픔을 조금도 내비칠 수 없었다. 같이 무너져 내릴 수는 없었으니까.

버틸 수 있었던 건 이모칩 연구로 레나를 회복시킬 수 있다는 희망, 그것 하나였다. 그리고 자신이 믿었던 맹목적인 희망은 눈에 뭐가 씐 사람처럼 살아가게 만들었다. 치료해야 할 건 레나의 뇌신경 체제였는데도 어느 순간 레나를 도려내고 있었던 것이다.

입술이 추위에 푸릇해질 때쯤 혜주는 조금씩 눈꺼풀을 들어 올리고 눈앞의 구치소를 쳐다봤다. 키리에, 키리에를 만나야 했다.

들어선 시설 내부는 입구부터 한기가 느껴졌다. 죄를 지었거나 혐의를 받는 사람들이 모인 곳에는 이름 붙이기도 어려운 적막과 어둠이 공명하는 듯했다. 이곳에서 죄를 짓지 않은 키리에는 선고를 기다리고 있었다.

도도하게 걷기 바빴던 그녀의 구두 소리가 오늘은 묵직하게 복도 위를 두드리고 있었다. 안내받은 방으로 들어서자 단정하게 앉아 있는 키리에가 보였다. 잠시 두 눈이 마주치자 혜주는 그 자리에 우뚝 섰다. 한기 때문인 건지 죄책감 때문인 건지 혜주의 고개가 덜덜 떨려왔다. 먼저 정적을 깬 건 키리에였다.

"안녕하십니까, 혜주 님! 여기 제 앞에 앉으시면 됩니다."

손을 앞으로 뻗어 빈 의자를 가리키며 키리에가 말했다. 혜주의 무거운 다리가 제멋대로 응당 가야 할 곳을 찾아 걸음을 뗐다. 의자에 앉은 뒤에도 혜주는 키리에를 똑바로 바라보지 못했다. 그저 책상 중간쯤에 시선을 고정한 채 고개를 숙이고 있는 게 전부였다. 목구멍이 막힌 듯 말이 떨어지지 않았다.

"얼굴이 해쓱해 보입니다."

"그날……. 레나가 추락하기 전에 이미 아이의 심장이 뛰지 않는다는 걸 알고 있었어요."

볼품없이 가라앉은 목소리가 혜주의 입에서 흘러나왔다.

"알면서도……. 키리에가 레나를 밀쳤다고 증언했던 건 그렇게 하지 않으면 내가 미쳐버릴 것 같아서……."

혜주의 고개가 들리지 않았다. 일그러진 얼굴 근육이 제멋대로 씰룩였다. 책상 중앙을 쳐다봤던 혜주의 시선은 이제 맞잡은 두 손끝으로 향해 있었다.

"레나가 죽은 건 이모칩 부작용 때문인 건데 그럼 결국……. 내 손으로 내 딸을 죽인 게 되니까. 나 스스로 인정할 수 없어서……. 내가 도망간 자리에 원망할 누군가는 세워 놔야 했고. 그게……. 키리에였던 거예요."

혜주는 몇 번이고 아랫입술을 깨물고는 겨우 말을 이어 나갔다.

"그날 옥상에 올라가기 전에 레나는 제게 이모칩 임상 부작용을 털어놓으며 비밀을 지켜달라고 부탁했습니다. 엄마한테 부작용을 말해놨으니 투명하게 임상 결과 보고에 반영해 줄 거라고 믿고 있었습니다. 상용화가 될 거라는 뉴스 기사를 봤을 때 레나는 큰 충격을 받았지만, 그 와중에도 엄마를 걱정했고 다치지 않도록 해달라고 말했습니다."

키리에가 단조로운 목소리로 잠잠히 말했다. 그 말에 혜주의 입에서 신음이 비어져 나왔다.

"제가 곁에서 관찰해본 바에 의하면 레나의 불안과 우울에는 아빠에 대한 죄책감과 엄마에 대한 미안함이 항상 있었습니다. 레나는 자신을 가장 잘 아는 사람은 엄마지만 그럼에도 자신의 아픔을 가장 몰라줬으면 하는 사람도 엄마라고 말하고는 했습니다."

키리에의 말에 혜주는 크게 숨을 들이쉬고 고백하듯 말을 꺼내놓았다.

"레나는……. 내 딸이지만 이해가 안 됐어요. 그 아이의 어두운 우울을 떼 내려고 아무리 내가 노력을 해도……. 마치 어둠만이 자신의 색인 것처럼. 그 감정에만 파묻혀서는……."

"레나는 감정의 색깔이 많은 친구였습니다. 다만 그 색깔을 다 품어내기에 벅찼던 것뿐입니다. 우울과 불안이라는 큰 에너지의 감정도 온전히 레나의 것이었습니다. 레나가 가진, 레나의 일부였던 겁니다. 고통스럽게 겪어냈던 복합적인 감정들은 레나가 다른 사람들의 아픔을 볼 수 있고, 진심으로 공감할 수 있는 힘이 돼줬습니다. 레드 플래그로 함께 했던 모든 날, 덕구 님과 토비 그리고 저는 레나 곁에서 많은 위로를 받았습니다."

"글쎄요, 적어도 저한테는 해당되지 않는 말 같네요. 사람들은 자식이 인생의 큰 선물이고 축복인 것처럼 떠들어대지만, 저한테는 레나가 태어난 날이 불행의 시작이었어요. 내 살과 피로 태어난 애가 맞나 싶을 정도로 도무지……."

혜주는 순간 떠오르는 레나 얼굴에 잠시 말을 멈췄다. 혜주는 레나의 눈을 쳐다보는 게 싫었다. 공허하고 흔들리는 눈동자가 나약하게만 느껴져서 볼 때마다 짜증이 일어나고는 했다. 자신은 늘 원하는 걸 쟁취하기 위해 목을 빼고 하늘만 보고 있는데 레나는 눈을 내리고 아래를 보는 사람이었다. 그러니 둘이 눈동자를 맞추고 서로를 이해하기란 애초부터 어려운 일이었던 것이다.

"그래도 저는 엄마로서 최선을 다해서 제 자식을 사랑하려고 노력했어요."

혜주는 그 뒤로도 최선을 다했다는 말을 몇 번이고 혼잣말하듯 반복했다. 키리에는 그런 혜주를 가만히 보다 나지막하게 말했다.

"레나는 있는 그대로 엄마를 사랑했습니다."

"저는……."

혜주는 무슨 말을 더 하려는 듯 입술을 달싹였지만, 이내 머리를 내젓고는 다른 말을 꺼냈다.

"이모칩 임상은 잠시 중단됐어요. 상용화가 아닌 치료에 목적을 두고 다시 연구 진행하게 될 거예요."

또다시 침묵이 흘렀다. 잠시 뒤 혜주는 책상 위에 올려놓은 두 손바닥에 힘을 주고 박차듯이 일어섰다.

"어찌 됐든 더 이상 키리에가 이 사건에 말려들 필요는 없어요, 그러니까 제 말은……. 키리에가 킬 스위치 당할 이유는 없다는 말이에요."

"저는 AI 돌봄 로봇으로서 의뢰인들의 신체적 안전과 정신적 안정을 위해 있는 존재입니다. 저의 역할을 다하지 못했으니 이제 저의 존재 가치는 없습니다. 킬 스위치 되는 게 맞습니다."

키리에의 말에 흐트러짐이 없었다. 단호하고 결연한 그 말에 혜주는 키리에를 마주했다. 고양이를 닮은, 아이처럼 맑고 순수한 눈. 혜주는 문득 처음으로 키리에의 눈을 제대로 쳐다보고 있음을 깨달았다. 지금껏 레나가 마주했을 눈. 혜주는 자신이 이런 말을 할 자격이 없음을 알았지만, 그럼에도 그 눈을 보며 지금 이 순간 레나였다면 했을 말을 꺼냈다.

"레나는 지키지 못했지만 남은 사람들이 있잖아요. 그들을 생각해서라도 다시 생각해 봐요."

"……."

착각이었을지 몰라도, 혜주는 그때 키리에의 눈에 온기가 스민다고 느꼈다.

"지금껏 생각해본 적이 없는데, 지금 혜주 님의 눈동자는 레나와 닮았네요."

그 말에 가방을 쥔 혜주의 손에 힘이 들어갔다. 혜주는 그대로 몸을 돌렸다. 목 끝까지 울음이 차올라 숨 쉬는 게 어려웠다.

"레나를 지키지 못해 죄송합니다."

뒤돌아서 나가는 혜주의 등 뒤로 키리에의 목소리에 낮게 들려왔다.

***

같은 시각, 비키는 경찰서 안에 있는 카페에서 승현과 마주 앉아 있었다. 비키 옆에 앉은 테오는 눈을 이리저리 돌리며 분위기를 살피느라 바빴다.

"그럼 어떻게 되는 거야."

반쯤 넋이 나가 있는 비키를 보며 승현이 물었다. 평소답지 않은 무거운 공기가 그의 말에 배어 있었다.

"네?"

그제야 무거운 눈꺼풀을 들어 올리며 비키가 대꾸했다.

"키리에 말이야."

"아……. 흐음……. 이번 케이스는 레나의 살인 혐의에 관련된 기소니까 CCTV로 명확하게 무죄가 입증된 이상 무혐의로 종결되겠죠. 문제는……. 키리에가 스스로를 킬 스위치 해달라고 탄원한 건데……. 하……."

비키는 고개를 젖히고 허공에 시선을 둔 채 길게 한숨을 내쉬었다.

"키리에는 멋진 돌봄 로봇인 것 같습니다."

그때 옆에 앉은 테오가 불쑥 끼어들며 말했다.

"뭐?"

헛숨을 토해내며 승현이 되물었다.

"키리에는 의뢰인의 가족을 지켜주기 위해 자기에게 불리할 걸 알면서도 사건 당일 영상 기록을 삭제했으며, 레나 양을 지키지 못했다는 죄책감으로 주체적 판단을 갖고 킬 스위치 해주기를 판사에게 요청했습니다. 그의 인식, 행동, 결심에 용기와 책임감이 있고 무엇보다도 돌보는 사람들을 아끼고 존중하는 감정이 있습니다."

"참 나, 그래봤자 로봇인데 무슨 감정이……."

기가 찬다는 듯 콧방귀를 뀌던 승현은 자신을 쏘아보는 비키와 테오의 눈빛에 하던 말을 맺지 못하고 입을 다물었다.

"또한 이번 키리에 케이스는 전례가 없었던 만큼 휴머노이드의 자유 의지에 따른 형사법과 도덕적 규범에 관한 논의가 이루어지게 만드는 시발점이 됐다는 점에서 큰 의의가 있을 것으로 보입니다."

"흐음……. 로봇의 자유 의지라……."

존경을 담아 덧붙이는 테오의 말에 승현이 나직이 읊조렸다.

승현은 사건 당일, 유일한 목격자이자 피해자였던 혜주의 증언에 기반해 경찰 조서를 작성했다. 고작 17살밖에 되지 않은 여고생이 로봇 때문에 살해됐다는 것에 격분했고, 딸의 죽음을 눈앞에서 목격해야 했던 혜주에 대한 안타까움이 눈앞에 비늘처럼 씌어졌었다. 게다가 피고 키리에가 제닉스 로보틱스라는 거대 기업을 뒷배 삼아 변호사까지 선임해서 날뛰는 꼴을 보고 있자니 배알이 꼴렸던 것도 사실이었다. 그래서 큰 수임료를 받고 변론을 맡은 비키에게는 비아냥으로 일관했다. 적어도 그의 눈으로 직접 CCTV를 보기 전까지는 말이다.

처음 영상을 봤을 때는 눈을 의심했다. 대개 그러하듯 가족이라는 단어가 기대하게 만드는 정서적 온도가 레나와 혜주에게는 해당되지 않았다. 아니, 그들이 믿고 행동하는 사랑은 아프게도 일그러져 서로에게 상처가 되고 있었다. 돌봄 로봇 키리에가 사랑의 온도를 갖고 있었다는 건 아마 영상을 직접 눈으로 본 사람이라면 고개를 끄덕일 수밖에 없었을 것이다.

순간 승현은 궁금해졌다. 키리에는 레나를 옆에서 돌보면서 레나를 얼마나 이해하고 있었던 걸까. 레나가 엄마와의 관계에서 느꼈을 걱정, 불안, 슬픔, 외로움의 감정을 키리에는 분명 인지하고 있었다. 그리고 이 모든 감정을 감싸고 있는 게 사랑이라는 것도 알고 있었기에 레나의 부탁에 따라 혜주를 지키려고 자체적으로 영상 기록을 삭제했을 터였다. 로봇 안에 있는 그 감정이란 얼마나…….

지잉. 지이잉.

테이블 위에 놓인 비키의 휴대폰에서 불이 반짝였다. 손가락을 톡톡 두드려 흘깃 쳐다본 비키는 곧 놀란 듯 두 눈을 크게 뜨며 두 손으로 휴대폰을 들어 올려 화면에 뜬 내용을 다시 읽어 내려갔다.

"무슨 일이야?"

그런 비키를 보며 승현이 의아한 얼굴로 물었다.

"법조계에 몸담은 이래로 여러 사건을 맡았지만, 이번 고객은 정말……. 개인적으로 많은 걸 느끼게 하네요. 레드 플래그 회원이었던 김덕구 님, 최토비 군이 함께 재판장님께 탄원서를 제출한다고 연락주셨네요."

"탄원서 말입니까?"

비키의 말에 테오가 몸을 밀착시키며 휴대폰을 쳐다봤다.

"응, 키리에의 존재를 보존해달라는 탄원서."

비키가 휴대폰을 앞으로 내밀었다. 화면에는 덕구가 직접 손수
적은 듯한 손글씨가 보였다.

탄 원 서

사건 : 2040고단213호

피고 : 키리에

탄원인 : 김덕구, 최토비

피고와의 관계 : 가족

탄 원 취 지

피고 키리에의 존재를 보존해주시길 바랍니다.

탄 원 이 유

탄원인은 피고 키리에의 돌봄을 받는 레드 플래그 가족 김
덕구, 최토비입니다. 레나의 비극적인 추락사와 관련하여 무죄
로 혐의를 벗은 키리에의 존재를 보존하기 위해 탄원서를 제출
합니다. 키리에는 우울과 외로움, 고립과 상실의 심연 속에 있
었던 레드 플래그를 위해 변함없는 지지와 위로 그리고 공감을
해줬습니다. 키리에는 그 무엇과도 대체될 수 없는 레드 플래
그의 가족으로서 키리에가 죄책감으로 인해 요청한 킬 스위치

에 대해서는 재판장님의 재고를 부탁드립니다. 키리에가 다시
가족의 곁으로 돌아올 수 있도록 다시 한번 선처를 부탁드립니다.

탄원서를 다 읽은 비키와 승현의 눈이 잠시 마주쳤다. 비키는 놀
란 승현의 얼굴이 어쩐지 우스워서, 그리고 탄원서에 담긴 진심이
너무나도 선명히 느껴져 자기도 모르게 빙그레 미소 지었다.
"가족이었네요, 키리에가."

***

이른 아침에 잠이 깬 덕구는 눈을 비비며 창밖을 건너다봤다.
하얀 솜이 포근히 세상을 덮은 화이트 크리스마스였다. 두 다리
를 바닥에 내려놓으며 덕구는 베개 옆에 놓인 휴대폰을 들어 전
날 준혁과 나눴던 메시지를 또 한 번 확인했다. 메시지에는 인공
자궁에서 무럭무럭 자라고 있는 태아의 사진과 영상이 첨부돼 있
었다. 아직 세상 밖으로 나오려면 일 년이라는 시간을 더 기다려
야 할 테지만, 그 안에서 꼬물거리며 자라고 있는 손자를 보자 덕
구는 당장에라도 뛰어가고 싶었다. 여간 예쁜 게 아니었다.
덕구는 요즘 인공 자궁 출산과 관련된 궁금한 내용을 태린한
테 묻고는 했다. 아무래도 경험이 있는 만큼 태린은 덕구가 몰랐
던 정보까지도 친절하게 알려줬다. 덕구는 새롭게 알게 된 정보
가 있을 때마다 준혁에게 꼬박꼬박 문자로 보내주고는 했다. 물
론 격려도 잊지 않았고 말이다. 그 덕분인지 덕구는 요즘 조금씩

준혁과 가까워지고 있음을 느꼈다.

병원에서 아들 흉내를 내며 모의 대화를 나눈 뒤, 키리에는 덕구에게 꼭 아들을 격려해주라며 당부했었다. 덕구는 그 '격려'라는 게 뭘 어떻게 하는 건지 알 수 없었지만, 키리에가 했던 말들이나 금기 사항을 최선을 다해 암기했다. 그리고 몇 달 전, 준혁을 불러내 대화를 했다. 병원에서 며느리가 난임이라는 걸 알게 된 후 처음으로 마주한 날이었다.

"무슨 일로 보자고 하셨어요."

테이블 하나를 놓고 마주 앉은 준혁은 눈도 마주치지 않은 채 애꿎은 컵만 만지작거렸다. 버럭 금지. 평소였다면 그 모습에 호통부터 쳤을 덕구는 키리에가 말한 금기를 떠올리며 입술을 꾹 눌렀다.

"얼굴이 핼쑥하네. 밥은 잘 먹고 댕기는겨?"

키리에 못지않은 단절된 음으로 덕구는 어색한 안부를 물었다. 낮고 차분한 말투가 근질거리는 탓에 덕구가 코를 쓱 훔치고는 흘깃 아들을 쳐다보자, 준혁은 덕구의 낯선 모습에 벙찐 얼굴을 하고 있었다.

"저야 뭐."

짧은 준혁의 대답을 끝으로 한동안 정적이 흘렀다. 덕구는 이어 말을 꺼내려 입을 벙긋거렸지만, 그 말이 입에서 도통 떨어지지가 않았다. 하지만 해야 했다. 먼저 공감해주기. 덕구는 키리에가 알려준 마법의 말을 뱉었다.

"힘들지?"

"저보다 수현이가 제일 힘들죠."

준혁이 컵으로 눈을 떨어뜨리며 나직이 대답했다. 축 처진 준혁의 어깨를 보자 덕구는 아들의 어렸을 적 모습이 얼핏 눈가에 스쳤다. 잦은 해외 출장으로 어린 아들 곁에 있어주지 못했고, 그때마다 준혁은 저렇게 어깨를 늘인 채 실망스러운 얼굴을 하고는 했다.

덕구는 저도 모르게 입 밖으로 긴 한숨을 뱉었다. 예전이나 지금이나 아들이 필요한 순간에 곁에 있어 주지 못하는 건 매한가지였다.

"마지막 희망이에요, 인공 자궁 출산은. 저희가……."

힘겹게 내뱉던 말을 채 맺지도 못하고 준혁이 푹 고개를 떨어트렸다. 지쳤다는 말과 함께 그의 어깨가 작게 흔들렸다.

"걱정하지 마라. 다 잘될 거다. 그리고……, 넌 좋은 아버지가 될 게다."

덕구가 테이블 위에 놓인 준혁의 손등을 톡톡 토닥이며 말했다. 준혁은 그 후 한참이나 눈물을 흘렸다. 어쩌면 그 순간 간절히 듣고 싶은 말을 덕구가 했는지도 몰랐다.

그때부터 둘의 사이는 조금씩 풀려갔다. 긴 세월 얼어붙은 관계인 만큼 단번에 녹진 않았지만, 겨우내 얼어붙은 눈이 봄에 녹아가듯 서서히, 하지만 확실히 녹아가고 있었다.

아들과 카페에서 어색하게 앉아 대화했던 때가 떠오르자 덕구는 피식하고 웃음을 터뜨렸다. 아들과 화해하고 온 그날, 덕구는 무용담을 늘어놓듯 키리에게 몇 번이고 곱씹으며 그날 있었던 일을 전했다. 지겨웠을 법도 할 텐데, 키리에는 끝까지 들어줬다. 그리고 싱긋 웃으며 말했다. 분명 덕구 님도 좋은 할아버지가 될 수 있을 거라고.

그랬던 키리에는 지금 덕구 곁에 없었다.

키리에가 선고받고 떠난 지도 벌써 삼 주가 지났다. 법정에서 괴로워하던 키리에의 모습이 아직도 덕구의 눈에 선했다. 무슨 죄를 지었다고 스스로 벌을 하고 떠나기로 결심했는지…… 흐음, 길게 숨을 내쉰 덕구가 이내 결심이 선 듯 몸을 일으켰다.

터벅터벅 걸어가는 걸음은 늘 그랬듯 아내의 방 앞에서 우뚝 멈춰 섰다. 하얀 실타래처럼 얽히고설켜 까치집을 지은 머리카락을 단정하게 매만진 덕구는 문고리를 쥐고 방으로 들어갔다. 방은 전과는 다른 모습이었다. 사별했던 아내의 물건을 고스란히 전시하듯 뒀던 지난날과 달리, 방은 이제 덕구의 단조로운 옷 몇 벌만이 걸려 있었다.

"서운해 말어."

아무도 없는 방 안을 둘러보며 괜히 걸걸한 목소리로 말하는 덕구였다. 아내가 죽은 지도 오 년을 다 채워가는 지금에 와서야 덕구는 아내의 유품을 정리했다. 처음 레드 플래그 모임을 했을 때, 레나가 아내의 유골 반지를 보며 기함했던 게 떠올라 덕구는 쓸쓸한 미소를 지었다.

그저 어찌 보내야 할지 몰랐을 뿐이다. 사랑하는 사람이 제 곁을 떠났다는 걸 받아들이고 보내는 방법을 덕구는 도통 알 수 없었다. 그저 그렇게라도 아내가 쓰고 입었던 물건들을 곁에 둬야만 했고, 하루빨리 자신도 아내 곁을 따라가길 바라는 날들이 이어졌었다. 그랬던 덕구가 용기를 내 유품을 정리할 수 있었던 건 레드 플래그 모임 덕분이었다.

"당신이 기도해준 덕분인가……. 당신이 보내준 거 맞지?"

책상 위에 놓인 액자에는 함께 찍은 레드 플래그 사진이 걸려 있었다. 해맑은 눈으로 싱긋 웃고 있는 키리에, 장난스럽게 입술을 동그랗게 말고 있는 토비, 미간을 찌푸린 채 쳐다보는 덕구 자신과 그 옆에 브이를 하고 있는 레나. 덕구의 눈이 잠시 레나에게 머물렀다.

끄응, 잠시 뒤 앓는 소리를 내며 옷걸이에 걸린 재킷을 꺼내든 덕구가 이내 뭔가 생각난 듯 손바닥으로 옷을 쓸어내렸다. 2025년 제조된 프레셔 덕다운 패딩. 덕구가 키리에를 만날 수 있었던 건 이 패딩 덕분이었다. 처음 만났을 때는 그렇게 키리에를 못마땅해했던 덕구였다. 이렇게 될 줄 알았더라면 조금 더 키리에에게 다정하게 대해주는 건데, 덕구는 한숨을 내쉬며 그런 생각을 했다.

"……오늘은 레나 추모관에 가려고. 잘 만나고 올 수 있게 기도해 줘."

덕구는 덕다운 패딩을 걸치며 레드 플래그 사진 옆에 놓인 아내 사진에 말했다. 추운 겨울 날씨를 대비해 목도리를 두르고 모자까지 끼며 단단히 준비를 마친 덕구는 마지막으로 집 안을 한 번 더 둘러본 뒤 서둘러 집을 나섰다.

"아얏."

문을 연 순간, 둔탁한 소리와 함께 토비의 새된 비명이 들렸다.

"아, 뭐여. 아니, 왜 엉덩이를 대고 있어?"

토비가 문에 부딪힌 엉덩이를 주물럭거리고 있자 덕구가 눈썹을 추켜 올리며 물었다.

"짐 챙기느라고요."

토비가 멋쩍어하며 뒤에 놓인 가방을 들어 올렸다.

"무슨 짐이 이렇게 많아."

덕구가 토비의 몸만 한 가방을 제대로 매주며 물었다.

"추억이 많으니까요! 보여줄 것도 있고요!"

토비는 그렇게 말하고는 어서 가자며 덕구의 재킷을 끌어당겼다.

흩날리는 눈발을 헤치며 도착한 추모관 시소 공원은 자연 수목원과 IT가 절묘하게 조합된 곳이었다. 입구로 들어가자 홀로그램이 떠올랐다. 쇼어라고 자신을 소개한 홀로그램의 안내를 따라 덕구와 토비는 망자의 기억을 볼 수 있는 디지털 메모리관으로 향했다. 디지털 메모리관은 떠나간 이들을 그리워하는 많은 이들이 있었다. 얼마 전까지 함께 놀던 강아지, 불의의 사고로 떠나간 엄마, 오랫동안 지병으로 아파하다 떠난 할머니 등 그들은 이제 홀로그램을 보며 그들을 추억하고 있었다.

윤레나

2023. 10. 11.~2040. 10. 11.

"다 왔습니다. 바로 여깁니다."

쇼어는 레나의 자리에 둘을 안내한 뒤 연기처럼 사라졌다.

덕구와 토비는 부스 안으로 들어갔다. 안에는 레나의 유골함과 환히 웃는 레나의 사진이 놓여 있었다. 두 사람은 그 앞에서 잠시 묵념했고, 토비는 이윽고 들고 온 가방을 내려놓고 가져온 물건들을 꺼내기 시작했다.

"그동안 레드 플래그 모임하면서 휴대폰으로 사진 찍은 거 인화해서 가져왔어요. 할아버지, 이것 봐요!"

토비가 작은 손으로 주섬주섬 꺼내놓는 사진들 하나하나에는 직접 손으로 쓴 듯한 메모가 적혀 있었다.

〈첫 만남: 레드 플래그와 어울리는 우리〉〈몰리 보러 로보아이: 비슷한 아픔과 기억〉〈옥상: 제발 나비로 커 줘〉〈놀이터: 시소 타는 친구〉〈가상 시위: 돌아와 키리에〉〈길담 시장: 최고 생일 선물〉.

덕구는 말없이 사진들을 손으로 매만졌다. 점점 눈앞이 안개가 낀 듯 뿌예지기 시작했다.

"함께한 지 얼마나 됐다고……."

덕구가 낮게 읊조렸다. 토비는 그사이 앞에 놓인 기계를 이리 저리 매만지고는 영상을 작동시켰다. 탁. 부스 안에 어둠이 깔리고, 생전 레나와 함께했던 행복했던 기억들이 홀로그램으로 떠올랐다.

"레나 누나……."

토비가 손을 뻗어 잡히지도 않는 홀로그램을 매만졌다. 덕구는 몸을 좀 더 앞으로 숙이며 입술을 오므렸다. 함께 했던 추억들이 시간 순서대로 필름처럼 지나갔다. 첫 만남부터 V자로 미간을 구기며 불만 가득했던 덕구는 시간이 흐를수록 따뜻한 눈빛을 건넬 수 있게 됐고, 늘 위축돼 굽어 있던 토비의 등은 나비가 날갯짓하듯 활짝 펴져 있었다.

달칵.

그 순간, 갑자기 부스 뒤의 문이 열리더니 휘적휘적 걷는 익숙한 걸음걸이가 뛰어들어왔다. 놀란 덕구는 저도 모르게 뒤돌아서 호통을 쳤다.

"어이구 씨!"

"지각했대요, 지각!"

토비는 키리에를 보고 반갑게 웃으며 달려가 한쪽 팔을 붙들고 놀렸다.

"죄송합니다. 제가 늦었습니다. 제닉스 로보틱스에서 신규 패치를 업데이트하는데 시간이 조금 걸렸습니다."

키리에가 흐르지도 않는 이마의 땀을 닦는 척 제스처를 취하더니 이내 싱긋 웃고선 레나의 영상을 보며 묵념했다.

"늦어서 미안합니다, 레나. 여전히 오늘도 많이 보고 싶습니다."

키리에가 마음속에 담긴 말들을 조심스럽게 꺼냈다. 그리고 몇 주 전 최종 선고를 받았던 그날을 떠올렸다. 그날은 키리에 케이스로 재판이 열렸던 그 어느 때보다도 많은 언론이 진을 치고 법정을 둘러싸고 있었다. AI 돌봄 로봇의 살인 사건이라는 전례가 없는 사건인 데다가 피해자가 고작 17살 여고생이었다는 점 그리고 이 모든 배후에 이모칩 임상 부작용이 관련되어 있을 수 있다는 게 그 이유였다. 그 사건에 대해 판사가 내린 판결의 결론은 이러했다.

사건번호 2040고단213호, 돌봄 AI 로봇으로서 10월 11일 5길 26구역에 위치한 페레스 아파트에서 의뢰인 윤레나를 옥상에서 밀쳐 살해한 혐의로 기소된 키리에에게 무죄를 선고한다. 키리에의 킬 스위치 탄원에 대해 재판부는 치유 로봇으로서 가진 도덕적 딜레마를 인지하지만 심장마비를 일으켜 죽은 피해자를 키리에가 살릴 수 있는 능력이 없었다는 점과 사고였다는 점을 인정한다. 또한 남은 레드 플래그 일원들이 키리에의 돌봄을 강력히 요구하고 있는 것을 참작하여 키리에를 비활성화시켜 킬 스위치 하는 것 혹은 키리에 본체의 프로그래밍을 변경하는 것을 허락할 권한이 없음을 인정한다. 무엇보다 키리에는 주체성을 가진 전자인으로서 인격권을 갖고 있고 무죄를 선고받은 피고에게 재판부가 사형인 킬 스위치를 내릴 자격이 없음을 인정한다. 본 재판부는 키리에가 다시 레드 플래그로 돌아가 남겨진 가족들을 더 따뜻하게 돌봐주기를 바라는 바다.

판사의 판결이 내려졌을 때 키리에는 고개를 숙였다. 그동안 자신을 위해 탄원서까지 제출했던 덕구와 토비, 구치소까지 와서 잘못을 고백했던 혜주, 결정을 재고해달라며 로봇 심리 치료사까지 붙여 면담하게 해줬던 비키. 그 모든 다정한 마음에 보답하기 위해서라도 자신은 그대로 살아야 한다고, 키리에는 생각했다.

레나의 추모를 마친 뒤, 셋은 잠시 시소 공원 한쪽에 자리한 녹지 공원을 걸었다. 키리에는 양옆에 선 덕구와 토비의 손을 마주 잡았다. 이젠 다신 만질 수 없으리라 생각했던 온기들, 키리에는 그 온기를 소중히 감싸 쥐었다.

"시소 공원에서 편한 시간을 보내고 계신가요? 그러고 보니 좀 전에 없었던 새로운 분이 방문해주셨네요?"

그때 방문객의 신원을 확인하려는 듯 쇼어가 나타나 물었다. 키리에가 그 질문에 입꼬리를 올리고 자신감에 찬 목소리로 말했다.

"안녕하세요. 제 이름은 키리에입니다. 저는 5길 26구역에 배치된 AI 돌봄 로봇으로서 의뢰인들을 대상으로 맞춤형 서비스를 제공하는 역할을 하며, 현재 제 옆에 있는 덕구와 토비의 가족입니다. 만나서 반갑습니다."

가족이라는 단어에 힘껏 힘을 주어 말하는 키리에를 보며 덕구와 토비는 더 굳세게 손을 맞잡았다. 포슬포슬 내리는 눈이 이불처럼 레드 플래그의 마음을 감쌌다. 레나를 처음 만났던 계절, 겨울이었다.

작가의 말

땡볕이 내리쬐던 한 여름, 길을 걷던 나는 지나치는 차들 속에서 지 팡이에 의지한 채 횡단보도에 서 계시는 할아버지 한 분을 발견했다. 부축하여 무사히 인도로 안내해드리자 할아버지는 웅얼거리며 말씀 하셨다.

"이렇게라도 나와야지, 안 그러면 외로워서." 그 말에 주변에서 웅 성이던 사람들이 일순간에 조용해졌고 다들 이해한다는 듯 한동안 고 개를 끄덕였다. 돌아오는 길에 나도 모르게 눈물이 툭 떨어졌고 나는 인정할 수밖에 없었다. 남 이야기처럼 느껴졌던 한국의 우울증 수치 와 자살률은 우리의 현실이고 우리 모두 외로움과 씨름하고 있다는 것을.

여기, 아내와 사별하고 홀로 고립되어 살아가는 70세 덕구와 우울 증을 겪는 17살 레나 그리고 인공 자궁에서 태어나 친구로부터 외면 을 당하는 9살 토비가 있다. AI 돌봄 로봇 키리에는 레드 플래그 모임 을 통해 이들이 가진 결핍과 감정을 쓰다듬어준다. 어울리기 힘들 것 같은 이들은 놀랍게도 서로의 상처를 이해한다. 사랑하는 이로부터 의 상실 그리고 소외받는 감정에 대한 분투는 우리가 모두 매일 지난 하게 겪어내는 일이기에. 몰입해서 글을 쓰고 페이지가 쌓여가는 동안 소설이 현실 같고, 현실이 소설 같다는 느낌이 들 만큼 덕구, 레나, 토비 그리고 키리에에게 공감했다. 그리고 어느새 현실에 존재할 것만 같은 레드 플래그 친구들이 나의 상처를 어루만져 주고 있다는 것을 깨달았다. 쓰면서 나 또한 많은 위로를 받았고 감정을 치유받았으며 성장했다. 나의 아픔은 분명 누군가의 그림자와 닮아 있다. 나와 당신의 그림자가 깜깜한 어둠뿐인 것 같더라도 맞닿은 마음들은 별처럼 반짝이고 있다고 믿는다.

레드 플래그가 나올 수 있도록 도움을 주신 고즈넉이엔티 관계자분들께 감사하다. 수많은 의견에도 차분하고 다정하게 화답해주셨다. 또 처음 구상부터 나와 함께 고민해 준 내 동생, 한별이에게 무한한 사랑과 감사를 전한다. 덕분에 많은 영감과 격려를 받았다. 늘 나를 믿고 기도해주시는 어머니께도 감사드린다. 그리고 어린 시절 나에게 더 많은 책을 사주지 못해 늘 미안하다고 말씀하셨던 아버지. 지금은 하늘나라에 계시지만 알아주셨으면 해요. 아버지 딸은 작가가 되었답니다. 가장 나다운 삶을 살아가고 있어요. 아버지 덕분이에요. 마지막으로 끝까지 이야기를 읽고 긴 여정을 함께해준 독자분들께 감사의 말을 전하고 싶다. 어둡다고 느꼈던 우리의 수많은 감정이 소외됨 없이 만나 아름다운 별자리가 되기를 바란다.

2024년 어느 봄에
박한솔

레드 플래그

1쇄 발행 2024년 3월 20일

지은이 박한솔
펴낸이 배선아
IP개발팀 윤승일, 유민우, 조민기, 차종문
IP사업팀 김재인, 문채린
관리 에이투지엔터테인먼트 경영지원팀
디자인팀 최서은, 박예진
펴낸곳 고즈넉이엔티

출판등록 2017년 3월 13일 제2022-000078호
주   소 서울특별시 마포구 성지1길 35, 4층
대표전화 02-6269-8166 **팩스** 02-6166-9199
이 메 일 gozknockent@gozknock.com
홈페이지 www.gozknock.com
블 로 그 blog.naver.com/gozknock
페이스북 www.facebook.com/gozknock
인스타그램 www.instagram.com/gozknock

ⓒ 박한솔, 2024
ISBN 979-11-6316-997-0 03810